Gente que conocemos en vacaciones

Novela

Biografía

Emily Henry estudió Escritura Creativa en el Hope College de Nueva York y debutó por todo lo alto en la ficción para adultos con *La novela del verano*. *Gente que conocemos en vacaciones* y *Book Lovers*, su segunda y su tercera novela —reconocidas con el premio Goodreads a Mejor Novela gracias a los votos de los lectores—, la han reafirmado como la autora de comedia romántica contemporánea más importante de los últimos tiempos. Sus obras han vendido más de cuatro millones de ejemplares en todo el mundo, se publican en más de cuarenta países y muy pronto serán llevadas a la gran pantalla. La prestigiosa revista *Time* incluyó a Emily Henry en su lista de las 100 personas más influyentes del mundo en 2023.

Emily Henry

Gente que conocemos en vacaciones

Traducción de Anna Valor Blanquer

Planeta

PEFC Certificado

Este libro procede de
bosques gestionados
de forma sostenible

PEFC

PEFC/14-38-00305 www.pefc.es

Título original: *People We Meet on Vacation*

Avda. Diagonal, 662-664, 08034 Barcelona (España)
www.planetadelibros.com

Adaptación de la cubierta: Booket / Área Editorial Grupo Planeta a partir de la idea original de Sandra Chiu
Ilustración de la cubierta: © Sandra Chiu
Primera edición en Colección Booket: julio de 2025
Segunda impresión: septiembre de 2025
Tercera impresión: febrero de 2026

Depósito legal: B. 11.652-2025
ISBN: 978-84-08-30601-6
Impreso en España

El anterior lo escribí sobre todo para mí.
Este es para ti

PRÓLOGO

Hace cinco veranos

Cuando estás de vacaciones, puedes ser quien tú quieras.

Igual que leer un buen libro o ponerte un modelito increíble, estar de vacaciones te transporta a otra versión de ti.

En el día a día, tal vez no puedas siquiera mover la cabeza al ritmo de la música de la radio sin pasar vergüenza, pero, bajo la guirnalda de luces de la terraza adecuada y al ritmo de la banda de *steeldrums* adecuada, acabas dando vueltas como la que más.

De vacaciones, te cambia el pelo. El agua es diferente, o quizá sea el champú. Puede que ni te molestes en lavarte el pelo siquiera, o en peinarlo, porque el agua salada del mar te lo riza de una forma que te encanta. Piensas: «Igual en casa podría hacer esto también. Podría ser esa que no se peina y a quien no le importa sudar o tener arena por todos los recovecos del cuerpo».

De vacaciones, entablas conversaciones con desconocidos y no piensas que te juegas nada. Si termina siendo incomodísimo, ¿qué más da? ¡No vas a ver a esa persona nunca más!

Eres quien quieres ser. Puedes hacer lo que te apetezca.

Vale, igual lo que te apetezca no. A veces el mal tiempo te pone en una situación particular como en la que yo me encuentro ahora y tienes que encontrar formas de entretenimiento de segunda mientras esperas a que pare de llover.

Al salir del baño, me detengo. En parte, porque sigo planeando mi jugada, pero, sobre todo, porque el suelo está tan pegajoso que pierdo la sandalia y tengo que volver a la pata coja a por ella.

A nivel teórico, de este lugar me encanta todo, pero, en la práctica, creo que apoyar el pie descalzo en la suciedad anónima del suelo laminado puede ser una buena forma de contraer una de esas enfermedades raras que el gobierno guarda en frascos en una de sus instalaciones secretas.

Vuelvo hasta la sandalia entre bailando y saltando a la pata coja, paso los dedos del pie entre las finas tiras de color naranja y me doy la vuelta para echar un vistazo al bar: la multitud de cuerpos pegajosos, la rotación de los ventiladores de mimbre en el techo, la puerta abierta de modo que, de vez en cuando, una ráfaga de lluvia entra huyendo de la negra noche y refresca a los parroquianos sudorosos. En un rincón, en una máquina de discos con un halo de luz que sale de los tubos de neón, suena «I Only Have Eyes for You» de The Flamingos.

El pueblo es turístico, pero el bar es para la gente de aquí. No hay vestidos playeros estampados ni camisas hawaianas, aunque, por desgracia, tampoco hay cócteles decorados con brochetas de frutas tropicales.

Si no hubiera sido por el temporal, habría elegido otro lugar para pasar mi última noche aquí. Llevamos una semana de fuertes lluvias y truenos constantes, todos mis sueños de playas blancas y lanchas relucientes se han visto frustrados y, junto con el resto de los turistas decepcionados, me he pasado los días tragando piñas coladas en cualquier antro turístico que encontraba.

Sin embargo, esta noche ya no aguantaba más muchedumbre, largas esperas ni hombres canosos que llevan anillo de casado y que me guiñan el ojo por encima del hombro de su mujer. Y por eso estoy aquí.

En un bar de suelo pegajoso llamado BAR a secas, escrutando a los parroquianos para encontrar a mi objetivo.

Está sentado en la esquina de la barra del bar BAR. Un hombre más o menos de mi edad, veinticinco años, con el pelo rubio arena, alto y de espalda ancha, aunque está tan encorvado que, a primera vista, una podría no reparar en esos dos últimos atributos. Tiene la cabeza inclinada sobre el móvil y, de perfil, se puede apreciar su expresión de concentración silenciosa. Se muerde el carnoso labio inferior y va subiendo el dedo poco a poco por la pantalla.

Aunque el bar no está abarrotado a lo Disney World, hay mucho ruido. A medio camino entre la máquina de discos en la que suenan canciones de finales de los cincuenta y la tele que hay colgada de la pared de enfrente en la que un hombre del tiempo habla a gritos de los récords que ha batido la lluvia, un grupo de hombres de idéntica risa seca no deja de romper a reír al unísono. Al final de la barra, la camarera golpea una y otra vez el mostrador para enfatizar sus palabras a una clienta de pelo amarillo.

La tormenta ha inquietado a la isla entera y la cerveza barata tiene a todo el mundo alborotado.

Pero al hombre con el pelo rubio arena sentado en el taburete de la esquina lo envuelve una quietud que lo hace destacar. De hecho, todo él es como un cartel luminoso que dice que no encaja aquí. A pesar de los treinta grados y la humedad del mil por ciento, lleva puesta una camisa de manga larga arrugada y unos pantalones también largos azul marino. Además, es sospechosa su falta de bronceado, así como de risa, alegría, levedad, etc.

Bingo.

Me aparto un puñado de ondas rubias de la cara y me dirijo hacia él. Me acerco, pero sus ojos siguen fijos en el teléfono y va arrastrando hacia arriba, poco a poco, lo que sea que esté leyendo. Veo las palabras en negrita: **CAPÍTULO VEINTINUEVE**.

Está leyendo un libro en un bar.

Apoyo la cadera en la barra y pongo el codo encima mirándolo.

—Hola, guapetón.

Sus ojos de color miel suben despacio del móvil a mi cara. Parpadea.

—¿Hola?

—¿Vienes mucho por aquí?

Me estudia un instante. Es evidente que está sopesando las posibles respuestas.

—No —dice por fin—. No vivo aquí.

—Vaya —contesto.

Pero, antes de que pueda decir nada más, él sigue:

—Y, AUNQUE viviera aquí, tengo una gata con muchas necesidades médicas que requiere de cuidados especializados. Eso complica lo de salir.

Casi todas las partes de esa frase me hacen fruncir el ceño.

—Lo siento mucho —digo recobrándome—. Debe de ser horrible tener que lidiar con todo eso y, a la vez, con una muerte.

Se le arruga la frente.

—¿Una muerte?

Muevo la mano en un círculo pequeño señalándole lo que lleva puesto.

—¿No has venido a un entierro?

Aprieta los labios.

—No.

—Entonces ¿qué te trae por aquí?

—Una amiga. —Vuelve a bajar la mirada al móvil.

—¿Vive en el pueblo? —intento adivinar.

—No, me ha traído aquí a la fuerza —me corrige—. De vacaciones. —Dice la última palabra con desdén.

Pongo los ojos en blanco.

—¡Qué dices! ¿Lejos de tu gata? ¿Sin excusas para nada que no sea divertirse y pasarlo bien? ¿Seguro que es una amiga?

—Cada momento que pasa estoy menos seguro —contesta sin levantar la vista.

No me está dando mucho pie, pero no pienso rendirme.

—Y ¿qué? —continúo con determinación—. ¿Cómo es esa amiga? ¿Está buena? ¿Es lista? ¿Está forrada?

—Es bajita —dice sin dejar de leer—. Escandalosa. No se

calla nunca. Siempre mancha todas y cada una de las prendas de ropa que llevamos tanto ella como yo, tiene muy mal gusto con los hombres, llora con los anuncios esos de universidades públicas en los que la madre soltera está trabajando hasta tarde en el ordenador y, cuando se duerme, su hija le cubre los hombros con una manta y sonríe porque está muy orgullosa de ella. ¿Qué más? Ah, le encantan los bares de mala muerte que huelen a salmonela. Me da miedo beberme hasta la cerveza embotellada de aquí. ¿Has visto las reseñas que tiene este sitio?

—¿Estás de broma? —pregunto cruzándome de brazos.

—Bueno —aclara—, la salmonela no huele, pero sí, Poppy, eres bajita.

—¡Alex! —Le doy un golpe al bíceps saliéndome del personaje—. ¡Intento ayudarte!

Se frota el brazo.

—¿Ayudarme? ¿Cómo?

—Sé que Sarah te ha roto el corazón, pero tienes que volver a darte la oportunidad de conocer gente. Y, cuando una tía buena se te acerca en un bar, lo primero que debes evitar meter en la conversación es tu relación de codependencia con la capulla de tu gata.

—Lo primero de todo, Flannery O'Connor no es una capulla —dice—, es tímida.

—Es mala.

—Lo que pasa es que no le caes bien —insiste—. Tienes un carácter muy perruno.

—Pues lo único que he hecho ha sido intentar acariciarla —digo—. ¿Para qué quieres un animal de compañía que no se deja tocar?

—Sí que se deja tocar —dice Alex—, es solo que tú siempre te acercas a ella con una especie de... brillo lobuno en los ojos.

—Qué va.

—Poppy, te acercas a todo con un brillo lobuno en los ojos.

Justo en ese momento, viene la camarera con la bebida que he pedido antes de irme al baño.

—Señorita —dice—, su margarita.

Hace girar la copa helada por la barra hacia mí y yo siento un pinchazo de sed y de emoción en la garganta al agarrarla. La levanto tan deprisa que una cantidad importante de tequila se me derrama y, con una velocidad sobrenatural y muy ensayada, Alex me aparta el otro brazo de la barra antes de que me lo manche con la bebida.

—¿Lo ves? Un brillo lobuno —dice Alex sin alzar la voz, serio, como me lo dice casi todo siempre, excepto en las insólitas noches en las que sale el Alex rarito y puedo verlo, por ejemplo, tumbado en el suelo fingiendo llorar aferrado a un micrófono del karaoke, con el pelo rubio arena apuntando en todas direcciones y la camisa arrugada por fuera de los pantalones.

Es un ejemplo hipotético. De algo que ha pasado tal cual.

Alex Nilsen es el paradigma del control. En ese cuerpo alto, ancho, siempre encorvado o enroscado como un pretzel, hay un exceso de estoicismo (resultado de ser el hijo mayor de un viudo que vocaliza su ansiedad más que nadie que haya visto) y un cúmulo de represión (resultado de una crianza religiosa estricta diametralmente opuesta a la mayoría de sus pasiones, en especial, el mundo académico) que conviven con el payasete más raro, al que más le gusta hacer tonterías y con el corazón más intensamente bondadoso que he tenido el honor de conocer.

Doy un sorbo de margarita y se me escapa un gemido de placer.

—Un perro con cuerpo de persona —dice Alex para sí mismo, y vuelve a leer en el móvil.

Resoplo como señal de desaprobación de su comentario y doy otro sorbo.

—Por cierto, este margarita es por lo menos un noventa por ciento tequila. Espero que les estés callando la boca a esos reseñistas. Y, para que lo sepas, el bar no huele para nada a salmonela.

Bebo un poco más mientras me subo al taburete que hay al lado del suyo y me vuelvo hasta que nuestras rodillas se tocan. Me gusta que siempre se siente así cuando salimos juntos: con el torso hacia la barra y las largas piernas hacia mí, como si hubiera una puerta secreta a su interior que solo abriera para mí. Y no es una puerta que da solo al Alex Nilsen reservado que no termina nunca de sonreír del todo, sino una puerta al rarito. Al Alex que hace estos viajes conmigo, año tras año, a pesar de que no soporta volar, ni los cambios, ni dormir con una almohada que no sea la que tiene en casa.

Me gusta que, cuando salimos, siempre vaya directo a la barra, porque sabe que a mí me gusta sentarme ahí, a pesar de que una vez me confesó que cuando nos sentamos en la barra se agobia, porque no sabe si está mirando a los ojos a los camareros demasiado o demasiado poco.

La verdad es que me gusta (me encanta) casi todo de mi mejor amigo, Alex Nilsen, y quiero que sea feliz, así que, aunque no me haya caído especialmente bien ninguna de las parejas que ha tenido —y menos todavía su ex, Sarah—, sé que es responsabilidad mía asegurarme de que no deja que su desamor más reciente lo fuerce al enclaustramiento total. Al fin y al cabo, él haría —y ha hecho— lo mismo por mí.

—¿Qué? —digo—. ¿Volvemos a empezar? Yo seré la desconocida sexy del bar y tú sé tú mismo, que eres encantador, pero sin hablar de la gata. En un abrir y cerrar de ojos estarás listo para conocer gente.

Levanta la mirada del móvil, casi con una sonrisita. Lo llamaré así porque, para Alex, esto es lo más cercano a una sonrisa.

—¿Te refieres a la desconocida que empieza una conversación con un oportuno «Hola, guapetón»? Creo que tenemos conceptos diferentes de lo que es ser sexy.

Giro sobre el taburete y nuestras rodillas se chocan al darle la espalda y después volverme hacia él, esbozando de nuevo una sonrisa coqueta.

—¿Te hiciste daño... cuando te caíste del cielo?

Niega con la cabeza.

—Poppy, me parece importante que sepas —dice despacio— que, si algún día ligo con alguien, no tendrá nada que ver con tu supuesta ayuda.

Me pongo de pie, me trago lo que me queda de margarita con teatralidad y dejo la copa en la barra con un golpe.

—Salgamos de aquí. ¿Qué me dices?

—¿Cómo puedes ligar más que yo? —dice asombrado por ese misterio.

—Es sencillo —respondo—, tengo el listón más bajo. Y no tengo a ninguna Flannery O'Connor de por medio. Y, cuando voy a un bar, no me paso el rato mirando con mala cara las reseñas y proyectando una imagen de «ni se te ocurra acercarte a mí». Además, se podría llegar a decir que, desde ciertos ángulos, estoy tremenda.

Se pone de pie y deja un billete de veinte en la barra antes de volver a guardarse la cartera en el bolsillo. Alex siempre lleva dinero encima, no sé por qué. Se lo he preguntado por lo menos tres veces. Me ha respondido. Y sigo sin saberlo, porque su respuesta ha sido demasiado aburrida o tenía demasiada complejidad intelectual para que mi cerebro se dignase siquiera a retener el recuerdo.

—Eso no cambia que seas una tía muy rara —dice.

—Me quieres un montón —señalo un poquitín a la defensiva.

Me pasa un brazo por los hombros y me mira desde arriba con otra sonrisita contenida en los labios carnosos. Su rostro es un cedazo que solo deja pasar una pequeña parte de las expresiones.

—Lo sé —dice.

Le sonrío desde abajo.

—Y yo te quiero a ti.

Lucha contra su sonrisa, que se ensancha, y la mantiene pequeña y vaga.

—También lo sé.

El tequila me hace sentir adormilada, perezosa y me permito apoyarme en él cuando echamos a andar hacia la puerta abierta.

—Ha sido un buen viaje —digo.

—El mejor que hemos hecho —concuerda.

La lluvia fresca entra a ráfagas y nos envuelve como confeti disparado por un cañón. Me estrecha un poco más con el brazo, cálido y pesado. Su olor a madera de cedro me arropa los hombros como una capa.

—Ni siquiera me ha molestado demasiado que lloviera —digo cuando salimos a la noche espesa y húmeda, llena de mosquitos zumbando y palmeras que tiemblan por los truenos lejanos.

—A mí me ha gustado que lloviera.

Alex levanta el brazo firme de mis hombros para cubrirme la cabeza, convirtiéndose en un hombre-paraguas improvisado mientras corremos por la calle inundada hacia el cochecito rojo de alquiler. Cuando llegamos, se aparta de mí y abre primero mi puerta —hemos conseguido un descuento alquilando un coche que no se abre a distancia ni tiene elevalunas eléctrico— y luego rodea el capó a toda prisa y se escurre en el asiento del conductor.

Gira la llave de contacto y el aire acondicionado nos lanza su ráfaga ártica contra la ropa mojada cuando sale de la plaza de aparcamiento y pone rumbo a la casa que hemos alquilado.

—Acabo de darme cuenta —dice— de que no hemos hecho ninguna foto en el bar para tu blog.

Me echo a reír y luego me percato de que no lo dice en broma.

—Alex, mis lectores no quieren ver fotos del BAR. Ni siquiera quieren leer lo que pueda escribir sobre el BAR.

Se encoge de hombros.

—Pues a mí el BAR tampoco me ha parecido tan mal.

—Has dicho que olía a salmonela.

—Aparte de eso.

Pone el intermitente y lleva el coche por nuestra calle estrecha, en la que hay palmeras a uno y otro lado.

—Lo cierto es que esta semana no he conseguido ninguna foto que pueda usar.

Alex frunce el ceño y se frota una ceja mientras reduce la velocidad para entrar en el camino de grava.

—Aparte de las que hiciste tú —me doy prisa por añadir.

A decir verdad, las fotos que Alex se ofreció a tomarme para mis redes sociales son malísimas, pero lo quiero tanto por prestarse a hacerlas que ya he elegido la menos atroz y la he publicado. Tengo una cara de esas de estar hablando, gritándole algo y riéndome mientras él intenta —con poca gracia— darme indicaciones y las nubes de tormenta se forman encima de mí como si fuera yo la que está invocando el apocalipsis en la isla de Sanibel, pero, al menos, se ve que estoy feliz.

Cuando miro esa foto, no me acuerdo de lo que me dijo Alex para provocar esa expresión ni de lo que le estaba contestando a gritos, pero siento que me invade la misma calidez que cuando pienso en cualquiera de los viajes que hemos hecho los veranos anteriores.

Esa inundación de felicidad, esa sensación de que la vida es esto: estar en un lugar bonito con alguien a quien quieres.

Intenté escribir algo de eso en la publicación, pero era difícil de explicar.

Normalmente, mis publicaciones van sobre cómo viajar con poco dinero, cómo conseguir más con menos, pero, cuando te siguen cien mil personas para ver tus vacaciones en la playa, lo mejor es enseñarles... tus vacaciones en la playa.

Esta semana hemos tenido, en total, unos cuarenta minutos de playa en la isla de Sanibel. El resto del tiempo lo hemos pasado refugiándonos en bares y restaurantes, librerías y tiendas de segunda mano, además de muchas horas en el bungaló deslucido que hemos alquilado comiendo palomitas y contando rayos. No nos hemos puesto morenos, no hemos visto peces tropicales, no hemos buceado ni hemos tomado el sol en catamaranes ni nada que no sea estar medio adormilados en el sofá con un maratón de *La dimensión desconocida* de fondo colándosenos en los sueños.

Hay lugares que puedes ver en todo su esplendor haga sol o no, pero este no es uno de ellos.

—Oye —dice Alex mientras pone el freno de mano.

—¿«Oye» qué?

—Hagámonos una foto. Juntos.

—Pero si no soportas salir en las fotos —señalo.

Siempre me ha parecido raro, porque, técnicamente, Alex es guapísimo.

—Ya, pero está oscuro y quiero acordarme de esto.

—Vale —contesto—. Sí, vamos a hacernos una foto.

Voy a buscar mi móvil, pero él ya ha sacado el suyo. Sin embargo, en lugar de levantarlo con la pantalla hacia nosotros para que podamos vernos, lo tiene al revés, con la cámara trasera apuntándonos.

—¿Qué haces? —pregunto, y tiendo la mano hacia el móvil—. Para eso está el modo selfi, abuelo.

—¡No! —se ríe alejándolo de mi alcance—. No es para tu blog, no tenemos que salir guapos. Solo tenemos que parecer nosotros. Si lo ponemos en modo selfi, no querré ni hacerme la foto.

—Necesitas ayuda con tu dismorfia facial.

—¿Cuántos miles de fotos he hecho por ti, Poppy? —dice—. Hagámonos una como yo quiero.

—Vale, vale.

Me apoyo en su pecho mojado pasando por encima del freno de mano y él agacha la cabeza un poco para compensar nuestra diferencia de estatura.

—Uno... Dos...

El flash salta antes de que llegue a decir tres.

—¡Monstruo! —lo riño.

Le da la vuelta al teléfono para mirar la foto y suelta un quejido.

—Noooo —dice—. Sí que soy un monstruo.

Me ahogo al reírme mientras estudio el horrible borrón fantasmal de nuestras caras: su pelo mojado levantado como las púas de un erizo, el mío pegado a mis mejillas en mechones encrespados, toda nuestra piel brillante y roja por el calor, mis ojos cerrados por completo, los suyos entrecerrados e hinchados.

—¿Cómo puede ser que cueste tanto vernos y a la vez salgamos tan desfavorecidos?

Echa la cabeza hacia atrás y la apoya en el reposacabezas mientras se ríe.

—Vale, voy a borrarla.

—¡No!

Le quito el teléfono de la mano a la fuerza. Él vuelve a agarrarlo, pero yo no lo suelto, así que queda entre los dos encima del freno de mano.

—De eso se trataba, Alex. De recordar este viaje como ha sido. Y de parecer nosotros.

Su sonrisa es tan pequeña y tenue como siempre.

—Poppy, tú no te pareces en nada a como sales en esa foto.

Niego con la cabeza.

—Y tú tampoco.

Durante un rato largo nos quedamos en silencio como si no hubiese más que decir ahora que hemos aclarado eso.

—El año que viene, vayamos a un lugar frío —dice Alex—. Y seco.

—Vale —respondo sonriendo—. Iremos a un lugar frío.

1
ESTE VERANO

—Poppy —dice Swapna desde la cabecera de la mesa de reuniones de un gris apagado—. ¿Qué tienes?

Para ser la benevolente líder del imperio de *Descanso + Relax*, Swapna Bakshi-Highsmith no podría representar peor los dos valores fundamentales de nuestra distinguida revista.

Es probable que la última vez que Swapna descansó fuese hace tres años, cuando estaba embarazada de ocho meses y medio y un médico la obligó a guardar cama, pero se pasaba los días haciendo videollamadas a la oficina con el portátil en equilibrio encima de su barriga, por lo que creo que no hubo mucho relax que digamos. Toda ella es aguda, incisiva y elegante, desde su melena corta peinada hacia atrás como una modelo de alta costura, hasta sus tacones con tachuelas de Alexander Wang.

Su raya de ojos termina en una punta tan afilada que cortaría una lata de aluminio y sus ojos color esmeralda podrían aplastarla después. En este momento, ambos me miran de frente.

—¿Poppy? ¿Hola?

Parpadeo para salir de mi aturdimiento y me inclino hacia delante en la silla mientras carraspeo. Es algo que ha estado pasándome mucho últimamente. Cuando tienes un trabajo en el que solo se te exige ir a la oficina una vez a la semana, no es ideal desconectar como un niño en clase de matemáticas el cincuenta por ciento de ese tiempo, y menos delante de tu tan aterradora como inspiradora jefa.

Estudio la libreta que tengo enfrente. Antes venía a las reuniones de los viernes con montones de propuestas que había garabateado emocionada: ideas para artículos sobre fiestas desconocidas de otros países, restaurantes que son famosos en su ciudad con modestos postres fritos, fenómenos naturales en playas concretas de América del Sur, viñedos neozelandeses emergentes, nuevas modas entre la gente que busca aventuras y formas de relajación profunda para los amantes de los spas.

Escribía esas notas en una especie de pánico, como si todas las experiencias que esperaba vivir algún día fuesen seres vivos que crecían dentro de mí y cuyas ramas me empujasen por dentro exigiendo liberarse. Me pasaba los tres días anteriores a las reuniones en las que había que presentar propuestas en una especie de trance sudoroso en Google, contemplando imagen tras imagen de lugares en los que nunca había estado con una sensación parecida al hambre haciéndome rugir el estómago.

Hoy, sin embargo, he dedicado solo diez minutos a anotar nombres de países.

Países, ni siquiera ciudades.

Swapna me mira esperando que proponga mi nuevo gran artículo veraniego para el año que viene y yo estoy mirando fijamente la palabra *Brasil*.

Brasil es el quinto país más grande del mundo. Brasil constituye el 5,6 por ciento de la masa de la Tierra. No se puede escribir un artículo corto, conciso, sobre ir de vacaciones a Brasil. Tienes que elegir, por lo menos, una zona concreta.

Paso la página de la libreta fingiendo estudiar la siguiente. Está en blanco. Cuando mi compañero Garrett se inclina hacia mí como para leer por encima de mi hombro, la cierro de golpe.

—San Petersburgo —digo.

Swapna levanta una ceja y se pasea por la cabecera de la mesa.

—Ya metimos San Petersburgo en el número de verano de hace tres años. La celebración de las Noches Blancas, ¿recuerdas?

—¿Ámsterdam? —suelta Garrett a mi lado.

—Ámsterdam es una ciudad primaveral —dice Swapna, con cierta irritación—. No vas a hablar de Ámsterdam y no incluir los tulipanes.

Cuentan que Swapna ha estado en más de setenta y cinco países, y en muchos de ellos dos veces.

Deja de hablar, con el móvil en una mano, dándole golpes contra la otra mientras piensa.

—Además, Ámsterdam está... de moda.

Swapna tiene la firme convicción de que ir a la moda es llegar tarde a esa moda. Si ve que a la gente le gusta va gustándole Toruń, una ciudad de Polonia, Toruń entra en la lista negra para los próximos diez años. Hay una lista real colgada en la pared con una chincheta al lado de los cubículos (Toruń no está en la lista) titulada «Lugares que *D+R* no va a cubrir». Cada elemento de la lista está escrito de su puño y letra y fechado, y hay una especie de porra secreta en la que se apuesta por cuándo quitará una ciudad de la lista. En la oficina nunca hay tanta emoción contenida como en esas mañanas en las que Swapna entra decidida con la bolsa del portátil de diseño colgada del brazo y se dirige a la lista, bolígrafo en mano, preparada para tachar una de las ciudades prohibidas.

Todo el mundo observa con el alma en vilo preguntándose qué ciudad estará rescatando del olvido de *D+R* y, cuando por fin está en su despacho con la puerta cerrada y no hay peligro, quien esté más cerca de la lista se acerca corriendo, lee el elemento tachado y se vuelve para susurrar el nombre de la ciudad a toda la redacción. Suele haber celebraciones silenciosas.

Cuando se retiró París de la lista el otoño pasado, alguien descorchó una botella de champán y Garrett sacó una boina roja de un cajón de su escritorio, donde la tenía guardada para la ocasión. La llevó todo el día, quitándosela de la cabeza de un tirón cada vez que oíamos el clic y el chirrido de la puerta de Swapna. Pensó que no lo había pillado hasta que ella se paró al lado de su mesa cuando se iba a casa por la tarde y le dijo: «*Au revoir*, Garrett».

La cara se le puso de un rojo tan vivo como el de la boina y, aunque a mí me pareció que Swapna lo había dicho como una broma, él nunca ha llegado a recuperar la confianza.

Que Swapna haya declarado que Ámsterdam está de moda hace que se le enciendan las mejillas y sobrepasen el rojo boina hasta llegar a un morado remolacha.

Otra persona lanza Cozumel como propuesta. Y luego proponen Las Vegas y Swapna lo sopesa un instante.

—Las Vegas podría ser divertido. —Me mira—. Poppy, ¿no crees que Las Vegas podría ser divertido?

—Sí que podría ser divertido —concuerdo.

—Santorini —dice Garrett con la vocecita de un ratón de dibujos animados.

—Santorini es bonito, sí —contesta Swapna provocando un audible suspiro de alivio por parte de Garrett—, pero queremos algo inspirado.

Vuelve a mirarme. Con intensidad. Y sé por qué. Quiere que yo sea la que escriba el artículo principal. Porque para eso estoy aquí.

Se me revuelve la barriga.

—Seguiré haciendo lluvia de ideas y prepararé una propuesta para el lunes —le sugiero.

Asiente. Garrett se deshincha en la silla que tengo al lado. Sé que él y su novio están desesperados por un viaje gratis a Santorini. Como cualquier articulista de viajes. Es probable que como cualquier persona del mundo.

Como yo debería estarlo.

«No te rindas —quiero decirle—, si Swapna quiere inspiración, no la encontrará en mí.»

Hace mucho que no tengo ni una pizca.

—Creo que deberías insistir en Santorini —dice Rachel removiendo el rosado dentro de la copa sobre el mosaico de la mesa de cafetería.

Es un vino perfectamente veraniego y, por el estatus de Rachel, nos ha salido gratis.

Rachel Krohn: bloguera de moda, entusiasta de los bulldogs franceses, nacida y criada en el Upper West Side (pero, por suerte, no es de las que hacen como si fuera adorable que hayas nacido en Ohio o que Ohio exista siquiera: «¿Alguien había oído hablar de Ohio antes?») y mejor amiga profesional.

A pesar de tener electrodomésticos de alta gama, Rachel friega a mano todos los platos porque le parece relajante, y lo hace con unos tacones de diez centímetros, porque considera que los zapatos planos son para montar a caballo y hacer jardinería y solo si no has encontrado unas botas con tacón adecuadas.

Rachel fue la primera amiga que hice cuando me mudé a Nueva York. Es *influencer* (léase: le pagan por llevar unas marcas concretas de maquillaje y subir fotos delante de su precioso tocador de mármol) y, aunque yo nunca había sido amiga de otra «persona de internet», resultó tener sus ventajas (léase: ninguna de las dos pasa vergüenza cuando le pide a la otra que espere mientras prepara con esmero una foto de su sándwich). Y, aunque puede que no esperase tener demasiado en común con Rachel, la tercera vez que quedamos (en la misma vinoteca de la zona de Brooklyn que hay debajo del puente de Manhattan en la que estamos ahora) admitió que se toma todas las fotos de la semana los martes, cambiándose de ropa y de peinado entre las paradas que va haciendo en diferentes parques y restaurantes y, luego, se pasa el resto de la semana escribiendo artículos y gestionando las redes de varias protectoras de perros.

Tuvo la suerte de conseguir este trabajo por ser fotogénica y tener una vida fotogénica y dos perros muy fotogénicos (aunque con una necesidad constante de atención médica).

En cambio, yo decidí buscar seguidores en redes como plan a largo plazo para hacer de viajar un trabajo. Dos caminos diferentes que nos han llevado al mismo sitio. Bueno, ella sigue viviendo en el Upper West Side y yo estoy en el Lower East Side, pero las dos somos anuncios con patas.

Tomo un sorbo de espumoso y me enjuago la boca con él mientras sopeso sus palabras. No he estado en Santorini y, en alguna parte de la atestada casa de mis padres, en una fiambrera llena de cosas que no tienen en común nada en absoluto, hay una lista de destinos soñados que hice en la universidad y Santorini está casi arriba del todo. Esas líneas blancas impolutas y las franjas de mar azul centelleante eran lo más alejado de aquella casa abarrotada de Ohio que me podía imaginar.

—No puedo —le digo por fin—. Garrett moriría por combustión espontánea si Swapna me diera el visto bueno para Santorini después de haberlo propuesto él.

—No lo entiendo —replica Rachel—, ¿tan difícil es elegir un lugar para ir de vacaciones, Pop? Total, no pagas tú. Elige un sitio y ve. Y luego otro. Eso es lo que haces siempre.

—No es tan fácil.

—Ya, ya. —Agita una mano—. Sé que tu jefa quiere unas vacaciones «inspiradas», pero, en cuanto te presentes en un lugar bonito con la tarjeta de crédito de *D+R*, la inspiración aparecerá. Te aseguro que no hay nadie en el mundo mejor preparado para vivir unas vacaciones mágicas que una periodista de viajes con la cartera llena de dinero de un gran grupo mediático. Si tú no puedes tener un viaje inspirado, ¿cómo coño esperas que lo tengan los demás?

Me encojo de hombros y cojo un trozo de queso de la tabla de embutidos.

—Igual ese es el sentido de todo esto.

Arquea una ceja oscura.

—¿Cuál es el sentido de todo esto?

—¡Eso mismo me pregunto yo! —digo, y me mira con una cara de asco irónico.

—No te pongas mona y excéntrica —dice seca.

Para Rachel Krohn, «mona y excéntrica» es casi tan malo como «a la moda» para Swapna. A pesar de la estética etérea de su pelo, su maquillaje, su ropa, su piso y sus redes, Rachel es una persona profundamente pragmática. Para ella, la vida en el ojo público es un trabajo como cualquier otro, uno que sigue haciendo porque le paga las facturas (al menos las del queso, el vino, la ropa y cualquier otra cosa que las empresas decidan mandarle) y no porque disfrute de esa semifama prefabricada que va de la mano del trabajo. Al final de cada mes, hace una publicación con las peores fotos descartadas de las sesiones con el texto: ESTA ES UNA CUENTA CON IMÁGENES SELECCIONADAS PARA HACERTE QUERER UNA VIDA QUE NO EXISTE. A MÍ ME PAGAN POR ESTO.

Sí, estudió Bellas Artes.

Y, no se sabe bien por qué, esa especie de *performance* no ha frenado su popularidad. Siempre que estoy en la ciudad a final de mes, intento quedar con ella para tomar vino y verla mirar las notificaciones y poner los ojos en blanco cuando llegan los *likes* y los nuevos seguidores a borbotones. De vez en cuando, reprime un grito y dice: «¡Escucha esto! "Rachel Krohn es supervaliente y sincera. Quiero que sea mi madre." ¡Les estoy diciendo que no me conocen y siguen sin entenderlo!».

No tiene ninguna paciencia para la gente que ve las cosas de color de rosa y todavía menos para la melancolía.

—No me estoy haciendo la mona —le aseguro—, y todavía menos la excéntrica.

El arco de su ceja se vuelve más pronunciado.

—¿Seguro? Porque tiendes a ambas cosas, cariño.

Pongo los ojos en blanco.

—Eso solo me lo dices porque soy bajita y me visto de colores vivos.

—No, perdona, eres diminuta —me corrige— y llevas estampados chillones. Tu estilo es hijo de un panadero parisino de 1960 que va en bici por su pueblito al alba gritando «*Bonjour, le monde*» mientras reparte *baguettes*.

—En fin —digo volviendo al tema—, que lo que quiero decir es que ¿qué sentido tiene hacer un viaje carísimo y escribir un artículo sobre ello para las cuarenta y dos personas de todo el mundo que pueden permitirse gastar ese tiempo y dinero en recrearlo?

Sus cejas forman una línea recta mientras piensa.

—A ver, lo primero es que no creo que la mayoría de la gente use *D+R* como guía, Pop. Les dais cien lugares que ver y eligen tres. Y lo segundo es que la gente quiere ver vacaciones idílicas en las revistas de viajes. Las compran para soñar despiertos, no para planear vacaciones.

Aunque está siendo la Rachel pragmática, se le está colando la Rachel cínica que estudió Bellas Artes y les está dando un tono afilado a sus palabras. La Rachel de Bellas Artes es una especie de viejo gruñón, un padrastro sentado a la mesa familiar que dice: «¿Por qué no dejáis las pantallitas un rato, niños?» mientras tiende un cuenco para que todo el mundo deje el móvil dentro.

Me encantan la Rachel de Bellas Artes y sus principios, pero también me inquieta su súbita aparición en esta terraza de bar. Porque hay palabras que todavía no he dicho en voz alta que quieren salir, pensamientos delicados, secretos, que nunca se me han aparecido de forma clara en las muchas horas que he pasado descansando entre viajes tumbada en el sofá «de segunda mano, aunque como nuevo» de mi piso poco acogedor y poco usado.

—¿Qué sentido tiene? —repito frustrada—. ¿Tú nunca te sientes así? Es que me he esforzado mucho, lo he hecho todo bien...

—A ver, todo no —dice—. No te olvides de que dejaste la universidad, cari.

—... para poder conseguir el trabajo de mis sueños. Y lo he conseguido. ¡Trabajo en una de las revistas de viajes más importantes! ¡Tengo un buen piso! Y puedo coger taxis sin que me preocupe demasiado en qué otra cosa debería gastarme ese dinero y, aun así... —Tomo aire temblorosa, sin estar muy segura de las palabras que voy a obligarme a pronunciar a continuación a pesar de que todo su peso me cae encima como un saco de arena—... No soy feliz.

La expresión de Rachel se suaviza. Pone la mano encima de la mía, pero se queda en silencio, dejándome espacio para continuar. Tardo un momento en conseguirlo. Siento que soy una capulla desagradecida por tener siquiera estos pensamientos y todavía más por reconocerlos en voz alta.

—Todo es más o menos como me lo había imaginado —digo por fin—: las fiestas, las escalas en aeropuertos internacionales, los cócteles en *jets* y las playas y los barcos y los viñedos. Todo es como debería ser, pero no me siento como esperaba. La verdad es que creo que antes no me sentía así. Antes me pasaba semanas emocionadísima por hacer un viaje. Y, cuando llegaba al aeropuerto, sentía... que me rugía la sangre por las venas, que el aire vibraba a mi alrededor lleno de posibilidades. No lo sé. No sé muy bien qué ha cambiado. Igual he sido yo.

Rachel se pasa un rizo oscuro por detrás de la oreja y se encoge de hombros.

—Lo querías, Poppy. No lo tenías y lo deseabas. Tenías hambre.

Enseguida sé que tiene razón. Ha encontrado el problema central entre mi verborrea.

—Qué absurdo, ¿no? —digo entre riéndome y soltando un quejido—. Mi vida ha salido como deseaba y ahora echo de menos querer algo.

Temblar con el peso de ese deseo. Estremecerme con el potencial. Quedarme mirando el techo del quinto piso cutre y sin ascensor en el que vivía antes de trabajar en *D+R* después de un turno doble poniendo copas en el Garden y soñando despierta pensando en el futuro. En los lugares a los que iría, la gente a la que conocería... En la persona en la que me convertiría. ¿Qué te queda por querer cuando tienes el piso que soñabas, la jefa que soñabas y el trabajo que soñabas (lo cual invalida cualquier tipo de ansiedad por el alquiler obsceno del piso soñado, pues te pasas casi todos los días comiendo en restaurantes con estrellas Michelin a cargo de la empresa)?

Rachel apura la copa y pone un poco de brie encima de una galletita salada mientras asiente con aire sabio.

—Hastío *millennial.*

—¿Eso existe? —pregunto.

—Todavía no, pero si lo repites tres veces, esta noche ya podrás leerlo en un artículo de opinión de la revista *Slate.*

Tiro un puñado de sal por encima del hombro para guardarnos de ese mal y Rachel se ríe por la nariz mientras nos sirve otra copa a cada una.

—Pensaba que lo que nos pasa a los *millennials* es que no conseguimos lo que queremos. Las casas, los trabajos, la independencia económica... Seguimos estudiando toda la vida y somos camareros hasta el día en que morimos.

—Sí —dice—, pero tú dejaste la universidad y te esforzaste por conseguir lo que querías y aquí estamos.

—No quiero tener hastío *millennial.* Me siento gilipollas por no conformarme con la vida maravillosa que tengo.

Rachel vuelve a reírse por la nariz.

—La conformidad es una mentira inventada por el capitalismo —dice la Rachel de Bellas Artes, aunque tal vez tenga razón (suele tenerla)—. Piénsalo. Todas esas fotos que subo son para vender algo. Un estilo de vida. La gente las mira y piensa: «Si tuviera esos tacones de Sonia Rykiel o ese piso precioso con suelos de roble francés en espinapez, sería feliz. Daría vueltas regando las plantas y encendiendo mi suministro inagotable de velas de Jo Malone y mi vida estaría en perfecta armonía. Por fin me encantaría mi casa. Disfrutaría de los días que paso en este mundo».

—Lo vendes bien, Rachel. Pareces bastante feliz.

—Y lo soy, claro que sí —responde—. Pero no me conformo. ¿Sabes por qué? —Coge el teléfono de la mesa, busca una foto que ya tiene en mente y levanta el móvil para que la vea. Está ella recostada en su sofá de terciopelo y encima tiene dos bulldogs con cicatrices idénticas por las operaciones de morro que les salvaron la vida. Rachel lleva un pijama de Bob Esponja y ni un gramo de maquillaje—. Porque cada día hay criaderos ilegales trayendo al mundo más perritos de estos. Fecundando a las mismas pobres perritas una y otra vez y haciendo que tengan camada tras camada de perritos con mutaciones genéticas que les hacen la vida difícil y dolorosa. ¡Por no hablar de los pitbulls amontonados en jaulas, pudriéndose en la perrera!

—¿Quieres convencerme para que adopte un perro? —pregunto—. Porque todo el rollo de ser periodista de viajes es incompatible con tener mascotas.

La verdad es que, aunque no fuera así, no sé si sería capaz de ocuparme de una mascota. Me encantan los perros, pero me crie en una casa con superpoblación perruna. Con las mascotas vienen el pelo y los ladridos y el caos. Y eso, para una persona bastante caótica de por sí, es terreno peligroso. Si fuera a una protectora a por un perro, no puedo prometer que no volviera a casa habiendo adoptado seis y un coyote salvaje de regalo.

—Lo que digo —responde Rachel— es que el hecho de marcarse objetivos pesa más que conformarse con lo que ya tenemos. Tenías mil objetivos laborales, algo que querías conseguir. Poco a poco, has ido cumpliéndolo todo. Y *voilà*: te has quedado sin metas.

—Entonces lo que necesito son objetivos nuevos.

Asiente con energía.

—Leí un artículo sobre el tema. Al parecer, lograr objetivos a largo plazo lleva muchas veces a la depresión. Lo importante es el camino, no el destino, cari, y demás gilipolleces que dicen los cojines esos con frases. —Su rostro vuelve a suavizarse y se convierte en esa expresión etérea que aparece en sus fotos que más triunfan—. Y mi psicóloga dice...

—Tu madre —digo.

—Estaba siendo psicóloga cuando me lo decía —replica Rachel, y entiendo que quiere decir que Sandra Krohn estaba siendo la doctora Sandra Krohn, igual que Rachel a veces es la Rachel de Bellas Artes, no que estuviera en una sesión de terapia.

Por más que Rachel se lo suplique, su madre se niega a tratarla como paciente, pero Rachel, por su parte, se niega a que la trate nadie más, por lo que están en un callejón sin salida.

—Bueno —continúa—, pues me dijo que a veces, cuando pierdes la felicidad, lo mejor es buscarla como buscarías cualquier otra cosa.

—¿Quejándote y mirando debajo de los cojines del sofá?

—Repasando todo lo que has hecho —dice Rachel—. Así que deberías hacer memoria y preguntarte cuál fue la última vez que fuiste feliz de verdad.

El problema es que no tengo que hacer memoria. Ni lo más mínimo.

Enseguida sé cuándo fui feliz de verdad por última vez.

Hace dos años, en Croacia, con Alex Nilsen.

Pero no hay forma de volver a eso, porque no hemos hablado desde entonces.

—Tú piensa en ello, ¿vale? —dice Rachel—. La doctora Krohn siempre tiene razón.

—Sí —respondo—, pensaré en ello.

2
ESTE VERANO

Y pienso en ello.

Durante todo el trayecto en metro hacia mi casa. Y en el camino a pie de cuatro manzanas. Durante la ducha caliente, en el rato que tengo que llevar la mascarilla del pelo y en el de la mascarilla de la cara y, después, durante varias horas en mi duro sofá como nuevo.

No paso tanto tiempo aquí como para haber convertido el piso en un hogar y, además, soy hija de un tacaño y una sentimental, por lo que me crie en una casa hasta arriba de trastos. Mi madre guardaba las tazas que mis hermanos y yo le habíamos regalado de niños cuando se rompían y mi padre dejaba los coches viejos aparcados en el jardín delantero por si en algún momento aprendía a arreglarlos. Todavía no tengo ni idea de cuál es la cantidad razonable de cachivaches que puede haber en una casa, pero sé cómo suele reaccionar la gente al ver la de mis padres y creo que vale más la pena pecar por el lado del minimalismo que por el de la acumulación.

Aparte de una colección poco manejable de ropa *vintage* (primera norma de la familia Wright: nunca te compres nada nuevo si puedes conseguirlo de segunda mano por un precio mucho menor), no hay mucho en mi piso en lo que fijarse. Así que estoy mirando al techo y pensando.

Y cuanto más pienso en los viajes que hacíamos Alex y yo juntos, más quiero que vuelvan, pero no de la forma en la que quería ver Tokio en la temporada de los cerezos en flor o el Fasnacht de Suiza, con sus desfiles de máscaras y sus bufones armados con látigos que bailan por las calles coloridas.

Lo que siento ahora es más doloroso, más triste.

Es peor que la indolencia de no esperar demasiado de la vida. Es querer algo y no ser capaz de convencerme a mí misma de que existe siquiera una ínfima posibilidad de que ocurra.

No después de dos años de silencio.

Vale, silencio tampoco. Todavía me manda un mensaje por mi cumpleaños. Yo todavía le mando uno por el suyo. Los dos respondemos diciendo «Gracias» o «¿Cómo estás?», pero esas palabras nunca parecen llevarnos mucho más allá.

Después de que ocurriera todo aquello entre nosotros, me dije a mí misma que simplemente le llevaría tiempo superarlo, que las cosas volverían a la normalidad y que seríamos mejores amigos de nuevo. Puede que hasta nos riésemos del tiempo que no nos habíamos visto.

En cambio, pasaron los días, yo apagaba y encendía el teléfono por si los mensajes se estaban perdiendo y, al cabo de un mes, hasta dejé de dar respingos cada vez que me sonaba el móvil.

La vida de cada uno continuó sin la presencia del otro. Lo nuevo y raro se volvió normal, inmutable en apariencia, y aquí estoy ahora, un viernes por la noche, mirando la nada.

Me levanto del sofá y cojo el portátil de la mesita de café para salir al balconcito. Me dejo caer en la única silla que me cabe en el balcón y pongo los pies en la barandilla, que sigue caliente por el sol a pesar del pesado manto de la noche que nos cubre. En la calle, suena la campana que hay en la puerta de la bodega de la esquina, la gente vuelve a casa después de una larga noche por ahí y un par de taxis esperan delante de mi bar favorito del barrio, el Good Boy (un establecimiento que no debe su éxito a las bebidas que sirve, sino a que permite la entrada a perros; así es como sobrevivo a una existencia sin mascotas).

Abro el ordenador y aparto con la mano una polilla del brillo fluorescente de la pantalla mientras abro mi antiguo blog. El blog en sí no podría importarle menos a *D+R*. A ver, evaluaron algunos extractos antes de darme el trabajo, pero les da igual si lo mantengo. De lo que quieren seguir sacando dinero es de mi influencia en redes, no del modesto, aunque leal, número de lectores que he ido reuniendo con mis entradas sobre viajes de bajísimo presupuesto.

La revista *Descanso + Relax* no está especializada en viajes de bajo presupuesto. Y, aunque pensaba seguir publicando en *Poppy por el mundo* a la vez que trabajaba en la revista, mis entradas se fueron extinguiendo poco después del viaje a Croacia.

Bajo hasta la entrada sobre ese viaje y la abro. En ese momento, ya trabajaba en *D+R*, lo cual significa que cada segundo de lujo del viaje estaba pagado. Tendría que haber sido el mejor viaje que hubiésemos hecho. Y algunas pequeñísimas partes lo fueron.

Pero, al leer la entrada —limpia de cualquier referencia a Alex y a lo que había pasado—, se me hace evidente lo destrozada que estaba cuando llegué a casa. Bajo más buscando todas las entradas sobre el viaje del verano. Así lo llamábamos durante el año cuando nos mandábamos mensajes, por lo general, mucho antes de haber decidido siquiera adónde iríamos o cómo lo pagaríamos.

El viaje del verano.

Por ejemplo, «La uni me está matando, solo quiero que llegue ya el viaje del verano». O «Propuesta para el uniforme del viaje del verano» y una captura de pantalla de una camiseta en la que ponía SÍ, SON DE VERDAD en la zona de los pechos, o un mono tan corto que, en pocas palabras, era un tanga vaquero.

Una brisa cálida trae de la calle el olor a basura y a pizza a un dólar la porción y me remueve el pelo. Me hago un moño en la coronilla, cierro el ordenador y saco el móvil tan deprisa que quien me viera diría que iba a usarlo de veras.

«No puedes, es demasiado raro», pienso.

Pero ya estoy abriendo la conversación con Alex. Su número sigue ahí, en la parte de arriba de mi lista de favoritos, donde lo ha mantenido el optimismo hasta que ha pasado tanto tiempo que la posibilidad de eliminarlo me parece ahora un último paso trágico que no soy capaz de dar.

Sobrevuelo el teclado con el pulgar.

He estado pensando en ti, escribo. Me quedo mirando la frase un momento y luego la borro.

¿No querrás ir de viaje, por casualidad?, tecleo ahora. Parece un buen mensaje. Deja claro lo que le estoy preguntando, pero es informal y es fácil decir que no. Sin embargo, cuanto más estudio las palabras, más rara me hace sentir la informalidad, el hacer ver que no pasó nada y que seguimos siendo dos buenos amigos que pueden planear un viaje por un medio tan relajado como un mensaje de madrugada.

Borro la pregunta, respiro hondo y vuelvo a escribir: Ey.

—¿Ey? —suelto, molesta conmigo misma.

En la acera, un hombre da un respingo al oír mi voz y levanta la cabeza hacia el balcón, decide que no le estoy hablando a él y se aleja deprisa.

No puedo mandarle un mensaje a Alex Nilsen que solo diga «Ey».

Pero, entonces, voy a seleccionar y borrar la palabra y pasa algo horrible.

Aprieto el botón de enviar sin querer.

El mensaje sale con un zumbido.

—¡Joder, joder, joder! —digo entre gritando y susurrando.

Sacudo el móvil como si pudiera hacerlo escupir la mísera palabra antes de que empiece a digerirla.

—No, no, n...

Din.

Me quedo de piedra. Con la boca abierta. El corazón acelerado. La barriga se me revuelve hasta que siento que mis intestinos son espirales de pasta.

Un mensaje nuevo con el nombre en negrita en la parte de arriba: ALEJANDRO EL MÁS MAGNO.

Una palabra.

Ey.

Estoy tan aturdida que casi le vuelvo a contestar «Ey», como si no hubiera mandado el primer mensaje, como si él acabase de mandarme el «Ey» de la nada. Pero no, no es ese tipo de persona. Ese tipo de persona soy yo.

Y, como soy de esas personas que mandan el peor mensaje del mundo, ahora he recibido una respuesta que no me abre ninguna puerta para empezar a hablar.

¿Qué digo?

¿Un «¿Cómo estás?» es demasiado serio? ¿Parece que espere que me diga: «Pues bueno, Poppy, te he echado de menos. MUCHÍSIMO»?

Tal vez sea mejor mandar algo más inocuo, como «¿Qué te cuentas?».

Pero vuelvo a sentir que lo más raro que puedo hacer en este momento es ignorar deliberadamente que es raro volver a escribirle después de tanto tiempo.

Siento haberte mandado un mensaje diciendo «Ey», escribo. Lo borro e intento tirar por hacerme la graciosa: Debes de estar preguntándote por qué te he hecho venir aquí.

No es gracioso, pero estoy de pie, apoyada en la barandilla de mi diminuto balcón, temblando de los nervios y de la anticipación, y me aterra tardar demasiado en responder. Envío el mensaje y empiezo a caminar de aquí para allá, pero, como el balcón es tan pequeño y la silla ocupa la mitad del espacio, termino dando vueltas sobre mí misma como una peonza y una estela de polillas sigue la luz borrosa del móvil.

Vuelve a sonar y yo me siento en la silla de inmediato y abro el mensaje.

¿Es por los sándwiches que
desaparecen de la sala de profesores?

Al segundo llega otro mensaje.

Porque no los cojo yo. A no ser que
haya una cámara de seguridad.
En ese caso, lo siento.

Me brota una sonrisa y una ola de calidez derrite el nudo ansioso que tengo en el pecho. Hubo un breve periodo de tiempo en el que Alex estaba convencido de que iban a despedirlo del instituto. Un día se había levantado tarde y no había podido desayunar, luego había tenido cita con el médico a la hora de comer. Después de eso, no había podido comprar nada, así que había ido a la sala de profesores esperando que fuera el cumpleaños de alguien y hubiera dónuts o magdalenas ya resecas para poder picar algo.

Sin embargo, era el primer lunes del mes y una profesora de Historia de Estados Unidos que se llamaba señora Delallo, una mujer a la que Alex consideraba en secreto su archienemiga del trabajo, había insistido en vaciar la nevera y la encimera el último viernes del mes y proclamarlo a los cuatro vientos como si esperase que le diesen las gracias, aunque muchas veces sus compañeros perdían un par de buenas comidas congeladas por ello.

Total, que lo único que quedaba en la nevera era un sándwich de ensaladilla de atún. «La tarjeta de visita de Delallo», bromeó Alex al contarme la historia más tarde.

Se había comido el sándwich como acto de resistencia (y hambre). Luego se había pasado tres semanas convencido de que alguien se enteraría y él perdería el trabajo. No es que ser profesor de Literatura en un instituto fuera su sueño, pero el sueldo estaba bien, tenía buenos beneficios laborales y el puesto era en nuestro pueblo, en Ohio, lo cual para mí era algo negativo, pero para él suponía vivir cerca de dos de sus tres hermanos pequeños y de los hijos que habían empezado a tener como churros.

Además, no suele haber muchas vacantes en el puesto que a Alex le hacía verdadera ilusión, en la universidad. No podía permitirse perder el trabajo de profesor y, por suerte, no lo había perdido.

¿SándwichES? ¿EN PLURAL? Por favor,
por favor, dime que no te has
convertido en ladrón de bocadillos
reincidente.

Delallo no es muy fan de los bocadillos.
Últimamente le da más por los
sándwiches de ternera, queso,
chucrut y salsa rosa.

Y ¿cuántos de esos has robado?

Suponiendo que la Agencia de
Seguridad Nacional está leyendo esto,
ninguno.

Eres profesor de inglés en un instituto
en Ohio, claro que están leyendo esto.

Me responde con una carita triste.

¿Insinúas que no soy lo bastante importante como para que me espíe el gobierno estadounidense?

Sé que está de broma, pero con Alex Nilsen pasa una cosa: a pesar de ser alto, de espaldas bastante anchas, adicto al ejercicio diario y a la comida sana y al autocontrol en general, también tiene cara de perrito triste. O, por lo menos, la capacidad de ponerla. Tiene los ojos siempre un poquito adormilados, y los surcos que se le forman debajo son un indicador permanente de que dormir no le gusta tanto como a mí. Tiene los labios carnosos y un arco de Cupido exagerado y ligeramente asimétrico, y todo eso combinado con su pelo liso y algo despeinado —la única parte de su aspecto a la que no le presta atención— le da a su cara una inocencia que, si se usa bien, puede despertar en mí un impulso biológico de protegerlo a toda costa.

Ver sus ojos adormecidos ensancharse y humedecerse y su boca carnosa abrirse y formar una pequeña O es como oír llorar a un perrito.

Cuando otra gente me manda un emoji de un mohín, lo interpreto como una ligera decepción.

Cuando lo usa Alex, sé que me está mandando el equivalente digital de la cara de perrito triste para molestarme. A veces, cuando estábamos borrachos tratando de terminar una partida de ajedrez o de Scrabble que yo iba ganando, usaba esa expresión hasta que yo no podía más, entre riendo y llorando, cayéndome de la silla e intentando hacer que parase o por lo menos se tapase la cara.

Claro que eres importante. Si la Agencia de Seguridad Nacional conociera el poder que tiene la cara de perrito triste, ahora mismo estarías en un laboratorio y te estarían clonando.

Alex escribe un rato, para y vuelve a escribir. Espero unos segundos más.

¿Ya está? ¿Ese será el mensaje al que dejará de responder? ¿O va a lanzarme un gran reproche? Conociéndolo, supongo que lo más probable es que sea un inofensivo «Me alegro de haber charlado, me voy a dormir. Que duermas bien».

¡Din!

Se me escapa una carcajada y es tan estridente que siento como si se me hubiese roto un huevo dentro del pecho y de él manase un calor que me va recubriendo los nervios.

Es una foto. Un selfi borroso y raro de Alex a la luz de una farola poniendo la dichosa cara. Como casi todas las fotos que se ha tomado en su vida, está hecha desde abajo, lo que le alarga el rostro de forma que termina en punta. Otra carcajada me hace echar la cabeza hacia atrás. Siento algo de vértigo.

¡Qué cabrón! Es la una de la madrugada y me estás haciendo ir hacia la perrera a salvar algunas vidas.

Sí, claro. Tú nunca tendrías un perro.

Siento un pinchazo de algo que se parece al dolor en la parte baja del vientre. A pesar de ser la persona más limpia, quisquillosa y organizada que conozco, a Alex le encantan los animales y estoy bastante segura de que ve mi incapacidad de comprometerme a tener uno como un defecto personal.

Miro la planta suculenta deshidratada que hay en el rincón del balcón. Negando con la cabeza, le escribo otro mensaje:

¿Cómo está Flannery O'Connor?

Muerta.

¡Digo la gata, no la escritora!

Muerta también.

El corazón me da un vuelco. Por mucho que yo odiase a la gata (ni más ni menos de lo que ella me odiaba a mí), Alex la adoraba. Que no me lo haya contado me parte por la mitad en un corte limpio, de la cabeza a los pies, como una guillotina.

Lo siento, Alex.

Madre mía, lo siento mucho. Sé cuánto la querías. Tuvo una vida maravillosa contigo.

Él solo escribe:

Gracias.

Me quedo mirando la palabra un rato largo sin saber cómo continuar la conversación. Pasan cuatro minutos, luego cinco y luego han pasado ya diez. Y al fin dice:

Tengo que irme a dormir ya.
Que duermas bien, Poppy.

Sí. Lo mismo digo.

Me quedo sentada en el balcón hasta que se me ha escapado todo el calor del cuerpo.

3
HACE DOCE VERANOS

Lo veo la primera noche de la semana de orientación en la Universidad de Chicago. Lleva unos chinos beige y una camiseta de la Universidad pese a haber pasado un total de diez horas en ella. No se parece en nada a los artistas intelectuales de los que pensaba que me haría amiga cuando elegí una universidad en una ciudad grande, pero estoy aquí sola (resulta que mi nueva compañera de habitación ha escogido la misma uni que su hermana mayor y unas amigas y se ha escaqueado de la semana de orientación en cuanto ha podido) y él también está solo, así que me acerco a él, le señalo la camiseta con la mano en la que llevo la bebida y le digo:

—Entonces ¿vas a la Universidad de Chicago?

Me mira inexpresivo.

Le explico trastabillándome que ha sido una broma.

Él me dice trastabillándose también algo sobre haberse manchado y haber tenido que cambiarse a última hora. Las mejillas se le sonrojan y a mí también, de vergüenza ajena.

Entonces, sus ojos me recorren, me evalúan y le cambia la cara. Llevo un mono rosa y naranja fosforito de principios de los setenta y su reacción es casi como si también llevase colgado un cartel que dice: PUTOS PANTALONES BEIGE.

Le pregunto de dónde es porque no sé muy bien qué más decirle a un desconocido con el que no comparto nada más que unas cuantas horas de confusas vueltas por el campus, un par de charlas aburridas sobre la vida en la ciudad y la animadversión por la ropa que lleva el otro.

—De Ohio —responde—, de un pueblo que se llama West Linfield.

—¡Joder! ¿Qué dices? —suelto estupefacta—. Yo soy de East Linfield.

Noto que se anima un poco, como si fuera una buena noticia, y no sé muy bien por qué, porque tener Linfield en común es un poco como haber pasado el mismo resfriado: no es lo peor que te podría ocurrir, pero tampoco es como para chocar los cinco.

—Me llamo Poppy —le digo.

—Alex —contesta, y me da un apretón de manos.

Cuando te imaginas a un futuro mejor amigo, nunca lo llamas Alex. Y es probable que tampoco imagines que se viste como una especie de bibliotecario adolescente ni que apenas te mira a los ojos ni que siempre habla medio en voz baja.

Llego a la conclusión de que, si lo hubiera observado cinco minutos más antes de cruzar el césped cubierto por guirnaldas de bombillas para hablar con él, habría podido adivinar cómo se llamaba y que era de West Linfield, porque ambas cosas van a juego con los pantalones beige y con la camiseta de la Universidad de Chicago.

Estoy segura de que, cuanto más hablemos, más violentamente aburrido me parecerá, pero aquí estamos, y estamos solos, así que ¿por qué no comprobarlo?

—Y ¿para qué has venido? —le pregunto.

Se le arruga la frente.

—¿Para qué he venido?

—Sí, a ver —digo—, yo he venido a conocer a un magnate del petróleo que esté buscando a una segunda esposa mucho más joven que él.

Vuelve a mirarme impasible.

—Que qué estudias —aclaro.

—Ah. No lo sé todavía. Puede que Derecho. O Literatura. ¿Y tú?

—Tampoco estoy segura. —Levanto el vaso de plástico—. La verdad es que he venido sobre todo por el ponche. Y por no vivir en el sur de Ohio.

Durante los dolorosos quince minutos que vienen a continuación, yo me entero de que ha podido ir a la universidad gracias a las becas de rendimiento académico y él de que yo puedo estar aquí por los préstamos que he pedido. Le cuento que soy la más pequeña de tres hermanos y la única chica. Él me dice que es el mayor de cuatros chicos. Me pregunta si he visto ya el gimnasio, a lo que mi respuesta sincera es «¿Por qué?», y los dos seguimos cambiando el peso de pierna, incómodos y en silencio.

Él es alto, callado y tiene ganas de ver la biblioteca.

Yo soy bajita, escandalosa y espero que alguien venga y nos invite a una fiesta de verdad.

Cuando nos despedimos, estoy bastante segura de que no volveremos a hablar.

Y parece que él piensa lo mismo.

En lugar de «Adiós» o «Nos vemos por aquí» o «¿Nos damos los teléfonos?», me dice solo:

—Buena suerte con el primer curso, Poppy.

4
ESTE VERANO

—¿Has pensado en ello? —me pregunta Rachel.

Pedalea con fuerza en la bici estática al lado de la mía. Le salen disparadas gotitas de sudor, aunque respira con normalidad, como si estuviéramos paseando por un Sephora. Como siempre, hemos encontrado dos bicis al fondo de la clase de *spinning* donde podemos hablar sin que nos riñan por distraer a los otros ciclistas.

—¿Pensar en qué? —le respondo jadeando.

—En qué te hace feliz.

Se levanta sobre la bici para pedalear más deprisa siguiendo las órdenes de la profesora. Yo, por mi parte, estoy prácticamente recostada sobre el manillar haciendo fuerza con los pies como si estuviese cruzando un charco de melaza con la bicicleta. No soporto hacer ejercicio, pero me gusta cómo me siento después de hacerlo.

—El silencio —jadeo con el corazón a mil—. Eso. Me. Hace. Feliz.

—¿Y? —pregunta.

—Esos cortes de helado de frambuesa y nata del súper —suelto.

—¿Y?

—¡Y tú! Pero solo a veces. —Intento sonar tajante. Los resuellos me quitan severidad.

—¡Descansad! —grita la profesora por el micrófono.

Se oyen treinta y tantos suspiros de alivio en la sala. La gente se deja caer sobre las bicis o directamente al suelo, deshecha, pero Rachel se baja como una gimnasta olímpica que ha terminado el ejercicio de suelo. Me tiende su botella de agua y yo la sigo a los vestuarios y, luego, salimos a la luz cegadora del mediodía.

—No voy a sonsacártelo —me dice—. Puede que lo que te hace feliz sea algo privado.

—Es Alex —escupo.

Se detiene y me agarra del brazo para que no me escape. Creamos un pequeño atasco de viandantes a nuestro alrededor.

—¿Qué?

—No en ese sentido —digo—. Me refiero a nuestros viajes de verano. No hay nada que los haya superado.

Nada.

Aunque me case o tenga un bebé, creo que el mejor día de mi vida seguirá siendo una mezcla entre eso y la vez que Alex y yo fuimos de excursión por unos bosques de secuoyas inundados por la neblina. Cuando estábamos llegando en coche al parque natural, empezó a llover y los caminos se despejaron. Teníamos el bosque para nosotros, nos metimos una botella de vino en la mochila y salimos.

Cuando estuvimos seguros de estar solos, abrimos la botella y nos la fuimos pasando, bebiendo mientras andábamos por la quietud del bosque.

«Ojalá pudiéramos dormir aquí», recuerdo que me dijo. «Tumbarnos y quedarnos dormidos.»

Y entonces encontramos uno de esos enormes troncos vacíos por el camino, de esos que están abiertos y forman una cueva de madera con los dos lados como si fueran grandes manos cóncavas.

Nos metimos dentro y nos acurrucamos en la tierra seca y llena de pinchos. No dormimos, pero descansamos. Como si, en lugar de recuperar la energía durmiendo, la absorbiésemos de los siglos de sol y lluvia que, juntos, habían hecho crecer aquel árbol enorme que nos protegía.

—Pues está claro que tienes que llamarlo —dice Rachel echándome el lazo y tirando de mí para sacarme del recuerdo—. Nunca he entendido por qué no hablaste con él sin rodeos de todo lo que pasó. Perder una amistad tan importante por un solo desacuerdo me parece una tontería.

Niego con la cabeza.

—Ya le he mandado un mensaje. No tiene ganas de recuperar la amistad y ya te digo yo que muchísimo menos de irse de vacaciones espontáneas conmigo. —Vuelvo a seguirle el ritmo andando a su lado y me subo un poco la correa de la bosa del gimnasio, que me resbala por el hombro—. Igual podrías venir tú. Sería divertido, ¿no? Hace meses que no vamos a ningún sitio juntas.

—Ya sabes que me entra ansiedad si salgo de Nueva York —responde Rachel.

—¿Y qué te diría tu psicóloga sobre eso? —le digo para picarla.

—Me diría: «¿Y qué tienen en París que no tengamos en Manhattan, cielo?».

—¿La torre Eiffel, por ejemplo?

—A ella también le entra ansiedad cuando me voy de Nueva York —contesta Rachel—. En nuestro caso, hasta Nueva Jersey es todo lo que da el cordón umbilical. Venga, vamos a comprarnos unos zumos. La tabla de quesos de ayer me ha hecho un tapón en el culo y ahora se me está acumulando todo en la barriga.

El domingo por la noche, a las diez y media, estoy sentada en la cama con el edredón rosa claro arrebujado sobre los pies y el portátil quemándome los muslos. Tengo media docena de pestañas abiertas en el navegador y en la aplicación de notas he empezado una lista de posibles destinos que solo llega a tres.

1. Terranova
2. Austria
3. Costa Rica

Acabo de empezar a reunir apuntes sobre las principales ciudades y los parajes naturales más relevantes de cada uno cuando mi móvil vibra sobre la mesita. Rachel ha estado mandándome mensajes todo el día jurando que no volverá a tomar lácteos, pero, cuando cojo el teléfono, la notificación del último mensaje es de ALEJANDRO EL MÁS MAGNO.

De repente, la sensación vertiginosa ha vuelto, creciendo tan deprisa dentro de mí que me parece que el cuerpo me va a explotar.

Es una imagen y, cuando le doy con el dedo para abrirla, me encuentro mi foto de graduación acompañada del texto que elegí poner al pie: ADIÓS.

Ooooooh, noooooo, escribo entre risas, apartando el portátil y tumbándome de espaldas. ¿Dónde lo has encontrado?

En la biblioteca de East Linfield. Estaba preparando el aula y me he acordado de que guardan los anuarios.

Has traicionado mi confianza. En este momento estoy escribiéndoles a tus hermanos para que me manden fotos de cuando eras un bebé.

Al momento, vuelve a enviarme la misma foto con cara de perrito triste del viernes, con la cara borrosa y pálida y el resplandor difuso de una farola visible detrás de él.

Qué mala.

¿Es una foto de archivo que tienes
guardada para ocasiones como esta?

No. Me la hice el viernes.

Para ser Linfield, estabas por ahí
a altas horas. ¿Qué hay abierto
tan tarde aparte de las cadenas
de comida rápida?

Pues resulta que, después de cumplir
los veintiuno, hay muchas cosas que
hacer en Linfield por la noche.
Estaba en el Birdies.

El Birdies, el cuchitril y «asador» con temática de golf que hay delante de mi instituto.

¿El Birdies? Qué asco, ¡ahí es adonde
van a beber los profesores!

Alex me lanza otra foto con cara de perrito triste, pero, al menos, esta vez es una nueva: él con una camiseta gris claro, el pelo despeinado hacia arriba y con un sencillo cabecero de cama de madera detrás.

También está en la cama. Escribiéndome. Y, durante el fin de semana, cuando estaba preparando el aula, no solo pensó en mí, sino que se tomó el tiempo de buscar mi foto de graduación.

Tengo una sonrisa enorme en la cara y estoy emocionada. Es surrealista lo mucho que me siento como al principio de nuestra amistad, cuando cada mensaje me parecía apasionante y gracioso y perfecto, cuando todas las llamadas que tenían que ser rápidas se convertían, sin buscarlo, en conversaciones de una hora y media durante la que no callábamos, incluso habiéndonos visto unas horas antes. Me acuerdo de que, en una de las primeras llamadas —antes de que empezase a considerarlo mi mejor amigo—, tuve que preguntarle si podía llamarlo al cabo de un rato, porque tenía que ir a hacer pis. Cuando volví a llamar, estuvimos una hora más hablando y él me preguntó lo mismo.

Llegados a ese punto, me parecía una tontería colgar solo para no tener que oír el sonido del pis cayendo en la taza del váter, así que le dije que no hacía falta que colgase si no quería. Él no aceptó mi oferta ni ese día ni ningún otro, pero, desde ese momento, yo hice pis muchas veces a media llamada. Con su permiso, claro.

Y ahora estoy haciendo algo humillante: tocar la foto de su cara como si así pudiese sentir su esencia, como si eso fuera a acercarlo a mí más de lo que lo ha estado estos últimos dos años. No hay nadie para verlo, pero yo me avergüenzo igual del gesto.

¡Es broma! La próxima vez que esté
por casa, vayamos a ponernos tibios
con la señora Lautzenheiser.

Lo mando sin pensar y, casi al instante, se me seca la boca al ver las palabras en la pantalla.

«La próxima vez que esté por casa.»

«Vayamos.»

¿Me he pasado proponiéndole que nos veamos?

Si me he pasado, no lo dice. Solo contesta:

Lautzenheiser ya no bebe.
Y se ha hecho budista.

Ahora que no tengo una respuesta clara a mi sugerencia, ni positiva ni negativa, siento un intenso deseo de insistir.

Entonces supongo que tendremos
que quedar con ella para
ponernos místicos.

Alex se queda escribiendo demasiado rato y todo ese tiempo me lo paso con los dedos cruzados intentando librarme de la tensión con la fuerza de la mente.

Madre mía.

Pensaba que lo llevaba bien, que había superado nuestra ruptura de amigos, pero, cuanto más hablamos, más lo echo de menos.

El móvil me vibra en la mano. Dos palabras:

Sí, supongo.

No se compromete demasiado, pero algo es algo.

Y ahora estoy de subidón. Por la foto del anuario, por los selfis, por pensar en Alex en la cama escribiéndome de improviso. Puede que sea ir demasiado lejos o pedirle demasiado, pero no puedo evitarlo.

Hace dos años que quiero pedirle a Alex que le dé otra oportunidad a nuestra amistad, y me ha dado tanto miedo la respuesta que nunca he conseguido hacerle la pregunta. Sin embargo, no preguntar tampoco nos ha vuelto a unir y lo echo de menos, y echo de menos cuando pasábamos tiempo juntos, y echo de menos el viaje del verano, y, por fin, sé que hay algo en mi vida que sí ansío de verdad, y solo hay una forma de saber si lo puedo tener.

¿Hay alguna posibilidad de que estés libre de aquí a que comience el curso?, escribo temblando tanto que empiezan a castañearme los dientes. Estoy pensando en hacer un viaje.

Me quedo mirando las palabras el tiempo que duran tres respiraciones profundas y le doy a enviar.

5
HACE ONCE VERANOS

A veces veo a Alex Nilsen por el campus, pero no volvemos a hablar hasta el día de después de que termine el primer curso.

Ha sido mi compañera de cuarto, Bonnie, la que lo ha organizado todo. Cuando me dijo que tenía un amigo del sur de Ohio que buscaba a alguien con quien compartir coche para volver a casa, no se me ocurrió que pudiera ser el mismo chico de Linfield que conocí en la semana de orientación.

Sobre todo porque no he recabado nada de información acerca de Bonnie en los nueve meses en los que ha estado pasando por la residencia para ducharse y cambiarse antes de volver al piso de su hermana. La verdad es que ni siquiera sé cómo se ha enterado de que soy de Ohio.

Me he hecho amiga de las otras chicas de mi planta —he comido con ellas, he visto pelis con ellas, he ido a fiestas con ellas—, pero Bonnie vive fuera de nuestro grupo de chicas de primero formado por necesidad. La idea de que su amigo pudiera ser Alex el de Linfield ni siquiera se me pasó por la cabeza cuando me dio su nombre y su número para quedar para irnos juntos, pero, cuando bajo las escaleras y me lo encuentro esperando al lado de su ranchera a la hora acordada, me resulta obvio por su expresión inmutable e incómoda que me está esperando.

Lleva la misma camiseta que la noche que lo conocí, o también puede ser que se haya comprado unas cuantas más iguales y se ponga una cada día.

—Eres tú —le grito antes de cruzar la calle.

Él agacha la cabeza y se sonroja.

—Sip.

Sin decir nada más, se acerca a mí y me coge las cestas de la ropa sucia y una de las bolsas de lona de viaje de los brazos y las mete en el asiento de atrás.

Los primeros veinticinco minutos de trayecto son incómodos y silenciosos. Lo peor de todo es que apenas avanzamos por el tráfico de la ciudad.

—¿Tienes el cable de la radio por aquí? —le pregunto mientras busco por la guantera.

Me lanza una mirada y su boca forma una mueca.

—¿Por qué?

—Porque quiero ver si puedo saltar a la comba con el cinturón de seguridad puesto —suelto, volviendo a amontonar los paquetes de toallitas desinfectantes y de gel hidroalcohólico que he revuelto en mi búsqueda—. ¿Tú qué crees? Para escuchar música.

Los hombros de Alex se levantan como si fuese una tortuga escondiéndose en su caparazón.

—¿En un atasco?

—Pues... ¿sí? —respondo.

Los hombros le suben todavía más.

—Es que están pasando muchas cosas.

—Apenas estamos avanzando —señalo.

—Ya lo sé. —Se encoge y hace una mueca—. Pero es difícil concentrarse. Y hay gente pitando y...

—Vale. Que no ponga música. —Me dejo caer en el asiento y vuelvo a mirar por la ventana.

Alex emite un carraspeo cohibido, como si quisiera decir algo.

Me vuelvo hacia él a la espera.

—¿Sí?

—¿Te importaría... no hacer eso?

Señala la ventana con la barbilla, y me doy cuenta de que la estoy golpeando con los dedos. Me pongo las manos en el regazo y me sorprendo dando golpecitos con los pies.

—¡No estoy acostumbrada al silencio! —exclamo a la defensiva cuando me mira.

Decirlo así es quedarme cortísima. Me crie en una casa con tres perros grandes, un gato con pulmones de cantante de ópera, dos hermanos que tocaban la trompeta y unos padres a los que les parecía que tener la teletienda de fondo era «relajante».

Me adapté deprisa al silencio de la habitación de la residencia en la que, en la práctica, no tenía compañera, pero esto —estar en silencio en un atasco con alguien a quien apenas conozco— me resulta antinatural.

—¿No deberíamos conocernos un poco o algo? —le pregunto.

—Yo necesito centrarme en la carretera —dice, y se le tensan las comisuras de los labios.

—Vale.

Alex suspira cuando aparece la causa de la congestión: un roce entre dos coches. Los dos vehículos involucrados ya están en el arcén, pero el tráfico sigue parándose aquí.

—Cómo no —dice—, la gente baja la velocidad solo para mirar. —Abre la guantera y rebusca hasta que encuentra el cable—. Toma. Pon lo que quieras.

Levanto una ceja.

—¿Seguro? Puede que te arrepientas.

Frunce el ceño.

—¿Por qué tendría que arrepentirme?

Miro el asiento de atrás de su ranchera con recubrimiento interior de madera. Tiene las cosas ordenadas y apiladas en cajas con etiquetas. Las mías están amontonadas en bolsas de ropa sucia alrededor. El coche es viejo, pero está impoluto. No sé cómo, pero huele exactamente igual que él: un aroma suave a cedro y musgo.

—Es que parece que pueda que te guste bastante el... control —apunto—. Y no sé si tendré el tipo de música que te gusta. No llevo nada de Chopin.

Los surcos de su frente se vuelven más profundos. Arruga también los labios.

—Puede que no sea tan estirado como crees.

—¿En serio? —respondo—. Entonces, no te importará que ponga «All I Want for Christmas Is You» de Mariah Carey.

—Estamos en mayo —señala.

—Consideraré que mi pregunta ha quedado respondida.

—Eso no es justo —dice—. ¿Qué clase de salvaje escucha villancicos en mayo?

—Y ¿qué pasaría si estuviéramos a diez de noviembre? —pregunto.

Alex aprieta la boca. Se tira del pelo liso de la coronilla y la electricidad estática lo deja flotando en el aire incluso cuando su mano vuelve deprisa al volante. La verdad es que sigue a rajatabla lo de poner «las manos a las diez y diez», por lo que he visto, y, a pesar de que va siempre encorvadísimo cuando está de pie, desde que hemos subido al coche ha mantenido su buena postura erguida, si no tenemos en cuenta la tensión en los hombros.

—Vale —dice—, no me gustan los villancicos. No pongas villancicos y nos llevaremos bien.

Conecto el teléfono, enciendo el equipo de sonido y bajo por la pantalla del móvil hasta encontrar «Young Americans» de David Bowie. A los pocos segundos, pone una mueca evidente.

—¿Qué? —pregunto.

—Nada —me asegura.

—Acabas de encogerte como si la marioneta que te controla se hubiese quedado dormida.

Me mira con los ojos entrecerrados.

—¿Qué quieres decir?

—No soportas esta canción —lo acuso.

—Qué va —dice, poco convincente.

—No soportas a David Bowie.

—¡Que no! —insiste—. No es David Bowie.

—Entonces ¿qué? —quiero saber.

Suelta una exhalación siseante.

—El saxo.

—El saxo —repito.

—Sí. Es que... No soporto el saxo. Me parece que un saxo destroza cualquier canción.

—Que alguien avise a Kenny G —digo.

—Dime una canción que mejore con un saxo —me reta Alex.

—Tendré que consultar la libreta en la que tengo el registro de todas las canciones en las que aparece un saxo.

—Ninguna —insiste.

—Seguro que eres el alma de todas las fiestas —digo.

—Tampoco soy lo contrario.

—Siempre que no toque ninguna banda ni charanga.

Me mira con el rabillo del ojo.

—¿En serio eres defensora del saxo?

—No, pero estoy dispuesta a hacerme pasar por una si no has terminado de rajar. ¿Qué más detestas?

—Nada —dice—, solo los villancicos y los saxos. Y las versiones.

—¿Las versiones? —pregunto—. ¿Te gusta mandar un texto como lo has escrito la primera vez, sin revisarlo?

—Las versiones de canciones —aclara.

Me echo a reír.

—¿No soportas las versiones de canciones?

—Les tengo un odio profundo —dice.

—Alex, eso es como decir que no te gustan las verduras. Es muy vago. No tiene ningún sentido.

—Tiene todo el sentido del mundo —insiste—. Si es una

buena versión que se ciñe al arreglo de la original, es como: «¿Por qué?». Y, si no se parece en nada a la original, es como: «¿Se puede saber por qué?».

—Madre del amor hermoso —digo—, eres un viejo cascarrabias.

Me mira con el ceño fruncido.

—¿Qué pasa? ¿A ti te gusta todo?

—Más o menos —contesto—. Sí, la verdad es que me suelen gustar las cosas.

—A mí también me gustan las cosas.

—¿Como qué? ¿Los trenes en miniatura y las biografías de Abraham Lincoln? —intento adivinar.

—La verdad es que no me disgusta ni una cosa ni la otra —dice—. ¿Por? ¿A ti no te gustan?

—Ya te lo he dicho —insisto—, a mí me gustan las cosas. Soy muy fácil de complacer.

—¿Qué significa eso?

—Pues... —Pienso un segundo—. A ver, cuando éramos pequeños, Parker y Prince, mis hermanos, y yo íbamos al cine en bici sin buscar antes qué echaban.

—¿Tienes un hermano que se llama Prince? —me pregunta Alex arqueando las cejas.

—Eso ahora da igual.

—¿No es un mote?

—No —respondo—. Le pusieron ese nombre por el cantante. A mi madre le encantaba «Purple Rain».

—¿Y a Parker por quién le pusieron el nombre?

—Por nadie —contesto—. Les gustaba el nombre y ya está, pero ya te digo que eso ahora da igual.

—Todos vuestros nombres empiezan por P —señala—. ¿Cómo se llaman tus padres?

—Wanda y Jimmy.

—Que no empiezan por P —aclara Alex.

—No, no empiezan por P. Tuvieron a Prince, después a Parker y supongo que ya que estaban... Pero que eso no es importante ahora.

—Perdona, continúa —dice Alex.

—Pues eso, íbamos en bici al cine y nos comprábamos una entrada para algo que fueran a poner en la siguiente media hora e íbamos a ver cada uno una peli diferente.

Se le arruga la frente.

—¿Por?

—Eso también da igual.

—Pues no pienso no preguntar por qué narices ibas a ver tú sola una película que ni siquiera querías ver.

Resoplo.

—Era por un juego.

—¿Un juego?

—La ida de olla —explico deprisa—. Era, básicamente, como el juego en el que dices dos verdades y una mentira, pero nos contábamos unos a otros las películas que acabábamos de ver de principio a fin, y si la película tenía alguna ida de olla de los guionistas en algún momento, si había algún giro de guion absurdo, teníamos que contarlo tal como era. En cambio, si no, teníamos que mentir. Luego, había que adivinar si se trataba de parte real de la trama o de algo inventado y, si pillabas una mentira, ganabas cinco dólares.

Era más cosa de mis hermanos que mía, pero me dejaban apuntarme.

Alex se me queda mirando un momento. Se me calientan las mejillas. No sé muy bien por qué le he hablado de la ida de olla. Es el tipo de tradición de la familia Wright que no suelo molestarme en compartir con la gente que no va a entenderla, pero supongo que me juego tan poco en esta conversación que la idea de que Alex Nilsen pueda mirarme con expresión vacía o burlarse del juego favorito de mis hermanos me da igual.

—En fin —continúo—, que no importa. El tema es que se me daba muy mal el juego porque las cosas me gustan y ya está.

Me dejo llevar por las películas adonde quieran llevarme, aunque sea ver a un espía con traje a medida hacer equilibrios entre dos lanchas motoras mientras dispara a los malos.

La mirada de Alex pasa de la carretera a mí unas cuantas veces más.

—¿Al Linfield Cineplex? —pregunta, no sé si con estupefacción o con repulsa.

—Vaya —digo—, no me estás haciendo nada de caso. Sí. Al Linfield Cineplex.

—¿Ese en el que las salas están siempre inundadas no se sabe por qué? —sigue, horrorizado—. La última vez que fui no había llegado ni a la mitad del pasillo cuando oí el chapoteo.

—Sí, pero es barato —respondo—, y tengo botas de agua.

—Ni siquiera se sabe qué es ese líquido, Poppy —dice con una mueca—. Podrías haber contraído una enfermedad.

Abro los brazos.

—Pero estoy viva, ¿no?

Se le entrecierran los ojos.

—¿Qué más?

—¿Qué más...?

—Te gusta —aclara—. Aparte de ver cualquier película. Sola. En un cine anegado.

—¿No me crees? —pregunto.

—No es eso —me dice—. Me fascina. Tengo una curiosidad científica.

—Vale. Pues a ver que piense. —Miro por la ventana justo cuando pasamos por delante de un restaurante de una cadena de comida asiática—. Las cadenas de restaurantes. Me encanta la familiaridad. Me encanta que sean iguales en todas partes y que en muchos te traigan picos de pan gratis cuando te acabas los que tienes en la mesa... ¡Oooh! —Me interrumpo a mí misma cuando caigo en la cuenta. Ya sé lo que no soporto—: ¡Correr! ¡No soporto correr! En el instituto, me pusieron un siete en Educación Física porque muchas veces se me «olvidaba» la ropa de deporte en casa.

La comisura de los labios de Alex se curva discretamente y se me calientan las mejillas.

—Adelante, ríete de que sacara un siete en Educación Física. Se nota que te mueres por burlarte.

—No es eso —dice.

—Entonces ¿qué pasa?

Su tenue sonrisa se ensancha un poquito más.

—Es gracioso. A mí me encanta correr.

—¿En serio? —grito—. ¿No te gusta el concepto mismo de las versiones, pero te encanta sentir los pies contra el asfalto y el temblor del esqueleto mientras el corazón te golpea la caja torácica y tus pulmones luchan por coger aire?

—Si te consuela —dice en voz baja y con la sonrisa todavía escondida en la comisura de los labios—, odio cuando la gente les pone nombres de mujer a los barcos.

Se me escapa una risa de sorpresa.

—¿Sabes qué? Creo que a mí eso tampoco me gusta.

—Entonces, estamos de acuerdo.

Asiento.

—Sí, la feminización de los barcos queda abolida.

—Me alegro de que hayamos arreglado ese tema —dice.

—Sí, me quito un peso de encima. ¿Qué más erradicamos?

—Tengo unas cuantas ideas —responde—, pero dime unas cuantas más de esas cosas que te encantan.

—¿Por qué? ¿Me estás estudiando? —bromeo.

Sus orejas adquieren un tono rosado.

—¿Qué quieres que te diga? Me fascina haber conocido a alguien que está dispuesto a andar por aguas residuales para ver una película de la que ni siquiera ha oído hablar.

Nos pasamos las dos horas siguientes intercambiando intereses y desintereses como niños que se intercambian cromos mientras mi lista de reproducción para el coche va repitiéndose en modo aleatorio de fondo. Si hay alguna otra canción en la que el saxo tiene un gran peso, ninguno de los dos se entera.

Le cuento que me encanta ver vídeos de animales de especies diferentes que son amigos.

Él me dice que no soporta ver ni chanclas ni muestras de afecto en público.

—Los pies tendrían que ser algo privado —insiste.

—Necesitas ayuda profesional —respondo, pero no puedo dejar de reír.

Hasta cuando rebusca entre sus gustos extrañamente específicos para entretenerme, esa sombra de humor sigue escondida en la comisura de su boca.

Como si supiera que es un rarito.

Como si no le importase en absoluto que me diviertan sus rarezas.

Admito que no soporto ni Linfield ni los pantalones chinos beige. ¿Por qué no contárselo? Ambos sabemos ya de qué va esto: somos dos personas que no tienen motivos para pasar tiempo juntas y mucho menos un largo rato embutidos en un coche diminuto. Somos dos personas incompatibles en lo fundamental que no tienen ninguna necesidad de impresionar al otro.

Así que no me preocupa decir:

—Esos pantalones solo hacen que las personas parezcan desnudas y, a la vez, faltas de toda personalidad.

—Son resistentes y pegan con todo —alega Alex.

—¿Sabes qué pasa? Con la ropa, a veces, la cuestión no es si se puede llevar algo, sino si se debe.

Alex desestima la idea con un gesto de la mano.

—Y, respecto a Linfield —dice—, ¿qué problema tienes? Es un muy buen lugar en el que crecer.

Es una pregunta más complicada con una respuesta que no me apetece compartir, ni siquiera con alguien que va a dejarme en casa dentro de unas horas y no va a volver a pensar en mí.

—Linfield son los pantalones beige de las ciudades del Medio Oeste —declaro.

—Cómodo —dice—, resistente.

—Desnudo de cintura para abajo.

Alex me cuenta que no le gustan las fiestas temáticas para las que te tienes que disfrazar. Ni las pulseras de cuero ni los zapatos puntiagudos con la punta cuadrada. Ni cuando vas a un sitio y el tío de alguien hace la broma de «¡Aquí dejan entrar a cualquiera!». Ni cuando los camareros lo llaman «jefe» o «amigo». Ni los hombres que caminan como si acabasen de bajarse de un caballo. Ni los chalecos (en ningún contexto ni en ningún tipo de persona). Ni el momento en el que un grupo se está tomando una foto y alguien dice: «¿Nos hacemos una poniendo caras raras?».

—A mí me encantan las fiestas temáticas —le digo.

—Pues claro —contesta—. A ti se te dan bien.

Entrecierro los ojos al mirarlo y pongo los pies sobre el salpicadero. Los quito enseguida cuando veo las arrugas de preocupación a los lados de su boca.

—¿Eres un acosador que me sigue por ahí o algo, Alex?

Me lanza una mirada horrorizada.

—¿Por qué dirías algo así?

Su expresión me hace volver a reír.

—Tranquilo, es broma, pero ¿cómo sabes que, según tú, se me dan bien las fiestas temáticas? Te he visto en una sola fiesta y no era temática.

—No es eso —dice—. Es que... siempre vas un poco disfrazada. —Y se da prisa por añadir—: No lo digo a malas. Siempre se te ve bastante...

—¿Increíble? —ofrezco.

—Segura de ti misma —termina.

—Qué halago tan cargado de segundas, ¿no?

Suspira.

—¿Estás malinterpretándome a propósito?

—No —digo—, creo que eso es algo que, entre nosotros, nos sale natural.

—Solo quería decir que da la sensación de que para ti una

fiesta temática sea un día más, pero, para mí, son unas dos horas de estar de pie delante del armario intentando pensar cómo parecerme a algún famoso muerto con mis diez camisetas y cinco pantalones idénticos.

—Podrías intentar... no comprarte la ropa por lotes —le sugiero—. O puedes llevar los pantalones beige y decirle a todo el mundo que vas de exhibicionista.

Hace una mueca de repulsa, pero, por lo demás, ignora mi comentario.

—No me gusta tener que tomar esas decisiones —dice descartando mis ideas con un gesto de la mano—. Y, si intento ir a comprarme un disfraz, es peor. Los centros comerciales me superan. Son demasiado. Ni siquiera sé cómo elegir a qué tienda entrar, como para decidir qué perchero mirar. Tengo que comprarme toda la ropa por internet y, cuando encuentro algo que me gusta, pido cinco más al momento.

—Bueno, si alguna vez te invitan a una fiesta temática en la que estés seguro de que no habrá chanclas ni muestras de afecto públicas ni saxos y, por lo tanto, puedes asistir —digo—, a mí no me importará llevarte de compras.

—¿Lo dices en serio? —Sus ojos pasan de la carretera a mí.

Ha empezado a oscurecer sin que me diera cuenta y la voz afligida de Joni Mitchell suena por los altavoces. La canción es «A Case of You».

—Claro —contesto.

Puede que no tengamos nada en común, pero empiezo a divertirme. Me he pasado todo el año sintiendo que tenía que comportarme, como si estuviera haciendo audiciones para conseguir nuevas amistades, nuevas identidades, una nueva vida.

Y, no sé muy bien por qué, ahora no siento nada de eso. Además... me flipa ir de compras.

—Me encantaría —continúo—. Serías como mi Ken de carne y hueso. —Me inclino y subo un poco el volumen—. Hablando de cosas que me encantan: esta canción.

—Esta es una de mis canciones de karaoke —dice Alex.

Me echo a reír, pero, por su expresión molesta, enseguida me doy cuenta de que no está de broma, lo cual es todavía mejor.

—No me estoy riendo de ti —le aseguro enseguida—. La verdad es que me parece muy cuqui.

—¿Muy cuqui?

No sé si está confuso u ofendido.

—No, quiero decir... —Me callo, bajo la ventanilla un poco para que entre la brisa en el coche. Me aparto el pelo de la nuca sudorosa y lo sostengo entre mi coronilla y el reposacabezas—. Es que... —Busco la forma de explicarlo—. No eres como yo pensaba, supongo.

Se le arruga el ceño.

—¿Cómo pensabas que era?

—No lo sé —digo—, como un chaval de Linfield.

—Soy un chaval de Linfield —responde.

—Un chaval de Linfield que canta «A Case of You» en el karaoke —lo corrijo, y termino volviendo a reír encantada al pensarlo.

Alex sonríe mirando el volante y niega con la cabeza.

—Y tú eres una chavala de Linfield que canta... —Se para un segundo a pensar—. ¿«Dancing Queen» en el karaoke?

—El tiempo lo dirá. Nunca he ido a un karaoke.

—¿En serio? —Me mira con una sorpresa amplia y sin filtro en la cara.

—¿No hay que tener más de veintiuno para entrar en casi todos los karaokes? —pregunto.

—No todos te piden el carné —dice—. Podríamos ir. Este verano.

—Vale —contesto, igual de sorprendida por la invitación que por mi respuesta—. Sería divertido.

—Vale —dice él—. Guay.

Ya tenemos dos planes diferentes.

Supongo que eso nos convierte en amigos. Más o menos.

Un coche llega por detrás a toda velocidad y se nos pega. Alex, con expresión impasible, pone el intermitente para apartarse y dejarlo pasar. Cada vez que he mirado el velocímetro, iba a velocidad constante justo al límite, y eso no va a cambiar por que venga alguien con prisa por detrás.

Tendría que haber sabido que sería un conductor cauto. Aunque la verdad es que, a veces, cuando te pones a hacer suposiciones sobre la gente, acabas errando el tiro por completo.

Mientras los restos de Chicago, insistentes y veteados de luz, se encogen detrás de nosotros y los campos sedientos de Indiana aparecen a ambos lados de la carretera, mi lista de reproducción en modo aleatorio va pasando sin orden ni concierto de Beyoncé a Neil Young, Sheryl Crow y LCD Soundsystem.

—Te gusta todo de verdad —bromea Alex.

—Excepto correr, Linfield y los pantalones chinos beige.

Él no baja su ventanilla y yo no subo la mía, con el pelo arremolinándoseme alrededor de la cabeza mientras avanzamos deprisa por carreteras secundarias llanas y el viento ruge tan alto que apenas puedo oír la interpretación aguda que hace Alex de «Alone» de Heart hasta que llega al potente estribillo y ambos nos desgañitamos haciendo unos falsetes horribles, lanzando los brazos en todas direcciones, con las caras retorcidas y los altavoces de la vieja ranchera a todo trapo.

En ese momento, veo a Alex tan dramático, tan fogoso, tan absurdo, que es como si estuviera mirando a una persona del todo diferente del chico apacible que conocí bajo las guirnaldas de bombillas en la semana de orientación.

Pienso que, tal vez, el Alex callado es como un abrigo que se pone antes de salir por la puerta.

Puede que tal vez este sea el Alex desnudo.

Vale, pensaré en un nombre mejor. Lo que quiero decir es que este empieza a gustarme.

—¿Y viajar? —le pregunto en el momento de calma entre canciones.

—¿Viajar qué? —contesta.

—¿Te gusta o lo odias?

Aprieta la boca y forma una línea recta mientras lo piensa.

—No sé qué decirte —responde—. No he estado en ningún sitio, la verdad. He leído acerca de muchos lugares, pero no he visto ninguno todavía.

—Yo tampoco —digo—, todavía no.

Piensa durante un momento más.

—Me gusta —dice—. Supongo que me gusta.

—Sí —coincido mientras asiento—, a mí también.

6
ESTE VERANO

La mañana siguiente entro a buen paso en el despacho de Swapna, sintiéndome enérgica a pesar de haber estado mandándome mensajes con Alex hasta tarde. Le dejo su bebida, un americano con hielo, en el escritorio y ella levanta la mirada, sobresaltada, de las pruebas de impresión que está revisando para el próximo número de otoño.

—Palm Springs —digo.

Por un instante, la sorpresa se le queda en la cara y, luego, las comisuras de sus finísimos labios se curvan y forman una sonrisa. Se recuesta en el respaldo de la silla y cruza los brazos tonificados a la perfección encima de su vestido negro a medida. La luz del techo se refleja en su anillo de compromiso de modo que el rubí gigantesco que hay incrustado en el centro titila con un resplandor fantástico.

—Palm Springs —repite—. Es perenne. —Piensa durante un momento y luego agita la mano—. A ver, es un desierto, eso está claro, pero, si hablamos de *D+R*, es difícil encontrar un lugar mejor para descansar y relajarse en Estados Unidos, si dejamos de lado las islas.

—Exacto —digo como si eso fuera lo que tenía en mente.

En realidad, mi elección no tiene nada que ver con lo que a *D+R* le pueda gustar y todo que ver con David Nilsen, el hermano pequeño de Alex, que se casa con el amor de su vida la semana que viene.

En Palm Springs, California.

Era una eventualidad que no había previsto: que Alex ya tuviera un viaje planeado la semana que viene, la boda de su hermano. Me quedé abatida cuando me lo contó, pero le dije que lo entendía, le pedí que le diese la enhorabuena a David y dejé el teléfono suponiendo que la conversación había terminado.

Pero no. Después de dos horas más de mandarnos mensajes, había respirado hondo y le había propuesto la idea de que extendiese su viaje de tres días para pasar unos días más conmigo en unas vacaciones pagadas por *D+R*. No solo había aceptado, sino que me había invitado a quedarme después a la boda.

Todo iba tomando forma.

—Palm Springs —repite Swapna, y le brillan los ojos al retirarse a su mente a debatir la idea.

De repente, sale de su ensueño y tiende las manos hacia el teclado. Se pasa un rato tecleando y luego se frota la barbilla mientras lee algo en la pantalla.

—Tendremos que esperar para usarlo en el número de invierno, claro está. El verano es temporada baja.

—Pero por eso es perfecto —digo improvisando y entrando un poco en pánico—. En verano hay mucho que hacer en Palm Springs, hay menos gente y es más barato. Podría ser una buena forma de volver a mis raíces: cómo hacer el viaje con poco, ¿no?

Frunce los labios con aire pensativo.

—Pero nuestra marca es aspiracional.

—Y Palm Springs es de lo más aspiracional —respondo—. Les daremos a los lectores la visión y luego les diremos cómo pueden hacerla realidad.

Los ojos oscuros de Swapna se iluminan mientras lo sopesa y me lleno de esperanza.

Entonces parpadea y vuelve a mirar la pantalla del ordenador.

—No.

—¿Qué? —digo sin querer, solo porque mi cerebro no puede procesar que esto esté ocurriendo.

No puede ser que el tren descarrile aquí, en mi trabajo.

Swapna suelta un suspiro pesaroso y se inclina por encima de su resplandeciente escritorio de cristal.

—Mira, Poppy, agradezco el tiempo que le has dedicado a esto, pero no es muy *D+R*. Acabaría provocando confusión de marca.

—Confusión de marca —repito, porque, al parecer, sigo demasiado estupefacta para que se me ocurran palabras propias.

—Lo he estado pensando todo el fin de semana y te voy a mandar a Santorini.

Vuelve a mirar las pruebas de impresión que tiene encima de la mesa y su cara cambia de la Swapna jefa empática pero profesional a la Swapna genio de las revistas en absoluta concentración. Ha pasado a otra cosa, y es tan evidente que me levanto, a pesar de que, por dentro, mi cerebro sigue atrapado en un «¡pero, pero, pero!» constante.

«Pero esta es nuestra oportunidad para arreglar las cosas.»

«Pero no puedes rendirte tan fácilmente.»

«Pero esto es lo que quieres.»

No quiero ir a Santorini, precioso, encalado y con su mar centelleante, sino estar con Alex en el desierto en pleno verano. Entrar en sitios antes de ver qué dicen de ellos en Tripadvisor, días desestructurados y larguísimas noches y muchas horas de sol perdidas dentro de una librería polvorienta a la que Alex no podía no entrar o en una tienda de segunda mano cuyo desorden y gérmenes lo hacen quedarse de pie, rígido pero paciente, cerca de la puerta mientras yo me pruebo sombreros de gente muerta. Eso es lo que quiero.

Me paro en la puerta del despacho, con el corazón acelerado, hasta que Swapna levanta la vista de las pruebas con una ceja arqueada inquisitivamente, como diciendo: «¿Sí, Poppy?».

—Dale Santorini a Garrett —digo.

Swapna me mira y parpadea con una estupefacción evidente.

—Creo que necesito tomarme un tiempo —suelto, y luego aclaro—: Unas vacaciones. Unas de verdad.

Swapna aprieta los labios con fuerza. Está confundida, pero no va a insistir para que le dé más información, lo cual está bien, porque no sabría cómo explicárselo.

Asiente despacio.

—Pues mándame las fechas.

Me vuelvo y me dirijo a mi escritorio más tranquila de lo que me he sentido desde hace meses. Hasta que me siento y la realidad se abre paso a la fuerza.

Tengo algunos ahorros, pero hacer un viaje asequible para *D+R* —y a su cargo— dista mucho de hacer un viaje que yo me pueda pagar con mi propio dinero. Y, como profesor de Lengua de un instituto, con un doctorado y toda la deuda que eso supone, es imposible que Alex pueda permitirse compartir gastos conmigo. Dudo que aceptase venir siquiera si se enterase de que lo pago yo.

Aunque puede que eso sea bueno. Siempre lo pasábamos muy bien en los viajes para los que teníamos que juntar dinero a toda prisa. Las cosas solo empezaron a torcerse cuando *D+R* se incorporó a nuestros viajes veraniegos. Puedo hacerlo: puedo organizar el viaje perfecto como hacía antes, recordarle a Alex lo buenas que pueden ser las cosas. Cuanto más lo pienso, más sentido le encuentro. La verdad es que me ilusiona hacer uno de nuestros viajes tirados de precio como en los viejos tiempos. Las cosas eran mucho más fáciles y siempre lo pasábamos genial.

Saco el teléfono y me tomo mi tiempo intentando redactar el mensaje perfecto.

Idea loca: Hagamos este viaje como antes. Tirado de precio, sin fotógrafos profesionales ni restaurantes cinco estrellas. Vamos a ver Palm Springs como el académico y la periodista de la era digital con poco dinero que somos.

Al cabo de pocos segundos, responde:

¿A la revista le parece bien?

¿Sin fotógrafo?

Sin darme cuenta, empiezo a ladear la cabeza a un lado y al otro como si el ángel y el demonio que tengo en los hombros estuvieran turnándose para tirar de ella hacia la izquierda y hacia la derecha. No quiero mentirle a la cara.

Pero lo cierto es que a la revista le parece bien. Me tomo una semana de vacaciones, así que puedo hacer lo que quiera.

Sip. Todo listo, si a ti te parece bien.

Claro. Suena bien.

Sí que suena bien. Irá bien. Puedo hacer que vaya bien.

7
ESTE VERANO

En cuanto el avión toca el suelo, los cuatro bebés que se han pasado gritando las seis horas que dura el vuelo paran de golpe.

Saco el móvil del bolso, quito el modo avión y espero a que termine de llegar el alud de mensajes de Rachel, Garrett, mi madre, David Nilsen y —por último, pero no menos importante— Alex.

Rachel me dice, de tres formas diferentes, que por favor la avise en cuanto aterrice el avión de que no se ha estrellado ni lo ha absorbido el Triángulo de las Bermudas y que está rezando para que tenga un aterrizaje seguro y, al mismo tiempo, lo está visualizando y me está mandando su energía para que se haga realidad.

Estoy sana y salva y ya te echo de menos, le digo, y abro el mensaje de Garrett.

MUCHÍSIMAS GRACIAS por no aceptar
lo de Santorini.

Y luego, en otro mensaje:

Aunque me parece una decisión
peculiar. Espero que estés bien...

Estoy bien. Es que me ha surgido una
boda a última hora y Santorini había
sido idea tuya. Mándame muchas fotos
para que pueda arrepentirme de mis
decisiones vitales, ¿vale?

A continuación, abro el mensaje de David:

¡Cuánto me alegro de que vayas
a venir con Al! Tham tiene ganas
de conocerte y, cómo no, estás
invitada a TODO.

De todos los hermanos de Alex, David siempre ha sido mi favorito, pero me cuesta creer que ya tenga edad de casarse.

Aunque la verdad es que, cuando se lo dije a Alex, me respondió:

Veinticuatro. No puedo imaginarme
tomando una decisión así a su edad,
pero todos mis hermanos se han
casado jóvenes y Tham es genial. Hasta
mi padre los apoya. Se ha puesto una
pegatina en el coche que dice SOY UN
ORGULLOSO SEGUIDOR DE CRISTO
QUE QUIERE A SU HIJO GAY.

Se me salió el café por la nariz al leerlo. Es algo muy del señor Nilsen y cuadra muy bien con la broma que tenemos Alex y yo de que David es el favorito de la familia. Alex no pudo escuchar música laica hasta el instituto y, cuando decidió ir a una universidad no religiosa, hubo llantos.

Aunque, al final, el señor Nilsen quería a sus hijos de verdad, y casi siempre acababa aceptando las cosas cuando se trataba de su felicidad. Le escribí a Alex:

Si te hubieras casado a los veinticuatro,
estarías casado con Sarah.

Y tú con Guillermo.

Le devolví uno de sus selfis de cara de perrito triste.

Por favor, dime que no sigues
enamorada de ese capullo.

Nunca se llevaron bien.

Claro que no. Pero Gui y yo no éramos
los que teníamos un suplicio
de relación de ahora sí y ahora no.
Esos erais Sarah y tú.

Alex había empezado a escribir y había parado tantas veces que comencé a preguntarme si lo estaba haciendo solo para molestarme.

Y ese fue el final de la conversación. Cuando me volvió a escribir al día siguiente, fue por algo que no tenía nada que ver: una foto de batas negras con unas letras de pedrería de imitación en la espalda que decían FAN DEL SPA.

¿Uniforme del viaje del verano?, me escribió, y desde entonces hemos evitado el tema de Sarah, lo cual me deja bastante claro que hay algo entre ellos. Otra vez.

Ahora, sentada en el avión atestado y sofocante que se acerca al aeropuerto de Los Ángeles, en este silencio que sigue a los gritos de bebés, todavía me entran algunas náuseas al pensarlo. Sarah y yo nunca nos hemos caído demasiado bien. Dudo que le pareciera bien que Alex y yo hiciéramos otro viaje si hubieran vuelto y, si no aún han vuelto pero van en camino, es muy probable que este sea el último viaje de verano.

Se casarán, empezarán a tener hijos, irán con toda la familia a Disney World y Sarah y yo nunca seremos lo bastante amigas para que yo pueda volver a ser una parte importante de la vida de Alex.

Aparto ese pensamiento y respondo al mensaje de David:

¡QUÉ ILUSIÓN ME HACE PODER ESTAR AHÍ! ¡ES TODO UN HONOR!

Me responde con un GIF de un oso bailando y yo paso a abrir el mensaje de mi madre.

Dale a Alex un abrazo bien grande y un beso de mi parte :)

Y añade una carita sonriente escrita con signos de puntuación. Nunca se acuerda de cómo se usan los emojis y se impacienta enseguida cuando intento enseñárselo. «¡Puedo escribirlos y es lo mismo!», insiste.

Mis padres no son unos grandes amantes del cambio.

¿Quieres que le agarre el culo de paso?

Si crees que puede funcionar... Me estoy cansando de esperar nietos.

Pongo los ojos en blanco mientras cierro la conversación. A mi madre siempre le ha encantado Alex, en parte porque volvió a Linfield y espera que un día nos despertemos, nos demos cuenta de que estamos enamorados y yo vuelva también y me quede embarazada al momento. En cambio, mi padre es permisivo pero intimidador, y siempre ha aterrado tanto a Alex que nunca ha mostrado ni un ápice de personalidad estando en la misma habitación que él.

Está fornido y tiene una voz estruendosa, es algo manitas, como tantos hombres de su generación, y tiende a hacer muchas preguntas directas, casi inapropiadas. No porque espere una respuesta concreta, sino porque es curioso y no muy consciente de sus actos.

Además, como el resto de los miembros de la familia Wright, no se le da demasiado bien modular la voz. Para quien no nos conozca, que mi madre grite «¿Has probado estas uvas que saben a algodón de azúcar? ¡Pues te encantarán! ¡Ven, que te lavo unas cuantas! Ay, primero tengo que fregar un cuenco. Oh, no, tenemos todos los cuencos en la nevera llenos de sobras tapadas con papel film. ¡Pues toma, coge un puñado!» puede ser algo abrumador, pero cuando mi padre arruga la frente y suelta a todo volumen una pregunta como «¿Votaste en las últimas elecciones locales?» es fácil sentir que te acaban de meter a la fuerza en una sala de interrogatorios con un tipo duro al que el FBI le paga bajo mano.

La primera vez que Alex me recogió en casa de mis padres para ir a un karaoke ese primer verano de amistad, intenté escudarlo de mi familia y de mi casa tanto por su bien como por el mío.

Cuando terminó aquel primer viaje en coche, sabía lo suficiente de él para comprender que hacerlo entrar en nuestra casa diminuta llena hasta los topes de trastos y de fotos enmarcadas polvorientas y de caspa de perro sería como ofrecerle a un vegetariano una visita guiada por un matadero.

No quería incomodarlo, claro, pero tampoco tenía ningunas ganas de que juzgase a mi familia. Por muy desorganizados, raros, escandalosos y directos que fuesen, mis padres eran maravillosos, y yo había aprendido a las malas que eso no era lo que la gente veía cuando entraban por la puerta de nuestra casa.

Así que le dije a Alex que nos veríamos en el camino de acceso, pero no había insistido lo suficiente y Alex —siendo Alex— había venido hasta la puerta igualmente, como un buen *quarterback* de instituto de los años cincuenta, decidido a presentarse a mis padres para que «no se preocupasen» por que un desconocido se me llevase hacia la puesta de sol.

Oí el timbre y eché a correr para adelantarme al caos, pero no fui lo bastante rápida con mis zapatillas de ir por casa *vintage* con plumas rosas. Cuando llegué a la planta baja, Alex estaba en el recibidor entre dos torres de cajas de plástico llenas de trastos, zarandeado por nuestros dos perros mezcla de husky muy viejos y muy maleducados mientras una gran cantidad de fotos indecorosas de familia lo miraban desde todos los ángulos.

En el momento en el que doblé corriendo el recodo de las escaleras, mi padre estaba exclamando:

—¿Por qué tendríamos que preocuparnos porque salga contigo? —Y luego—: Y cuando dices *salir*, ¿quieres decir que estáis...?

—¡No! —lo interrumpo a la vez que tiro del collar del más salido de los perros para evitar que le monte la pierna a Alex—. No estamos saliendo. No en ese sentido. Y desde luego que no tenéis que preocuparos. Alex conduce muy muy lento.

—Eso era lo que quería decir —tartamudeó—. No lo de la velocidad. Conduzco... al límite de velocidad. Solo quería decir que no tienen por qué preocuparse.

Mi padre frunció el ceño. La cara de Alex se quedó pálida y no sé si estaba más nervioso por mi padre o por la capa de polvo que se veía sobre el rodapié del pasillo en la que, a decir verdad, yo nunca había reparado hasta ese momento.

—Papá, ¿has visto el coche de Alex? —dije enseguida para distraerlo—. Es superviejo. Y su móvil también. No se ha comprado uno nuevo desde hace siete años.

A Alex se le puso la cara roja a pesar de que la de mi padre se relajó mostrando interés y aprobación.

—No me digas.

Todavía hoy recuerdo con claridad cómo la mirada de Alex se fijó en la mía buscando en mi cara la respuesta correcta. Asentí levemente.

—¿Sí? —contestó, y mi padre le dio una palmada en el hombro con tanta fuerza que Alex se encogió.

Mi padre le dedicó una sonrisa amplia y sin reservas.

—¡Siempre es mejor reparar que sustituir!

—¿Reparar el qué? —gritó mi madre desde la cocina—. ¿Se ha roto algo? ¿Con quién habláis? ¿Alguien quiere unos pretzels bañados en chocolate? Ay, a ver que encuentre un plato limpio...

Cuando por fin terminamos la despedida de veinte minutos que hace falta para poder salir de mi casa y conseguimos llegar a su coche, de todo aquello Alex solo comentó:

—Tus padres parecen majos.

—Lo son —respondí con una agresividad imprevista, como si lo estuviese retando a decir algo del polvo o del husky salido o de los dos millones de dibujos de cuando éramos pequeños que siguen colgados de la nevera con imanes o de cualquier otra cosa, pero no lo hizo, claro.

Era Alex, aunque en aquel momento yo no entendiese todo lo que eso significaba.

En todos los años que hace que lo conozco, no ha dicho ni una mala palabra de mi familia ni de mi casa. Hasta me mandó flores a la residencia de estudiantes cuando Rupert, el husky, murió.

«Siempre he sentido que teníamos una conexión especial después de la noche que pasamos juntos», bromeaba en la tarjeta. «Lo echaremos mucho de menos. Si necesitas lo que sea, P, aquí me tienes. Siempre.»

No es que me la sepa de memoria ni nada.

No es que esta nota fuera una de las seleccionadas para la única caja de zapatos llena de cartas y papeles que me permito tener en el piso.

No es que durante este tiempo muerto de amistad haya pasado días enteros torturándome pensando que tal vez debería tirar la tarjeta, puesto que ese «siempre» se había acabado.

Hacia el fondo del avión, uno de los bebés vuelve a ponerse a gritar, pero ya estamos cerca de la puerta de embarque. De un momento a otro, estaré a salvo.

Y veré a Alex.

Un estremecimiento me sube por la columna vertebral y siento un aleteo nervioso colándoseme en el estómago.

Abro el último mensaje que me queda por leer, el suyo:

Acabo de aterrizar.

Y yo.

Después, no sé qué más decir. Llevamos escribiéndonos más de una semana, sin abordar en ningún momento el funesto viaje a Croacia, y todo me ha parecido muy normal hasta ahora. Y entonces me acuerdo: no he visto a Alex en persona desde hace más de dos años.

No lo he tocado, no he oído su voz. Hay muchas formas en las que esto puede ser incómodo. Y es casi seguro que viviremos alguna de ellas.

Me hace ilusión verle, claro, pero, por encima de eso, me doy cuenta de que estoy aterrada.

Tenemos que elegir un lugar para encontrarnos. Alguien tiene que proponerlo. Intento evocar la disposición del aeropuerto de Los Ángeles de entre todas las puertas de embarque con moquetas sosas y todas las cintas transportadoras que he visto estos últimos cuatro años y medio trabajando para *D+R*.

Si le digo que nos veamos en la zona de recogida de equipajes, ¿tendremos que estar un buen rato caminando el uno hacia el otro en silencio hasta que estemos lo bastante cerca para poder hablar? ¿Puedo darle un abrazo?

Los Nilsen no son de los que abrazan, a diferencia de los Wright, que somos de los que agarramos, damos codazos, palmadas, nos movemos mucho y damos apretones y empujones para enfatizar lo que estamos diciendo por muy mundana que sea la conversación. El contacto es algo que me sale tan natural que una vez abracé sin querer al técnico que vino a arreglarme el lavavajillas cuando lo acompañé a la puerta del piso. Él me dijo con mucha educación que estaba casado y yo le di la enhorabuena.

Cuando Alex y yo éramos amigos, nos abrazábamos a todas horas, pero eso era antes, cuando lo conocía. Cuando estaba cómodo estando conmigo.

Forcejeo con la bolsa de viaje con ruedas para sacarla del compartimento para equipaje y la empujo delante de mí mientras se me va acumulando sudor en las axilas bajo el jersey fino y el intento de coleta con el que me he retirado el pelo de la nuca.

El vuelo ha sido eterno. Cada vez que miraba el reloj, parecía que varias horas se habían condensado en un par de minutos. No podía parar de moverme en el asiento, ansiosa por llegar, pero ahora me da la impresión de que el tiempo está compensando la parsimonia con la que ha pasado durante el vuelo y se ha encogido de forma que he recorrido el túnel de embarque en un segundo.

Siento la garganta constreñida. Me parece que el cerebro va dándome tumbos por dentro del cráneo. Salgo a la puerta de embarque, me aparto del camino de la gente que sale del túnel detrás de mí y me saco el teléfono del bolsillo. Me sudan las manos cuando empiezo a escribir: «Nos vemos en la zona de recogida de...».

—Ey.

Me vuelvo hacia la voz justo cuando su dueño rodea el carrito que hay aparcado entre nosotros.

Sonriendo. Alex está sonriendo. Con los ojos hinchados como si tuviera sueño, la funda del portátil colgada de un hombro y los auriculares colgados del cuello. Lleva el pelo hecho un desastre en comparación con los pantalones de vestir gris oscuro y la camisa y las botas de piel sin un solo rasguño. Conforme se acerca a mí, deja caer el equipaje de mano y me rodea con los brazos.

Y me resulta normal, de lo más natural, ponerme de puntillas y rodearle la cintura, enterrar la cara en su pecho y respirar para olerlo. Cedro, almizcle, lima. No hay mayor animal de costumbres que Alex Nilsen.

El mismo corte de pelo indescifrable, el mismo aroma cálido y limpio, el mismo fondo de armario (aunque algo mejorado con el tiempo con ropa de buena confección y zapatos de más calidad), la misma forma de rodearme la parte alta de la espalda y estrecharme contra él cuando nos abrazamos, casi levantándome del suelo, pero nunca apretando tanto como para estrujarme los huesos.

Más bien esculpe. Aplica una presión ligera desde todos los ángulos que nos comprime durante un momento y nos convierte en un solo ser vivo con el doble de corazones de los que debería.

—Hola —digo sonriendo a más no poder contra su pecho, y él baja los brazos hasta la mitad de mi espalda y me estrecha un poco más fuerte.

—Hola —contesta, y espero que haya oído la sonrisa en mi voz igual que yo he oído la suya.

A pesar de su aversión hacia cualquier tipo de demostración de afecto en público, ninguno de los dos se aparta al momento y tengo la sensación de que estamos pensando lo mismo: no pasa nada por abrazarnos durante demasiado rato si hace dos años que no nos abrazamos.

Cierro los ojos con fuerza para contrarrestar las emociones que van en aumento y aprieto la frente contra su pecho. Él deja caer los brazos hasta mi cintura y se queda ahí unos segundos.

—¿Cómo ha ido el vuelo? —pregunta.

Me retiro lo suficiente como para mirarle la cara.

—Creo que teníamos a unas cuantas futuras estrellas mundiales de la ópera en el avión. ¿Y el tuyo?

El control que tiene sobre su sonrisa flaquea y se le ensancha.

—Casi hago que le dé un ataque al corazón a la mujer que iba a mi lado en unas turbulencias —dice—. Le he cogido la mano sin querer.

Una risa aguda me recorre entera y su sonrisa se ensancha todavía más mientras sus brazos me estrechan.

«El Alex desnudo», pienso, y aparto el pensamiento. La verdad es que hace ya tiempo tendría que habérseme ocurrido una forma mejor de describir esta versión de él.

Como si estuviera leyéndome la mente y muriéndose de vergüenza por ello, vuelve a aplanar su sonrisa y me suelta, dando unos pasos atrás por si acaso.

—¿Tienes que recoger algo más de equipaje? —pregunta mientras coge el asa de mi maleta y de la suya.

—Puedo llevarla yo —me ofrezco.

—A mí no me importa llevarla —dice.

Cuando lo sigo y nos alejamos de la puerta de embarque abarrotada, no puedo dejar de mirarlo. Asombrada de que esté aquí. Asombrada de que esté igual. Asombrada de que esto sea real.

Me mira desde arriba mientras andamos y se le tuerce la boca. Una de las cosas que más me han gustado siempre de la cara de Alex es que permite que dos emociones dispares coexistan, así como lo legibles que esas emociones son para mí.

Ahora mismo, esa boca torcida me dice que algo lo divierte y, a la vez, está un poco receloso.

—¿Qué? —pregunta en un tono que transmite lo mismo.

—Es que eres... alto —digo.

También está mazado, pero comentarlo suele hacerle pasar vergüenza, como si tener un cuerpo de gimnasio fuera, de algún modo, un defecto de su personalidad. Puede que lo sea para él.

Lo criaron para alejarse de la vanidad. En cambio a mí mi madre me escribía notitas en el espejo del baño con rotuladores de pizarra blanca: «Buenos días a esa preciosa sonrisa. Hola a esos brazos y piernas fuertes. Que tengas muy buen día, barriga que alimenta a mi querida hija». A veces sigo escuchando esas palabras cuando salgo de la ducha y me pongo delante del espejo para peinarme el pelo: «Buenos días, sonrisa preciosa. Hola, brazos y piernas fuertes. Que tengas muy buen día, barriga que me alimenta».

—¿No dejas de mirarme porque soy alto? —dice Alex.

—Muy alto —respondo, como si eso lo aclarase todo.

Es más fácil que decir «Te he echado de menos, sonrisa preciosa. Me alegro mucho de veros, brazos y piernas fuertes. Gracias, barriga tan tersa que hasta da un poco de miedo, por alimentar a esta persona a la que quiero tanto».

La sonrisa de Alex florece hasta que enseña los dientes mientras me sostiene la mirada.

—Yo también me alegro de verte, Poppy.

8
HACE DIEZ VERANOS

Hace un año, cuando me encontré con Alex Nilsen delante de la residencia de estudiantes llevando un montón de bolsas de ropa sucia, no me habría creído que ahora estaríamos yéndonos juntos de vacaciones.

Todo empezó con mensajes ocasionales después de haber vuelto juntos a casa —fotos borrosas del cine de Linfield que él había hecho al pasar por delante en coche con el pie de foto «no olvides vacunarte», o una foto de un pack de diez camisetas que vi en el supermercado y que acompañé con el mensaje «regalo de cumpleaños»—, pero, al cabo de tres semanas, pasamos a las llamadas y a quedar. Hasta lo convencí para ver una película en el Cineplex, aunque se pasó la peli entera sin llegar a sentarse en la butaca e intentando no tocar nada.

Para cuando terminó el verano, nos habíamos inscrito en dos asignaturas troncales juntos, una de Matemáticas y otra de Ciencias, y, casi todas las noches, Alex venía a mi residencia o yo iba a la suya para pelearnos con los deberes. Mi antigua compañera de cuarto, Bonnie, se había ido a vivir con su hermana de forma oficial y yo vivía con Isabel, una estudiante de Medicina que a veces miraba los deberes por encima de nuestras cabezas y nos los corregía mientras masticaba apio, que, según decía, era su comida favorita.

A Alex le gustaban las matemáticas tan poco como a mí, pero le encantaban las clases de lengua y dedicaba varias horas cada noche a las lecturas que le mandaban mientras yo navegaba sin ningún propósito concreto por blogs de viajes y revistas del corazón en el suelo, a su lado. Mis asignaturas eran todas igual de aburridas, pero las noches en las que Alex y yo paseábamos por el campus después de cenar con vasos de chocolate caliente en la mano o los fines de semana en los que íbamos por la ciudad en busca del mejor puesto de perritos calientes o la mejor taza de café o el mejor falafel, me sentía más feliz de lo que recordaba haberme sentido nunca. Me encantaba estar en la ciudad, rodeada de arte y comida y ruido y personas nuevas, y eso hacía tolerable la universidad.

Una noche, tarde, cuando la nieve se amontonaba en el alféizar de mi ventana y Alex y yo estábamos tendidos en la alfombra estudiando para un examen, nos pusimos a enumerar los sitios en los que preferiríamos estar en ese momento.

—París —dije yo.

—Haciendo el trabajo final de Literatura estadounidense —dijo Alex.

—Seúl —dije yo.

—Haciendo el trabajo final de Introducción a la no ficción.

—Sofía, Bulgaria.

—Canadá.

Lo miré y solté una carcajada exhausta y aturdida, lo que activó su típica cara de inquietud.

—Tu top tres de destinos vacacionales son dos redacciones y el país que tenemos más cerca —señalé tumbándome de espaldas en la alfombra.

—Es más barato que París —respondió serio.

—¿Y eso es lo que de verdad importa para soñar despierto?

Suspiró.

—A ver, ¿qué pasa con esas aguas termales sobre las que estuviste leyendo? Las que están en un bosque. Eso está en Canadá.

—En la isla de Vancouver —aporté mientras asentía—. O, mejor dicho, en otra isla más pequeña que hay cerca.

—Ahí es adonde iría —dijo él—, si mi compañera de viaje no fuera tan desagradable.

—Alex —respondí—, iré a la isla de Vancouver contigo con mucho gusto. Sobre todo si las otras opciones son verte hacer más deberes. Iremos este verano.

Alex se tumbó de espaldas a mi lado.

—¿Y París?

—París puede esperar —dije—. Además, no nos lo podemos permitir.

Sonrió levemente.

—Poppy, apenas podemos permitirnos un par de perritos calientes a la semana.

Pero ahora, meses más tarde, después de un semestre entero de aceptar todos los turnos posibles en los trabajos del campus —Alex en la biblioteca, yo en correos—, hemos ahorrado lo suficiente para este vuelo nocturno baratísimo (con dos escalas) y estoy que no quepo en mí de emoción cuando por fin embarcamos.

Sin embargo, en cuanto despegamos y las luces de la cabina se atenúan, el agotamiento me invade y siento que me voy durmiendo con la cabeza apoyada en el hombro de Alex y una pequeña mancha de baba se le va acumulando en la camisa, pero me despierto de golpe cuando el avión entra en una bolsa de aire que lo hace descender unos metros y Alex me da un codazo en la cara al sentirlo.

—¡Joder! —jadea mientras yo me pongo recta de repente con una mano en la mejilla—. ¡Joder! —Tiene los nudillos blancos de aferrarse a los reposabrazos y respira deprisa.

—¿Te da miedo volar? —pregunto.

—¡No! —susurra, atento con los otros pasajeros que duermen incluso habiendo entrado en pánico—. Me da miedo morirme.

—No te vas a morir —le aseguro.

El avión coge cierto ritmo, pero la luz del cinturón de seguridad se enciende y Alex sigue agarrado a los reposabrazos como si alguien hubiera puesto el avión cabeza abajo y lo estuviera sacudiendo para echarnos.

—Esto no pinta bien —dice—. Ha sonado como si se hubiera roto algo.

—Eso ha sido el ruido de tu codo contra mi cara.

—¿Qué? —Me mira. Las dos expresiones simultáneas en su cara son sorpresa y confusión.

—¡Me has dado en la cara!

—Joder. Lo siento. ¿Me dejas verlo?

Levanto la mano del pómulo, que me palpita, Alex se me acerca y sus dedos pasan por encima de mi piel sin tocarme. Deja caer la mano antes de que me roce siquiera.

—Parece que estás bien. Igual deberíamos ver si una azafata puede traernos un poco de hielo.

—Buena idea —digo—. La llamamos y le decimos que me has pegado, pero que seguro que ha sido sin querer y que no es culpa tuya, que te has sobresaltado y...

—Dios, Poppy, lo siento mucho.

—No pasa nada. Tampoco me duele tanto. —Le doy un golpecito con el codo—. ¿Por qué no me habías dicho que te daba miedo volar?

—No lo sabía.

—¿Qué quieres decir?

Recuesta la coronilla en el reposacabezas.

—Nunca había volado.

—Vaya... —Se me encoge el estómago por la culpa—. Ojalá me lo hubieras dicho.

—No quería que le dieras demasiada importancia.

—No le habría dado demasiada importancia.

Me mira escéptico.

—¿Y lo que estás haciendo ahora qué es?

—Vale, bueno, sí, le he dado importancia, pero mira. —Paso la mano por debajo de la suya y, tímidamente, doblo los dedos dentro de los suyos—. Yo estoy aquí contigo y, si quieres dormir un poco, yo me quedo despierta para asegurarme de que el avión no se estrella. Que no va a estrellarse, porque es más seguro que ir en coche.

—Tampoco me gusta nada ir en coche.

—Ya lo sé, pero te digo que esto es mejor. Mucho mejor. Y yo estoy aquí contigo y ya he volado, así que, si hay motivos para entrar en pánico, lo sabré. Y te prometo que, en esa situación, yo entraré en pánico y sabrás que pasa algo. Hasta ese momento, puedes tranquilizarte.

Se me queda mirando en la oscuridad de la cabina unos segundos. Luego su mano se relaja sobre la mía y sus dedos cálidos y toscos se destensan. Darle la mano me hace sentir un pinchazo de emoción sorprendente. El noventa y cinco por ciento del tiempo, veo a Alex Nilsen solo como un amigo y doy por hecho que, para él, el porcentaje es un poco mayor, pero en ese otro cinco por ciento del tiempo hay un «¿y si...?».

Nunca dura mucho ni es muy fuerte. Simplemente se queda ahí, atrapado entre nuestras manos. Es un pensamiento manso sin mucho peso: ¿cómo sería besarlo? ¿Cómo me tocaría? ¿Sabrá igual que huele? Nadie tiene mejor higiene dental que Alex, lo cual no es un pensamiento demasiado sexy, pero es más sexy que lo contrario.

Y hasta ahí suele llegar ese pensamiento, lo cual es perfecto, porque Alex me cae demasiado bien para salir con él. Además, somos del todo incompatibles.

El avión se sacude brevemente al atravesar más turbulencias y los dedos de Alex me aprietan con más fuerza.

—¿Ha llegado el momento de entrar en pánico? —pregunta.

—Todavía no —le digo—. Intenta dormir.

—Sí, tengo que estar bien descansado para conocer a la Muerte.

—Tienes que estar descansado cuando yo me canse en los jardines Butchart y te haga llevarme en brazos el resto del día.

—Ya sabía yo que querías que viniera contigo por algo.

—No te he traído para que seas mi mula —replico—, te he traído para que seas una distracción. Vas a llamar la atención de todo el mundo mientras yo corro por el comedor del hotel Empress durante la cena robando emparedados diminutos y pulseras de precio incalculable de los comensales sin que se den cuenta.

Me aprieta la mano.

—Entonces será mejor que me duerma.

Le devuelvo el apretón.

—Sí, mejor.

—Despiértame cuando sea el momento de entrar en pánico.

—Siempre.

Apoya la cabeza en mi hombro y se hace el dormido.

Cuando aterricemos, tendrá una tortícolis horrible y a mí me dolerá el hombro por estar en esa posición tanto rato, pero ahora no me importa. Tengo por delante cinco gloriosos días de viaje con mi mejor amigo y, en el fondo, lo sé: en realidad, nada puede salir mal.

No es el momento de entrar en pánico.

9
ESTE VERANO

—¿Tenemos un coche de alquiler? —pregunta Alex cuando salimos al aire caliente de la calle.

—Más o menos. —Me muerdo el labio mientras busco el teléfono para llamar a un taxi—. De Facebook.

Alex entrecierra los ojos. Las ráfagas de aire provocadas por los aviones de la zona de llegadas hacen que el pelo le golpee la frente.

—No tengo ni idea de qué quieres decir.

—¿No te acuerdas? Es lo mismo que cuando hicimos el primer viaje. A Vancouver. Cuando éramos demasiado jóvenes para alquilar un coche de forma legal.

Se me queda mirando.

—Sí —insisto—, ¿no te acuerdas del grupo ese de mujeres viajeras en el que llevo quince años por lo menos? Donde la gente sube pisos para subarrendar y ponen sus coches en alquiler. Tuvimos que coger un autobús para recoger el coche fuera de la ciudad y andar como cinco kilómetros con el equipaje a cuestas. ¿No te acuerdas?

—Me acuerdo —dice—. Es que hasta ahora no me había parado a pensar en por qué alguien querría alquilarle su coche a un desconocido.

—Porque a mucha gente de Nueva York le gusta irse en invierno y a mucha gente de Los Ángeles le gusta buscar otro sitio en verano —explico, y me encojo de hombros—. El coche de esta chica habría estado parado un mes, así que me lo ha dejado a setenta dólares esta semana. Solo tenemos que coger un taxi para recogerlo.

—Guay —dice Alex.

—Sí.

Y aquí llega el primer silencio incómodo del viaje. Da igual que hayamos estado mandándonos mensajes sin parar esta última semana... O tal vez eso lo empeore. Mi mente cruel se ha quedado en blanco. Lo único que puedo hacer es mirar cómo se nos va acercando el icono del taxi en la app del móvil.

—Ese es el nuestro. —Señalo con la barbilla el monovolumen que viene hacia aquí.

—Guay —vuelve a decir Alex.

El conductor nos coge las maletas y nos metemos en el vehículo con las personas con las que compartimos trayecto, una pareja de mediana edad con viseras a juego decoradas con pedrería de imitación. MARIDO, dice en la de color verde lima. Y MUJER, dice en la rosa fucsia. Los dos llevan camisas con flamencos estampados y ya están tan morenos que se parecen un poco a las botas de Alex. Marido lleva la cabeza rapada y Mujer el pelo teñido de un rojo chillón.

—¡Hola, chicos! —exclama Mujer arrastrando las palabras cuando Alex y yo nos sentamos en los asientos del medio.

—Hola —dice Alex, que se revuelve en el asiento y les ofrece una sonrisa casi convincente.

—Luna de miel —explica Mujer señalándose a sí misma y a Marido—. ¿Y vosotros?

—Ah —dice Alex—. Eh...

—¡También! —respondo. Le agarro la mano y me vuelvo para lanzarles una sonrisa.

—¡Oooh! —chilla Mujer—. ¿Qué te parece, Bob? ¡Un coche lleno de tortolitos!

Marido Bob asiente.

—Enhorabuena, chavales.

—¿Cómo os conocisteis? —quiere saber Mujer.

Le lanzo una mirada a Alex. Las dos expresiones que pone ahora mismo son (1) aterrado y (2) eufórico. Este es un juego al que estamos acostumbrados y, aunque es más incómodo de lo normal tener la mano entrelazada con la suya, pequeña a su lado, también hay algo reconfortante en dejar de ser nosotros y jugar juntos como hemos hecho siempre.

—Disneyland —dice Alex, y se vuelve hacia la pareja en los asientos de atrás.

Los ojos de Mujer se abren.

—¡Qué mágico!

—La verdad es que sí. —Miro a Alex con corazones en los ojos y le toco la nariz con la mano que tengo libre—. Él trabajaba de RV; así llamamos a los recogedores de vómitos. Su trabajo era estar por fuera de las nuevas atracciones 3D y limpiar cuando los abuelos se marean.

—Y Poppy hacía de Mike Wazowski —añade Alex subiendo la apuesta.

—¿Mike Wazowski? —se extraña Marido Bob.

—De *Monstruos S. A.* —explica Mujer—. ¡Es uno de los monstruos protagonistas!

—¿Cuál? —pregunta Marido.

—El bajito —dice Alex, y se vuelve hacia mí poniendo la mirada de adoración más atontada y exagerada que he visto en mi vida—. Fue amor a primera vista.

—¡Oooh! —exclama Mujer con las manos sobre el corazón.

A Marido se le arruga la frente.

—¿Con el disfraz puesto?

La cara de Alex adopta un tono rosado bajo la mirada evaluadora de Marido.

—Tengo unas piernas espectaculares —intervengo.

El conductor nos deja en una calle de casas estucadas rodeadas de jazmines en Highland Park y, cuando salimos al asfalto caliente, Mujer y Marido nos despiden con la mano afectuosamente. En cuanto el taxi queda fuera de la vista, Alex me suelta la mano y yo examino los números de las casas y señalo con la cabeza una valla de madera alta con un tinte rojizo.

—Es esa.

Alex abre la puerta de la valla y, cuando entramos en el jardín delantero, nos encontramos con un utilitario blanco aparcado en el camino con todos los rebordes oxidados y desconchados.

—¿Setenta dólares, dices? —comenta Alex sin apartar la mirada del coche.

—Puede que haya pagado de más.

Me agacho y tanteo detrás de la rueda delantera del lado del conductor buscando la caja magnética en la que la dueña, una ceramista llamada Sasha, me dijo que dejaría la llave.

—Este es el primer lugar en el que buscaría una llave de repuesto si fuera a robar el coche.

—Creo que agacharse tanto es demasiado esfuerzo para robar este coche —dice Alex mientras saco la llave y me levanto. Se va a la parte trasera del coche y lee—: Ford Aspire.

Me río y abro el coche.

—Al fin y al cabo, la marca de *D+R* es «aspiracional».

—Venga —dice Alex mientras saca el móvil y se echa atrás—, deja que te haga una foto con él.

Abro la puerta y apoyo el pie, posando. Al momento, Alex empieza a agacharse.

—¡Alex, no! Desde abajo no.

—Perdona —dice—, se me olvidaba lo rara que eres.

—¿Yo soy rara? —replico—. Haces las fotos como si fueras un padre con un iPad. Si llevaras unas gafas en la punta de la nariz y una camiseta de los Bearcats de la Universidad de California, no habría forma de distinguirte de uno.

Hace un gran esfuerzo teatral por levantar el móvil todo lo posible.

—¿Ahora quieres un ángulo de emo en los dos mil? Intenta encontrar el término medio.

Alex pone los ojos en blanco y niega con la cabeza, pero hace unas cuantas fotos a una altura medio normal y luego viene a enseñármelas. Yo ahogo un grito de sorpresa cuando veo la última foto y le cojo el brazo de la misma forma en que él ha debido de aferrarse a la octogenaria que tenía al lado en el avión.

—¿Qué? —dice.

—Tienes modo retrato.

—Sí —conviene.

—¡Y lo has usado! —señalo.

—Sí.

—Sabes cómo se usa el modo retrato —digo todavía aturdida.

—Ja, ja.

—¿Cómo has aprendido a usarlo? ¿Te enseñó tu nieto cuando fue de visita por Acción de Gracias?

—Vaya —dice con sarcasmo—, cuánto echaba de menos esto.

—Lo siento, perdona —me disculpo—. Estoy impresionada. Has cambiado. —Y me doy prisa por añadir—: ¡No en el mal sentido! Solo que no eres de las personas que disfrutan con los cambios.

—Puede que ahora sí.

Me cruzo de brazos.

—¿Sigues levantándote todos los días a las cinco y media para hacer ejercicio?

Se encoge de hombros.

—Eso es disciplina, no miedo a los cambios.

—¿En el mismo gimnasio? —pregunto.

—Sí.

—¿Ese en el que suben los precios cada medio año? ¿En el que ponen en bucle el mismo CD de música new age para meditar? ¿El gimnasio del que ya te quejabas hace dos años?

—No me quejaba, es solo que no entiendo cómo se supone que tiene que motivarte eso cuando estás corriendo en la cinta. Estaba pensando. Sopesando.

—Tú escuchas tu propia lista de reproducción, ¿qué más te da lo que pongan por los altavoces?

Se encoge de hombros y me quita la llave del coche de las manos para irse hasta la parte de atrás y abrir el maletero.

—Es cuestión de principios. —Mete las maletas de cualquier manera y cierra el portón con fuerza.

Pensaba que estábamos de broma, pero ya no estoy tan segura.

—Ey —digo, y le cojo el brazo cuando pasa por mi lado.

Él se para y levanta las cejas. Tengo un nudo de orgullo en la garganta que detiene las palabras que quieren salir, pero fue el orgullo lo que rompió nuestra amistad y no pienso volver a cometer el mismo error. No voy a callarme las cosas que tengo que decir solo porque quiera que él me las diga primero.

—¿Qué? —dice.

Trago saliva para que el nudo se afloje.

—Me alegro de que no hayas cambiado demasiado.

Me mira un breve instante y... ¿me lo he imaginado o él también ha tragado saliva?

—Lo mismo digo —responde, y toca la punta de un mechón ondulado que se me ha soltado de la coleta y me cae sobre la mejilla. Lo hace con tanta sutileza que apenas lo siento en el cuero cabelludo, y el gesto delicado me manda un hormigueo por el cuello—. Y me gusta cómo te has cortado el pelo.

Se me calientan las mejillas. Y el vientre. Hasta las piernas parecen subirme un par de grados.

—Tú has aprendido a usar una nueva herramienta en el móvil y yo me he cortado el pelo —digo—. Que se prepare el mundo.

—Cambio radical —coincide Alex.

—De orugas a mariposas.

—La pregunta es, ¿has mejorado en lo de conducir?

Arqueo una ceja y me cruzo de brazos.

—¿Y tú?

—Aspira a que el aire acondicionado funcione —dice Alex.

—Aspira a no oler a culo que se está fumando un porro —digo yo.

Llevamos desde que hemos entrado en la autovía en dirección al desierto jugando a este juego. Sasha, la ceramista, mencionaba en su publicación que el aire acondicionado del coche iba y venía aleatoriamente, pero olvidó comentar que lo había estado usando de submarino para colocarse los últimos cinco años.

—Aspira a vivir lo suficiente para ver el final del sufrimiento humano —añado.

—Este coche no va a vivir ni para ver el final de la saga de *Star Wars.*

—¿Y quién sí? —pregunto.

Ha acabado conduciendo Alex, ya que mi forma de conducir hace que se maree. Y que se cague de miedo. La verdad es que no me gusta conducir, así que suelo cederle el puesto a él.

El tráfico de Los Ángeles ha resultado ser un reto para alguien tan precavido como él: hemos estado parados diez minutos delante de una señal de stop para girar a la derecha e incorporarnos a una calle concurrida, hasta el punto de que tres conductores de los que teníamos detrás nos pitaban sin levantar la mano del claxon.

Sin embargo, ahora que hemos salido de la ciudad, lo está haciendo de maravilla. La falta de aire acondicionado ni siquiera parece tener tanta importancia con las ventanillas bajadas y el viento con un aroma dulzón a flores soplándonos en la cara. El mayor problema es que no hay dónde conectar el móvil y no nos queda otra que depender de la radio.

—¿Siempre ha sonado tanto Billy Joel en las ondas? —pregunta Alex la tercera vez que cambiamos de emisora durante un anuncio y volvemos a encontrarnos con *Piano Man.*

—Desde el principio de los tiempos, diría. Cuando los cavernícolas construyeron la primera radio y la sintonizaron, ya oyeron esto.

—No sabía que eras historiadora —bromea con expresión seria—. Deberías venir a mi clase.

Me río por la nariz.

—No conseguirías arrastrarme a los pasillos del instituto de East Linfield ni con la fuerza de todos los tractores que hay en un radio de diez kilómetros de ese edificio, Alex.

—¿Sabes que los que te acosaban ya se han graduado?

—Bueno, eso no está tan claro.

Me mira con cara sobria y la boca apretada, pequeña.

—¿Quieres que les dé una paliza?

Suspiro.

—No, es demasiado tarde. Ahora todos tienen hijos que llevan esas gafas de bebé tan graciosas que les quedan enormes y la mayoría han encontrado al Señor o han montado un negocio de venta de brillo de labios que es en realidad una estafa piramidal.

Me mira con la cara algo colorada por el sol.

—Si cambias de idea, no tienes más que decírmelo.

Alex sabe lo de mis años complicados en Linfield, claro, pero, en general, intento no recordarlos. Siempre he preferido la versión de mí que saca Alex que la que existía cuando vivía en el pueblo. Esta Poppy se siente segura en el mundo, porque él también está aquí y, en el fondo, en lo que importa, es como yo.

Aunque él, en el instituto de West Linfield, tuvo una experiencia de lo más opuesta a la que viví yo en el instituto vecino. Estoy segura de que practicar un deporte —baloncesto, tanto en el equipo del insti como en la liga de la iglesia a la que iba su familia— y ser guapo lo ayudaron, pero él siempre ha asegurado que era lo bastante callado como para pasar por misterioso en lugar de por raro.

Tal vez, si mis padres no hubieran promovido tantísimo el individualismo en mis hermanos y en mí, habría tenido más suerte. Había gente que lidiaba con la desaprobación de los demás adaptándose, haciéndose más soportables, como habían hecho Prince y Parker, buscando el punto de encuentro entre su personalidad y la de los demás.

Y luego estaba la gente como yo, que vivía con la idea errada de que mis compañeros no solo acabarían tolerándome, sino respetándome por ser yo misma.

No hay nada tan repelente como una persona a la que parece no importarle caer bien a los demás. Puede que sea rencor: «Yo me he doblegado para estar mejor, para seguir las normas, ¿por qué tú no? Es algo que debería importarte».

Claro que, por dentro, me importaba. Mucho. Tal vez habría sido mejor que me hubiera echado a llorar en clase y no hubiera hecho como si los insultos me resbalasen y llorado debajo de la almohada más tarde. Habría sido mejor si, después de la primera vez que se habían burlado de mí por el mono acampanado en el que mi madre había cosido parches bordados, no hubiera seguido llevándolo con la frente alta como si fuera una especie de Juana de Arco de once años, dispuesta a morir por una prenda de tela vaquera.

En resumen, Alex había sabido jugar, mientras que yo a menudo me sentía como si hubiera leído el manual de instrucciones del juego del revés mientras se me quemaba en las manos.

Sin embargo, cuando estábamos juntos, ese juego ni existía. El resto del mundo se desvanecía y yo llegaba a creer que las cosas habían sido siempre así. Era como si nunca hubiera sido esa chica que se sentía completamente sola e incomprendida y siempre hubiera sido esta otra: comprendida, querida, aceptada por completo por Alex Nilsen.

Cuando nos conocimos, no quise que me viera como la Poppy de Linfield, no estaba segura de cómo cambiarían las dinámicas de nuestro mundo para dos cuando dejásemos que ciertos elementos del exterior se colaran en él. Todavía recuerdo la noche en la que por fin se lo conté. La última noche del tercer curso de la carrera, volvimos trastabillando a su residencia de una fiesta y nos encontramos con que su compañero de cuarto ya se había ido a casa a pasar el verano, así que le cogí prestadas una camiseta y algunas mantas a Alex y dormí en la otra cama individual de la habitación.

Creo que no me quedaba a dormir en casa de un amigo desde los ocho años, que no tenía una de esas noches en las que te quedas hablando con los ojos cerrados un buen rato hasta que los dos os dormís a media frase.

Nos lo contamos todo, las cosas que nunca habíamos dicho. Alex me habló de la muerte de su madre, de los meses durante los que su padre apenas se había quitado el pijama, de los sándwiches de crema de cacahuete que Alex había hecho para sus hermanos y de los biberones que había aprendido a preparar.

Alex y yo llevábamos dos años pasándolo muy bien juntos, pero esa noche me pareció que se abría un compartimento nuevo de mi corazón donde antes no había nada.

Y entonces me preguntó qué me había pasado en Linfield, por qué me daba tanto miedo volver en verano, y a mí tendría que haberme dado vergüenza soltar mis pequeñeces después de lo que me acababa de contar, pero Alex conseguía no hacerme sentir nunca ni pequeña ni resentida.

Era tan tarde que casi era por la mañana, esas horas huidizas en las que parece más seguro airear los secretos. Así que se lo conté todo empezando por cuando tenía doce años.

La desgracia de llevar aparato, el chicle que Kim Leedles me pegó en el pelo y el corte estilo orinal resultante. Que Kim le dijo a toda la clase, para colmo de males, que quien me hablase no estaría invitado a su fiesta de cumpleaños, para la que todavía faltaban cinco largos meses, pero que valdría la pena esperar, gracias a su tobogán acuático y el cine que tenía en el sótano.

Luego, a los catorce años, cuando por fin había desaparecido el estigma y las tetas me habían salido prácticamente de la noche a la mañana, hubo un periodo de tres meses en el que fui un bien preciado. Hasta que Jason Stanley me besó de pronto y respondió a mi desinterés diciéndole a todo el mundo que se la había chupado sin que me lo pidiera en el armario del conserje.

El equipo de fútbol entero me llamó Putipoppy durante un año. Nadie quería juntarse conmigo. Y, después, a los quince años, pasé el peor curso de todos.

Empecé mejor porque el más pequeño de mis hermanos mayores estaba en último curso y se ofreció a compartir conmigo su grupo de amigos de la clase de teatro. Sin embargo, eso solo duró hasta que los invité a dormir a mi casa por mi cumpleaños y descubrí lo ridículos que le parecían mis padres a todo el mundo. Pronto me di cuenta de que mis amigos no me caían tan bien como pensaba.

También le hablé a Alex de cuánto quería a mi familia y de lo protectora que era con ellos, pero incluso con ellos a veces me sentía un poco sola. Todo el mundo era la persona más importante para alguien. Mi madre y mi padre. Parker y Prince. Hasta los huskies estaban emparejados, y nuestra mezcla de terrier y el gato se pasaban casi todos los días hechos una bola tomando el sol. Antes de tener a Alex, mi familia era el único lugar en el que encajaba, pero incluso con ellos a veces era la pieza que sobraba, ese tornillo extra que los de Ikea meten en la caja de la estantería solo para hacerte sudar. Todo lo que había hecho desde que había terminado el instituto había sido para escapar de ese sentimiento, de esa persona.

Y le conté todo eso menos la parte de sentir que con él encajaba, porque hasta después de dos años de amistad me parecía demasiado. Cuando acabé, pensaba que por fin se había dormido, pero, al cabo de unos segundos, se puso de lado para mirarme en la oscuridad y dijo bajito:

—Seguro que estabas monísima con el corte de pelo estilo orinal.

La verdad era que para nada, pero, de algún modo, eso bastó para calmar el intenso escozor de todos aquellos recuerdos. Me había visto como era y me quería.

—¿Poppy? —dice Alex, devolviéndome al coche bochornoso y maloliente y al desierto—. ¿Dónde estabas?

Saco la mano por la ventana intentando agarrar el viento.

—Por los pasillos del instituto de East Linfield al ritmo de «¡Putipoppy! ¡Putipoppy!».

—Vale —dice Alex con suavidad—, no te haré venir a mi clase a enseñar historia de Billy Joel en la radio, pero, para que lo sepas... —Me mira con expresión seria y dice con un tono neutro—: Si alguno de mis alumnos de penúltimo curso te llamase Putipoppy, lo reventaría.

—Creo que eso es lo más sexy que me han dicho en la vida.

Se ríe, pero aparta la mirada.

—Lo digo en serio. El acoso es lo único con lo que no les paso ni una. —Ladea la cabeza pensativo—. Excepto conmigo. Conmigo hacen lo que quieren.

Me río, aunque no me lo creo. Alex enseña a los alumnos avanzados y a los que sacan matrícula de honor, y es joven, guapo y reservado pero graciosísimo y con una inteligencia que asusta. Es imposible que no lo adoren.

—Pero ¿te llaman Putialex? —pregunto.

Hace una mueca.

—Dios, espero que no.

—Disculpa —digo—. Señor Puti.

—Por favor, el señor Puti es mi padre.

—Seguro que tienes a un montón de alumnas enamoradas.

—Una chica me dijo que me parezco a Ryan Gosling...

—Madre mía.

—... si le hubiera picado una abeja.

—Qué mal —digo.

—¿Verdad? —coincide Alex—. Duro, pero justo.

—Puede que Ryan Gosling se te parezca, siempre y cuando lo dejen deshidratarse al sol, ¿lo has pensado?

—Sí. Chúpate esa, Jessica McIntosh —dice.

—Cabrona —digo, y, al momento, niego con la cabeza—.

No. No me he sentido bien llamando *cabrona* a una niña. No hace gracia.

Alex vuelve a hacer una mueca.

—Si te sirve de consuelo, Jessica es... de mis menos favoritas, pero creo que cuando madure se le pasará casi todo.

—Sí, no sabemos nada de ella, igual se está enfrentando a una vida pasada de cortes de pelo estilo orinal. Está bien que le des una oportunidad.

—Tú nunca has sido una Jessica —afirma muy seguro.

Levanto una ceja.

—¿Cómo lo sabes?

—Porque sí —dice con los ojos muy fijos en la carretera descolorida por el sol—. Tú siempre has sido Poppy.

El complejo de apartamentos Desert Rose es un edificio estucado y pintado de color rosa chicle que tiene el nombre grabado con una tipografía ligada de estilo retro. Está rodeado por un jardín lleno de cactus desaliñados y enormes suculentas y, a través de la valla blanca de madera, vemos una piscina reluciente de color aguamarina salpicada de cuerpos morenos y rodeada de palmeras y tumbonas.

Alex para el motor.

—Tiene buena pinta —dice con tono aliviado.

Salgo del coche y siento el calor del asfalto incluso a través de la suela de las sandalias.

Pensaba, por los veranos en Nueva York, atrapada entre rascacielos en los que el sol se reflejaba y se volvía a reflejar hasta el infinito como una bola de *pinball* —y por todos esos veranos anteriores en la trampa húmeda que es el valle del río Ohio—, que sabía lo que era el calor.

Pero no.

Me hormiguea la piel bajo el sol despiadado del desierto y me arden los pies solo de ponerlos en el suelo.

—Joder —jadea Alex apartándose el pelo de la frente.

—Supongo que por esto es temporada baja.

—¿Cómo pueden vivir aquí David y Tham? —dice con asco en la voz.

—Igual que tú en Ohio —respondo—: tristes y bebiendo mucho.

Lo he dicho en broma, pero la expresión de Alex se aplana y él se dirige al maletero haciendo como si no hubiera oído nada.

Carraspeo.

—Era broma. Además, viven casi todo el año en Los Ángeles, ¿no? Allí no hacía tantísimo calor.

—Toma. —Me pasa la primera bolsa y yo la cojo sintiéndome escarmentada.

Nota: no volver a meterme con Ohio.

Para cuando sacamos las maletas y las dos bolsas de papel con la compra que hemos hecho cuando hemos parado en un súper y conseguimos a duras penas subirlas por los tres tramos de escaleras hasta nuestro apartamento, estamos empapados de sudor.

—Me parece que me estoy derritiendo —dice Alex mientras yo pulso el código en la caja de llaves que hay al lado de la puerta—. Necesito una ducha.

La caja se abre y meto la llave en la cerradura moviéndola y sacudiéndola de acuerdo con las instrucciones específicas que me mandó el anfitrión.

—En cuanto salgamos de nuevo, volveremos a derretirnos —señalo—. Puede que te convenga guardar la ducha para justo antes de acostarte.

La llave por fin encaja y abro la puerta de golpe, entro arrastrando los pies y me paro de repente al sentir dos sirenas simultáneas que se activan y que resuenan por todo mi cuerpo.

Alex tropieza contra mí, una pared sólida de calor empapada en sudor.

—¿Qué...? —Se le apaga la voz.

No sé cuál de los dos hechos horribles está procesando, que aquí hace un calor que da asco o que...

En el centro de este estudio (por lo demás perfecto) solo hay una cama.

—No —dice en voz muy baja, como si no hubiera querido decirlo en alto.

Estoy convencida de que no quería.

—Le dije dos camas —espeto mientras, atacada, intento abrir la reserva en el móvil—. Se lo dije seguro.

Porque no puede ser que la haya cagado tanto. No puede ser.

Hubo una época en la que podría no habernos parecido para tanto compartir cama, pero en este viaje no. No cuando las cosas están frágiles y son incómodas. Solo tenemos una oportunidad de arreglar lo que se rompió entre nosotros.

—¿Estás segura? —dice Alex, y me da mucha rabia la nota de molestia en su voz, más que la de suspicacia que suena al mismo tiempo—. ¿Viste fotos? ¿Con dos camas?

Levanto la mirada de la bandeja de entrada.

—¡Pues claro!

Pero ¿las vi? Este apartamento me había salido tirado de precio, en gran parte porque había habido una cancelación de última hora. Sabía que era un estudio, pero vi las fotos de la piscina resplandeciente de color aguamarina y las alegres palmeras danzarinas y las reseñas que decían que estaba limpio y vi que la cocina americana parecía muy pequeña pero estilosa y...

¿De verdad vi las dos camas?

—Este tío es dueño de varios apartamentos del edificio —digo con la cabeza que me da vueltas—. Nos debe de haber mandado el número de habitación equivocado.

Encuentro el mensaje de correo y voy pasando las fotos.

—¡Aquí! —grito—. ¡Mira!

Alex se acerca y echa un vistazo por encima de mi hombro a las fotos. Un apartamento blanco y gris con un par de ficus bien crecidos en un rincón y una cama grande y blanca en el centro de la estancia con una algo más pequeña al lado. Vale, puede que tomaran las fotos desde ángulos algo artísticos, porque parece que la cama grande sea de uno noventa y es de uno cincuenta, lo cual tiene que querer decir que la otra no puede ser mayor de uno treinta y cinco, pero, desde luego, tendría que estar.

—No lo entiendo —murmura Alex mirando de la foto al lugar donde tendría que estar la segunda cama.

—¡Ah! —decimos al unísono cuando nos damos cuenta.

Él se dirige al ancho sillón sin reposabrazos de polipiel de color coral y quita los cojines decorativos para poder pasar la mano por la costura. Desdobla el asiento y el respaldo se pone en horizontal de modo que queda convertido en una especie de colchón alargado con costuras destensadas entre las tres secciones.

—Un... sillón cama.

—¡Mío! —me presento voluntaria.

Alex me lanza una mirada.

—No puedes dormir ahí, Poppy.

—¿Por qué? ¿Porque soy una mujer y te quitarán el carnet de masculinidad del Medio Oeste si no te sacrificas por mí cada vez que te encuentras con una norma de género?

—No —dice—, porque, si duermes ahí, te levantarás con migraña.

—Eso solo pasó una vez —replico—, y no sabemos seguro si fue por dormir en el colchón hinchable. Pudo haber sido por el vino tinto. —Pero, mientras lo digo, estoy buscando el termostato, porque si algo va a hacer que me palpite la cabeza es dormir con este calor. Lo encuentro en la cocina americana—. Madre mía, si lo tiene puesto a veintisiete.

—¿En serio? —Alex se pasa una mano por el pelo quitándose el sudor que se le acumula en la frente—. Pues nadie diría que estamos a menos de cien grados.

Bajo el regulador a veintiuno y empieza a salir aire por los conductos de ventilación, pero no siento ningún alivio inmediato.

—Por lo menos tenemos vistas a la piscina —digo cruzando la sala hacia las puertas de cristal de la terraza. —Retiro las cortinas opacas y retrocedo mientras el poco optimismo que me quedaba se desvanece.

El balcón es mucho más grande que el de mi piso y tiene una mesa de café roja muy mona y dos sillas a juego. El problema es que tres cuartas partes están tapadas con un plástico y, en algún punto por encima de nosotros, se oye una mezcla de traqueteos y chirridos mecánicos.

Alex sale y se pone a mi lado.

—¿Obras?

—Me siento como si estuviera dentro de una bolsa de plástico que, a su vez, está dentro del cuerpo de alguien.

—Alguien que tiene fiebre —dice.

—Y a quien están quemando vivo.

Se ríe un poco. Se trata de un sonido triste que intenta disfrazar de desenfado, pero Alex no es desenfadado. Es Alex. Suele estar estresado y le gusta estar limpio y tener su espacio y trae su propia almohada en la maleta porque «su cuello está acostumbrado a esta» —aunque eso suponga poder traer menos ropa de la que le gustaría—, y lo último que necesitamos en este viaje es más presión en las cuestiones sensibles.

De pronto los seis días que tenemos por delante se me antojan imposiblemente largos. Deberíamos haber venido solo tres días. Lo que durarán las celebraciones de la boda, en las que habrá amortiguadores sociales a mansalva y bebida gratis y momentos en los que Alex estará ocupado con la despedida de soltero de su hermano y cosas así.

—¿Bajamos a la piscina? —digo, levantando demasiado la voz, porque se me ha acelerado el corazón y tengo que gritar para oírme a mí misma por encima de los latidos.

—Vale —responde Alex.

Se da la vuelta y se queda parado, mientras medita sus palabras con la boca entreabierta.

—¿Yo me cambio en el baño y tú me avisas cuando hayas terminado?

Claro, es un estudio. Una sola estancia sin puertas excepto la del baño.

Lo cual no habría sido raro si no estuviéramos tan raros los dos.

—Mmm —digo—. Vale.

10
HACE DIEZ VERANOS

Paseamos por Victoria hasta que nos duelen los pies y la espalda y las horas de sueño que nos faltan por los vuelos hacen que sintamos el cuerpo pesado y el cerebro ligero, ingrávido. Nos paramos a comer unas empanadillas chinas al vapor en un pequeñísimo restaurante con las ventanas tintadas y las paredes pintadas de rojo y decoradas con sinuosos y elaborados paisajes montañosos y bosques y ríos que serpentean por colinas bajas y redondeadas en color dorado.

Somos los únicos comensales. Son las tres de la tarde, demasiado pronto para la cena, pero el aire acondicionado funciona a tope, la comida está buenísima, y nosotros, tan agotados que no podemos dejar de reír por cualquier cosa.

Nos reímos del grito ronco y medio roto que ha soltado Alex esta mañana cuando el avión ha tocado la pista.

Del hombre trajeado que pasa por delante del restaurante corriendo a toda velocidad con los brazos pegados al cuerpo.

De la chica de la galería del hotel Empress que se ha pasado treinta minutos intentando vendernos una escultura de un oso de quince centímetros que costaba veintiún mil dólares, y eso que íbamos con el andrajoso equipaje a cuestas.

—La verdad es... que no podemos pagar... algo así —le ha dicho Alex con tono diplomático.

La chica ha asentido con entusiasmo.

—Casi nadie puede, pero cuando el arte te dice tanto, encuentras el modo.

Ninguno de los dos ha reunido el ánimo para explicarle a la chica que el oso de veintiún mil dólares no nos decía nada en absoluto, pero nos hemos pasado el día, desde ese momento, cogiendo cosas —un disco de los Backstreet Boys firmado de la tienda de vinilos de segunda mano, una copia de un libro titulado *Lo que te dice mi punto G* de una pequeña librería de techos bajos en una calle adoquinada, un mono ceñido de falso cuero de una *sex shop* fetichista a la que he llevado a Alex con el objetivo principal de avergonzarlo— y preguntándonos: «¿Te dice algo?».

«Sí, Poppy, me dice *"Bye, bye, bye"*.»

«No, Alex, dile a tu punto G que hable más alto.»

«Sí, quiero comprarlo por veintiún mil dólares, ¡ni un centavo menos!»

Nos hemos ido turnando las preguntas y las respuestas y ahora, encorvados sobre la mesa negra lacada, no podemos parar de coger cucharas y servilletas y, medio delirando, hacer que se digan cosas entre ellas.

Nuestra camarera es más o menos de nuestra edad, lleva muchos piercings, sesea un poco y tiene un gran sentido del humor.

—Si esa soja os cuenta algún salseo, avisadme —dice—. Tiene muy mala reputación por aquí.

Alex le deja una propina del treinta por ciento y, durante todo el camino a la parada de autobús, me burlo de él porque se ponía rojo cada vez que la camarera lo miraba, y él se burla de mí por ponerle ojitos al dependiente de la tienda de vinilos, lo cual es justo, porque lo he hecho.

—Nunca había visto una ciudad tan llena de flores —digo.

—Yo nunca había visto una ciudad tan limpia —responde.

—¿Nos mudamos a Canadá?

—No lo sé. ¿Canadá te dice algo?

Con los autobuses y los paseos entre paradas, tardamos dos horas en recoger el coche que he alquilado de manera informal en MV, Mujeres Viajeras.

Estoy tan aliviada de que esté ahí —y de que las llaves estén debajo de la alfombrilla del asiento de atrás, justo como Esmeralda, la dueña, me dijo— que empiezo a dar palmas al verlo.

—Vaya —dice Alex—, veo que este coche te dice mucho.

—Sí, me está diciendo: «No dejes conducir a Alex».

Se queda boquiabierto y los ojos se le abren y se le ponen vidriosos cuando finge estar dolido.

—¡Para! —grito apartándome de él y me dejo caer en el asiento del conductor como si fuera una granada a punto de estallar.

—¿Que pare de qué? —Se agacha para ponerme delante la cara de perrito triste.

—¡No! —chillo, y lo aparto de un empujón y me retuerzo en el asiento como si intentase escapar de una plaga de hormigas proveniente de él.

Me muevo al asiento del acompañante y él se acomoda tranquilamente en el del conductor.

—No soporto esa cara —digo.

—Falso —responde Alex.

Tiene razón.

Me encanta esa cara estúpida.

Y, además, no me gusta nada conducir.

—El día que descubras la psicología inversa, estaré jodida.

—¿Eh? —dice mirándome de lado mientras enciende el motor.

—Nada.

Conducimos dos horas hacia el norte hasta el motel que encontré en el lado este de la isla. Es un lugar maravilloso, lleno de neblina, con carreteras anchas y poco transitadas que tienen bosques tan antiguos como densos a ambos lados. No hay mucho que hacer en el pueblo, pero sí que hay secuoyas y senderos que llevan a cascadas y una cafetería de la cadena canadiense Tim Hortons a unos pocos kilómetros por carretera del motel, que es un edificio bajo con aspecto de cabaña con un aparcamiento de gravilla delante y un muro de verdor cubierto por un manto de niebla detrás.

—Creo que me encanta esto —dice Alex.

—Creo que a mí también —coincido.

Y nos da igual que se pase la semana lloviendo y terminemos todas las excursiones empapados, o encontrar solo dos restaurantes que nos podamos permitir y tener que comer tres veces en cada uno, o empezar a darnos cuenta, poco a poco, de que todas las personas con las que nos cruzamos tienen casi setenta años o más y que estamos en un pueblo para jubilados. O que nuestra habitación esté siempre húmeda, o que haya tan poco que hacer que tenemos que matar el tiempo pasando un día entero en una librería cercana (en cuya cafetería comemos tanto el desayuno como la comida en silencio mientras Alex lee a Murakami y yo tomo notas para el futuro de un montón de guías de viajes de Lonely Planet).

Nada de todo eso importa. Me tiro toda la semana pensando: «Esto me dice mucho».

Esto es lo que quiero hacer el resto de mi vida. Ver sitios nuevos. Conocer a gente nueva. Probar cosas nuevas. Aquí no me siento perdida ni fuera de lugar. No hay un Linfield del que huir ni clases aburridas a las que temer volver. Estoy anclada a este momento y nada más.

—¿No te gustaría poder hacer esto siempre? —le pregunto a Alex.

Él levanta la vista del libro para mirarme y se le curva un lado de los labios.

—No tendría mucho tiempo para leer.

—¿Y si te prometo llevarte a una librería en cada ciudad? —pregunto—. ¿Dejarías la universidad y te vendrías a vivir en una caravana conmigo?

Ladea la cabeza mientras piensa.

—Creo que no —dice, lo cual no me sorprende por varios motivos entre los que está que a Alex le gustan tantísimo las clases que ya está buscando másteres de Lengua y Literatura mientras que yo me estoy esforzando por aprobar.

—Vale, tenía que intentarlo —suspiro.

Alex deja el libro.

—Escucha. Te doy las vacaciones de verano. Esas las tendré reservadas para ti e iremos adonde tú quieras mientras nos lo podamos permitir.

—¿En serio? —pregunto escéptica.

—Te lo prometo.

Tiende la mano y nos damos un apretón, y luego nos quedamos ahí sonriendo unos segundos, sintiéndonos como si acabásemos de firmar un contrato de los que te cambian la vida.

Nuestro penúltimo día, caminamos por Cathedral Grove justo cuando está saliendo el sol y derramando sus gotitas de luz dorada por el bosque y, cuando terminamos, vamos en coche directos a un pueblo llamado Coombs, cuya atracción principal son un puñado de casitas de campo con techos cubiertos de hierba y un rebaño de cabras que pastan encima. Les hacemos fotos y metemos las cabezas en unas maderas en las que han pintado cabras de forma tosca y les han recortado la cara para que los visitantes se saquen fotos, y nos pasamos dos horas maravillosas paseando por un mercado lleno de galletas, dulces y mermeladas con muestras para probar.

El último día entero del viaje, cruzamos la isla en coche hasta llegar a Tofino, la península en la que nos habríamos alojado si no hubiéramos intentado ahorrar hasta el último centavo. Sorprendo a Alex con unos tickets (puede que preocupantemente baratos) para un taxi acuático que nos lleva a la isla sobre la que leí, la que tiene el sendero por el bosque pluvial y las aguas termales.

El conductor del taxi acuático se llama Buck y no es mucho

mayor que nosotros. Una maraña de pelo amarillo decolorado por el sol le asoma por debajo de la gorra, que tiene la parte trasera de malla. Es guapo en un sentido asqueroso, con ese olor corporal tan específico de las playas mezclado con aceite de pachulí. Debería ser desagradable, pero a él le sienta bien.

El viaje resulta violento. El motor del taxi hace tanto ruido que tengo que gritarle a Alex al oído mientras mi pelo le golpea la cara para decirle «¡ASÍ ES COMO DEBEN DE SENTIRSE LAS PIEDRAS CUANDO LAS HACES REBOTAR SOBRE EL AGUA!» con la voz entrecortada con cada golpe rítmico de la pequeña lancha contra la superficie del agua oscura y agitada.

Buck va moviendo las manos como si nos estuviera hablando durante todo el (larguísimo) trayecto, pero no lo oímos, lo cual hace que a Alex y a mí nos entre un ataque de risa después de los primeros veinte minutos de monólogo inaudible.

—¿Y SI ESTÁ CONFESÁNDONOS UN CRIMEN? —grita Alex.

—O RECITANDO EL DICCIONARIO. HACIA ATRÁS —sugiero yo.

—O RESOLVIENDO COMPLICADAS ECUACIONES MATEMÁTICAS —dice Alex.

—O COMUNICÁNDOSE CON LOS MUERTOS.

—ESTO ES PEOR QUE...

Buck apaga el motor y la voz de Alex suena mucho más fuerte. Baja la voz hasta susurrarme al oído:

—Es peor que volar.

—¿Ha parado para matarnos? —le pregunto también susurrando.

—¿Era eso lo que estaba diciendo? —añade Alex entre dientes—. ¿Es el momento de entrar en pánico?

—Mirad allí —dice Buck volviéndose hacia la izquierda en su asiento y señalando hacia delante.

—¿Es donde va a matarnos? —murmura Alex, y yo me esfuerzo por convertir mi risa en tos.

Buck vuelve a mirarnos con una sonrisa ancha, torcida, pero atractiva, hay que decirlo.

—Una familia de nutrias.

Un grito muy agudo y cien por cien sincero se me escapa mientras me pongo en pie con dificultad para ver las pequeñas figuras peludas que flotan sobre las olas dándose las patas para ir a la deriva juntas. Es una red hecha de criaturas acuáticas monísimas. Alex viene y se coloca detrás de mí apoyando las manos con cuidado en mis brazos mientras se inclina.

—Vale —dice—, es el momento de entrar en pánico. ¡Joder, qué monas!

—¿Podemos llevarnos una? —le pregunto—. ¡La verdad es que me dicen mucho!

Después, por maravillosas que sean, ni la excursión entre los exuberantes helechos del bosque pluvial ni las aguas calientes y terrosas pueden compararse con el trayecto en taxi acuático que nos ha comprimido las vértebras.

Cuando nos quedamos en bañador para meternos en la charca cálida y turbia entre las rocas, Alex me dice:

—Hemos visto nutrias dándose la mano.

—Al universo le caemos bien —respondo—. Ha sido un día perfecto.

—Un viaje perfecto.

—Todavía no ha terminado —digo—. Nos queda una noche.

Cuando el taxi acuático de Buck nos devuelve sanos y salvos al puerto esa tarde, nos apiñamos dentro de una cabañita en la que parece que se ha detenido el tiempo y que la empresa usa como oficina.

—¿Dónde pasáis la noche, chicos? —pregunta Buck mientras coge los cupones de descuento que llevo impresos y teclea el código en el ordenador.

—Al otro lado de la isla —dice Alex—, al lado de Nanoose Bay.

Los ojos azules de Buck se elevan, evaluándonos a uno y otra.

—En Nanoose Bay viven mis abuelos.

—La verdad es que parece que todos los abuelos de la Columbia Británica viven en Nanoose Bay —respondo, y Buck suelta una carcajada semejante a un ladrido.

—¿Qué hacéis allí? —pregunta—. No es el mejor lugar para una pareja joven.

—Ah, es que no somos... —empieza a decir Alex, y cambia el peso de pierna, incómodo.

—Somos como hermanos, aunque no en el sentido biológico ni legal —digo.

—Somos solo amigos —traduce Alex, que parece avergonzado por mí.

Y lo entiendo, porque noto que las mejillas se me ponen de un rojo langosta y siento un pinchazo en la tripa cuando Buck posa los ojos en mí.

Luego vuelve a mirar a Alex y sonríe.

—Si no queréis volver a la residencia de ancianos esta noche, mis compañeros de casa y yo tenemos un jardín y una tienda de campaña de sobra. Podéis quedaros si queréis. Siempre se queda gente.

Estoy bastante segura de que Alex no quiere dormir en el suelo, pero al mirarme debe de ver cuánto me gusta la idea —es justo el tipo de giro inesperado e improvisado que esperaba que diera este viaje—, porque suelta un suspiro casi imperceptible y se vuelve para mirar a Buck con una sonrisa forzada.

—Claro, sería genial. Gracias.

—Guay. Erais el último viaje de hoy, así que dadme un momento para que cierre y podemos salir para allá.

Mientras volvemos a bajar hacia el muelle un rato después, Alex le pregunta la dirección para ponerla en el GPS.

—Qué va, tío —dice Buck—, no hace falta coger el coche.

Resulta que la casa de Buck está subiendo un camino corto y empinado a media manzana del muelle. Es una casa algo mustia y descolorida con un balcón en la planta de arriba lleno de toallas y trajes de baño secándose y de muebles plegables cutres. Hay una hoguera encendida en el jardín delantero y, aunque solo son las seis de la tarde, hay montones de tíos mugrientos tipo Buck alrededor. Llevan sandalias, botas de montaña o los pies sucios descalzos, beben cerveza y hacen acroyoga sobre el césped mientras suena música trance por un par de altavoces amarrados al porche con cinta americana. Toda la zona huele a porro, como si fuera una especie de festival veraniego cutre en miniatura.

—Gente —anuncia Buck levantando la voz mientras nos guía por la ladera—, estos son Poppy y Alex. Son de... —Me mira de lado esperando.

—De Chicago —digo al mismo tiempo que Alex dice «De Ohio».

—De Ohio y Chicago —repite Buck.

La gente nos saluda desde lejos y levanta las cervezas. Una chica fibrada que lleva un *crop top* de punto nos trae una botella a cada uno, y Alex se esfuerza mucho por no mirarle el abdomen mientras Buck desaparece en el círculo de gente reunida alrededor del fuego dándoles abrazos a varias personas acompañados de palmadas en la espalda.

—Bienvenidos a Tofino —dice la chica—. Soy Daisy.

—¡Tú también tienes nombre de flor! —exclamo—. Pero al menos el tuyo significa «margarita» y no se usa para hacer opio como el mío.

—No he probado el opio —comenta Daisy pensativa—. Me limito al LSD y las setas, por lo general. Bueno, y a la hierba, claro.

—¿Has probado las gominolas esas para dormir? —pregunto—. Son la hostia.

Alex carraspea.

—Gracias por la cerveza, Daisy.

Ella guiña un ojo.

—Un placer. Soy el comité de bienvenida. Y la guía turística.

—Ah, ¿también vives aquí? —pregunto.

—A veces —dice.

—¿Quién más vive aquí? —se interesa Alex.

—Pues... —Daisy se da la vuelta buscando entre la gente y señalando vagamente—: Michael, Chip, Tara, Kabir, Lou. —Se recoge el pelo oscuro que le cae por la espalda y se lo retira a un lado mientras continúa—: Mo, Quincy a veces. Lita lleva aquí un mes, pero creo que pronto se irá. Ha encontrado trabajo de guía de rafting en Colorado. ¿A cuánto queda Chicago de allí? Deberíais hablar con ella si vais de visita.

—Guay —dice Alex—, igual sí.

Buck vuelve a aparecer entre Alex y yo, con un porro en la boca, y nos rodea a cada uno con un brazo sin darle demasiada importancia.

—¿Daisy os ha hecho ya el tour?

—Estaba a punto —dice.

Pero, no sé cómo, no termino haciendo un tour por esta casa mustia. Termino sentada en una tumbona de plástico agrietada cerca del fuego con Buck y —creo— Chip y Lita, la que pronto será guía de rafting, puntuando películas de Nicolas Cage según varios criterios mientras los azules y morados oscuros del crepúsculo se funden con los azules y negros aún más oscuros de la noche y da la sensación de que el cielo estrellado se despliega sobre nosotros como una manta con agujeritos a través de los que se ve luz.

Lita es de risa fácil, lo cual siempre me ha parecido un rasgo que, por desgracia, se aprecia poco. Y Buck es tan tranquilo que empiezo a colocarme indirectamente solo de compartir silla con él. Y, luego, me coloco directamente cuando compartimos el porro.

—¿No te flipa? —me pregunta impaciente cuando le he dado unas pocas caladas.

—Me flipa —digo.

La verdad es que tampoco me parece para tanto y, de hecho, si estuviera en cualquier otro lugar, creo que hasta me resultaría desagradable, pero esta noche es perfecto porque hoy ha sido perfecto, este viaje está siendo perfecto.

Alex vuelve para ver cómo estoy después de su «tour» y, para entonces, sí, estoy acurrucada en el regazo de Buck con su sudadera cubriéndome los hombros helados.

«¿Estas bien?», me dice Alex solo moviendo los labios desde el otro lado de la hoguera.

Asiento. «¿Y tú?»

Asiente también, y luego Daisy le pregunta algo, él se vuelve hacia ella y empiezan a hablar. Yo inclino la cabeza hacia atrás y miro más allá de la mandíbula sin afeitar de Buck, a las estrellas que tenemos encima.

Pienso que podría soportar que esta noche durase tres días más, pero al final el cielo cambia de color otra vez, la neblina matutina brota de la hierba húmeda mientras el sol se asoma por un horizonte lejano. La mayoría de la gente ya se ha marchado, Alex también, y el fuego ha quedado reducido a brasas cuando Buck me pregunta si quiero entrar con él y yo le digo que sí.

Casi le suelto que «entrar me dice algo», pero recuerdo que la broma no es universal, es solo de Alex y mía, y no me apetece compartirla con Buck.

Me alivia descubrir que tiene una habitación propia, aunque sea del tamaño de un armario y su cama conste de un colchón en el suelo cubierto solo por dos sacos de dormir con las cremalleras abiertas en lugar de sábanas. Cuando me besa, el beso es brusco y áspero y sabe a porro y a cerveza, pero solo he besado a dos personas antes y una de ellas fue Jason Stanley, así que para mí esto sigue yendo genial. Sus manos actúan con seguridad, aunque con algo de pereza, a conjunto con el resto de su ser, y pronto estamos sobre el colchón con las manos entrelazadas en el pelo del otro, enredado por el agua salada, y moviendo las caderas.

«Tiene un buen cuerpo», pienso. De los que están tersos en general por tener un estilo de vida activo, pero con un poco de barriga por los vicios que se permite. No como el de Alex, modelado en el gimnasio durante años de disciplina y cuidado. Y no es que el cuerpo de Alex no sea genial. Lo es.

Y no es que haya motivos para compararlos ni para comparar ningún cuerpo en general. Es un poco turbio que me haya venido este pensamiento a la cabeza.

Pero es solo porque el de Alex es el cuerpo masculino a cuya compañía estoy más acostumbrada, y también es de los que sospecho que nunca tocaré. Las personas como Alex —cuidadosas, meticulosas, con cuerpo de gimnasio y reservadas— suelen sentirse atraídas por gente como Sarah Torval, la chica de la biblioteca, cuidadosa, meticulosa y con cuerpo de yoga, que le gusta a Alex.

Mientras que es más probable que las personas como yo terminemos liándonos con gente como Buck en un colchón en el suelo encima de unos sacos de dormir abiertos.

Buck es todo lengua y manos, pero, aun así, es divertido besar a alguien prácticamente desconocido, tener su permiso ferviente y apreciativo para tocarlo. Es como un ensayo. Un ensayo perfecto y divertido con un chico que he conocido de vacaciones y que no tiene ninguna importancia en mi vida, que solo conoce a la Poppy del presente y no necesita más.

Nos besamos hasta que siento los labios magullados y nos hemos quitado la camiseta y yo me incorporo en la oscuridad para recuperar el aliento.

—No me apetece hacerlo, ¿vale?

—Ah, sin problema —dice sin darle importancia y sentándose apoyado en la pared—. Está bien. Sin presión.

Y no parece sentir ni una pizca de incomodidad el respecto, pero tampoco vuelve a atraerme hacia él ni a besarme. Se queda ahí sentado un rato, como si estuviera esperando algo.

—¿Qué? —digo.

—Ah. —Mira la puerta y luego vuelve a mirarme a mí—. Es que pensaba que, si no querías...

Y entonces lo entiendo.

—¿Quieres que me vaya?

—A ver... —Suelta media carcajada avergonzada (o todo lo avergonzado que puede estar él) que sigue sonando un poco como un ladrido—. Es que, si no vamos a acostarnos, puede que...

Se le apaga la voz. Y ahora es mi propia risa la que me sorprende.

—¿Vas a acostarte con otra?

Su preocupación parece sincera cuando pregunta:

—¿Eso te hace sentir mal?

Me quedo mirándolo en silencio tres segundos enteros.

—A ver, es que, si quisieras hacerlo, pues sin duda tú... En plan, yo quiero hacerlo contigo, claro que quiero, pero como tú no ... ¿Te has enfadado? —dice al cabo.

Suelto una carcajada.

—No —contesto, y me vuelvo a poner la camiseta—. De verdad que no. Agradezco la sinceridad. —Y lo digo en serio. Porque solo es Buck, un tío que he conocido de vacaciones, y lo cierto es que ha sido bastante caballeroso.

—Vale, guay —dice, y me lanza una de sus relajadas sonrisas que casi brilla en la oscuridad—. Me alegro de que estemos guay.

—Estamos guay —coincido—, pero... ¿habías dicho que había una tienda de campaña?

—Ah, sí. —Se da una palmada en la frente—. La roja y negra que hay en el jardín de atrás es toda tuya.

—Gracias, Buck —digo, y me pongo en pie—. Por todo.

—Ey, espera un segundo. —Se estira para coger una revista del suelo al lado del colchón, busca un rotulador y garabatea algo en la esquina blanca de una página que luego arranca—. Si alguna vez vuelves a la isla —dice—, no te quedes a dormir en el barrio de mis abuelos, ¿vale? Ven aquí, que siempre tenemos sitio.

Después de eso, salgo de la casa pasando por delante de habitaciones en las que ya —o todavía— suena música y de puertas que emanan leves suspiros y gemidos.

Una vez fuera, bajo los escalones del porche cubiertos de rocío y me dirijo a la tienda roja y negra. Estoy bastante segura de haber visto a Alex desaparecer en la casa con Daisy hace horas, pero, cuando abro la cremallera de la tienda, me lo encuentro profundamente dormido. Entro a gatas con cuidado y, cuando me tumbo a su lado, él apenas abre sus ojos hinchados por el sueño y dice:

—Hola.

—Hola —digo—, perdón por despertarte.

—Tranqui —murmura arrastrando las palabras—. ¿Qué tal la noche?

—Bien —contesto—, me he liado con Buck.

Se le abren los ojos un instante antes de volver a ser dos cortes finos de color miel.

—Vaya —grazna, y luego intenta tragarse una carcajada soñolienta—. ¿La mata de ahí abajo era tan preocupante como la de la cabeza?

Riendo, le doy una patada a la pierna.

—No te he dado permiso para burlarte.

—¿Te ha contado qué nos estaba diciendo durante todo el trayecto en taxi? —pregunta con otra risotada—. ¿Cuántas personas más había en la hamaca con vosotros?

Empiezo a reírme con tanta fuerza que me surgen lágrimas en las comisuras de los ojos.

—Me... Me ha echado... —Me resulta complicado pronunciar las palabras entre los resuellos de risa, pero al final lo consigo—. Me ha echado cuando le he dicho que no quería acostarme con él.

—¿Qué dices? —Se incorpora y se apoya en el codo. El saco de dormir le resbala por el pecho desnudo y el pelo le baila por la electricidad estática—. Menudo capullo.

—No —digo—, está bien. Solo quería follar con alguien y, si

no era conmigo, hay cuatrocientas chicas más en estos dos kilómetros cuadrados de bosque decadente.

Alex vuelve a tumbarse sobre su almohada.

—Ya, bueno, a mí me sigue pareciendo bastante chungo.

—Hablando de chicas —digo yo con una sonrisa pilla.

—Pero... no estábamos hablando de chicas —responde Alex.

—¿Te has liado con Daisy?

Pone los ojos en blanco.

—¿Tú crees que me he liado con Daisy?

—Hasta que lo has dicho en ese tono, sí.

Alex recoloca el brazo bajo la almohada.

—Daisy no es mi tipo.

—Es verdad —digo—, no se parece en nada a Sarah Torval.

Alex vuelve a poner los ojos en blanco y luego los cierra del todo.

—Duérmete ya, rarita.

Mientras bostezo, le digo:

—Dormir me dice mucho.

11
ESTE VERANO

Hay muchas tumbonas vacías en la piscina del complejo de apartamentos Desert Rose —todo el mundo está en el agua—, de modo que Alex y yo ponemos las toallas sobre un par que hay en una esquina.

Hace una mueca cuando se agacha para sentarse.

—El plástico está caliente.

—Todo está caliente.

Me dejo caer a su lado y me quito el vestido playero.

—¿Qué porcentaje de la piscina crees que es pis a estas alturas? —pregunto ladeando la cabeza al observar al grupo de bebés con gorritos que chapotean junto a sus padres en los escalones que bajan a la piscina.

Alex hace otra mueca.

—No digas esas cosas.

—¿Por qué no?

—Porque hace tanto calor que voy a meterme en el agua de todos modos y no quiero pensar en eso. —Aparta la mirada mientras se quita la camiseta y luego la dobla y se inclina para dejarla en el suelo, detrás de él. Se le tensan los músculos del pecho y el vientre.

—¿Cómo has podido ponerte todavía más mazado? —pregunto.

—No lo he hecho. —Saca la crema solar de mi bolsa de playa y se echa un poco en la mano.

Me miro la barriga, que sobrepasa la goma apretada de la parte de abajo del bikini naranja fosforito que llevo. En los últimos años, mi estilo de vida de cócteles en aviones y burritos, *gyros* y fideos a altas horas de la noche ha comenzado a rellenarme y a suavizarme la figura.

—Vale —le digo a Alex—, entonces es que tú estás exactamente igual mientras que los demás empezamos a tener bolsas en los ojos y la piel de las tetas y del cuello colgandera y nos salen más estrías y marcas y cicatrices.

—¿De verdad te gustaría estar como a los dieciocho? —me pregunta, y procede a embadurnarse los brazos y el pecho con grandes cantidades de crema.

—Sí. —Cojo el bote de crema y me pongo un poco en los hombros—. Pero me conformaría con los veinticinco.

Alex niega con la cabeza y luego la agacha mientras se unta más crema por el cuello.

—Estás mejor ahora que entonces, Poppy.

—¿En serio? Porque los comentarios de mi Instagram no dicen lo mismo —replico.

—Eso son todo gilipolleces —suelta—. La mitad de las personas que tienen Instagram solo han vivido en un mundo en el que todas las fotos están editadas. Si te vieran en persona, se desmayarían. Mis alumnos están obsesionados con una «modelo de Instagram» generada por ordenador. Una chica animada. Es literalmente como un personaje de videojuego, y cada vez que publican en su cuenta, se vuelven todos locos por lo guapa que es.

—Ah, sí, la conozco —digo—. Bueno, no la conozco. No es real. Pero conozco la cuenta. A veces entro en espirales profundas leyendo los comentarios. Tiene un pique con otra modelo hecha por ordenador. ¿Quieres que te ponga por la espalda?

—¿Cómo? —Levanta la cabeza confuso.

Yo le enseño el bote de crema solar.

—La espalda. Te está dando el sol ahora mismo.

—Ah, sí. Gracias.

Se vuelve y baja la cabeza, pero sigue siendo demasiado alto y tengo que ponerme de rodillas para alcanzarle el espacio entre los omóplatos.

—Total —empieza a decir, y carraspea—. Los chavales saben que me da mucha grima esos personajes que no llegan a parecer un dibujo pero tampoco una persona, e intentan engañarme para que mire fotos de la chica de mentira solo para verme estremecer. Me hace sentir un poco culpable por haberte puesto cara de perrito triste tantas veces durante estos años.

Mis manos se paran en sus hombros cálidos y pecosos por el sol y siento un pinchazo en el estómago.

—Me pondría triste si dejaras de hacerlo.

Vuelve un poco la cabeza para mirarme y le cubre el perfil una sombra azulada, porque el sol le da desde el otro lado. Por un milisegundo, siento un aleteo por la cercanía, por notar los músculos de sus hombros bajo mis manos y por la forma en la que su colonia se mezcla con el dulzor del coco de la crema solar y por cómo sus ojos de color miel se quedan fijos en mí.

Es un milisegundo que pertenece a ese cinco por ciento del «¿y si...?». ¿Y si me inclinase por encima de su hombro y lo besase, le cogiese el labio inferior con los dientes, enredase las manos en su pelo hasta que se diese la vuelta y me apretase contra su pecho?

Pero ya no hay sitio para ese «y si» y lo sé. Creo que él también lo sabe, porque carraspea y aparta la mirada.

—¿Quieres que te ponga crema yo a ti?

—Mhm —consigo decir.

Y los dos nos damos la vuelta de modo que ahora le doy la espalda y todo el tiempo que tiene las manos sobre mí me lo paso esforzándome por no notarlo. Intentando no sentir un calor más fuerte que el del sol de Palm Springs acumulándose detrás de mi ombligo mientras sus manos algo rasposas me repasan con suavidad.

No importa que haya bebés chillando y gente riendo y preadolescentes tirándose de bomba en zonas en las que hay gente demasiado cerca. No hay estímulos suficientes en esta piscina abarrotada que me distraigan, así que paso a un plan B que he elaborado a toda prisa.

—¿Alguna vez hablas con Sarah? —suelto con la voz una octava más alta de lo habitual.

—Pues... —Las manos de Alex se apartan—. A veces. Ya estás, por cierto.

—Guay, gracias. —Me doy la vuelta y me recuesto de nuevo en la tumbona poniendo unos cuantos centímetros de distancia entre nosotros—. ¿Sigue dando clases en el insti de East Linfield?

Con lo que costaba obtener un puesto de profesor, parecía un sueño que ambos hubieran conseguido trabajo en el mismo instituto y se hubieran ido a vivir a Ohio. Luego cortaron.

—Sip. —Mete la mano en la bolsa y saca las botellas de agua llenas de los preparados de margarita granizados que hemos comprado en el súper. Me pasa una—. Sigue allí.

—Entonces os veis mucho —señalo—. ¿Es incómodo?

—Nah, qué va.

—¿Que no os veis mucho o que no es incómodo?

Gana tiempo dando un largo trago de la botella.

—Pues... Supongo que ni lo uno ni lo otro.

—Y... ¿ella sale con alguien? —pregunto.

—¿Por? —responde Alex—. Pensaba que no te caía bien.

—Ya —digo, y la vergüenza corre por mis venas como una droga potente—, pero a ti sí, y quería saber si estabas bien.

—Estoy bien —dice, pero parece incómodo, así que dejo el tema.

No meterme con Ohio, no hablar del cuerpo absurdamente musculoso de Alex, no mirarlo a los ojos a menos de quince centímetros, no sacar el tema de Sarah Torval.

Puedo hacerlo. Creo.

—¿Vamos al agua? —propongo.

—Vale.

Pero, cuando nos abrimos paso entre la horda de bebés para bajar por los escalones descoloridos, queda claro enseguida que esta no era la solución a la precaria incomodidad entre nosotros. Por un lado, hay tantos cuerpos (y, posiblemente, pis) dentro del agua que parece casi tan caliente como el aire y, en cierto modo, hasta más desagradable.

Por otro lado, la piscina está tan llena y tenemos que estar tan cerca que los dos tercios superiores de nuestros cuerpos casi se tocan. Cuando un hombre fornido me empuja para pasar, choco contra Alex y me atraviesa una descarga de pánico al sentir su vientre liso contra el mío. Me agarra por las caderas, estabilizándome y a la vez apartándome, devolviéndome al lugar que me corresponde a cinco centímetros de él.

—¿Estás bien? —pregunta.

—Mmm —digo, porque lo único en lo que puedo centrarme es en cómo sus manos abarcan mis caderas.

Supongo que este viaje será así. Por lo de responder «mmm», no por las enormes manos de Alex sobre mis caderas.

Me suelta y estira el cuello para mirar hacia atrás, donde están las tumbonas.

—Igual deberíamos quedarnos leyendo hasta que se vacíe un poco —propone.

—Buena idea.

Lo sigo haciendo zigzag hasta las escaleras de la piscina, por el cemento abrasador y hasta las toallas demasiado cortas tendidas sobre las tumbonas, donde nos echamos a esperar. Él saca una novela de Sarah Waters, se la termina, y sigue con un libro de Augustus Everett. Yo saco el último número de *D+R* con la intención de leer por encima todo lo que no he escrito yo. Igual encuentro una chispa de inspiración que pueda presentarle a Swapna para que no se enfade conmigo.

Finjo que leo durante dos sudoríficas horas, pero la piscina nunca se vacía.

En cuanto abrimos la puerta del apartamento, sé que las cosas van a ir a peor.

—Pero ¿qué...? —empieza a decir Alex entrando después de mí—. ¿Hace todavía más calor?

Corro al termostato y leo el número iluminado.

—¡¿Veintiocho?!

—¿Igual lo estamos haciendo trabajar demasiado? —pregunta Alex plantándose a mi lado—. A ver si conseguimos que por lo menos vuelva a veintisiete.

—Sé que veintisiete es, técnicamente, mejor que veintiocho, Alex —digo—, pero vamos a terminar matándonos entre nosotros si tenemos que dormir con un calor de veintisiete grados.

—¿Llamamos a alguien? —sugiere Alex.

—¡Sí! ¡Llamemos! ¡Bien pensado! —Saco el móvil de la bolsa de playa y busco el teléfono del anfitrión en el correo electrónico.

Le doy a llamar y da tono tres veces antes de que conteste una voz ronca de fumador:

—¿Diga?

—¿Nikolai?

Dos segundos de silencio.

—¿Quién eres?

—Soy Poppy Wright. La inquilina del apartamento 4B.

—Vale.

—Estamos teniendo algunos problemas con el termostato.

Esta vez son tres los segundos de silencio.

—¿Lo has buscado en Google?

Ignoro la pregunta y prosigo con determinación.

—Estaba puesto a veintisiete grados cuando hemos llegado.

Hemos intentado ponerlo a veintiuno hace dos horas y ahora estamos a veintiocho grados.

—¡Ah, sí! —responde Nikolai—. Lo estás haciendo trabajar demasiado.

Supongo que Alex oye lo que dice Nikolai, porque asiente en plan «Te lo dije».

—Entonces... ¿no puede...? ¿No puede bajar de veintiséis grados? —pregunto—. Porque eso no estaba en la descripción del apartamento, igual que las obras que hay en el...

—Tienes que ir bajándolo de medio grado en medio grado, cariño —dice Nikolai con un suspiro como si lo estuviera agobiando—. ¡No se puede bajar un termostato de repente a veintiún grados! Y, además, ¿quién pone el aire a veintiún grados?

Alex y yo cruzamos la mirada.

—Yo a veinte —susurra.

«Diecinueve», articulo con la boca señalándome a mí misma.

—Bueno...

—Mira, mira, mira, cariño —vuelve a interrumpirme Nikolai—. Ponlo a veintisiete y medio. Cuando la temperatura baje a veintisiete y medio, ponlo a veintisiete. Luego, a veintiséis y medio, y cuando llegue a veintiséis y medio, lo pones a veintiséis. Y cuando estés a veintiséis...

—... te cortas la cabeza directamente —susurra Alex, y yo me aparto el teléfono antes de que Nikolai me oiga reírme.

Me lo pongo otra vez en la mejilla y Nikolai sigue explicando cómo contar hacia atrás desde veintiocho.

—Entendido —digo—. Gracias.

—Nada, mujer —responde Nikolai con otro suspiro—. Que tengas una buena estancia, cariño.

Mientras cuelgo, Alex cruza de nuevo la habitación hasta el termo y vuelve a subirlo hasta los veintisiete y medio.

—Que sea lo que Dios quiera.

—Si no conseguimos que vaya... —Se me apaga la voz cuando caigo en la cuenta de la gravedad de la situación. Iba a decir que, si no conseguimos que vaya, reservaré un hotel con la tarjeta de *D+R*.

Pero no puedo, claro.

Podría pagarlo con mi tarjeta, pero viviendo en un piso de Nueva York que ya es demasiado caro para mí, no tengo mucho para gastar. Se podría decir que los beneficios laborales son mi mayor ingreso. Podría intentar conseguirnos una habitación a cambio de publicidad, pero tengo las redes y el blog algo abandonados y no sé si tengo la influencia necesaria. Además, hay muchas empresas que no hacen negocios con *influencers*, incluso algunas le hacen una captura a tu mensaje y lo cuelgan en redes para avergonzarte. No soy George Clooney. Solo soy una chica más que hace fotos bonitas. Puede que nos consiga un descuento, pero una habitación gratis es poco probable.

—Algo se nos ocurrirá —dice Alex—. ¿Quieres ducharte tú primero o entro yo?

Por cómo tiene los brazos algo separados del cuerpo, sé que está desesperado por sentirse limpio. Y, si se mete en la ducha ahora, puede que yo consiga bajar la temperatura unos grados y todo antes de que salga.

—Entra tú —le digo, y se va.

Me paso todo el rato que oigo el agua caer dando vueltas por la habitación. De la pseudocama plegable al balcón envuelto en plástico y al termostato. Por fin, baja a veintisiete y medio y yo pongo que el objetivo de temperatura sea veintisiete y sigo deambulando.

Tras decidir documentarlo todo para poder informar a Airbnb e intentar que me devuelvan parte del dinero, tomo fotos del sillón cama y de la terraza —por suerte, las obras de arriba han parado y, por lo menos, hay silencio y suben de la piscina un murmullo de voces y el ruido de los chapoteos— y vuelvo al termostato, que ahora ya está a veintisiete, y le hago una foto también.

Justo cuando estoy bajando la temperatura a veintiséis y medio, la ducha deja de sonar, así que subo de un tirón la bolsa de viaje al sillón cama, la abro y empiezo a buscar algo ligero que ponerme para cenar.

Alex sale del baño envuelto en una nube de vapor con una toalla enrollada en la cintura y una mano sujetándola a la altura de la cadera mientras se pasa la otra por el pelo mojado y lo deja en punta hacia arriba y hacia los lados sin ningún orden.

—Te toca —dice, pero a mí me cuesta un momento procesar la confusión que me provoca su torso largo y terso y las protuberancias angulosas de su cadera.

¿Por qué es tan diferente ver a alguien tapado con una toalla que en bañador? Hace media hora, Alex iba, en principio, más desnudo, pero ahora las líneas rectas de su cuerpo me parecen más escandalosas. Siento como si toda la sangre de mi cuerpo palpitase hacia la superficie, se me pegase a la piel de modo que cada centímetro cuadrado está más alerta.

Nunca me acostumbraré a esto.

Esto es todo por culpa de lo de Croacia.

¡Me cago en Croacia y en todas sus preciosas islas!

—¿Poppy? —me llama Alex.

—Mmm —digo, y luego me acuerdo de añadir al menos—: Sí. —Me vuelvo hacia la bolsa de viaje y cojo al azar un vestido, un sujetador y unas bragas—. Vale. El dormitorio es todo tuyo.

Entro en el baño lleno de vapor a toda prisa, cierro la puerta y empiezo a quitarme la parte de arriba del bikini, pero me quedo helada, aturdida, al ver una cápsula de cristal tintado de azul que ocupa toda una pared y los asientos reclinables a uno y otro lado como si fuera una especie de ducha para grupos salida de *Los Supersónicos*.

—Madre mía.

Esto no salía en las fotos, estoy segura. De hecho, ninguna parte del baño se parece en nada al que salía en la web. Ha pasado de los grises sutiles y playeros de las fotos al azul eléctrico y los blancos estériles de la visión hipermoderna que tengo delante.

Cojo una toalla del toallero, me la enrollo y abro la puerta deprisa.

—Alex, ¿por qué no me has dicho nada de la...?

Alex tiende el brazo para coger la toalla y enrollársela y yo me esfuerzo al máximo para continuar la frase desde donde he vacilado y hacer como si no hubiera pasado nada.

—¿... nave espacial que hay en el baño?

—He supuesto que lo sabías —contesta Alex con la voz ronca—. Has sido tú la que has hecho la reserva.

—Deben de haberlo renovado desde que hicieron las fotos —digo—. ¿Cómo has conseguido encender la ducha?

—La verdad es que lo más difícil ha sido controlar el sistema de inteligencia artificial a lo *2001: Una odisea del espacio*. Luego, el mayor problema que he tenido es que no dejaba de confundir el mando del sexto cabezal de la ducha con el del masajeador de pies.

Con eso basta para disolver la tensión. Me echo a reír y él también y deja de importar tanto que estemos aquí plantados tapándonos con toallas.

—Esto es el purgatorio —digo.

Todo está lo suficientemente bien para que los problemas sean mucho más evidentes.

—Nikolai es un sádico —coincide Alex.

—Sí, pero un sádico con una nave espacial en el baño.

Me asomo al baño para estudiar de nuevo la ducha con varios cabezales y varios asientos.

Me da otro ataque de risa y, al volverme, me encuentro a Alex ahí plantado, sonriendo. Se ha puesto una camiseta sobre el torso empapado, pero no se ha arriesgado a quitarse la toalla para ponerse más ropa.

Entro en el baño.

—Vale, te dejo privacidad para que bailes desnudo por el apartamento. Aprovecha bien el tiempo.

—¿Es eso lo que haces tú? —grita Alex a mi espalda—. ¿Bailas desnuda por el apartamento cuando yo estoy en otra habitación? Seguro que sí.

Me giro mientras cierro la puerta.

—Eso es lo que te gustaría saber, ¿eh, Putialex?

12
HACE NUEVE VERANOS

A pesar de que Alex se ha pasado todo tercero haciendo turnos en la biblioteca (y, por consiguiente, yo me he pasado todos los ratos libres en el suelo detrás del mostrador comiendo regaliz y gastándole bromas cada vez que Sarah Torval aparecía toda vergonzosa), no hay dinero para hacer un gran viaje este verano.

Su hermano pequeño empieza un grado de dos años el curso que viene sin tener demasiada ayuda económica y Alex, que es un santo, está guardando todo lo que cobra para la matrícula de Bryce.

Cuando me dio la noticia, me dijo:

—Si quieres ir a París sin mí, lo entenderé.

Mi respuesta fue inmediata:

—París puede esperar. En lugar de eso, iremos al París de Estados Unidos.

Él arqueó una ceja.

—¿Que es...?

—Nashville, claro.

Se rio encantado. Me encantaba encantarle, me daba la vida. Me daba subidón hacer que esa máscara estoica se agrietase, y últimamente no había pasado mucho.

Nashville está solo a cuatro horas en coche de Linfield y, aunque parezca un milagro, la ranchera de Alex sigue funcionando, así que nos vamos a Nashville.

Cuando viene a recogerme la mañana que empieza el viaje,

yo aún estoy haciéndome la maleta y mi padre lo obliga a sentarse y a responder una serie de preguntas aleatorias mientras termino. Mientras tanto, mi madre se cuela en mi habitación escondiendo algo detrás de la espalda.

—Hooolaaa, cielo —canturrea.

Levanto la vista de la explosión de color que conforma la ropa de mi bolsa y que parece más bien el vómito de un teleñeco.

—¿Hooolaaa?

Se posa en mi cama con las manos todavía escondidas.

—¿Qué haces? —pregunto—. ¿Te han atado las manos? ¿Han entrado a robar en casa? Parpadea dos veces si no puedes decir nada.

Ella me enseña la caja que trae. Yo de inmediato suelto un grito y se la tiro al suelo de un manotazo.

—¡Poppy! —grita.

—¡¿«Poppy»?! —pregunto—. ¿Cómo que «Poppy»? ¡Mamá! ¿Por qué vas por ahí con una caja de condones de tamaño familiar detrás de la espalda?

Ella se agacha y la recoge. No está abierta (¿por suerte?), de modo que no se ha desparramado nada por el suelo.

—Es que me ha parecido que era hora de que hablásemos de esto.

—No, qué va. —Niego con la cabeza—. Son las nueve y veinte de la mañana. No es hora de hablar de esto.

Suspira y coloca la caja encima de mi bolsa de viaje rebosante de ropa.

—Solo quiero que vayáis con cuidado. Tenéis toda la vida por delante. ¡Queremos que hagas realidad todos tus sueños, cielo!

El corazón me late desbocado. No porque mi madre esté sugiriendo que Alex y yo nos estemos acostando —ahora que lo pienso, no me extraña que lo crea—, sino porque sé que está haciendo hincapié en que termine la universidad, que es algo que todavía no le he dicho que no voy a hacer.

Alex es la única persona a la que le he contado que no voy a volver el año que viene. Estoy esperando a decírselo a mis padres después del viaje para que no tengamos que cancelarlo por un disgusto.

Mis padres me apoyan un montón, pero eso es en parte porque los dos querían ir a la universidad y ninguno tuvo el respaldo. Siempre han dado por hecho que tener una carrera sería bueno para cualquier sueño que pudiera tener.

Sin embargo, durante el curso, he dedicado la mayoría de mis sueños y energía a viajar: escapadas de fin de semana y viajes cortos cuando no había clase, por lo general sola, pero a veces con Alex (de camping, porque es lo que nos podemos permitir) o con mi compañera de habitación, Clarissa, una hippie con pasta que conocí en un encuentro informal sobre programas para estudiar en el extranjero a finales del curso pasado (visitas a las dos casas a orillas de lagos que tienen sus padres, una cada uno). Clarissa empezará el curso que viene —el último— en Viena y conseguirá créditos de Historia del Arte, pero, en mi caso, cuanto más pensaba en esos programas, menos me interesaban.

No quiero irme a Australia para pasarme el día en un aula y no quiero sumar más miles de dólares a la deuda que ya tengo solo para tener una experiencia académica en Berlín. Para mí, viajar es vagar, conocer a personas que no te esperas, hacer cosas que no has hecho nunca. Y, además, todas esas escapadas de fin de semana han empezado a surtir efecto. Solo llevo con el blog ocho meses y ya tengo unos cuantos miles de seguidores en redes.

Enterarme de que había suspendido la asignatura troncal de Biología y que, por tanto, tardaría un semestre más en graduarme fue la gota que colmó el vaso.

Y voy a explicarles a mis padres todo esto y, de algún modo, encontraré la forma de hacerles entender que la universidad no es mi camino como lo es para Alex, pero hoy no es el día.

Hoy nos vamos a Nashville y, después de este último semestre, lo único que quiero es pasarlo bien.

Pero no como mi madre sugiere.

—Mamá —le digo—, no me estoy acostando con Alex.

—No hace falta que me cuentes nada —responde con una inclinación de cabeza serena y sosegada, aunque el gesto se va por la borda cuando continúa hablando—: Solo quiero saber que estás siendo responsable. ¡Madre mía, no me creo lo mayor que estás! Me saltan las lágrimas solo de pensarlo, pero, de todas formas, ¡tienes que ser responsable! Aunque estoy segura de que lo eres. ¡Eres muy lista! Y siempre lo has sabido. Qué orgullosa estoy de ti, cielo.

Estoy siendo más responsable de lo que cree. Aunque me he liado con unos cuantos chicos este año, no he pasado de eso. Cuando se lo confesé a Clarissa algo bebida en el viaje a la casa de su madre cerca del lago Michigan, abrió los ojos como si estuviera mirando una bola de cristal y me dijo con ese tono etéreo que tiene:

—¿A qué estás esperando?

Yo me encogí de hombros. La verdad es que no lo sé, pero me imagino que, cuando lo tenga delante, lo sabré.

A veces pienso que estoy siendo demasiado precavida, que es algo de lo que nunca se me ha acusado, pero, con esto, en ocasiones siento que estoy esperando a las circunstancias perfectas para la primera vez.

Otras veces pienso que puede tener algo que ver con lo de Putipoppy. Que, después de eso, soy incapaz de vivir el momento, de soltarme con la gente.

Puede que solo tenga que decidirme, elegir a alguien de la lista de chicos con los que Alex y yo nos topamos en muchas fiestas y que me hacen algo de gracia. Chicos que estudian en el Departamento de Lengua con él o en el de Comunicación conmigo o cualquier otro personaje recurrente de nuestras vidas.

Sin embargo, por ahora, conservo la esperanza y espero que ese momento mágico en el que sienta que una persona en concreto es la adecuada llegue por sí solo.

Y esa persona NO va a ser Alex.

En realidad, si tuviera que elegir a alguien, seguramente sí que sería él. Le sería sincera, le explicaría lo que quería hacer y por qué, y es probable que insistiera en que firmásemos un pacto de sangre para que solo pasase una vez y que nunca más hablásemos de ello.

Sin embargo, aunque tuviera que recurrir a eso, me hago a mí misma la promesa solemne de que no sería usando un condón de la caja de tamaño familiar que mi madre acaba de meterme en la maleta.

—De verdad te digo que no los necesito —insisto.

Ella se pone en pie y le da unas palmaditas a la caja.

—Puede que ahora no, pero ¿por qué no te los quedas? Por si acaso. ¿Tienes hambre? Hay galletas en el horno y... ¡Ay! ¡Se me ha olvidado poner el lavavajillas!

Sale de la habitación corriendo y yo termino de hacerme la maleta y la arrastro hasta abajo. Mi madre está en la isla de la cocina, cortando plátanos que se han puesto negros para hacer bizcocho de plátano mientras las galletas se enfrían, y Alex está sentado muy tenso al lado de mi padre.

—¿Estás listo? —le pregunto.

Él salta del taburete como diciendo: «¿Para no estar sentado al lado de tu intimidante padre? Listísimo».

—Sip. —Se seca las palmas de las manos en la parte de delante de los pantalones—. Sí. —Es más o menos en ese momento cuando se fija en la caja de condones que llevo debajo del brazo.

—¿Esto? —digo—. Solo son quinientos condones que me ha dado mi madre por si empezamos a follar.

La cara de Alex se enciende.

—¡Poppy! —grita mi madre.

Mi padre vuelve la cabeza horrorizado.

—¿Desde cuándo tenéis una relación romántica?

—Yo no... Nosotros no... hacemos eso —intenta explicar Alex.

—Toma, ¿nos los llevas al coche, papá? —Se los lanzo por encima de la isla—. Se me está cansando el brazo. Espero que en el hotel tengan uno de esos carros para el equipaje enormes.

Alex sigue sin poder mirar a la cara a mi padre.

—De verdad que no...

Mi madre pone los brazos en jarras enfadada.

—Eso tenía que ser algo privado. Mira, lo estás avergonzando. No lo avergüences. No tengas vergüenza, Alex.

—No iba a ser privado mucho tiempo —digo—. Si la caja no entra en el maletero, tendremos que atarla a las bacas del coche.

Mi padre deja la caja en la mesita auxiliar y empieza a leer el lateral con el ceño fruncido.

—¿De verdad están hechos de piel de cordero? ¿Son reutilizables?

Alex no puede esconder un estremecimiento.

—¡No sabía si alguno de los dos era alérgico al látex! —explica mi madre.

—Vale, tenemos que irnos —digo—. Venid a darnos un abrazo de despedida. La próxima vez que nos veáis igual sois abuel... —Lo dejo estar y paro de acariciarme la barriga cuando veo la expresión en la cara de Alex—. ¡Es broma! Solo somos amigos. ¡Adiós, mamá! ¡Adiós, papá!

—Os lo pasaréis genial, ya veréis. Qué ganas tengo de que me lo contéis todo.

Mi madre sale de detrás de la encimera y me atrae hacia sí para abrazarme.

—Pórtate bien —dice—. ¡Y no te olvides de llamar a tus hermanos cuando lleguéis! ¡Están desesperados por saber de ti!

Por encima del hombro de mi madre, le digo a Alex solo moviendo la boca: «Desesperados». Y él, por fin, sonríe.

—Te quiero, chiquilla —dice mi padre bajando del taburete para darme un abrazo—. No dejes que se prometa con un cantante de country ni que se rompa el cuello en un toro mecánico.

—Claro que no —responde Alex.

—Ya veremos —digo.

Nos acompañan fuera (por suerte, la caja de condones se queda en la encimera) y se despiden con la mano mientras damos marcha atrás por el camino de acceso y Alex les devuelve el saludo hasta que no nos pueden ver. Entonces me mira y me dice seco:

—Estoy muy enfadado contigo.

—¿Cómo puedo compensártelo? —Parpadeo como un gato sexy de dibujos animados.

Alex pone los ojos en blanco, pero una sonrisita le eleva la comisura de los labios cuando vuelve a mirar a la carretera.

—Para empezar, vas a subirte a un toro mecánico.

Pongo los pies encima del salpicadero mostrando orgullosa las botas de cowboy que encontré hace unas semanas en una tienda de segunda mano.

—Cuando tú vas, yo vuelvo.

Sus ojos se posan en mí y me recorren las piernas hasta las botas de un rojo chillón.

—Y ¿cómo se supone que tienen que ayudarte a mantenerte encima de un toro mecánico?

Chasqueo los talones.

—No tienen que ayudarme. Tienen que cautivar a un cantante de country guapo para que venga a levantarme del suelo y me lleve en sus brazos fuertes de granja.

—«Brazos fuertes de granja» —repite Alex riéndose por la nariz, poco impresionado por la imagen.

—Lo dice el de los brazos fuertes de gimnasio —suelto para picarlo.

Frunce el ceño.

—Hago ejercicio por la ansiedad.

—Sí, seguro que no te importa en absoluto ese cuerpazo. Es un accidente.

Se le sale el músculo de la mandíbula y vuelve a fijar los ojos en la carretera.

—Me gusta verme bien —dice en un tono que lleva implícito «¿Acaso está prohibido?».

—Y a mí. —Arrastro los pies por el salpicadero hasta que las botas entran en su campo de visión—. Es evidente.

Su mirada pasa por encima de mis piernas hasta llegar a la consola central, donde tiene el cable para la música enrollado en un círculo perfecto.

—Toma —dice, y me lo tiende—. ¿Por qué no empiezas tú?

Últimamente, nos turnamos el poner música en la ranchera, pero Alex siempre me deja empezar a mí, porque es Alex y es el mejor.

Insisto en que la selección sea cien por cien country durante todo el trayecto. En la mía están Shania Twain, Reba McEntire, Carrie Underwood y Dolly Parton. La suya es toda de Patsy Cline y Willie Nelson, Glen Campbell y Johnny Cash y una cucharadita de Tammy Wynette y Hank Williams.

Encontramos el hotel en Groupon hace meses y es uno de esos lugares *kitsch* únicos con un cartel de neón rosa (la ilustración de un vaquero haciendo equilibrios encima de la palabra LIBRE) que hace que el sobrenombre de Nashvegas cobre sentido.

Nos registramos y entramos con las maletas. Cada habitación tiene la temática de un músico famoso de Nashville, lo cual significa que hay fotos enmarcadas de esa persona por toda la habitación y, luego, los mismos edredones florales feísimos y las mismas mantas de borrego de color tostado en todas las camas. Intenté pedir la habitación de Kitty Wells, pero, al parecer, cuando reservas por Groupon, no puedes elegir.

Nos han puesto en la de Billy Ray Cyrus.

—¿Crees que le pagan por esto? —le pregunto a Alex, que

está retirando las sábanas para buscar chinches por debajo de los colchones.

—Lo dudo —dice—. Igual le dan un cupón de Groupon para que se compre un helado de yogur de vez en cuando. —Abre las cortinas y se queda mirando el cartel de neón parpadeante—. ¿Aquí alquilan habitaciones por horas? —pregunta escéptico.

—Da igual —respondo—, me he dejado el camión de condones en casa.

Se estremece y se deja caer en una de las camas, convencido ya de que no tiene chinches.

—Si no hubiera tenido que presenciar eso, habría molado bastante, la verdad.

—Pero yo tendría que haberlo presenciado igual, Alex. ¿Acaso yo no importo?

—Sí, pero tú eres su hija. Lo más parecido a darnos la charla sobre sexo que ha hecho mi padre es dejarnos un libro sobre castidad en la habitación a cada uno más o menos cuando cumplimos los trece. Creí que masturbarse provocaba cáncer hasta los dieciséis.

Siento una fuerte presión en el pecho. A veces se me olvida lo difícil que ha sido la vida de Alex. Su madre murió por complicaciones en el parto de David y el señor Nilsen y los cuatro hermanos Nilsen han vivido sin mujer y sin madre desde entonces. El año pasado, por fin, su padre empezó a salir con una mujer de la iglesia, pero rompieron a los tres meses y, aunque el señor Nilsen fue el que lo dejó, estaba tan destrozado que Alex tuvo que volver a casa en coche a mitad de semana para ayudarlo a superarlo.

Alex es a quien llaman sus hermanos cuando algo va mal. Su pilar emocional.

A veces pienso que por eso nos juntamos. Porque él está acostumbrado a ser el hermano mayor resuelto y yo estoy acostumbrada a ser la hermana pequeña molesta. Es una dinámica que entendemos: yo le hago bromas con cariño, y él me hace sentir que el mundo es más seguro.

Sin embargo, esta semana no pienso necesitar nada de él. Me he propuesto ayudar a Alex a soltarse, volver a sacar al Alex al que le gusta hacer el tonto del Alex ocupadísimo y supercentrado.

—Oye —le digo sentándome en la cama—, si alguna vez necesitas unos padres que se meten sin parar en tu vida, a los míos les encantas. Es evidente, vamos. Mi madre quiere que pierda la virginidad contigo.

Se recuesta apoyándose en las manos y ladea la cabeza.

—¿Tu madre piensa que no te has acostado con nadie?

Vacilo.

—Es que no me he acostado con nadie. Pensaba que lo sabías.

Parece que hablamos de todo, pero supongo que todavía hay algunos temas que no hemos tocado.

—No. —Se aclara la garganta—. Bueno, no lo sé. Te has ido de algunas fiestas con gente.

—Ya, pero nunca pasa nada serio. No he salido con ellos ni nada.

—Pensaba que eso era en plan porque no quieres salir con nadie.

—Supongo —digo. O, por lo menos, hasta ahora no he querido—. No lo sé —continúo—. Supongo que solo quiero que sea especial. Tampoco tiene que haber luna llena ni tenemos por qué estar en un jardín de rosas ni nada.

Alex hace una mueca.

—El sexo al aire libre no es tan bueno como lo pintan.

—¡Oye, guarrillo! —grito—. ¡Cómo te guardas las cosas!

Se encoge de hombros y las orejas se le ponen rojas.

—Es que es algo de lo que no hablo y ya está. Con nadie. Solo decirlo me ha hecho sentir culpable, como si estuviera faltándole al respeto a ella.

—Tampoco has dicho quién es. —Me inclino hacia delante y bajo la voz—: ¿Sarah Torval?

Me da un golpecito en la rodilla con la suya con una leve sonrisa en la boca.

—Estás obsesionada con Sarah Torval.

—No —digo—, tú estás obsesionado con ella.

—No fue con ella, fue con otra chica de la biblioteca. Lydia.

—¡No me digas! —exclamo exaltada—. ¿La que tiene unos ojos enormes y el mismo peinado que Sarah Torval?

—Paraaa —se queja Alex, y sus mejillas cogen un tono rosado—. Deja de avergonzarme.

—¡Pero es que es muy divertido!

Obliga a su rostro a relajarse hasta que se convierte en una cara de perrito triste al borde de las lágrimas y yo grito y me dejo caer hacia atrás en la cama. El cuerpo entero se me afloja por la risa y me pongo la almohada sobre los ojos. La cama se hunde bajo su peso cuando se me tumba al lado y me aparta la almohada de la cara, se inclina sobre mí con las manos apoyadas a los lados de mi cabeza para que su cara de perrito triste quede en mi campo de visión.

—Madre mía —suspiro entre una mezcla de lágrimas y risas—. ¿Por qué me afecta y me confunde tanto esa cara?

—No lo sé, Poppy —dice, y su expresión se entristece todavía más.

—¡Me dice tanto...! —grito entre carcajadas, y su boca se estira para formar una sonrisa.

Y justo es ese momento. Ahí.

Es la primera vez que quiero besar a Alex Nilsen.

Lo siento hasta en los dedos de los pies durante dos segundos de aliento contenido. Y, luego, comprimo esos segundos en una bolita apretada y los escondo en el fondo de mi pecho donde me prometo que vivirán en secreto para siempre.

—Venga —dice con voz suave—, vamos a subirte a un toro mecánico.

13
ESTE VERANO

Conseguimos que la temperatura baje a veintiséis grados y ponemos el aire a veinticinco y medio antes de irnos a un restaurante mexicano llamado Casa de Sam que tiene muy buena nota en Tripadvisor y solo un símbolo de dólar en la valoración del precio.

La comida está brutal, pero el aire acondicionado es la estrella de la noche. Alex no para de recostarse en el asiento con los ojos cerrados y soltar suspiros de satisfacción.

—¿Crees que Sam nos dejaría dormir aquí? —pregunto.

—Podríamos intentar escondernos en el baño hasta que cierren —propone Alex.

—Me da miedo beber demasiado y que luego me dé un golpe de calor —digo dando otro sorbo de margarita con jalapeño. Hemos pedido una jarra entera.

—A mí me da miedo beber demasiado poco y no poder quedarme inconsciente la noche entera.

Solo hablar de ello hace que el cuello se me empape de sudor.

—Siento lo del Airbnb —digo—. Ninguna de las reseñas decía nada del aire acondicionado.

Aunque ahora me pregunto cuánta gente se habrá alojado ahí en pleno verano.

—No es culpa tuya —contesta Alex—. Por lo que a mí respecta, le echo toda la culpa a Nikolai.

Asiento y el silencio incómodo se alarga hasta que pregunto:

—¿Cómo está tu padre?

—Pues bien —dice Alex—. Le va bien. ¿Te he contado lo de la pegatina del coche?

Sonrío.

—Sí.

Suelta una risa tímida y sus dedos se abren paso entre su pelo.

—Madre mía, hacerse mayor es muy aburrido. Mi mejor anécdota es que mi padre se ha comprado una pegatina para el coche.

—Es una historia bastante buena —insisto.

—Tienes razón. —Ladea la cabeza—. ¿Quieres que te hable de mi lavavajillas?

Ahogo un grito y me pongo las manos en el pecho.

—¿Tienes un lavavajillas? ¿A tu nombre?

—Pues los lavavajillas no suelen registrarse a nombre de nadie, pero sí. Lo compré yo. Justo después de la casa.

Una emoción sin nombre se me clava en el pecho.

—¿Te...? ¿Te has comprado una casa?

—¿No te lo había dicho?

Niego con la cabeza. Claro que no me lo ha dicho. ¿Cuándo iba a decírmelo? Pero me duele igual. Todas y cada una de las cosas que me he perdido estos dos años me duelen.

—La casa de mis abuelos —explica—. Después de que mi abuela falleciera. Se la dejó a mi padre y queríamos venderla, pero necesita reformas para las que mi padre no tenía ni tiempo ni dinero, así que yo estoy viviendo allí y arreglándola.

—¿Betty?

Me trago la maraña de emociones que me sube por la garganta. Solo coincidí con la abuela de Alex unas cuantas veces, pero me encantaba. Era más pequeñita que yo, pero era tremenda, aficionada a las historias de asesinatos y al crochet, a la comida picante y al arte moderno. Se había enamorado de su cura y él había dejado la Iglesia para casarse con ella («¡Y así nos hicimos protestantes!») y, luego («*ocho* meses después», me dijo guiñándome el ojo), había nacido la madre de Alex con una mata de pelo grueso como la suya y una nariz «pronunciada» como la del abuelo de Alex, que Dios lo tenga en su gloria.

Su casa era curiosa, tenía varios desniveles y fue construida a principios de los sesenta. Betty conservaba el papel pintado original de flores amarillas y naranjas en la sala de estar y había tenido que poner una moqueta marrón bastante fea sobre los suelos de madera y azulejo —hasta en el baño— tras resbalarse y romperse la cadera hacía unos años.

—¿Betty ha muerto? —susurro.

—Fue un final tranquilo —dice Alex sin mirarme—. Era muy muy mayor.

Ha empezado a doblar con precisión los envoltorios de papel de las pajitas en cuadraditos. No da muestras de emoción, pero yo sé que Betty era, básicamente, su persona favorita de la familia, tal vez empatada con David.

—Lo siento mucho. —Me esfuerzo por evitar que me tiemble la voz, pero mis emociones crecen como un maremoto—. Flannery O'Connor y Betty. Ojalá me hubieras avisado.

Su mirada de color miel sube despacio hasta encontrarse con la mía.

—No estaba seguro de que quisieras saber algo de mí.

Parpadeo para no llorar, aparto la vista y hago como si me estuviera quitando el pelo de la cara en lugar de secarme los ojos. Cuando vuelvo a mirarlo, todavía tiene los ojos clavados en mí.

—Sí que quería —digo.

Mierda, ya llegan los temblores.

Parece que hasta la música de los mariachis que tocan en el otro salón se apaga y queda en un murmullo, que estemos solos sentados en estos asientos rojos con su colorida mesa tallada a mano.

—Bueno —murmura Alex—, pues ahora ya lo sé.

Quiero preguntarle si él ha querido hablar conmigo en todo ese tiempo, si ha escrito mensajes que se han quedado sin mandar o si en algún momento ha pensado en llamarme durante tanto rato que ha llegado a apretar mi contacto.

Si también siente que ha perdido dos buenos años de su vida desde que dejamos de hablar y por qué ha permitido que ocurra. Quiero que me diga que las cosas pueden ser como eran antes, cuando no había nada que no pudiésemos contarnos y estar juntos era tan fácil y natural como estar solos, pero sin la soledad.

Sin embargo, cuando viene el camarero con la cuenta, la cojo por instinto antes de que pueda cogerla Alex.

—¿Esa no es la tarjeta de *D+R*? —dice como si fuera una pregunta.

Sin decidirlo de forma consciente, miento:

—No, ahora nos lo devuelven después del viaje.

Me hormiguean las manos, me pican por la incomodidad que siento al engañarlo, pero es demasiado tarde para retirarlo.

Cuando salimos a la calle, el cielo está oscuro y estrellado. El bochorno del día se ha disipado y, aunque todavía debemos de estar por lo menos a veinticinco grados, no es nada comparado con los cuarenta con los que habíamos tenido que lidiar antes. Hasta sopla una brisa. Cruzamos el aparcamiento en silencio hasta llegar al Aspire. Ahora que hemos rozado el tema de lo que pasó en Croacia, siento una pesadez en el ambiente.

Me había convencido de que podíamos dejarlo atrás, pero ahora me doy cuenta de que cada vez que me entere de algo que haya sucedido en estos dos años, se me meterá en la llaga que tengo en el corazón.

A él también debe de estar afectándole de alguna manera, pero siempre ha sido bueno enterrando las emociones cuando no le apetece compartirlas.

Durante todo el trayecto en coche, quiero decirle: «Lo borraría todo. Si fuera a arreglar esto, volvería atrás y lo borraría todo».

Cuando llegamos al apartamento, es oficial: hace más calor dentro que fuera. Los dos vamos directos al termostato.

—¿Veintisiete y medio? —pregunta Alex—. ¿Ha vuelto a subir?

Me masajeo el puente de la nariz. Siento una migraña incipiente detrás de los ojos, por el calor o el alcohol o el estrés o por todo.

—Vale. Vale. Tenemos que volver a ponerlo a veintisiete, ¿no? Y dejar que llegue a esa temperatura antes de bajarlo de nuevo.

Alex se queda mirando el termostato como si acabase de tirarle un helado al suelo. Hay una sombra involuntaria de cara de perrito triste en su expresión.

—De medio grado en medio grado. Eso es lo que nos ha dicho Nikolai.

Vuelve a subir la temperatura a veintisiete y yo abro la puerta del balcón.

Pero el muro de plástico no deja que entre el aire fresco. Rebusco en los cajones de la cocina hasta que encuentro unas tijeras.

—¿Qué haces? —pregunta Alex saliendo al balcón detrás de mí.

—Joder, pues lo mínimo —respondo mientras rasgo el centro del plástico con las tijeras.

—Uuuh, Nikolai se va a enfadar contiiigooo —canturrea Alex.

—Él a mí tampoco me tiene muy contenta —replico, y corto una tira ancha de plástico para que haya un agujero por el que pueda pasar el aire.

—Nos denunciará —dice con expresión seria.

—Aquí te espero, Nicky.

Alex suelta una risita y, tras unos segundos de silencio, digo:

—He pensado que mañana podríamos ir a ver el museo de arte y coger un tranvía. Al parecer las vistas son impresionantes.

Asiente.

—Claro, perfecto.

Y volvemos a caer en el silencio. Son solo las diez y media, pero las cosas están tan raras que pienso que irnos a dormir puede ser lo mejor.

—¿Tienes que ir al baño antes de...?

—No —dice Alex—. Ve tú. Yo voy a responder algunos correos.

Yo no he entrado en el correo del trabajo desde que hemos llegado, y también tengo por contestar algunos mensajes de Rachel y del grupo que tengo con mis hermanos, que siempre rebosa mensajes. En general, solo son ellos dos haciendo lluvias de ideas que no saldrán adelante. La última vez que lo miré, estaban ideando un juego de mesa llamado «Declara la guerra a la Navidad» y me pedían que colaborase con juegos de palabras.

Así al menos tendré algo que hacer cuando esté tumbada en el sillón cama sin poder dormir.

Con la migraña en aumento, me hago el intento de coleta al que siempre recurro y cruzo el parqué rayado hasta el baño futurista. Bajo su extraña luz fría, me lavo la cara y, en lugar de ponerme alguna de las cremas hidratantes y sueros que Rachel no deja de darme para deshacerse de ellos, cuando termino, me limito a echarme agua fría en la cara y un poco en las sienes y el cuello.

En el espejo, mi reflejo parece tan terriblemente estresado como yo me siento. Debo darle la vuelta a todo este asunto y recordarle a Alex cómo eran las cosas antes, solo tengo cinco días para hacerlo y los tres últimos estarán salpicados de celebraciones de boda.

Mañana ha de ser increíble. Tengo que ser la Poppy divertida, no la Poppy rara y herida. Entonces Alex se soltará y todo se suavizará. Me pongo unos pantalones de pijama cortos y sedosos y una camiseta de tirantes, me lavo los dientes y vuelvo a salir al estudio. Me encuentro con que Alex ha apagado todas las luces excepto la de la lámpara del lado de la cama y está tumbado en el sillón cama con unos pantalones cortos de deporte y una camiseta leyendo el mismo libro de antes.

Resulta que sé que Alex Nilsen *siempre* ha dormido sin camiseta, incluso cuando la temperatura no es tan absurdamente alta como aquí, pero eso no importa, porque se suponía que yo tenía que dormir en el sillón cama.

—¡Sal de mi cama! —le digo.

—Has pagado tú —replica—, la cama es para ti.

—Ha pagado *D+R* —contesto.

Y me hundo más en la mentira. No es una mentira perniciosa, pero eso da igual.

—Quiero el sillón —dice Alex—. ¿Cuántas veces en la vida tiene la ocasión de dormir en una cama plegable aterciopelada un hombre hecho y derecho, Poppy?

Me siento a su lado y me esfuerzo al máximo por empujarlo para hacerlo caer, pero está demasiado fuerte para que pueda siquiera moverlo un poco. Anclo los pies al suelo, las rodillas al borde del trasto que hace de cama y las manos contra su cadera derecha, aprieto los dientes e intento empujarlo otra vez.

—Para, rarita —dice.

—Yo no soy la rarita aquí. —Me pongo de lado e intento usar la cadera y el costado para obligarlo a moverse—. Tú eres el que está intentando robarme la única alegría que tengo en la vida: esta cama tan extraña.

En ese momento, cuando prácticamente estoy aplicando todo mi peso en la cadera, deja de resistirse y se echa un poco hacia el lado y, no sé cómo, me desplomo medio sobre la cama y medio sobre su pecho, y hago que se le caiga el libro al suelo. Él se ríe y yo también, pero, al mismo tiempo, siento cierto cosquilleo y una pesadez en el pecho y, la verdad, me pone cachonda estar tumbada sobre él así.

Y lo peor de todo es que parece que no soy capaz de moverme. Me ha pasado el brazo por la espalda, no muy pegado a la curva lumbar, y, cuando su risa se asienta, lo miro a los ojos con la barbilla apoyada en su pecho.

—Me has engañado —me quejo—, seguro que ni siquiera tenías correos que leer.

—Que tú sepas, no tengo ni cuenta de correo —bromea—. ¿Te has enfadado?

—Estoy que echo humo.

Su risa me atraviesa como un escalofrío, la carne se me va poniendo de gallina por zona de la columna y el calor del apartamento se me hunde en la piel y se me acumula entre las piernas.

—Pero acabaré perdonándote —digo—. Soy muy indulgente.

—La verdad es que sí. Eso es algo que siempre me ha gustado de ti.

Su mano apenas roza la piel que queda al aire entre la parte baja de la camiseta y la cintura de los pantalones y yo me acomodo sobre él y siento que podríamos fundirnos.

«¿Qué estoy haciendo?»

Me incorporo deprisa en la cama y me deshago la coleta, pero me la vuelvo a hacer.

—¿Estás seguro de que quieres dormir en esa cama? —La voz me sale demasiado aguda.

—Sí. Claro.

Me levanto y camino despacio hacia la cama grande.

—Vale, guay, pues... buenas noches.

Apago la luz y subo a la cama. Subo, pero no me meto en la cama, porque hace demasiado calor para sábanas.

14
ESTE VERANO

Cuando me despierto sobresaltada, todavía está todo a oscuras y estoy segura de que nos han entrado a robar.

—¡Joder! ¡Joder! —dice el ladrón por algún motivo, y parece adolorido.

—¡La policía está de camino! —chillo.

Es una afirmación tan poco cierta como premeditada. Gateo hasta el borde de la cama para encender la luz.

—¿Qué? —dice Alex apretando los dientes y entrecerrando los ojos por la repentina claridad.

Estaba de pie en la oscuridad con los mismos pantalones cortos negros con los que se ha acostado, pero sin camiseta. Está algo doblado por la cintura y se agarra la zona lumbar con las dos manos y, cuando el sueño se disipa de mi mente, me doy cuenta de que no solo entrecierra los ojos por la luz.

Jadea como si tuviera mucho dolor.

—¿Qué ha pasado? —grito medio cayéndome de la cama al ir hacia él—. ¿Estás bien?

—Estoy enganchado.

—¿Qué?

—Tengo una contractura en la espalda —consigue decir.

Sigo sin saber muy bien lo que me está diciendo, pero sí que veo que tiene un dolor atroz, así que no intento sacarle más información aparte de preguntar:

—¿Necesitas sentarte?

Asiente y lo guío hacia la cama. Se agacha poco a poco haciendo una mueca hasta que se sienta y, en ese momento, parece que parte del dolor remite.

—¿Quieres tumbarte? —pregunto.

Niega con la cabeza.

—Acostarse y levantarse es lo peor cuando me pasa esto.

«¿Cuando me pasa esto?», pienso, pero no digo nada, y la culpa me atraviesa el pecho. Parece que es uno de esos detalles de los que no me he enterado estos dos años.

—Ven —digo—, deja que te ponga unos cojines detrás.

Asiente y me lo tomo como confirmación de que no empeorará las cosas. Ahueco los cojines, los coloco apoyados en el cabezal de la cama y él se reclina poco a poco con la cara retorcida por el dolor.

—Alex, ¿qué ha pasado? —Echo un vistazo al despertador que hay en la mesita de noche. Son las cinco y media de la mañana.

—Me estaba levantando para ir a correr —explica—, pero supongo que me he levantado raro. O demasiado deprisa o algo, porque me ha dado un pinchazo y... —Echa la cabeza hacia atrás y la apoya en los cojines cerrando los ojos con fuerza—. Joder, lo siento, Poppy.

—¿Lo siento? —digo—. ¿Por qué lo tienes que sentir tú?

—Es culpa mía, no he pensado en lo bajo que era el catre ese. Tendría que haber pensado que me pasaría esto si saltaba así de la cama.

—Y ¿cómo ibas a saber tú eso? —digo incrédula.

Se masajea la frente.

—Tendría que haberlo pensado —insiste—. Me pasa desde hace ya un año. No puedo ni agacharme a coger los zapatos si no llevo levantado y moviéndome por lo menos media hora. Es que no se me ha ocurrido. Y no quería que tuvieras migraña por dormir en la cama plegable y...

—Y por eso no hay que hacerse el héroe —señalo con suavidad, bromeando, pero su expresión de sufrimiento sigue intacta.

—No lo he pensado —repite—. No quería estropearte el viaje.

—Alex —digo, y le toco el brazo muy levemente para que no le afecte al resto del cuerpo—. Tú no has estropeado nada, ¿vale? Ha sido Nikolai.

Las comisuras de los labios se le curvan en una sonrisa poco convencida.

—¿Qué necesitas? —pregunto—. ¿Qué puedo hacer para ayudarte?

Suspira. Si algo detesta Alex Nilsen es necesitar ayuda, lo cual va de la mano con que lo cuiden. En la universidad, cuando tenía faringitis, me hacía *ghosting* durante una semana (la primera vez me enfadé mucho con él). Cuando su compañero me contó que estaba en cama con fiebre, hice una sopa de pollo con fideos malísima en la cocina de la residencia y se la llevé a la habitación.

Él cerró la puerta por dentro y no quiso dejarme entrar por miedo a pasarme el estreptococo, así que me puse a gritar «¡Pues pienso tener el niño!» y se rindió.

Le incomoda que se preocupen por él. Pensarlo tiene sobre mí un efecto parecido —aunque destilado— al de la cara de perrito triste. Me sobrecoge. El amor sube no como una ola, sino como un rascacielos de acero erigido de forma instantánea por el centro de mi cuerpo apartando de su camino todo lo demás.

—Alex —digo—, por lo que más quieras, deja que te ayude.

Suspira derrotado.

—Tengo relajantes musculares en el bolsillo delantero de la bolsa del portátil.

—Voy. —Cojo el bote de pastillas, lleno un vaso de agua en el grifo de la cocina americana y le traigo las dos cosas.

—Gracias —dice con tono de disculpa, y se toma una.

—De nada —respondo—. ¿Qué más?

—No tienes por qué hacer nada.

—Mira. —Respiro hondo—. Cuanto antes me digas cómo

puedo ayudarte, menos tardarás en estar mejor y antes se acabará todo esto, ¿vale?

Se pasa los dientes por el labio inferior carnoso y a mí me fascina la escena. Me sobresalto cuando me mira de pronto.

—Si hay una bolsa de hielo, me vendrá bien —admite—. Suelo alternar entre bolsas de gel frío y una almohadilla eléctrica, pero lo importante es no moverme. —Lo dice con desdén.

—Vale.

Me pongo las sandalias y cojo el bolso.

—¿Qué haces? —pregunta.

—Me voy a comprar. En el congelador ese no hay ni cubitera, así que mucho menos una bolsa de hielo. Y dudo que Nicky tenga una almohadilla eléctrica.

—No tienes por qué —dice Alex—. En serio, si me quedo quieto, estoy bien. Vuelve a dormir.

—¿Mientras tú te quedas ahí tieso con las luces apagadas? Ni de broma. Primero, porque es muy turbio y, segundo, porque ya estoy despierta y por lo menos así ayudo.

—Son tus vacaciones.

Me voy hacia la puerta porque no puede hacer nada para detenerme.

—No, es nuestro viaje del verano. No te pongas a bailar desnudo hasta que vuelva, ¿vale?

Suelta un suspiro.

—Gracias, Poppy. De verdad.

—Para de darme las gracias. Ya tengo el borrador de una lista absurda de cosas con las que me puedes devolver el favor.

Con eso, por fin, me gano una leve sonrisa.

—Bien, me gusta ayudar —dice.

—Lo sé —respondo—. Eso es algo que siempre me ha gustado de ti.

15
HACE OCHO VERANOS

Volvemos a la habitación de hotel del centro a las dos y media de la madrugada, algo pedo. No solemos beber tanto, pero este viaje ha sido una celebración.

Celebramos que Alex se ha graduado y que pronto se irá a hacer el máster de escritura creativa de la Universidad de Indiana.

Me digo a mí misma que no está tan lejos. De hecho, viviremos más cerca de lo que hemos vivido desde que dejé la universidad.

Aunque lo cierto es que, incluso con todo lo que he viajado, tengo el gusanillo de irme de casa de mis padres y de Linfield. He empezado a buscar pisos en otras ciudades, trabajos flexibles de camarera en los que puedo currar hasta quedar agotada y, después, cogerme varias semanas de vacaciones para viajar.

Pasar tiempo con mis padres ha sido genial, pero todo lo demás de estar en casa me hace sentir claustrofóbica, como si el pueblo fuera una red que me aprieta cada vez más mientras yo me esfuerzo por zafarme.

Me encuentro con mis antiguos profesores y, cuando me preguntan qué estoy haciendo, tuercen la boca juzgando mi respuesta. Veo a compañeros de clase que me acosaban y a otros que eran más o menos amables y me escondo. Trabajo en un exclusivo bar de copas cuarenta minutos al sur, en Cincinnati, y cuando Jason Stanley, mi primer beso, entró con su sonrisa perfeccionada por su ortodoncista y la ropa que tienen que llevar quienes trabajan todo el día en una oficina, me fui de cabeza al baño. Le dije a mi jefa que había vomitado.

Durante semanas, estuvo preguntándome cómo me encontraba con un tono que dejaba clarísimo que pensaba que estaba embarazada.

No estaba embarazada. Julian y yo siempre vamos con mucho cuidado. O, por lo menos, yo voy con mucho cuidado. Julian, en general, no va con mucho cuidado con nada. Es una persona que le dice sí al mundo, casi sin importar lo que este le pida. Cuando viene a verme al trabajo, se termina las copas que la gente se deja en la barra y ha probado casi todas las drogas (excepto la heroína) una vez. Siempre está dispuesto a escaparse los fines de semana al Red River Gorge o a Hocking Hills o a hacer viajes algo más largos hasta Nueva York con el bus nocturno que solo vale sesenta dólares (ida y vuelta) pero que muchas veces no tiene baño. Tiene el mismo horario de trabajo flexible que yo y también dejó la universidad, aunque él dejó la Universidad de Cincinnati al terminar primero.

Estudiaba diseño arquitectónico, pero en realidad quiere ser artista. Expone sus pinturas en lugares improvisados por la ciudad y vive con otros tres pintores en una vieja casa blanca que me hace pensar en Buck y en toda la gente que estaba de paso en Tofino. A veces, después de beber una cerveza de más, sentada en el porche mientras ellos fuman porros o cigarrillos aromáticos y hablan de sus sueños, me entra tanta nostalgia que podría llorar por la mezcla de tristeza y felicidad cuyas proporciones soy incapaz de medir.

Julian es flaco como un fideo y tiene las mejillas hundidas y unos ojos atentos que pueden dar la impresión de estar haciéndote una radiografía. Después de nuestro primer beso delante de su bar favorito, un tugurio del centro de la ciudad que tiene un taller de reparación de bicis en la trastienda, me dijo que no quería casarse ni tener hijos.

—No pasa nada —le dije—. Yo tampoco quiero casarme contigo.

Soltó una carcajada áspera y volvió a besarme. Siempre sabe a tabaco o a cerveza, y cuando tiene días libres —trabaja en un almacén de UPS en las afueras— y se queda pintando en casa, se sumerge tanto en su obra que se le olvida comer y beber. Cuando nos vemos después, suele estar de muy mal humor, pero solo unos minutos, hasta que pica algo. Entonces, vuelve a ablandarse y a ser un novio dulce y sensible que siempre me besa y me toca de forma tan sensual que me encuentro pensando a menudo: «Seguro que esto quedaría precioso si lo grabásemos».

Me planteo decírselo y proponerle que pongamos un trípode y nos hagamos algunas fotos y, al momento, me avergüenzo de habérmelo planteado siquiera.

Es la segunda persona con la que me he acostado, pero él no lo sabe. No me lo ha preguntado. El primero sigue viniendo al bar de vez en cuando y tontea un poco, pero los dos somos conscientes de que la leve atracción que sentimos cuando empezó a venir se ha evaporado después de los dos polvos rápidos que echamos. Fueron algo raros, pero estuvieron bien y, en realidad, me alegro de habérmelos quitado de encima, porque me da la sensación de que Julian se habría rayado demasiado y no se me hubiera acercado si hubiera sabido la poca experiencia que tenía. Habría tenido miedo de que me encariñase demasiado con él. Y creo que me ha pasado, pero creo que a él también, así que, de momento, está bien que pasemos juntos cada minuto de tiempo libre que tenemos.

Julian y Alex se conocieron en mi bar cuando Alex vino por Navidad y se vieron otra vez en las vacaciones de primavera en el bar y taller de bicicletas mugriento de Julian y una tercera vez desayunando en Waffle House antes de que Alex y yo hiciésemos este viaje.

Sé que Julian tiene poco que decir de Alex, lo cual me decepciona un poco, y también sé que Alex desprecia a Julian, lo cual, seguramente, no debería sorprenderme.

Cree que Julian es imprudente y descuidado. No le gusta que siempre llegue tarde, ni que yo me pase días sin saber nada de él cada dos por tres ni que no conozca a mis padres a pesar de vivir tan cerca de ellos.

—No pasa nada —insistí cuando Alex compartió su opinión conmigo en el vuelo a San Francisco hace unos días—. A nosotros nos va bien así.

Ni siquiera quiero que conozca a mi familia.

—Es que sé que no lo entiende —me dijo.

—¿Qué es lo que no entiende? —pregunté.

—A ti —dijo—. No tiene ni idea de lo afortunado que es.

Fue bonito y, a la vez, hiriente. La visión de Alex de nuestra relación me hace sentir avergonzada, a pesar de no estar segura de si tenía razón.

—Yo también soy afortunada —contesté—. Es un chico muy especial, Alex.

Suspiró.

—Puede que me falte conocerlo mejor.

Supe, por su voz, que no pensaba que eso fuera a arreglarlo en absoluto.

En mis sueños, me había imaginado que se harían mejores amigos, tanto que tenía sentido que nuestro viaje veraniego se expandiera para incluir a Julian, pero, tras ver cómo interactuaban, supe que lo mejor sería no sugerirlo siquiera.

De modo que Alex y yo hemos venido a San Francisco solos. Me dieron puntos suficientes con la tarjeta de crédito para que uno de los billetes de ida y vuelta nos saliera gratis y pagamos el otro entre los dos.

Empezamos pasando cuatro días en la zona de viñedos y nos hospedamos en un hostal de Sonoma en el que nos dieron dos noches gratis a cambio de la publicidad que les haría a mis veinticinco mil seguidores. Alex accedió amablemente a hacerme fotos en todo tipo de situaciones evocadoras:

Sentada en una de las bicicletas rojas anticuadas que el hostal tiene para los huéspedes, con una pamela de paja enorme en la cabeza y flores en la cesta de mimbre que colgaba del manillar.

Caminando por senderos que cruzaban las praderas cubiertas de maleza y árboles ralos.

Dando sorbos a una taza de café en la terraza del hostal y a un old fashioned en la sala de estar.

También tuvimos suerte con las catas de vino. En la primera bodega que visitamos te invitaban a la cata si comprabas una botella y busqué por internet el vino más barato que tenían antes de ir. Alex me hizo una foto posando entre dos hileras de vid con una copa de rosado rutilante en la mano y una pierna abierta para presumir del mono *vintage* a rayas moradas y amarillas que llevaba.

Para entonces, ya iba algo contenta, y cuando se arrodilló en la tierra seca con sus pantalones gris claro para hacerme la foto, casi me caí de la risa por el ángulo extraño que había elegido.

—Demasiados vino —dije, intentando coger aire.

—¿«Demasiados vino»? —repitió, divertido e incrédulo.

Y cuando me puse en cuclillas en medio del viñedo partiéndome de risa, sacó algunas fotos más desde muy abajo, unas fotos que, por lo general, me hacían parecer un triángulo con un modelito atrevido.

Estaba siendo un fotógrafo malísimo, no como forma de protesta, sino para hacerme reír.

Era la otra cara de la moneda de la cara de perrito triste, otra función para mí y solo para mí.

Cuando llegamos a la segunda bodega, ya estábamos adormilados por el alcohol y el sol y apoyé la cabeza en su hombro. Estábamos a cubierto, pero solo técnicamente: toda la pared trasera del edificio era una puerta de garaje acristalada que se elevaba para que pudieras entrar desde la terraza —con su celosía invadida por la buganvilla— al bar luminoso y etéreo que tenía techos de seis metros de alto y ventiladores enormes girando por encima de nuestras cabezas marcando un ritmo que para nosotros era como una nana.

—¿Cuánto tiempo lleváis juntos? —preguntó la amable mujer de mediana edad que dirigía la cata mientras se acercaba a nosotros con la siguiente ronda, un chardonnay ligero y ácido.

—Pues... —empezó a decir Alex.

A medio bostezo, le apreté el bíceps y dije:

—Nos acabamos de casar.

La mujer se puso contenta.

—En ese caso —dijo guiñándonos un ojo—, invita la casa.

Se llamaba Mathilde y era francesa, pero se había mudado a Estados Unidos cuando conoció a su mujer por internet. Vivían en Sonoma, pero habían ido de luna de miel cerca de San Francisco.

—La pensión se llama Blue Heron —me dijo—. Es el lugar más idílico que he visto en mi vida. Romántico y acogedor, con un fuego fuerte en la chimenea y una terraza muy mona, a pocos minutos de Muir Beach. Tenéis que ir. Es perfecta para recién casados. Decidles que vais de parte de Mathilde.

Antes de marcharnos, le dimos a Mathilde una propina que cubría la cata gratis y un poco más.

Durante los dos días siguientes, usé el truco de los recién casados en varias ocasiones. A veces, nos hacían un descuento o nos daban una copa gratis; otras veces, solo nos dedicaban una sonrisa, pero hasta esas parecían sinceras y valiosas.

—Me siento un poco mal —me dijo Alex mientras paseábamos por un viñedo para que se nos bajara el alcohol de la cabeza.

—Si quieres, podemos casarnos.

—No sé por qué me da a mí que Julian no se lo tomaría muy bien.

—Le daría igual —dije—. Julian no quiere casarse.

Alex se detuvo y me miró y, entonces, nada más que por el vino, me puse a llorar. Él me cogió la cara y me hizo levantarla hacia él.

—Escucha —me dijo—. No pasa nada, Poppy. Tú no quieres casarte con Julian, ¿a que no? Eres demasiado buena para él. No te merece.

Sorbí por la nariz para dejar de llorar, pero eso solo consiguió que soltara más lágrimas. La voz me salió como un chillido:

—Solo mis padres me querrán —me lamenté—. Voy a morir sola.

Sabía lo estúpido y melodramático que sonaba, pero, con él, siempre me costaba mucho contenerme, decir algo que no fuese toda la verdad sobre cómo me sentía. Y lo peor de todo era que ni siquiera sabía que me sentía así hasta ese momento. La presencia de Alex tenía la capacidad de sacar la verdad a relucir.

Negó con la cabeza y me atrajo hacia su pecho, estrujándome, levantándome un poco hacia él como si quisiera absorberme.

—Yo te quiero —me dijo, y me besó la cabeza—. Y, si quieres, podemos morirnos solos juntos.

—Ni siquiera sé si quiero casarme —expliqué secándome las lágrimas con una risita—. Creo que va a bajarme la regla o algo.

Él se me quedó mirando con el gesto inescrutable durante un instante más. No me hizo sentir radiografiada como me pasaba con los ojos de Julian. Solo sentí que me veía como era.

—Demasiados vino —dije.

Alex por fin dejó que una parte ínfima de sonrisa le llegara a los labios y seguimos andando para que nos bajara el vino.

Salimos del hostal de buena mañana y conectamos el altavoz para llamar a la pensión Blue Heron mientras íbamos en dirección a San Francisco. Estábamos a mitad de semana y tenían muchas habitaciones libres.

—¿No serás por casualidad la Poppy que mi querida Mathilde me dijo que llamaría? —me pregunta la mujer que ha contestado al teléfono.

Alex me lanza una mirada significativa y yo suspiro.

—Sí, pero pasa una cosa. Le dijimos que éramos recién casados, pero era broma. Así que no quiero... cosas gratis.

La mujer al otro lado de la línea soltó un carraspeo seco que resultó ser una carcajada.

—Cielo, Mathilde no se chupa el dedo. La gente usa ese truco a todas horas. Simplemente, le caísteis bien.

—A nosotros también nos cayó bien —dije dirigiéndole una enorme sonrisa a Alex.

Él me devolvió otra sonrisa enorme.

—No tengo potestad para regalar estancias —siguió diciendo la mujer—, pero sí que tengo un par de pases anuales que podéis usar para entrar en el área protegida de Muir Woods si queréis.

—Sería genial —dije.

Y así nos ahorramos treinta dólares.

La pensión era monísima, una casita blanca de estilo Tudor escondida en un camino estrecho y en pendiente. Tenía un tejado de teja y ventanas torcidas rodeadas de macetas y una chimenea cuyo humo se arremolinaba de forma pintoresca entre la bruma. Las ventanas emitían un tenue resplandor cuando paramos en el aparcamiento.

Durante dos días, pasamos de la playa a las secuoyas, a la acogedora biblioteca de la pensión y al comedor con mesas de madera oscura y con el fuego encendido. Jugamos al UNO y a corazones y a un juego que se llamaba «Quiddler». Bebimos cervezas espumosas y nos hinchamos a desayunos ingleses.

Nos hicimos fotos juntos, pero no publiqué ninguna. Puede que fuera egoísta, pero no quería que llegasen veinticinco mil personas a ese lugar. Quería que siguiera siendo justo como era.

La última noche, teníamos reservada una habitación en un

hotel moderno que pertenecía al padre de una de mis seguidoras. Cuando subí una publicación sobre el viaje que pensaba hacer y pedí recomendaciones, me mandó un privado para ofrecerme la habitación gratis.

«Me encanta tu blog —me dijo— y me encanta leer sobre el Amigo Particular», así es como llamo a Alex las pocas veces que lo menciono. Intento mantenerlo al margen de todo esto, porque, igual que la pensión Blue Heron, no es algo que quiera compartir con miles de personas, pero, en ocasiones, las cosas que dice son demasiado graciosas para no contarlas. Parece que se me ha colado en las entradas más de lo que pensaba.

Decidí esforzarme más por mantenerlo al margen, pero acepté la habitación gratis, porque el dinero es importante. Además, el hotel tiene aparcamiento gratuito para los huéspedes, lo cual, en San Francisco, equivale a que un hotel regale trasplantes de riñón.

Hemos dejado las maletas en cuanto hemos llegado y hemos salido para aprovechar al máximo el único día que vamos a pasar en San Francisco.

Primero hemos cruzado el Golden Gate a pie, y ha sido maravilloso, pero más frío de lo que me esperaba, y hacía tanto viento que no podíamos oírnos. Creo que hemos estado diez minutos haciendo como que hablábamos, agitando los brazos de forma exagerada y gritándonos sinsentidos mientras andábamos deprisa por la acera llena de gente.

Me ha hecho recordar la vez que cogimos el taxi acuático en Vancouver y que Buck no paraba de hacer gestos vagos y hablar a buen ritmo como uno de esos dentistas que no dejan de hacerte preguntas abiertas mientras tienen las manos dentro de tu boca.

Por suerte, hacía sol, si no puede que nos hubiera dado una hipotermia. Nos hemos parado a mitad del puente y yo he hecho como si fuera a saltar la barandilla. Él me ha cogido por las manos y me ha alejado de ella, acercándose tanto que he podido oírlo por encima del viento cuando me ha dicho al oído:

—Si haces eso creo que me cago encima.

Me he echado a reír y hemos continuado andando, él por la parte interior y yo por la más cercana a la barandilla, resistiendo el potente deseo de seguir gastándole bromas. Lo más probable es que, sin querer, me cayera de verdad y no solo muriera, sino que dejara traumatizado al pobre Alex Nilsen, y eso es lo último que querría.

Al otro lado del puente había un restaurante, el Round House Café, un edificio circular acristalado. Hemos entrado para tomar un café mientras les dábamos a nuestros oídos la oportunidad de dejar de pitar por el viento.

Hay montones de librerías y tiendas de segunda mano en San Francisco, pero hemos decidido que dos de cada eran suficientes.

Primero hemos ido en taxi a City Lights, un dos en uno, librería y editorial, que lleva abierta desde el momento álgido de la época *beatnik*. Ninguno de los dos es un gran aficionado a la literatura *beat*, pero la tienda es justo el tipo de establecimiento viejo y serpenteante que a Alex le da la vida. Luego, hemos parado en una tienda llamada Second Chance Vintage, donde he encontrado un bolso de lentejuelas de los años cuarenta a dieciocho dólares.

A continuación, teníamos pensado ir a Booksmith, en el barrio de Haight-Ashbury, pero, para entonces, ya se nos había pasado el efecto del desayuno inglés de la pensión y el café del Round House nos tenía agitados.

—Supongo que tendremos que volver —le he dicho a Alex mientras salíamos de la tienda para buscar dónde cenar.

—Supongo —ha coincidido él—. Tal vez para las bodas de oro.

Me ha sonreído desde ahí arriba y el corazón se me ha llenado tanto que lo sentía grande y ligero y pensaba que mi cuerpo se alejaría flotando.

—Para que lo sepas —he dicho—, volvería a casarme contigo, Alex Nilsen.

Ha ladeado la cabeza y ha procedido a poner cara de perrito triste.

—¿Es solo porque quieres que te inviten a más vino?

Ha sido difícil elegir un restaurante en una ciudad con tanta oferta, pero teníamos demasiada hambre para leer con detenimiento la lista que yo había recopilado.

El Farallon no es un sitio barato ni mucho menos, pero, el segundo día de catas de vino, cuando los dos estábamos ya algo contentos, Alex había pedido otra copa gritando: «¡Donde fueres...!». Y, desde entonces, cada vez que uno de los dos le daba vueltas a si debía comprarse algo, el otro insistía: «¡Donde fueres...!».

Por el momento, nos habíamos limitado, sobre todo, a enormes conos de helado, libros de bolsillo de segunda mano y mucho vino.

Pero el Farallon es precioso, un clásico de San Francisco, y, si íbamos a gastarnos demasiado dinero, valía la pena que fuera ahí. En cuanto hemos entrado en el edificio, con sus techos abovedados y opulentos y sus lámparas doradas, igual que los marcos de los asientos, he dicho:

—No vale arrepentirse.

Y he obligado a Alex a chocarme la mano.

—Chocar la mano con alguien me hace sentir como si tuviera sarna por dentro —ha murmurado.

—Uy, pues dejémoslo, que igual estás a punto de descubrir que eres alérgico al marisco.

Estaba tan embelesada por la exagerada decoración que me he tropezado tres veces de camino a la mesa. Ha sido como estar en el castillo de la sirenita, pero sin que estuviera animado y, además, todo el mundo iba totalmente vestido.

Cuando el camarero nos ha dejado con los menús, Alex ha hecho eso que hacen los señores mayores de abrirlo y releer los precios con los ojos como platos, como un caballo asustado.

—¿En serio? —le he preguntado—. ¿Tan caro es?

—Depende. ¿Quieres más de quince gramos de caviar?

No era uno de esos sitios caros de los que huiría la clase media alta de Linfield, pero, para nosotros, era caro.

Hemos compartido una fuente de ostras, cangrejo y gambas para dos y un cóctel.

Le hemos dado mucha rabia al camarero.

Cuando nos hemos ido, hemos pasado por su lado y creo que he oído a Alex decirle:

—Lo siento, señor.

Hemos ido directos a una pizzería que solo vendía para llevar y nos hemos tragado una pizza familiar de queso entre los dos.

—He comido demasiado —ha dicho Alex mientras andábamos después por la calle—. Ha sido como si una especie de demonio del Medio Oeste me poseyera cuando estábamos en el restaurante ese y nos han sacado el platito. Oía a mi padre dentro de mi cabeza diciendo: «Pues no es muy económico que digamos».

—Ya —he coincidido—. A medio plato yo ya estaba en plan: sácame de aquí, necesito un súper para comprarme una bolsa de fideos asiáticos tan grande que dé de comer a una familia durante semanas.

—Creo que se me dan mal las vacaciones —me ha dicho Alex—. Todo esto de vivir a lo grande me hace sentir culpable.

—No se te dan mal las vacaciones —he rebatido—. Y, además, casi todo te hace sentir culpable, así que no le eches la culpa a vivir a lo grande.

—*Touché* —ha concedido—. Pero, de todos modos, es probable que te lo hubieras pasado mejor si hubieras hecho el viaje con Julian.

No lo ha preguntado, pero, por la forma en la que me ha mirado con el rabillo del ojo y luego ha vuelto a mirar la acera, he entendido que era una pregunta.

—Pensé en invitarlo —he confesado.

—¿Sí?

Alex se ha sacado una de las manos del bolsillo y se ha alisado el pelo. Por algún motivo, las farolas que lo iluminan desde arriba por la acera oscura lo hacen parecer más alto. Hasta encorvado, se alza por encima de mí. Supongo que siempre es así, pero no me doy cuenta siempre porque muchas veces se pone a mi nivel o me levanta para que esté al suyo.

—Sí —he dicho, y lo he cogido del brazo—, pero me alegro de no haberlo hecho. Me alegro de que estemos solo nosotros.

Me ha mirado desde arriba, de reojo, y ha ralentizado el paso. Yo he hecho lo mismo a su lado.

—¿Vas a cortar con él?

La pregunta me ha pillado desprevenida. Y su forma de mirarme, con el ceño fruncido y la boca pequeña, también. El corazón me ha dado un vuelco al siguiente latido.

«Sí», he pensado al momento, sin reflexionarlo.

—No lo sé —le he respondido—, puede.

Hemos seguido andando. Más adelante nos hemos topado con un bar temático de Hemingway. Puede parecer una temática algo ambigua, pero el bar está bastante logrado, con madera oscura y brillante, luces muy cálidas y redes (de las de pescar) colgadas del techo. Las bebidas eran todas a base de ron y se llamaban como los libros y cuentos de Hemingway y, en las dos horas siguientes, Alex y yo nos hemos tomado tres por cabeza, además de un chupito.

—¡Estamos de celebración! ¡Venga, Alex! —Aunque, en realidad, me he sentido como si hubiera algo que estuviera intentando olvidar.

Y, ahora que entramos trastabillándonos a nuestra habitación de hotel, me viene a la mente que ya no recuerdo lo que estaba intentando olvidar, así que supongo que ha funcionado.

Me quito los zapatos con los pies y me dejo caer en la cama más cercana. Alex desaparece en el baño y vuelve con dos vasos de agua.

—Bebe —me ordena.

Yo gruño e intento apartarle la mano.

—Poppy —dice con la voz más firme, y yo me incorporo y acepto el vaso de agua como una niña malcriada.

Se sienta a mi lado en la cama hasta que me lo he terminado y luego se va a rellenarlos.

No sé cuántas veces lo hace, porque cada vez estoy más cerca de dormirme. Lo único que sé es que, por fin, deja los vasos en la mesita y empieza a levantarse y, desde mi estado de duermevela y embriaguez, le agarro el brazo y le digo:

—No te vayas.

Vuelve a sentarse en la cama y se tumba a mi lado. Me quedo dormida acurrucada contra su costado y, cuando me despierto la mañana siguiente con la alarma del móvil, ya está en la ducha.

La humillación de haberlo hecho dormir a mi lado es instantánea y abrasadora. En ese momento, soy consciente de que no puedo romper con Julian cuando vuelva a casa. Tengo que esperar, por lo menos el tiempo suficiente para estar segura de que no estoy confundida. El tiempo suficiente para que Alex no piense que son dos hechos relacionados.

«No lo son», me digo. Estoy bastante segura de que no.

16
ESTE VERANO

Encuentro un veinticuatro horas en Palm Springs y voy hacia allá en coche entre los primeros rayos suaves del amanecer. Después, vuelvo al apartamento antes de que hayan abierto la mayoría de las tiendas.

Para entonces, el aparcamiento de Desert Rose ya empieza a calentarse de nuevo y las horas frescas de antes del amanecer se tornan un recuerdo lejano mientras subo las escaleras cargada con bolsas de la compra.

—¿Cómo estás? —le pregunto a Alex cuando cierro la puerta después de entrar.

—Mejor. —Fuerza una sonrisa—. Gracias.

«Mentiroso.» Lleva el dolor escrito en la cara. Se le da peor esconder eso que sus sentimientos. Pongo las dos bolsas de gel frío que he comprado en el congelador, me acerco a la cama y enchufo la almohadilla eléctrica.

—Échate hacia delante.

Alex se mueve lo suficiente para que deslice la almohadilla entre él y la montaña de cojines y la dejo a la altura del centro de su espalda. Le toco el hombro para ayudarlo a recostarse poco a poco. Tiene la piel muy caliente. Sé que la almohadilla no será cómoda, pero espero que lo ayude y le caliente el músculo hasta que se le relaje.

En media hora, la cambiaremos por una bolsa de gel frío para intentar bajar la inflamación.

Puede que me haya informado sobre contracturas mientras buscaba en los pasillos silenciosos e iluminados por luces de neón de la tienda.

—También he traído crema de efecto frío-calor —digo—. ¿Te va bien?

—Puede —responde.

—Bueno, vale la pena intentarlo. Supongo que tendría que haberlo pensado antes de que te recostaras y te pusieras cómodo.

—No pasa nada —dice con una mueca—. La verdad es que nunca estoy cómodo cuando estoy así. Simplemente, espero a que las medicinas me dejen K. O. y, cuando me despierto, suelo estar mucho mejor.

Me levanto del borde de la cama, voy a por el resto de las bolsas y se las llevo.

—¿Cuánto suele durar?

—Por lo general, solo un día si me quedo quieto —dice—. Mañana tendré que ir con cuidado, pero podré moverme. Deberías irte y hacer algo que sepas que a mí no me gustaría. —Vuelve a forzar una sonrisa.

Ignoro el comentario y rebusco en la bolsa hasta que encuentro la crema.

—¿Necesitas que te ayude a incorporarte?

—No, estoy bien.

Sin embargo, la cara que pone no dice lo mismo, así que me pongo a su lado, lo cojo por los hombros y, poco a poco, lo ayudo a inclinarse.

—Me siento como si fueras mi enfermera —dice en un tono amargo.

—¿En plan supersexy? —pregunto intentando animarlo un poco.

—En plan viejo que no puede valerse por sí mismo.

—Pero si tienes una casa a tu nombre —replico—. Y seguro que has arrancado la moqueta del baño.

—Sí.

—Está claro que puedes valerte por ti mismo —digo—. Yo ni siquiera soy capaz de que no se me muera una planta.

—Eso es porque nunca estás en casa.

Giro el tapón de la crema y me pongo un poco en los dedos.

—No creo que sea eso. Compro plantas de las resistentes, potus y zamioculcas y sansevierias... Son de las que se pasan meses metidas en grandes almacenes sin luz y siguen vivas, pero luego las llevo a mi casa y se les van todas las ganas de vivir. —Le pongo una mano en las costillas para no zarandearlo demasiado y le paso la otra por detrás para untarle la crema con cuidado en la espalda—. ¿Es aquí? —le pregunto.

—Un poco más arriba y a la izquierda. Mi izquierda.

—¿Aquí? —Lo miro y asiente. Aparto la mirada y me centro en su espalda, donde mis dedos masajean el punto que me ha indicado en círculos.

—No soporto que tengas que hacer esto —dice, y mis ojos vagan de nuevo hacia los suyos, fijos hacia abajo y serios bajo su ceño fruncido.

Siento que se me cae el alma a los pies, pero vuelve a elevarse.

—Alex, ¿alguna vez has pensado que puede que me guste cuidarte? Está claro que no me gusta que te duela, y no sé cómo se me ha ocurrido dejarte dormir en ese sillón abominable, pero, si necesitas una enfermera, estoy encantada de ser yo.

Cierra los labios y los aprieta y ninguno de los dos dice nada durante un rato.

Aparto las manos.

—¿Tienes hambre?

—Estoy bien —dice.

—Pues qué pena. —Voy a la cocina y me lavo los restos de la crema de las manos, cojo un par de vasos, los lleno de hielo, vuelvo a la cama y pongo en fila las bolsas de la compra—. Porque... —Saco una caja de dónuts con un gesto ostentoso, como un mago que saca un conejo de la chistera.

Alex parece dubitativo.

No le gusta demasiado lo dulce. Creo que, en parte, por eso huele tan bien. Dejando de lado su pulcritud obsesiva, su aliento y su cuerpo siempre huelen bien, y supongo que es porque no come como un niño de diez años. O como un miembro de la familia Wright.

—Y, para ti —digo, y le doy la vuelta a la bolsa para que caigan los yogures, la caja de muesli, los frutos del bosque y la botella de café frío. En el apartamento hace demasiado calor para ponernos a hacer café.

—Qué fuerte —exclama sonriendo—. Eres una superheroína.

—Lo sé —contesto—. Quiero decir, gracias.

Me siento y nos damos un banquete, haciendo un pícnic en la cama. Yo me como casi todos los dónuts y unas cuantas cucharadas del yogur de Alex. Él come sobre todo yogur, pero también devora medio dónut de fresa.

—Nunca como estas cosas —dice.

—Lo sé —respondo.

—Está bastante bueno.

—Me dice mucho —digo, pero, si entiende la referencia a ese primer viaje que hicimos juntos, la ignora, y a mí se me cae el alma a los pies.

Es posible que todos esos pequeños momentos que significaron tanto para mí nunca significasen lo mismo para él. Es posible que no se haya puesto en contacto conmigo en dos años porque, cuando dejamos de hablar, él no perdió algo tan preciado como yo.

Nos quedan cinco días más de viaje contando el de hoy —aunque hoy y mañana son los últimos sin los compromisos de la boda—, y ahora mismo tengo miedo de algo peor que la incomodidad.

Pienso en el sufrimiento. En la versión completa de lo que estoy sintiendo ahora mismo, pero durante días y días sin alivio ni escapatoria. Cinco días de fingir que estoy bien mientras, por dentro, algo se me está rompiendo en pedazos cada vez más pequeños hasta quedar reducido a escombros.

Alex deja el café frío en la mesita de noche y me mira.

—En serio, deberías salir.

—No quiero —digo.

—Claro que sí —responde—. Este es tu viaje, Poppy. Y sé que no tienes todo lo que necesitabas para el artículo.

—El artículo puede esperar.

Ladea la cabeza poco convencido.

—Por favor, Poppy —insiste—. Me sentiré fatal si te quedas encerrada aquí conmigo todo el día.

Quiero decirle que yo me sentiré fatal si me voy. Quiero decirle «Lo único que esperaba de este viaje era pasarme el día entero contigo, donde fuera» o «¿Qué más dará ver Palm Springs si estamos a cuarenta grados?» o «Te quiero tanto que a veces me duele», pero digo:

—Vale.

Y me levanto para ir al baño y arreglarme. Antes de salir, le llevo a Alex una bolsa de gel frío y se la cambio por la almohadilla eléctrica.

—¿Vas a poder hacer esto cuando estés solo? —pregunto.

—Voy a dormirme cuando te vayas —dice—. Estaré bien sin ti, Poppy.

Eso es lo último que quiero oír.

Sin ánimo de ofender al Museo de Arte de Palm Springs, no me la podría sudar más. Puede que, en otras circunstancias, me interesase, pero, en estas circunstancias, es evidente tanto para mí como para las personas que trabajan aquí que solo estoy pasando el rato. Nunca he sabido mirar un cuadro sin nadie a mi lado para guiarme.

Mi primer novio, Julian, me decía: «O sientes algo o no», pero nunca me llevaba al MoMA ni al Met (cuando cogíamos el bus nocturno a Nueva York, ni nos acercábamos a ellos), ni siquiera al Museo de Arte de Cincinnati. Me llevaba a galerías improvisadas donde los artistas se tumbaban desnudos en el suelo con la entrepierna alquitranada y cubierta de plumas mientras sonaban grabaciones de gente comiendo en un bufé libre asiático a todo volumen.

Era fácil «sentir algo» en esos contextos. Vergüenza, repugnancia, ansiedad, diversión. Se podían sentir muchas cosas con algo tan pasado de rosca, y los detalles más pequeños eran los que inclinaban la balanza hacia un lado u otro.

Sin embargo, la mayoría del arte visual no me provoca una reacción visceral y nunca sé muy bien cuánto rato debo estar de pie delante de un cuadro ni qué cara tengo que poner ni cómo puedo saber si he elegido el más soso del museo y todos los guías me están juzgando en silencio.

Estoy bastante segura de que no paso el tiempo adecuado observando las obras con atención, porque termino el recorrido en menos de una hora. Lo único que quiero es volver al apartamento, pero no si Alex prefiere que no esté allí.

Así que doy una segunda vuelta. Y una tercera. Esta vez, leo todos los carteles. Cojo la información de la zona de recepción y entro con ella para tener algo más que estudiar con intensidad. Un guía con la piel muy fina y que está quedándose calvo me mira mal.

Debe de pensar que estoy reconociendo el terreno para robar. Con el tiempo que he pasado aquí, habría valido la pena. Dos pájaros de un tiro y todo eso.

Por fin, acepto que estoy abusando de la hospitalidad del museo y me dirijo a Palm Canyon Drive, donde dicen que hay unas tiendas de antigüedades increíbles.

Y dicen bien. Galerías, salas de exposiciones y tiendas de antigüedades en fila, una detrás de otra, salpicadas de objetos de colores vivos de mitad del siglo XX: azules turquesa, naranjas llamativos y verdes ácidos, lámparas de noche de fuertes colores mostaza que parecen casi ilustradas y sofás tapizados con estampados del Sputnik y elaboradas lámparas de techo de metal de las que salen varillas en todas direcciones.

Es como si me hubiera ido de vacaciones a la imagen que tenían del futuro en los años sesenta.

Todo eso consigue captar mi interés durante veinte minutos.

Al final, me rindo y llamo a Rachel.

—Holaaaaaaaaa —grita después del segundo tono.

—¿Estás borracha? —pregunto sorprendida.

—¿No? —responde—. ¿Y tú?

—Ojalá.

—Oh, oh... ¡Pensaba que no me contestabas a los mensajes porque te lo estabas pasando genial!

—No te contesto porque estamos en una ratonera de dos metros cuadrados a mil grados y no tengo ni el espacio ni la fortaleza mental para mandarte un mensaje detallado de lo mal que está yendo.

—Ay, cariño —dice Rachel con un suspiro—. ¿Quieres volver a casa?

—No puedo. Tengo una boda, ¿recuerdas?

—Poder, podrías —señala—. Podría ser que me surgiera una «emergencia».

—No, tranquila.

No quiero irme a casa, solo quiero que las cosas vayan bien.

—¿A que ahora te gustaría estar en Santorini? —pregunta.

—Sobre todo, lo que me gustaría sería que Alex no estuviera acostado en la habitación con lumbago.

—¿Qué? —dice Rachel—. ¿Alex, con lo joven, sano y buenorro que está?

—El mismo. Y no me deja hacer nada por él. Me ha echado y he estado en el museo de arte como cuatro veces ya.

—¡¿Cuatro veces?!

—A ver, no me he ido y he vuelto, pero siento que he hecho

cuatro visitas del instituto seguidas. Pregúntame lo que quieras sobre Edward Ruscha.

—¡Vale! —dice Rachel—. ¿Cuál era su seudónimo cuando trabajaba en el diseño de la revista *Artforum*?

—Vale, no me preguntes nada —le respondo—. Resulta que no me he leído el folleto que he estado mirando fijamente durante un buen rato.

—Eddie Russia —suelta la Rachel de Bellas Artes—. No me acuerdo en absoluto del porqué. Bueno, está claro que se parece a su nombre, pero, entonces, ¿por qué no usar el nombre real?

—Tienes razón —le digo volviendo al coche.

Se me acumula el sudor en las axilas y en la parte de atrás de las rodillas y siento que me estoy quemando la piel a pesar de estar bajo el toldo de una cafetería.

—¿Debería empezar a escribir firmando como Pop Right, sin la *W*?

—O hacerte DJ en los noventa —propone Rachel—. DJ Pop-Right.

—En fin —digo—. ¿Cómo estás? ¿Qué tal Nueva York? ¿Cómo están los perritos?

—Bien, hace calor y bien —contesta—. A Otis le han hecho una operación menor esta mañana. Le han extirpado un tumor. Benigno, gracias a Dios. Estoy yendo a recogerlo.

—Dale besitos de mi parte.

—No lo dudes —dice—. Casi he llegado al veterinario, así que tengo que colgar, pero avísame si necesitas que me haga daño o algo para que puedas volver antes a casa.

Suspiro.

—Gracias. Y tú avísame si necesitas algún mueble retro de los caros.

—Eh... Vale.

Colgamos y miro la hora. He conseguido aguantar hasta las cuatro y media de la tarde. Creo que eso significa que es buena hora para comprar unos sándwiches y volver a Desert Rose.

Cuando entro, la puerta del balcón está cerrada para que no se cuele el calor del día, pero en el apartamento sigue siendo un asadero. Alex ha vuelto a ponerse una camiseta gris y está sentado donde lo he dejado, con un libro abierto y dos más a su lado encima del colchón.

—Hola —dice—. ¿Te lo has pasado bien?

—Sip —miento. Señalo la puerta del balcón con la barbilla—. Te has levantado.

Frunce la boca con culpabilidad.

—Solo un poquito. Total, tenía que ir al baño y tomarme otra pastilla.

Me subo a la cama, dejo la bolsa de los sándwiches entre nosotros y me siento de rodillas sobre mis piernas.

—¿Cómo te encuentras?

—Mucho mejor —dice—. Bueno, sigo aquí atrapado, pero me duele menos.

—Me alegro. Te he traído un sándwich. —Le doy la vuelta a la bolsa de plástico y caen los sándwiches envueltos en papel.

Alex coge el suyo y lo huele un poco mientras lo desenvuelve.

—¿De ternera, queso, chucrut y salsa rosa?

—Sé que no es lo mismo que robárselos a Delallo, pero, si quieres, lo dejo en la nevera y me meto en el baño el rato suficiente para que vayas a la nevera como puedas y lo cojas.

—Tranquila —contesta—, lo quiero tanto como si se lo hubiera robado a Delallo, y algunas personas coincidirán en que eso es lo más importante.

—Estamos aprendiendo muchas lecciones importantes en este viaje —digo—. Por cierto, le he dejado un mensaje en el contestador a Nikolai cuando volvía sobre el tema del aire. Creo que está evitando mis llamadas.

—¡Ah! —dice Alex animándose—. ¡Se me había olvidado decírtelo! He conseguido que baje a veinticinco y medio.

—¿En serio?

Me levanto de la cama de un salto y voy a comprobarlo.

—¡Qué bien, Alex!

Se ríe.

—Qué patético celebrar esto.

—La idea fuerza de este viaje es «Quédate con lo bueno» —digo volviendo a sentarme a su lado.

—Pensaba que era «Aspira» —repone Alex.

—Aspira a llegar a veinticuatro grados.

—Aspira a caber en la piscina en algún momento.

—Aspira a que no te imputen por el asesinato de Nikolai.

—Aspira a levantarte de la cama.

—Ay, pobrecitoooooo —gimo—. Atrapado en la cama con un libro... ¡Un infierno para ti! Mientras te unto cremas en la espalda y te traigo el desayuno y la comida que más te gusta.

Alex pone la cara de perrito.

—¡No es justo! —digo—. ¡Sabes que ahora no puedo defenderme!

—Vale, no lo haré más hasta que vuelvas a sentirte cómoda haciéndome daño.

—¿Cuándo empezó a pasarte esto? —pregunto

—No lo sé. Un par de meses después de Croacia, supongo.

La palabra me impacta en el centro del pecho como unos fuegos artificiales. Intento mantener una expresión plácida, pero no tengo ni la menor idea de si lo estoy consiguiendo. Él, por su parte, no da ninguna muestra de incomodidad.

—¿Sabes por qué? —digo recobrándome.

—Siempre estoy encorvado, sobre todo cuando leo o estoy en el ordenador. Un masajista me dijo que seguramente se me están encogiendo los músculos de las caderas y me tiran de la espalda. No lo sé. El médico se limitó a darme relajantes musculares y se fue antes de que se me ocurriera algo que preguntarle.

—¿Y te pasa mucho?

—No mucho —dice—. Esta es la cuarta o quinta vez. Me pasa menos cuando hago ejercicio a menudo. Supongo que al haber estado sentado en el avión y el coche y todo eso... Y luego el sillón cama.

—Entiendo.

Al cabo de un instante, me pregunta:

—¿Estás bien?

—Supongo que... —No sé cuánto quiero decirle—. Siento que me he perdido muchas cosas —termino.

Recuesta la cabeza en los cojines y su mirada baja por mi cara.

—Yo también.

Me sale una risa desganada.

—Qué va. Mi vida está exactamente igual.

—No es verdad —dice—, te has cortado el pelo.

Esta vez, la risa es más sincera, y una sonrisa contenida curva los labios de Alex.

—Sí, bueno —digo esforzándome por no sonrojarme al sentir su mirada pasar por mi hombro desnudo y bajar por todo mi brazo hasta donde tengo apoyada la mano en la cama, cerca de su rodilla—. No me he comprado una casa ni tengo mi propio lavavajillas ni nada. Dudo que alguna vez pueda hacerlo.

Se le arquea una ceja y sus ojos vuelven a estudiar mi cara.

—Tampoco quieres —señala en voz baja.

—Ya, supongo que tienes razón —digo, pero la verdad es que no lo sé.

Ese es el problema. No quiero las cosas que quería antes, las cosas que quería cuando tomé todas las decisiones importantes sobre mi vida. Sigo pagando los préstamos que pedí para estudiar una carrera que no terminé y, aunque me ahorré la matrícula de un año y medio, últimamente me pregunto si fue la decisión correcta.

Hui de Linfield. Hui de la Universidad de Chicago y, si soy

sincera conmigo misma, hui de Alex cuando pasó todo. Él también huyó de mí, pero no puedo echarle toda la culpa a él.

Estaba aterrada. Corrí. Y le dejé a él la responsabilidad de arreglarlo.

—¿Te acuerdas de cuando fuimos a San Francisco y no parábamos de decir «Donde fueres...» cada vez que queríamos comprar algo? —le pregunto.

—Puede —dice inseguro.

Me imagino que mi expresión debe de ser desolada, porque, como disculpándose, añade:

—No tengo muy buena memoria.

—Ya —digo—, me cuadra.

Carraspea.

—¿Quieres que veamos algo o vas a volver a salir?

—No, veamos algo. Si vuelvo a acercarme al Museo de Arte de Palm Springs, creo que me encontraré al FBI esperándome.

—¿Por? ¿Has robado algo de precio incalculable? —pregunta Alex.

—No lo sabré hasta que lo mande a tasar —bromeo—. Espero que el tal Claude Monete sea un pintor conocido.

Alex se ríe y niega con la cabeza e incluso ese pequeño gesto parece costarle una punzada de dolor.

—Joder —dice—, para de hacerme reír.

—Para tú de pensar que estoy de broma cuando hablo de robar museos.

Cierra los ojos y aprieta la boca hasta que queda reducida a una línea recta sofocando toda risa. Al cabo de un segundo, abre los ojos.

—Vale, voy al baño, espero que por última vez hoy, y a tomarme otra pastilla. Saca mi portátil de la bolsa y abre Netflix si quieres. —Se gira con cuidado, pone los pies en el suelo y se levanta.

—Vale —digo—. ¿Y las revistas guarras las dejo ahí o las saco también?

—Poppy —se queja sin volver la cabeza—, no hagas bromas.

Me levanto de la cama y subo la bolsa del ordenador de Alex al sillón para buscarlo y, luego, vuelvo con él a la cama y lo abro de camino.

No lo ha apagado y, cuando paso el dedo por el ratón táctil, la pantalla se enciende y me pide una contraseña.

—¿Contraseña? —grito hacia el baño.

—Flannery O'Connor —grita él, y luego tira de la cadena y abre el grifo.

No pregunto por los espacios, las mayúsculas ni la puntuación. Alex es un purista. Escribo la contraseña y la pantalla que estoy viendo desaparece y la sustituye una pestaña abierta en el navegador. Antes de poder darme cuenta, estoy cotilleando.

Tengo el corazón acelerado.

Dejo de oír el agua. Se abre la puerta. Alex sale y, aunque puede que lo mejor sea fingir que no he visto la oferta de trabajo que Alex estaba mirando, algo se ha apoderado de mí, me ha extirpado la parte del cerebro que —al menos a veces— filtra las cosas que no debería decir.

—¿Vas a pedir trabajo de profesor en Berkeley Carroll?

La confusión en su rostro pronto se convierte en algo cercano a la culpa.

—Ah, eso.

—Eso está en Nueva York —digo.

—Eso daba a entender la oferta —responde Alex.

—La ciudad de Nueva York —aclaro.

—¿Qué me dices? Pensaba que era otro Nueva York —contesta inexpresivo.

—¿Vas a vivir en Nueva York? —pregunto.

Y sé que debo de estar hablando a un volumen muy alto, pero la adrenalina me hace sentir como si el mundo entero estuviera relleno de algodón y amortiguase los sonidos hasta que son un murmullo apagado.

—Seguramente no —dice—, solo me ha aparecido el anuncio.

—Pero Nueva York te encantaría. Piensa en todas las librerías.

Ahora me dirige una sonrisa que parece divertida y triste a la vez. Vuelve a la cama y se sienta muy despacio a mi lado.

—No lo sé —dice—, solo estaba mirando.

—No te molestaré. Si te preocupa que me plante en tu puerta cada vez que tenga una crisis o algo así, te prometo que no lo haré.

Levanta una ceja escéptico.

—Y si te enteras de que me ha dado un calambre en la espalda, ¿entrarás por la fuerza en mi piso con dónuts y crema con efecto calor y frío?

—¿No? —digo con un tono agudo de culpabilidad.

Su sonrisa se ensancha, pero sigue habiendo algo de tristeza en ella.

—¿Qué pasa? —le pregunto.

Me sostiene la mirada un momento, como si estuviéramos jugando a ver quién la aparta antes. Luego suspira y se pasa una mano por la cara.

—No lo sé —dice—, aún tengo que aclarar algunas cosas. En Linfield. Antes de tomar una decisión como esa.

—¿La casa? —intento adivinar.

—En parte, sí —contesta—. Me encanta esa casa. No sé si podría soportar venderla.

—¡Podrías alquilarla! —le propongo, y él me lanza una mirada—. Ah, sí, que eres demasiado exigente para ser casero.

—Me parece que quieres decir que todo el mundo es demasiado pasota para ser inquilino.

—Podrías alquilársela a uno de tus hermanos —digo—. O podrías quedártela. Era de tu abuela, ¿no? ¿Te queda todavía algo por pagar?

—Solo el impuesto de propiedad. —Me coge el ordenador y

cierra la oferta de trabajo—. Pero no es solo la casa. Y tampoco es solo por mi padre y mis hermanos —añade cuando ve que abro la boca—. Está claro que echaría mucho de menos a mis sobrinos, pero hay otras cosas por las que estoy allí. O no lo sé. Puede que las haya. Estoy... esperando a ver qué pasa.

—Ah —digo cuando empiezo a entenderlo—, entonces... es una mujer.

Vuelve a aguantarme la mirada como si me retase a seguir preguntando, pero yo no parpadeo y él cae primero.

—No tenemos por qué hablar de esto.

—Vaya. —Ahora, toda esa energía y emoción que sentía parecen congelarse y hundirse en el fondo de mi tripa—. Entonces es Sarah. Sí que vais a volver.

Agacha la cabeza y se pasa los dedos por la frente.

—No lo sé.

—¿Quiere ella? —digo—. ¿O tú?

—No lo sé —repite.

—Alex.

—No hagas eso. —Levanta la mirada—. No me riñas. El panorama está muy mal, y Sarah y yo hemos pasado muchas cosas juntos.

—Sí, cosas sórdidas —digo—. Por algo cortasteis. Dos veces.

—Y por algo salíamos —contraataca—. No todo el mundo puede dejarlo todo atrás como tú.

—¿Qué quieres decir con eso? —exijo.

—Nada —contesta deprisa—. Solo es que somos diferentes.

—Ya sé que somos diferentes —digo a la defensiva—. Yo también sé cómo está el panorama. Yo también estoy soltera, Alex. Pertenezco al Grupo de Apoyo a las que Reciben Fotopollas No Solicitadas. Eso no quiere decir que tenga que volver corriendo con un ex.

—Es diferente —insiste.

—¿Por qué? —salto.

—Porque tú no quieres las mismas cosas que yo —dice, medio gritando. Es probable que nunca lo haya oído hablar tan alto, y aunque no hay enfado en su voz, sí que hay frustración.

Cuando me echo atrás, veo que se deshincha un poco, avergonzado.

Continúa, volviendo a un tono bajo y controlado:

—Quiero todo lo que tienen mis hermanos —dice—. Quiero casarme y tener hijos y nietos y hacerme viejo de cojones con mi mujer y vivir en nuestra casa tanto tiempo que huela a nosotros. Quiero ir a elegir muebles y colores para las paredes y hacer todas esas mierdas de Linfield que a ti te parecen tan insoportables, ¿vale? Eso es lo que quiero. Y no quiero esperar. No sabemos cuánto nos queda de vida, y no quiero esperar a que pasen diez años más y descubrir que tengo cáncer de polla o algo y que es demasiado tarde. Eso es lo que me importa.

Cualquier resto de fogosidad que le quedase sale de su cuerpo, pero yo sigo temblando por los nervios y el dolor y la vergüenza y, sobre todo, por el cabreo que tengo conmigo misma por no haber entendido lo que pasaba cada vez que Alex defendía nuestro pueblucho de mala muerte, evitaba el tema de Sarah y demás.

—Alex —digo al borde de las lágrimas. Niego con la cabeza intentando apartar las nubes de tormenta llenas de emociones que se acumulan en mi cabeza—. No creo que esas cosas sean insoportables. Nada de eso me parece insoportable.

Su mirada se levanta pesada hacia la mía y, al momento, vuelve a apartarla. Con cuidado para no hacerle daño, me acerco a él y le cojo la mano entrelazando los dedos con los suyos.

—Alex.

Me mira desde arriba.

—Lo siento —musita—. Lo siento, Poppy.

Niego con la cabeza.

—Me encanta la casa de Betty —digo—. Y me encanta pensar que ahora es tuya. Y, por más que detestase el instituto, me encanta pensar que ahora tú eres profesor allí y la suerte que tienen esos niños. Y me encanta lo buen hermano e hijo que eres y... —Las palabras se me quedan atrapadas en la garganta y tengo que soltarlas tartamudeando y llorosa—: Y no quiero que te cases con Sarah, porque no te valora. Si no, no habría cortado contigo la primera vez. Y, la verdad, aparte de eso, no quiero que te cases con ella porque nunca le he caído bien, y si te casas con ella... —Callo antes de ponerme a llorar del todo.

«Si te casas con ella —pienso—, te perderé para siempre.»

Y luego: «Es probable que, te cases con quien te cases, tenga que perderte para siempre».

—Sé que es muy egoísta —añado—, pero no es solo eso. De verdad pienso que puedes estar con alguien mucho mejor. Sarah será perfecta para alguien, pero no para ti. No le gusta el karaoke, Alex.

Esta última parte me sale patéticamente lacrimógena y, al mirarme desde ahí arriba, Alex se esfuerza al máximo por esconder la sonrisa que le tira de las comisuras de los labios. Suelta la mano de la mía y me rodea con el brazo apretándome un poco contra él, pero no me hundo en él como me gustaría por miedo a hacerle daño.

Esta contractura, aunque para él sea horrible, está resultando ser un buen amortiguador, porque en todos los puntos en los que nos tocamos mi piel ha empezado a vibrar, como si mis nervios se estuviesen peleando por sentirlo más. Me da un beso en la coronilla y siento como si alguien me hubiese roto un huevo sobre la cabeza: me empapa algo caliente y sofocante.

Escondo los recuerdos de todo lo que hizo esa boca en Croacia.

—No sé si puedo estar con alguien mejor, la verdad —dice Alex sacándome de una escena bastante subida de tono—. Cuando abro Tinder, me hace la peineta.

—¿En serio? —Me incorporo—. ¿Tienes Tinder?

Pone los ojos en blanco.

—Sí, Poppy, el abuelo tiene Tinder.

—A ver.

Se le sonrojan las orejas.

—No, gracias, no me apetece que me sometas a un tercer grado.

—Puedo ayudarte, Alex —digo—. Soy una mujer hetero. Sé cómo se perciben los perfiles de Tinder de los hombres. Puedo averiguar qué estás haciendo mal.

—Lo que estoy haciendo mal es buscar un vínculo profundo en una app para ligar.

—Bueno, eso desde luego, pero vamos a ver qué más.

Suspira.

—Vale. —Se saca el teléfono del bolsillo y me lo da—. Pero pórtate bien conmigo, Poppy. Ahora mismo soy frágil —dice.

Y entonces pone la cara.

17
HACE SIETE VERANOS

Nueva Orleans.

A Alex le interesa la arquitectura: todos esos edificios de colorines con sus balcones de hierro forjado y los árboles viejísimos que suben retorciéndose desde las aceras y esparcen las raíces varios metros en todas direcciones rompiendo el cemento como si nada. Los árboles preceden al cemento y lo sobrevivirán.

A mí me entusiasma el alcohol en forma de granizado y las tiendas *kitsch* de cosas sobrenaturales.

Por suerte, no nos falta nada de todo eso.

Estoy encantada de haber encontrado un estudio no muy lejos de Bourbon Street. Los suelos están tintados de un color oscuro y los muebles son de madera maciza, y de las paredes de ladrillo a la vista cuelgan cuadros coloridos de músicos de jazz. Las camas parecen baratas, igual que las sábanas, pero son de matrimonio, y el apartamento está limpio, y el aire acondicionado va tan bien que tenemos que bajarle un poco la potencia para que cada vez que volvemos después de un día caluroso no nos castañeen los dientes.

Parece que lo único que hay para hacer en Nueva Orleans es andar, comer, beber, observar y escuchar. Es, en general, lo que hacemos en todos los viajes, pero aquí está enfatizado por los cientos de restaurantes y bares que hay uno al lado de otro en cualquier callejuela. Y por los miles de personas que recorren la ciudad con vasos de plástico altos de colores fosforitos y pajitas que no van a juego. Más o menos a cada manzana de casas, los olores de la ciudad cambian de fritura y delicia a hedor y podredumbre, puesto que la humedad atrapa el tufo de las aguas residuales y lo enfatiza.

En comparación con la mayoría de las ciudades estadounidenses, todo parece tan viejo que me imagino que estamos oliendo la pestilencia del siglo XVIII, lo cual, milagrosamente, lo hace más soportable.

«Parece que estemos paseando dentro de la boca de alguien», comenta Alex más de una vez por la humedad, y, desde ese momento, cada vez que percibo ese olor, pienso en la comida atrapada entre mis muelas.

Sin embargo, no dura mucho. Sopla una brisa que lo limpia todo o nosotros pasamos por delante de otro restaurante con todas las puertas abiertas de par en par o doblamos una esquina y nos encontramos con una calle secundaria preciosa en la que de todos los balcones cuelgan flores moradas en cascada.

Además, ya llevo cinco meses viviendo en Nueva York, y durante los dos últimos meses veraniegos no es que la parada de metro haya olido a rosas. He visto ya a tres personas mear en los escalones de dentro de la estación, y una vez vi a una de ellas repetirlo la semana siguiente.

Me encanta Nueva York, pero paseando por Nueva Orleans me pregunto si podría ser igual de feliz aquí. Si, tal vez, podría ser más feliz. Si Alex viniera a verme más a menudo.

De momento, solo ha venido a Nueva York en una ocasión, unas semanas después de terminar el primer año de máster. Trajo el coche lleno de cosas mías, desde casa de mis padres hasta mi apartamento en Brooklyn, y el último día de viaje comparamos calendarios y hablamos de cuándo nos volveríamos a ver.

En el viaje del verano, claro. Tal vez (aunque es probable que no) en Acción de Gracias. Y en Navidad si consiguiera coger vacaciones en el restaurante en el que trabajo de camarera, aunque todo el mundo quiere librar en Navidad, así que, en lugar de eso, propuse la idea de Fin de Año y acordamos que lo decidiríamos más adelante.

De momento, no hemos hablado de nada de eso en este viaje. No he querido pensar en echar de menos a Alex mientras estoy con él. Me parece desperdiciar el tiempo.

—Como mínimo, siempre tendremos el viaje del verano.

Yo tuve que esforzarme por verlo como un consuelo.

Desde la mañana hasta horas después de que se haya puesto el sol, paseamos. Bourbon y Frenchmen Street, Canal Street y Esplanade Avenue (Alex está especialmente enamorado de las viejas casas señoriales de esta calle, con sus maceteros rebosantes de flores y sus palmeras descoloridas por el sol que crecen al lado de los hoscos robles).

Comemos esponjosos *beignets* cubiertos de azúcar glas en la terraza de una cafetería y estamos horas repasando los cachivaches que venden delante del Mercado Francés (llaveros de cabezas de caimán y anillos de plata con piedras lunares incrustadas), los panes recién salidos del horno, los productos refrigerados de la zona y los pastelitos densos con kiwi y fresas y cerezas borrachas de bourbon y praliné (del tipo que te imagines) por encima que vendían en los puestos del mercado.

Bebemos sazeracs y hurricanes y daiquiris allá adonde vamos, porque, como me dice Alex de forma teatral cuando voy a pedir un gin-tonic, «Respetar la temática es vital». Y, desde ese momento, los dos tenemos un mantra y unos álter ego para pasar la semana.

Decidimos que Gladys y Keith Vivant serán una pareja perfecta de personalidades Broadway. Intérpretes, artistas hasta la médula que piensan, como dicen los tatuajes que ambos llevan, que «¡El mundo es un escenario!».

Empiezan todos los días con ejercicios de interpretación y cada semana se ciñen a unas instrucciones concretas, dejando que guíen todas sus interacciones para habitar mejor al personaje.

Y, por supuesto, la temática es importante.

O también se podría decir que «es vital».

—¡La temática es vital! —nos gritamos uno al otro, pataleando cuando queremos que el otro haga algo que no le entusiasma.

Hay un montón de tiendas de segunda mano que parece que no hayan limpiado nunca y a Alex no le entusiasma probarse los pantalones de ante que le he escogido en una de ellas, igual que a mí no me entusiasma que quiera pasar seis horas en un museo de arte.

«¡La temática es vital!», grito cuando se niega a entrar en un bar en el que toca una banda compuesta en su totalidad por saxofonistas (en serio) en pleno día.

«¡La temática es vital!», chilla cuando le digo que no quiero comprar unas camisetas en las que pone PUTA BORRACHA 1 y PUTA BORRACHA 2 como las típicas de COSA 1 y COSA 2 que venden en todos los parques de atracciones, y salimos de la tienda con las camisetas puestas por encima de la ropa.

—Me encanta cuando te pones raro —le digo.

Me mira con los ojos entrecerrados, algo bebido.

—Tú eres la que hace que me ponga raro. No soy así con nadie más.

—Y tú haces que yo me ponga rara —le digo, y añado—: ¿Nos hacemos unos tatuajes de verdad que pongan «El mundo es un escenario»?

—Gladys y Keith lo harían —dice Alex dando un largo trago de su botella de agua.

Luego me la pasa y yo engullo la mitad con avidez.

—¿Eso es un sí?

—Por favor, no me obligues —dice.

—Pero, Alex —grito—, ¡la temática es vit…!

Vuelve a ponerme la botella de agua en la boca.

—Te aseguro que, en cuanto estés sobria, ya no te parecerá gracioso.

—Siempre me parecerá que todas las bromas que hago son graciosísimas —digo—, pero vale, lo pillo.

Vamos de *happy hour* en *happy hour* con resultados variados. A veces, las bebidas son flojas y malas; otras, son fuertes y buenas, y la mayoría, son fuertes y malas. Vamos al bar de un hotel que tiene la barra montada en un tiovivo y nos pedimos una copa de quince dólares cada uno. Vamos al que afirman que es el segundo bar que más tiempo seguido lleva abierto en Luisiana. Es una vieja forja con los suelos pegajosos que parece un museo viviente bastante cutre, salvo por la enorme máquina tragaperras con preguntas de cultura general que hay en un rincón.

Alex y yo vamos dando sorbos de una bebida compartida poco a poco mientras esperamos nuestro turno. No conseguimos romper el récord, pero entramos en la lista de los mejores.

La quinta noche, terminamos en un karaoke lleno de universitarios borrachos con un escenario exagerado y todo un espectáculo de láseres. Tras dos chupitos de Fireball, Alex accede a cantar «I Got You Babe» de Sonny y Cher metidos en los personajes de Gladys y Keith Vivant.

A media canción, nos enzarzamos en una pelea porque sé que se está acostando con Shelly, de maquillaje.

—¡No cuesta una hora ponerse una dichosa barba postiza, Keith! —le grito.

El aplauso al final es apagado e incómodo. Nos tomamos otro chupito y nos dirigimos a un lugar del que me habló Guillermo en el que sirven un cóctel de granizado de café.

La mitad de los sitios a los que hemos ido me los ha recomendado Guillermo y me han encantado, sobre todo el del barucho de bocadillos de marisco rebozado típicos de Luisiana. Tener un novio chef tiene sus ventajas.

Cuando le dije dónde íbamos Alex y yo, sacó un papel y empezó a escribir todo lo que recordaba del último viaje que hizo con anotaciones sobre precios y sobre qué pedir. Puso una estrella en todos los sitios donde teníamos que ir a comer, pero es imposible que podamos ir a todos.

Conocí a Guillermo un par de meses después de mudarme a Nueva York. A mi nueva amiga Rachel (la primera que hice en Nueva York) le habían pedido que fuera a comer a su restaurante gratis a cambio de publicar algunas fotos en redes. Hace mucho esas cosas y, como yo también soy una «persona de internet», las hacemos juntas.

«Así me da menos vergüenza», insiste. «Y nos damos a conocer a los seguidores de la otra.»

Cada vez que publica una foto conmigo, me empiezan a seguir cientos de personas. Llevaba seis meses con unos treinta y seis mil seguidores, pero he llegado a los cincuenta y cinco mil solo por estar asociada a «su marca».

Así que fui con ella al restaurante y, después de comer, el chef salió a hablar con nosotras y era guapísimo y cordial, con ojos marrones amables y el pelo oscuro peinado hacia atrás. Su risa era suave y modesta y, esa misma noche, ya me había escrito por Instagram antes siquiera de que hubiera podido publicar las fotos que había hecho.

Me encontró a través de Rachel y me gustó que me lo dijera sin tapujos, sin avergonzarse. Trabaja casi todas las noches, así que, para nuestra primera cita, salimos a desayunar y me besó cuando pasó a recogerme en lugar de esperar hasta la hora de dejarme en casa.

Al principio, yo quedaba con otra gente y él también, pero, al cabo de unas semanas, decidimos que ninguno de los dos quería verse con nadie más. Se rio al decírmelo y yo también me reí, porque, al pasar tiempo con él, me había acostumbrado a ofrecer risas alentadoras.

No es como con Julian, una relación impredecible y que me absorbía por completo. Nos vemos dos o tres veces por semana y me gusta la forma que tiene de dejar espacio en mi vida para otras cosas.

Clases de *spinning* con Rachel y largos paseos por el Mall de Central Park con un cono de helado goteando en la mano, inauguraciones de galerías y noches de cine especiales en bares del barrio. La gente de Nueva York es más agradable de lo que el resto del mundo me había hecho creer.

Cuando se lo comento a Rachel, me dice: «La mayoría no son unos capullos, solo están ocupados».

Pero, cuando le digo lo mismo a Guillermo, me coge la barbilla con suavidad y dice: «Qué mona eres. Espero que no dejes que esta ciudad te cambie».

Es tierno, pero también me preocupa. Como si, tal vez, lo que más le guste a Gui de mí no sea una parte esencial, sino algo que puede cambiar, algo de lo que podrían despojarme unos cuantos años en el ambiente adecuado.

Mientras recorremos las calles de Nueva Orleans, pienso varias veces en contarle a Alex eso que me dijo Guillermo, pero todas las veces me contengo. Quiero que le caiga bien, y me preocupa que vaya a ofenderse por mí.

Así que le cuento otras cosas. Como lo tranquilo que es, que se ríe con facilidad y la pasión que siente por su trabajo y por la comida en general.

—Te caerá bien —le digo, y lo pienso de verdad.

—Seguro —insiste Alex—. Si a ti te gusta, a mí también.

—Bien —digo.

Y luego él me habla de Sarah, la chica que le gustaba en la universidad, aunque fue algo no correspondido. Se la encontró cuando fue a Chicago a visitar a unos amigos hace unas semanas. Tomaron algo.

—¿Y?

—Y nada —dice—. Vive en Chicago.

—No es Marte —le respondo—. Ni siquiera está muy lejos de la Universidad de Indiana.

—Me ha estado mandando algunos mensajes —confiesa.

—Pues claro, eres un partidazo.

Su sonrisa es tímida y adorable.

—No lo sé —continúa—. Puede que la próxima vez que vaya a Chicago volvamos a quedar.

—Deberíais —insisto.

Yo soy feliz con Guillermo y Alex también se merece ser feliz. Cualquier tensión que ese cinco por ciento de nuestra relación —el «y si»— hubiera generado parece haberse desvanecido.

Aunque alojarnos en el Barrio Francés me había parecido ideal en el momento de reservar el apartamento en Airbnb, resulta que por las noches hay mucho ruido. La música no para hasta las tres o las cuatro y empieza sorprendentemente temprano por la mañana. Terminamos aventurándonos a subir a la piscina de la azotea del hotel Ace, que es gratis entre semana, y echándonos una siesta en unas tumbonas al sol.

Es probable que sea cuando mejor he dormido en toda la semana, así que, para cuando hacemos el tour por el cementerio el último día de viaje, estoy como borracha de cansancio. Alex y yo esperábamos inquietantes historias de fantasmas, pero nos dan información sobre cómo la Iglesia católica cuida algunas de las tumbas —las de las personas que compraron cuidado perpetuo hace generaciones— y deja que otras se vayan reduciendo a polvo.

Es a todas luces aburrido, y nos estamos tostando al sol, y me duele la espalda de caminar con sandalias toda la semana, y estoy agotada de apenas haber dormido, y, a mitad de la visita, cuando Alex se da cuenta de lo mal que estoy, empieza a levantar la mano cada vez que nos detenemos delante de una tumba para que el guía nos cuente más trivialidades y a preguntar: «Y esta, ¿está encantada?».

Al principio, el guía se ríe y deja correr la pregunta, pero cada vez le va haciendo menos gracia. Al final, Alex pregunta por una enorme pirámide de mármol blanco que no pega con el resto de las tumbas amontonadas y rectangulares de estilo español y francés y nuestro guía resopla.

—¡Pues espero que no! ¡Esa es de Nicolas Cage!

Alex y yo nos partimos de risa.

Resulta que no está de broma.

Tenía que ser una gran sorpresa, es probable que con una broma preparada y todo, y se la hemos estropeado.

—Lo siento —dice Alex, y le da propina cuando nos vamos.

Yo soy la que trabaja en un bar, pero, no sé cómo, él es el que siempre lleva suelto encima.

—¿Eres *stripper* y no me lo habías dicho? —le pregunto—. ¿Por eso siempre llevas suelto?

—Bailarín exótico —me corrige.

—¿Eres un bailarín exótico? —le pregunto.

—No. Pero es útil llevar suelto encima.

El sol se está poniendo y los dos estamos reventados, pero es la última noche, así que decidimos asearnos y reponernos. Mientras estoy sentada en el suelo delante de un espejo de cuerpo entero maquillándome, repaso la lista de Guillermo y le voy gritando propuestas a Alex.

—Ñe —dice después de cada propuesta.

Al cabo de unas cuantas, se coloca de pie detrás de mí y me mira a los ojos en el espejo.

—¿Y si callejeamos y ya está?

—Me encantaría —coincido.

Entramos en un par de pubs de mala muerte antes de acabar en el Dungeon, un bar pequeño y oscuro de temática gótica al fondo de un callejón estrecho. Nos dicen que está prohibido hacernos fotos y el portero nos deja entrar en una sala iluminada con luces rojas. Está tan lleno que tengo que aferrarme al codo de Alex mientras nos abrimos paso hasta la planta de arriba. Hay esqueletos de plástico colgados por las paredes y un ataúd revestido de satén rojo de pie esperando a que te saques una foto que no puedes sacar.

A pesar de nuestro mantra de este viaje y de que he sido su ayudante de compras durante mucho tiempo, Alex sigue detestando las fiestas, los eventos y, al parecer, también los bares temáticos.

—Este lugar es horrible —dice—. A ti te encanta, ¿a que sí?

Asiento y él sonríe. Debemos acercarnos tanto para hablar que tengo que doblar el cuello al máximo hacia atrás para poder siquiera verlo. Me aparta el pelo de los ojos y me coge la nuca como si quisiera aguantarme la cabeza.

—Siento ser tan alto —dice gritando por encima de la música metal que resuena por el bar.

—Siento ser tan bajita —respondo.

—Me gusta que seas bajita. No pidas perdón por ser bajita.

Me apoyo en él. Es un abrazo sin brazos.

—Oye —digo.

—¿Qué?

—¿Podemos ir al bar de country que hemos visto antes?

Estoy segura de que no quiere. Sé que le parece ridículo. Sin embargo, lo que dice es:

—Debemos ir, Poppy, la temática es vital.

Así que vamos y es el polo opuesto del Dungeon, un bar grande y espacioso con sillas de montar en lugar de taburetes y Kenny Chesney sonando a todo trapo solo para nosotros.

A Alex le da grima sentarse en las sillas de montar, pero yo me subo a una e intento ponerle cara de perrito triste.

—¿Qué haces? —dice—. ¿Estás bien?

—Estoy haciéndome la patética para que, por favor, me hagas la mujer más feliz del estado de Luisiana y te sientes en una silla de estas.

—No sé si eres demasiado fácil o demasiado difícil de complacer —comenta, y pasa una pierna por encima de la silla que hay al lado de la mía para sentarse en ella—. Disculpa —le dice a un camarero fornido que lleva un chaleco de cuero negro—, ponme algo que me haga olvidar todo esto.

Él, sin dejar de secar un vaso, se vuelve y nos fulmina con la mirada.

—No sé leer la mente, chaval. ¿Qué quieres?

Las mejillas de Alex se ruborizan. Se aclara la garganta.

—Cerveza está bien. Lo que tengas.

—Que sean dos —digo—. Dos alcoholes, por favor.

Cuando el camarero se gira para servirnos, me inclino hacia Alex y casi me caigo de la silla. Él me coge al vuelo y me levanta mientras le susurro:

—¡El camarero va cien por cien con la temática!

Son solo las once y media cuando salimos, pero estoy agotada y tengo menos sed de la que he tenido en toda mi vida. Así que nos ponemos a andar por el centro de la calle con el resto de los juerguistas: familias con camisetas a juego para conmemorar la reunión familiar; futuras esposas vestidas de blanco con bandas sedosas de color rosa en las que pone NOVIA; señores borrachos de mediana edad que les tiran la caña a las chicas que llevan bandas de color rosa en las que pone NOVIA y les meten billetes de un dólar en los tirantes del vestido cuando pasan.

La gente se agolpa en los balcones de los bares y restaurantes agitando collares de perlas moradas, doradas y verdes y, cuando un hombre me silba y agita un puñado de collares hacia mí, alzo los brazos para atraparlos. Luego, niega con la cabeza y hace como si se levantara la camiseta.

—Qué asco —le digo a Alex.

—Ya ves —coincide.

—Pero tengo que admitir que va acorde con la temática.

Alex se ríe y seguimos caminando sin rumbo. Poco a poco, la gente se va parando al acercarnos a una banda (sin saxos ni otros vientos-madera a la vista) que se ha instalado en medio de la calle, con los vientos tocando a pleno pulmón y la percusión resonando. Nos detenemos a escuchar y algunas parejas se ponen a bailar. En el giro de guion del siglo, Alex me tiende la mano y, cuando se la cojo, me hace dar una vuelta laxa y me atrae hacia él pasándome una mano por la espalda y con la otra agarrada a la mía. Me mece y nos reímos soñolientos. No vamos al ritmo, pero eso da igual. Somos nosotros.

Puede que por eso esté siendo capaz de aguantar la muestra de afecto en público. Puede que, como yo, sienta que, cuando estamos juntos, no hay nadie más, como si los demás fueran fantasmas que nos hemos imaginado para rellenar el escenario.

Incluso si Jason Stanley o cualquier otro de los que me acosaban en el instituto hubieran estado allí, burlándose de mí por un megáfono, creo que no habría dejado mi baile torpe con Alex en medio de la calle. Me hace dar una vuelta alejándome de él y luego otra para volver, intenta echarme hacia atrás sobre su brazo y casi me caigo. Suelto un chillido y me río tanto que me sale un ronquido por la nariz cuando me atrapa y me vuelve a incorporar y me mece un poco más.

Al terminar la canción, nos separamos y nos unimos al aplauso del público. Alex se agacha un momento y, cuando se levanta, tiene en la mano un collar de perlas moradas descascarilladas del Mardi Gras, el carnaval de Nueva Orleans.

—Estaba en el suelo —le digo.

—¿No lo quieres?

—Sí que lo quiero —contesto—, pero estaba en el suelo.

—Sí.

—Donde hay suciedad —continúo—. Y bebida. Y es probable que vómito.

Hace una mueca y empieza a bajar la mano. Le cojo la muñeca para pararlo.

—Gracias —le digo—. Gracias por tocar este collar mugriento por mí, Alex. Me encanta.

Pone los ojos en blanco, sonríe y me pasa el collar por la cabeza cuando la inclino.

Cuando vuelvo a levantar la vista, me está sonriendo de oreja a oreja y pienso: «Te quiero más de lo que nunca te he querido». ¿Cómo puede ser que me pase eso siempre con él?

—¿Podemos hacernos una foto juntos? —pregunto, pero lo que pienso es «Ojalá pudiera meter este momento en un frasco y llevarlo de perfume».

Siempre estaría conmigo. Fuera adonde fuera, Alex también vendría y yo siempre me sentiría yo misma.

Saca el móvil y nos juntamos mientras él hace la foto. Cuando la miramos, emite un sonido de sorpresa contenida. Seguramente en un intento de no parecer tan adormilado, ha abierto mucho los ojos en el último segundo.

—Parece que hayas visto algo horrible justo en el instante en el que se ha disparado el flash —apunto.

Intenta quitarme el teléfono de las manos, pero yo le doy la espalda, corro para estar fuera de su alcance y me la mando a mi móvil. Él me sigue, esforzándose por no sonreír, y cuando le devuelvo el teléfono, le digo:

—Toma, ahora que tengo la copia, puedes borrarla.

—Jamás la borraría —dice Alex—, pero solo voy a mirarla cuando esté solo, encerrado en mi piso, para que nadie nunca vea la cara con la que salgo.

—Yo la veré.

—Tú no cuentas —responde.

—Ya lo sé —coincido.

Y me encanta ser la que no cuenta. La que puede ver al Alex completo. La que lo hace ponerse raro.

Cuando volvemos al apartamento, le pregunto cuándo va a dejarme leer los cuentos que ha estado escribiendo.

Dice que no puede dejarme leerlos porque, si no me gustan, le dará demasiada vergüenza.

—Has entrado en un máster increíble —le digo—. Está claro que se te da bien. Si a mí no me parecen buenos, está claro que me equivoco.

Dice que, si a mí no me parecen buenos, está claro que la Universidad de Indiana se equivoca.

—Por favor —le pido.

—Vale —dice, y saca el ordenador—. Pero espera a que me haya metido en la ducha, ¿vale? No quiero tener que verte leyéndolo.

—Vale. Si tienes una novela, sin problema, ya que tengo todo lo que dura una ducha de Alex Nilsen para leer.

Me lanza una almohada y entra en el baño.

El cuento es muy corto. Nueve páginas sobre un chico que nació con alas. Durante toda su vida, la gente le dice que debería intentar volar. A él le da miedo. Cuando por fin lo intenta, salta desde la azotea de una casa de dos plantas y se cae. Se rompe las piernas y las alas. Nunca se recupera del todo. Durante la convalecencia, los huesos se le sueldan torcidos. Por fin, la gente deja de decirle que ha nacido para volar. Por fin es feliz.

Cuando Alex sale del baño, estoy llorando.

Me pregunta qué me pasa.

Le digo:

—No lo sé. Es que me dice mucho.

Piensa que estoy de broma y se ríe, pero, por una vez, no estaba haciendo referencia a la chica de la galería que intentó vendernos una escultura de un oso de veintiún mil dólares.

Estaba pensando en lo que Julian decía del arte. Que o te hace sentir algo o no.

Cuando he leído esta historia, me he echado a llorar por un motivo que no soy capaz de explicar por completo, ni siquiera a Alex.

Cuando era una niña, me entraban ataques de pánico al pensar que nunca podría ser otra persona, que no podría ser mi madre ni mi padre y que toda la vida tendría que ir dentro de este cuerpo que no me permitía conocer de verdad a nadie más.

Eso me hacía sentir sola, desolada, casi desesperanzada. Cuando se lo conté a mis padres, esperaba que supieran de qué sentimiento les hablaba, pero no.

—Pero eso no significa que sentirse así tenga nada de malo, cielo —insistió mi madre.

—¿Quién quieres ser si no? —preguntó mi padre con su particular curiosidad directa.

El miedo disminuyó, pero la sensación nunca llegó a desaparecer. De vez en cuando, la volvía a sacar, la estudiaba. Me preguntaba cómo podía dejar de sentirme sola si nunca nadie podría conocerme del todo. Si nunca iba a poder observar el cerebro de otra persona y verlo todo.

Y ahora lloro porque leer este cuento me hace sentir por primera vez que no estoy en mi cuerpo. Que hay una especie de burbuja que nos rodea a Alex y a mí y hace que seamos dos esferas de un color distinto dentro de una lámpara de lava mezclándonos libremente, bailando con la otra sin ninguna traba.

Lloro de alivio. Porque nunca volveré a sentirme tan sola como durante esas largas noches cuando era pequeña. Mientras lo tenga a él, no volveré a estar sola.

18
ESTE VERANO

—¡Alex! —grito al tener delante su perfil de Tinder—. ¡No!

—¿Qué? ¿Qué? ¡Es imposible que lo hayas leído todo ya!

—Pues, a ver, en primer lugar —digo blandiendo su móvil delante de nosotros—, ¿no ves un problema aquí? Tu biografía parece la carta de motivación de un currículum. ¡Ni siquiera sabía que las biografías de Tinder pudieran ser tan largas! ¿No hay un límite de caracteres? Nadie va a leerse todo esto.

—Si de verdad están interesadas, se lo leerán —replica quitándome el teléfono de las manos.

—Si están interesadas en extraerte los órganos, tal vez lean en diagonal hasta abajo para ver si mencionas tu grupo sanguíneo... ¿Lo has puesto?

—No —contesta con tono dolido, y añade—: solo el peso, la altura, el índice de masa corporal y el número de la seguridad social. ¿Al menos está bien lo que he escrito?

—Uy, de eso no vamos a hablar todavía. —Le arranco el móvil de las manos, inclino la pantalla hacia él y hago zoom en su foto de perfil—. Primero tenemos que hablar de esto.

Frunce el ceño.

—Me gusta esa foto.

—Alex... —digo con calma—. Hay cuatro personas en esta foto.

—¿Y?

—Que ya hemos encontrado el mayor problema.

—¡¿Que tengo amigos?! Pensaba que eso sería bueno.

—Pobre criatura inocente que acaba de llegar a la Tierra —le digo con el tono con el que le hablaría a un niño.

—¿Las mujeres no quieren salir con hombres con amigos? —pregunta en tono seco, incrédulo.

—Claro que sí —respondo—. Lo que no quieren es jugar a la ruleta rusa en una app de ligues. ¿Cómo quieres que sepan cuál de estos tíos eres tú? El señor de la izquierda tiene como ochenta años.

—Es el profe de biología —dice. Frunce todavía más el ceño—. Nunca me hago fotos solo.

—Me mandas selfis poniendo cara de perrito triste —señalo.

—Eso es diferente —explica—. Esas fotos son para ti... ¿Crees que tendría que usar una de esas?

—No, por Dios —digo—, pero podrías hacerte una foto en la que no estuvieras poniendo esa cara o podrías recortar una en la que salgas con tres profesores de biología de cierta edad para que se convierta en una en la que estés solo tú.

—Es que en esa foto salgo con una cara rara. Salgo con cara rara en todas las fotos.

Me río, pero, en realidad, siento que en la tripa me aparece una ternura cálida.

—Tienes una cara que está hecha para vídeos, no fotos.

—¿Qué quiere decir eso?

—Que eres muy guapo en la vida real, cuando tu cara se mueve, pero, cuando capturas un milisegundo, sí, a veces pones una cara rara.

—O sea, que tendría que borrarme el Tinder y lanzar el teléfono al mar.

—¡Espera! —Salto de la cama y cojo mi teléfono de la encimera, donde lo he dejado. Luego, vuelvo a subirme a la cama al lado de Alex de rodillas y me siento sobre mis piernas.

—Ya sé cuál tienes que usar.

Me observa con escepticismo mientras bajo por las fotos

del móvil. Busco una foto del viaje a la Toscana, el que hicimos antes de ir a Croacia. Habíamos estado sentados en la terraza, cenando tarde, y él se había alejado sin decir palabra. Me imaginé que se había ido al baño, pero, cuando entré en la casa para sacar el postre, estaba en la cocina, mordiéndose el labio y leyendo un correo electrónico en el móvil.

Se lo veía preocupado, no pareció reparar en mí hasta que le toqué el brazo y dije su nombre. Cuando levantó la vista, tenía la cara inexpresiva.

—¿Qué pasa? —le pregunté. Y lo primero que me vino a la mente fue «¡La abuela Betty!».

Se estaba haciendo mayor. De hecho, cuando la había conocido, ya era mayor, pero la última vez que habíamos ido juntos a su casa apenas se había levantado de la silla en la que hacía punto. Hasta ese momento, siempre había sido una mujer muy afanosa. Se iba afanosa a la cocina para traernos limonada. Corría afanosa al sofá para mullir los cojines antes de que nos sentásemos.

Pero el pensamiento no tuvo tiempo de desarrollarse, porque apareció la sonrisa diminuta y siempre reprimida de Alex.

—Tin House —me dijo— va a publicar uno de mis relatos.

Soltó una carcajada de sorpresa después de decirlo y yo lo rodeé con los brazos y dejé que me levantase y me apretase contra él con fuerza. Le besé la mejilla sin pensar, y si a él le pareció menos natural de lo que me lo pareció a mí, no lo demostró. Dio media vuelta, me dejó en el suelo sonriendo y volvió a fijar la mirada el teléfono. Se le olvidó esconder las emociones. Las dejó campar a sus anchas por su cara. Yo me saqué el teléfono del bolsillo, abrí la cámara y dije:

—Alex.

Cuando levantó la vista, tomé mi foto favorita de Alex Nilsen. Felicidad sin filtros. El Alex desnudo.

—Esta —digo, y le enseño la foto.

Él, de pie en una cocina de colores cálidos y dorados en la Toscana, con el pelo despeinado hacia arriba como siempre, cogiendo el teléfono sin apretarlo, con los ojos fijos en la cámara y la boca sonriente entreabierta.

—Deberías usar esta.

Se vuelve hacia mí. Nuestras caras están bastante cerca, como siempre, la suya suspendida encima de la mía. Tiene la boca relajada por el rastro de una sonrisa.

—Me había olvidado de ella —dice.

—Es mi favorita.

Durante unos segundos, no nos movemos. Alargamos ese momento de silencio y cercanía.

—Te la mando —digo con la voz débil, y rompo el contacto visual para abrir nuestra conversación y enviarle la imagen.

A él le vibra el teléfono en el regazo, donde debo de haberlo dejado caer. Lo coge y repite ese tic que tiene de medio carraspear.

—Gracias.

—A ver —digo—, lo de la biografía.

—¿La imprimo y busco un boli rojo? —bromea.

—Sí, hombre. El planeta se muere, no pienso malgastar tanto papel.

—Ja, ja, ja —dice—. Intentaba ser exhaustivo.

—Exhaustivo como Dostoyevski.

—Lo dices como si fuera algo malo.

—Chsss —replico—, que estoy leyendo.

Conociendo como conozco a Alex, la verdad es que la biografía me parece bastante adorable. Sobre todo porque es un reflejo de ese lado de abuelete encantador que tiene. Sin embargo, si no lo conociera y una de mis amigas me leyera esta biografía, le sugeriría que se plantease que el tipo pudiera ser un asesino en serie.

¿Injusto? Es probable.

Pero eso no cambia las cosas. Indica dónde estudió, cuándo se graduó, habla en profundidad de lo que aprendió, de los últimos trabajos que ha tenido, de sus puntos fuertes en esos trabajos, de que quiere casarse y tener hijos, de que «tiene una relación cercana con sus tres hermanos, sus cónyuges y sus hijos» y de que «disfruta enseñando literatura a los estudiantes mejor dotados».

Debo de estar haciendo una mueca, porque suspira y pregunta:

—¿Tan mal está?

—¿No? —respondo.

—¿Es una pregunta?

—¡No! —digo—. Quiero decir, que no, no está mal. Es bastante mona, pero, Alex, ¿de qué vas a hablar cuando quedes con una chica si ya ha leído todo esto?

Se encoge de hombros.

—No lo sé. Probablemente solo le pregunte cosas sobre ella.

—Eso parece una entrevista de trabajo. A ver, que sí, es poco habitual y maravilloso cuando un chico de Tinder te pregunta una sola cosa sobre ti misma, pero lo que no puedes hacer es no hablar de ti mismo ni un poco.

Se frota la arruga de la frente.

—Madre mía, no me gusta nada tener que hacer esto. ¿Por qué cuesta tanto conocer a gente en la vida real?

—Podría ser más fácil... en otra ciudad —digo con énfasis.

Me mira de reojo y pone los ojos en blanco, pero sonríe.

—Vale, a ver, ¿qué pondrías tú si fueras un chico intentando ligar contigo misma?

—Bueno, es que yo soy diferente. Lo que tienes puesto conmigo funcionaría.

Se ríe.

—No seas mala.

—No soy mala —respondo—. Pareces un robot criador de niños supersexy. Como la niñera de *Los Supersónicos* pero con abdominales.

—Poppyyyyyy —dice medio quejándose, medio riendo, tapándose la cara con el antebrazo.

—Vale, vale. Lo intento. —Vuelvo a cogerle el teléfono y borro lo que ha escrito, guardándomelo en la memoria lo mejor que puedo por si más tarde quiere volver a usarlo. Me quedo pensando durante un momento y luego escribo y le paso el móvil.

Estudia la pantalla durante un largo rato y después lee en voz alta:

—«Tengo un trabajo a tiempo completo y una cama con canapé abatible, no tengo la casa llena de carteles de pelis de Tarantino y suelo responder a los mensajes en menos de dos horas. Ah, ¿y además odio los saxos?».

—Ay, ¿lo he puesto entre interrogantes? —pregunto inclinándome para verlo—. Era una frase afirmativa, con un punto.

—Es un punto —dice—. Es que no sabía si lo habías escrito en serio.

—¡Claro que sí!

—¿Un canapé abatible? —repite.

—Muestra que eres responsable —me explico—, y que eres gracioso.

—No, muestra que tú eres graciosa —dice Alex.

—Pero tú también lo eres —respondo—. Le estás dando demasiadas vueltas.

—¿De verdad crees que las mujeres querrán salir conmigo por una foto y porque tenga un canapé abatible?

—Ay, Alex... Pensaba que me habías dicho que sabías lo mal que estaba el panorama.

—Lo que quiero decir es que siempre voy por ahí con esta cara y un trabajo y un canapé abatible y nada de eso me ha dado muy buenos resultados.

—Ya, eso es porque intimidas —digo mientras guardo la biografía y vuelvo al pase de diapositivas de perfiles de mujeres.

—Sí, será eso.

Levanto la vista para mirarlo.

—Sí, Alex —contesto—, es eso.

—Pero ¿qué dices?

—¿Te acuerdas de Clarissa? ¿Mi compañera de habitación de la uni de Chicago?

—¿La pijipi? —pregunta.

—Y ¿qué me dices de Isabel, mi compañera de segundo? ¿O mi amiga Jaclyn del Departamento de Comunicación?

—Sí, Poppy, me acuerdo de tus amigas, tampoco es que haga veinte años.

—¿Sabes qué tenían todas en común? —pregunto—. Les gustabas. A todas.

Se sonroja.

—Qué mentirosa eres.

—No —digo—, es verdad. Clarissa e Isabel no dejaban de intentar tontear contigo, y las supuestas habilidades comunicativas de Jaclyn desaparecían por completo cada vez que entrabas por la puerta.

—¿Y cómo tenía que saber yo eso? —se defiende.

—Por el lenguaje corporal, el contacto visual prolongado —digo—, el hecho de que encontraran cualquier excusa para tocarte, que usaran dobles sentidos sexuales sin esconderse, que te pidiesen ayuda con los trabajos.

—Pero las ayudaba siempre por correo —contesta Alex como si hubiera encontrado un fallo en mi lógica.

—Alex —digo con calma—, ¿de quién fue idea eso?

La expresión de victoria se le deshace en la cara.

—Espera, ¿en serio?

—En serio —respondo—. Así que, con eso en mente, ¿te gustaría comprobar qué tal te van la foto y la biografía nuevas?

Parece espantado.

—No pienso tener una cita durante nuestro viaje, Poppy.

—¡Pues claro que no! Pero al menos podrías probar. Además, quiero ver el tipo de chicas a las que les das *like*.

—A monjas —dice—, y a trabajadoras humanitarias.

—Vaya, qué buena persona eres —digo con una voz susurrante a lo Marilyn Monroe—. Por favor, deja que te demuestre mi aprecio con una...

—Vale, vale —dice—. Déjalo, no te vaya a dar un ataque de asma. Miramos a las chicas, pero, por favor, sé buena conmigo, Poppy.

Le golpeo el hombro con el mío con cuidado.

—Siempre.

—Nunca —responde.

Frunzo el ceño.

—Por favor, si te hago sentir mal en algún momento, avísame.

—No me haces sentir mal —dice—, no pasa nada.

—Sé que a veces me paso con las bromas, pero nunca he querido hacerte daño. Nunca.

No sonríe, solo me devuelve la mirada fijamente como si estuviera tomándose un tiempo para asimilar las palabras.

—Ya lo sé.

—Vale, bien. —Asiento y dirijo la mirada a la pantalla del teléfono—. Oooh, ¿qué me dices de esta?

La chica que aparece en pantalla está morena y es guapa, dobla un poco las rodillas y le manda un beso a la cámara.

—Morritos no —dice, y pasa su perfil.

—Me parece bien.

Una chica con un piercing en el labio y maquillaje oscuro en los ojos aparece en su lugar. En su biografía pone: «Metal, siempre metal».

—Eso es mucho metal —dice Alex, y también la pasa.

A continuación, aparece una chica con un sombrero verde de leprechaun, sonriente, con una camiseta de tirantes verde y una cerveza verde en la mano. Tiene las tetas grandes y la sonrisa todavía más grande.

—Mira, una buena chica irlandesa —bromeo.

Alex la hace desaparecer sin abrir la boca.

—¿Qué le pasaba a esa? —pregunto—. Era guapísima.

—No es mi tipo —dice.

—Vaaaale, pues sigamos.

Rechaza a una escaladora, a una camarera con un escote tremendo, a una pintora y a una bailarina de hip hop con un cuerpo a la altura del de Alex.

—Alex —le digo—, empiezo a pensar que el problema no lo tiene la biografía, sino el biógrafo.

—Es que no son mi tipo. Y ya te digo que yo no soy el suyo.

—¿Y cómo sabes tú eso?

—Mira —dice—. Esta. Esta es mona.

—¡Madre mía! ¡¿Es broma?!

—¿Qué pasa? —replica—. ¿No te parece guapa?

La rubia rojiza me sonríe desde detrás de un escritorio de caoba pulido. Lleva el pelo recogido en una media coleta y una chaqueta de traje azul marino. Según su biografía, es una diseñadora gráfica a la que le encanta el yoga, el sol y los *cupcakes*.

—Alex —le digo—, es Sarah.

Se echa atrás.

—Esta chica no se parece en nada a Sarah.

Me río por la nariz.

—No he dicho que se parezca a ella físicamente. —Aunque se parece a ella—. Digo que *es* Sarah.

—Sarah es profesora, no diseñadora gráfica —repone Alex—. Es más alta que esta chica y tiene el pelo más oscuro y su postre favorito es la tarta de queso, no los *cupcakes*.

—Se visten exactamente igual. Sonríen exactamente igual. ¿Por qué todos los chicos quieren chicas que parecen muñecas de porcelana?

—Pero ¿qué dices?

—Es que no te has interesado en absoluto por todas esas chicas guais y sexis y, luego, ves a esta aspirante a maestra de guardería y es la primera persona a la que siquiera tomas en cuenta. Es que es... típico.

—No es maestra de guardería —dice—. ¿Qué tienes en contra de esta chica?

—¡Nada! —contesto, pero no suena a verdad, ni siquiera a mí. Parezco molesta. Abro la boca esperando suavizarlo un poco, pero eso no es en absoluto lo que ocurre—. No es por la chica. Es... Es por los chicos. Todos pensáis que queréis una bailarina de hip hop sexy e independiente y, cuando esa persona se os planta delante, cuando es real, es demasiado y no os interesa, y todos os quedáis siempre con la maestra de guardería mona con jerséis de cuello alto.

—¿Por qué no dejas de repetir que es maestra de guardería? —grita Alex.

—Porque es Sarah —le espeto.

—No quiero salir con Sarah, ¿vale? —dice—. Y, además, Sarah es profesora de instituto, no maestra de guardería. Y, además —continúa cada vez más exaltado—, hablas mucho, Poppy, pero me juego lo que sea a que, cuando te metes en Tinder, le das *like* a bomberos y cirujanos de urgencias y a putos *skaters* profesionales, así que no, no me siento mal por centrarme en mujeres que parecen majas y, sí, puede que algo aburridas para ti, porque no creo que se te haya ocurrido que tal vez las mujeres como tú me consideran aburrido a mí.

—Y una mierda.

—¿Cómo?

—Digo que y una mierda —repito—. A mí no me pareces aburrido, así que se te desmonta todo el argumento.

—Pero nosotros somos amigos —dice—. Tú no me darías *like*.

—Sí que lo haría —replico.

—Qué va —repone.

Y tengo delante la oportunidad de dejarlo correr, pero sigo demasiado alterada, demasiado molesta, para permitir que piense que tiene razón.

—Que sí.

—Bueno, pues yo también te daría *like* a ti —suelta como si todo esto fuera un pique.

—No digas cosas que no piensas —lo advierto—. Yo no llevaría una americana ni estaría sonriendo detrás de un escritorio.

Aprieta los labios. Se le contraen los músculos de la mandíbula cuando traga.

—Vale, a ver, enséñame el tuyo.

Abro Tinder en mi móvil y le paso el teléfono para que pueda ver la foto. Estoy sonriendo adormilada, disfrazada de extraterrestre con un vestido plateado y la cara pintada y unas antenas de papel de aluminio pegadas a la diadema. Es Halloween, claro. O no, igual fue en la fiesta de cumpleaños de Rachel con temática de *Expediente X*.

Alex examina la foto con seriedad y luego arrastra la pantalla hacia arriba para leer la biografía. Al cabo de un minuto, me devuelve el teléfono y me mira a los ojos.

—Sí, te daría *like*.

Siento un cosquilleo por el cuerpo entero.

—Ah —digo. Y luego consigo añadir un pequeño—: Vale.

—¿Qué? —pregunta—. ¿Ya se te ha pasado el enfado?

Intento decir algo, pero siento que me pesa demasiado la lengua. Siento todo el cuerpo pesado, sobre todo donde nuestras caderas se tocan. Así que me limito a asentir.

«Gracias a Dios, le duele la espalda», pienso. Si no, no sé qué sería lo que pasaría a continuación.

Alex me estudia unos segundos más y luego tiende la mano hacia el portátil olvidado. La voz le sale espesa:

—¿Qué quieres que veamos?

19
HACE SEIS VERANOS

Alex y yo íbamos bastante cortos de dinero cuando el resort de Vail, Colorado, se puso en contacto conmigo para ofrecerme una estancia gratuita.

En ese momento, todo el viaje estaba en el aire.

Por un lado, cuando Guillermo me dejó por una camarera nueva de su restaurante (una chica delgaducha de ojos azules casi acabada de llegar de Nebraska) —seis semanas después de que me lanzase a la piscina y me mudase a su piso—, tuve que buscar otro lugar donde vivir.

Tuve que quedarme con un piso que estaba en la parte alta del rango de precios que me podía permitir.

Tuve que pagar un camión de mudanzas por segunda vez en dos meses.

Tuve que comprarme muebles nuevos para sustituir las cosas que había tirado la primera vez que me había mudado porque Gui ya tenía versiones mejores: sofá, colchón, mesa de estilo escandinavo... Nos habíamos quedado mi cómoda, porque la suya tenía una pata rota, y mi mesita de noche, porque él solo tenía una, pero, aparte de eso, casi todo lo que nos habíamos quedado era suyo.

La ruptura llegó justo después de que fuésemos a Linfield para el cumpleaños de mi madre.

Me pasé semanas sopesando si avisar a Gui de lo que podía esperar.

Por ejemplo, la chatarrería que era nuestro jardín delantero. O el Museo de la Infancia de nuestra madre, que era como llamábamos mis hermanos y yo a la casa entera. La cantidad de dulces que hornearía mi madre y acumularía por toda la cocina mientras estuviésemos allí, a menudo con glaseados tan espesos y dulces que harían toser a quienes no fueran miembros de la familia Wright. El garaje lleno de cosas, como cinta americana usada una vez, que mi padre estaba convencido de que podría reutilizar en algún momento. El día entero que tendríamos que pasar jugando a un juego de mesa que nos habíamos inventado cuando éramos niños basado en *El ataque de los tomates asesinos*.

Que mis padres habían adoptado hacía poco tres gatos viejos, uno de los cuales tenía incontinencia hasta el punto de que debía llevar pañal.

O que era bastante probable que oyera a mis padres haciéndolo, porque nuestra casa es de paredes finas y, como ya he dicho, los Wright somos una familia escandalosa.

O que habría un programa de nuevos talentos al final de la semana en el que se esperaría que todo el mundo exhibiese algo que había empezado a aprender al principio de la visita.

(La última vez que había estado en casa, el talento de Prince había sido hacernos decir el nombre de cualquier película e intentar relacionarla con Keanu Reeves en menos de seis pasos.)

Sé que debería haber avisado a Guillermo de dónde iba a meterse, pero hacerlo habría sido una especie de traición. Habría sentido que estaba diciendo que mi familia tenía algo malo. Y, sí, son escandalosos y desordenados, pero también maravillosos y buenos y graciosos, y me odiaba a mí misma por el mero hecho de pensar en poder avergonzarme de ellos.

Me dije que a Gui le encantarían. Él me quería y estas eran las personas que me habían hecho como era.

Al final de la primera noche que pasamos allí, nos encerramos en mi habitación de la infancia y me dijo:

—Creo que ahora te entiendo mejor que nunca.

Su voz había sido tan tierna y cálida como siempre, pero en lugar de a amor, sonó a empatía.

—Entiendo por qué tuviste que huir a Nueva York —me dijo—. Debió de ser muy difícil para ti vivir aquí.

Se me hizo un nudo en el estómago y sentí un doloroso pinchazo en el corazón, pero no lo corregí. De nuevo, lo único que me pasaba era que me odiaba a mí misma por sentir vergüenza.

Porque sí que tuve que huir a Nueva York, pero no de mi familia. Y si los había mantenido separados del resto de mi vida había sido solo para protegerlos de los juicios de los demás y protegerme a mí misma de esta sensación de rechazo que ya me era tan conocida.

El resto del viaje había sido incómodo. Gui había sido amable con mi familia —siempre era amable—, pero, después de lo que me había dicho, yo veía todas las interacciones que tenían a través de un cristal de condescendencia y lástima.

Intenté olvidar que el viaje había existido. Éramos felices juntos en nuestra vida real en Nueva York. ¿Qué más daba si no entendía a mi familia? Me quería a mí.

Unas pocas semanas más tarde, fuimos a cenar a la casa de arenisca de un amigo suyo, al que conocía de la época en la que había estado en un internado, un chico con una buena herencia y un cuadro de Damien Hirst presidiendo el comedor. Lo sé —y nunca lo olvidaré— porque, cuando alguien mencionó el nombre, sin hablar del cuadro, yo dije: «¿Quién?», y, a continuación, todo el mundo se rio.

No se estaban riendo de mí. Pensaban de verdad que estaba de broma.

Cuatro días después, Guillermo cortó conmigo.

—Somos demasiado diferentes —me dijo—. Nos hemos dejado llevar por la química que hay entre nosotros, pero, a largo plazo, queremos cosas distintas.

No estoy diciendo que me dejase por no saber quién era Damien Hirst, pero tampoco digo lo contrario.

Cuando me llevé todas mis cosas del piso, le robé uno de sus cuchillos de cocina caros.

Podía habérmelos agenciado todos, pero mi sutil venganza era imaginármelo buscándolo por todos lados, intentando recordar si se lo había llevado a una cena o si se habría caído en el espacio entre su enorme nevera y la encimera.

La verdad era que quería que el cuchillo lo atormentase.

No a lo «Mi ex va a ponerse en plan Glenn Close en *Atracción fatal*», sino a lo «Hay algo en la desaparición de este cuchillo que parece evocar una metáfora potente, pero no sé exactamente cuál».

Empecé a sentirme culpable tras una semana en el piso nuevo —una vez que la llorera amainó— y me planteé enviárselo por correo, pero pensé que quizá eso le mandaría un mensaje equivocado. Me imaginé a Gui yendo a comisaría con el paquete y decidí que lo mejor sería dejar que se comprase un cuchillo nuevo.

Pensé en vender el que había robado por internet, pero me preocupaba que el comprador anónimo resultase ser él, así que me lo quedé y retomé la llorera hasta que tuve bastante unas tres semanas después.

En resumen, las rupturas son una mierda. Las rupturas de parejas que viven juntas en una ciudad carísima son una mierda aún más grande, y no estaba segura de si podría permitirme viajar este verano.

Y luego estaba el tema de Sarah Torval.

Mona, grácil pero atlética, con buen cutis y raya de ojos marrón.

Alex lleva saliendo en serio nueve meses con ella. Tras haberse encontrado por casualidad cuando Alex estaba de visita en Chicago, sus mensajes habían pasado en poco tiempo a ser llamadas y luego, otra visita. Después de eso, habían empezado a ir en serio pronto y, al cabo de seis meses de relación a distancia, ella había aceptado un trabajo de profesora en Indiana y se había mudado para estar con él mientras él terminaba el máster. No le importa quedarse allí mientras él hace el doctorado y, seguramente, lo seguirá adonde sea que vaya luego.

Y eso me haría feliz si no fuera por la creciente sospecha de que no me aguanta.

Siempre que cuelga fotos suyas con la sobrinita recién nacida de Alex en brazos con frases como «Tiempo en familia» o «Mirad qué cosita», le doy *like* a la publicación y la comento, pero ella se niega a seguirme. Hasta dejé de seguirla y la volví a seguir una vez por si no se había dado cuenta la primera.

—Creo que se le hace un poco raro lo del viaje —confiesa Alex en una de nuestras llamadas (ahora más escasas y alejadas en el tiempo).

Estoy casi segura de que solo me llama cuando está en el coche, yendo al gimnasio o volviendo a casa. Quiero decirle que es posible que llamarme solo cuando ella no está delante no ayude.

Aunque la verdad es que yo no quiero hablar con él cuando hay otras personas delante, así que en esto se ha convertido nuestra amistad: en llamadas de quince minutos cada dos semanas. Sin mensajes ni apenas correos, excepto algunos de una sola frase acompañando una foto de la gata negra que se encontró en el contenedor de detrás de su edificio.

Parece una cría, pero, según el veterinario, es adulta, solo que muy pequeña. Me manda fotos de ella dentro de zapatos, sombreros y cuencos y siempre pone «Para que veas su tamaño», pero, en realidad, sé que piensa que todo lo que hace es monísimo. Y, sí, es mono que a los gatos les guste meterse dentro de cosas... pero puede que todavía lo sea más que Alex no pueda evitar hacerle fotos.

Aún no le ha puesto nombre, se está tomando su tiempo.

Dice que no estaría bien ponerle nombre a un adulto sin conocerlo, así que, de momento, la llama *gata* o *bonita* o *amiguita*.

Sarah quiere que la llame Sadie, pero a Alex no le parece que le pegue el nombre, así que está esperando. La gata es lo único de lo que hablamos últimamente. Me sorprende que Alex sea tan directo y me diga que a Sarah le incomoda el viaje del verano.

—Claro que se le hace raro —le digo—, a mí me pasaría lo mismo.

No la culpo en absoluto. Si mi novio tuviera una amistad con una chica como la que tenemos Alex y yo, yo acabaría como en *El papel pintado amarillo*.

Sería imposible que creyera que es solo una amistad. Y menos ahora que he mantenido esta amistad lo suficiente para aceptar que ese cinco (o entre cinco y quince) por ciento de «y si» es parte del trato.

—¿Y qué hacemos? —me pregunta.

—No lo sé —respondo intentando no parecer abatida—. ¿Quieres invitarla?

Se queda en silencio un momento.

—No creo que sea buena idea.

—Vale... —Y, entonces, después de la pausa más larga del mundo, digo—: Pues... ¿lo cancelamos?

Alex suspira. Debe de tenerme en manos libres, porque oigo el tictac del intermitente.

—No lo sé, Poppy. No estoy seguro.

—Ya, yo tampoco.

Seguimos al teléfono, pero ninguno de los dos articula palabra durante el resto del trayecto en coche.

—Acabo de llegar a casa —dice al final—. Volvamos a hablarlo dentro de unas semanas. Puede que entonces las cosas hayan cambiado.

«¿Qué cosas?», quiero preguntar, pero no lo hago porque, una vez que tu mejor amigo es novio de otra persona, las barreras entre lo que puedes y no puedes decir se vuelven mucho más sólidas.

Me paso la noche entera después de la llamada pensando: «¿Va a cortar con ella? ¿Ella va a cortar con él? ¿Va a intentar razonar con ella? ¿Va a cortar conmigo?».

Cuando me llega la oferta del resort de Vail, le mando el primer mensaje desde hace meses:

¡Oye! ¡Llámame cuando
tengas un momento!

A las cinco y media de la mañana siguiente, me despierta el móvil sonando. En la oscuridad, leo su nombre en la pantalla con los ojos entrecerrados y descuelgo el teléfono como puedo. Oigo el tictac del intermitente. Va de camino al gimnasio.

—¿Qué pasa? —me pregunta.

—Estoy muerta —gruño.

—¿Qué más?

—Colorado —digo—. Vail.

20
ESTE VERANO

Me despierto al lado de Alex. Insistió en que la cama del Airbnb de Nikolai era lo bastante grande y en que ninguno de los dos tenía por qué arriesgarse a pasar otra noche en la plegable, pero estamos los dos justo en el centro del colchón cuando se hace de día.

Yo estoy apoyada sobre el costado derecho de cara a él. Y él está sobre el izquierdo de cara a mí. Hay quince centímetros entre nosotros, excepto porque tengo la pierna izquierda despatarrada sobre él con el muslo enganchado a su cadera y él tiene la mano descansando en la parte alta de este.

En el apartamento hace un calor infernal y ambos estamos empapados en sudor.

Necesito zafarme de esta situación antes de que Alex se despierte, pero la parte más absurda de mi cerebro quiere que me quede aquí, reproduciendo una y otra vez la mirada que me lanzó y cómo sonó su voz anoche cuando examinó mi perfil en Tinder y me dijo: «Sí, te daría *like*».

Como si me estuviera retando.

Aunque, a decir verdad, iba puesto de relajantes musculares.

Hoy, si es que se acuerda, casi seguro que se arrepentirá y se morirá de vergüenza.

O puede que se acuerde de estar sentado a mi lado todo lo que dura un documental tremendamente decepcionante sobre el grupo The Kinks y sentirse como un cable pelado, soltando chispas cada vez que nuestros brazos se rozaban.

«Cuando vemos estas cosas, sueles dormirte», señaló con una leve sonrisa dándome un empujoncito en la pierna con la suya, pero, cuando me miró desde ahí arriba, sus ojos de color miel parecían formar parte de una expresión del todo diferente, una incisiva y hasta algo hambrienta.

Yo me encogí de hombros, dije algo como que no estaba cansada e intenté centrarme en la pantalla. El tiempo avanzaba a velocidad de caracol y cada segundo a su lado me sobrevenía con una nueva intensidad, como si acabásemos de entrar en contacto una y otra y otra vez durante casi dos horas.

Era pronto cuando terminó el primero, así que pusimos otro documental aburrido y mecánico, simple ruido de fondo para no sentirnos mal por andar por esa cuerda floja.

O, al menos, yo estaba bastante segura de que eso era lo que estábamos haciendo.

Su mano abierta sobre mi muslo ahora mismo hace que me recorra otra oleada punzante de deseo. Una parte absurdísima de mí quiere que me arrime a él hasta estar pegados y ver qué pasa cuando se despierte.

Todos los recuerdos de Croacia suben como la espuma a la superficie de mis pensamientos y me mandan fogonazos desesperados por el cuerpo.

Empiezo a retirar la pierna y su mano se tensa sobre mi muslo por instinto, pero se relaja cuando me aparto del todo. Me doy la vuelta y me incorporo justo cuando Alex se está despertando, con los ojos entrecerrados por el sueño y el pelo alborotado.

—Hola —dice con voz ronca.

A mí la voz también me sale espesa:

—¿Cómo has dormido?

—Bien, creo —responde—. ¿Y tú?

—Bien. ¿Cómo tienes la espalda?

—A ver... —Poco a poco, se incorpora ayudándose de las manos y se da la vuelta para bajar los pies de la cama. Se pone en pie con cuidado—. Mucho mejor.

Tiene una erección enorme en la que parece reparar al mismo tiempo que yo. Cruza las manos delante de su cuerpo y mira alrededor entrecerrando los ojos.

—Es imposible que hiciese este calor cuando nos dormimos —comenta.

Es probable que tenga razón, pero la verdad es que no recuerdo el calor que hacía anoche.

No tenía la mente lo bastante despejada como para procesar la temperatura.

Hoy no puede ser como ayer.

Prohibido quedarnos descansando en el apartamento. Prohibido sentarnos juntos en la cama. Prohibido hablar más de Tinder. Prohibido quedarnos dormidos juntos y medio subirme encima de él mientras duermo.

Mañana empiezan las celebraciones de la boda de David y Tham (despedidas de solteros, ensayo del banquete y boda). Hoy, Alex y yo tenemos que divertirnos sin complicaciones ni confusiones lo suficiente para que, cuando volvamos a casa, no necesite otro descanso de dos años.

—Voy a llamar a Nikolai para insistirle en lo del aire acondicionado —le digo—, pero deberíamos salir ya, tenemos muchísimo que hacer.

Alex se pasa la mano por la frente y por el pelo.

—¿Me da tiempo a ducharme?

El corazón me da un vuelco y, de pronto, me imagino dándome una ducha con él.

—Si quieres —consigo decir—, pero volverás a estar empapado de sudor en nada.

Se encoge de hombros.

—Creo que no voy a poder salir de aquí sintiéndome tan sucio.

—Más sucio has estado —bromeo, porque no sé dónde me he dejado el filtro, que, por otra parte, ya fallaba.

—Solo delante de ti —dice, y me alborota el pelo cuando pasa por mi lado para ir al baño.

Ahí, de pie, esperando a que se abra el grifo de la ducha, siento que las piernas se me han vuelto de gelatina. Solo una vez que oigo el agua soy capaz de moverme de nuevo, y mi primera parada es el termostato.

«¡¿Veintinueve y medio?!»

Veintinueve grados y medio hace en el dichoso apartamento y el termostato lleva puesto a veintiséis desde anoche. Podemos decir que, oficialmente, el aire está roto.

Salgo al balcón y llamo a Nikolai, pero él me manda al buzón de voz al tercer tono. Le dejo otro mensaje, este un poco más enfadada, e insisto con un correo electrónico y un mensaje del móvil antes de volver a entrar y buscar la prenda más ligera que he traído.

Un vestido de cuadros vichy tan holgado que me cuelga como si llevara una bolsa de basura.

Se cierra el agua y esta vez Alex no vuelve a repetir el error de salir solo con la toalla. Aparece vestido del todo, con el pelo peinado hacia atrás y gotitas de agua aferrándose (sensualmente, si se me permite) todavía a su frente y a su cuello.

—Bueno —dice—, ¿qué tenías pensado para hoy?

—Sorpresas —contesto—. Muchas.

Intento lanzarle la llave del coche de forma teatral. La llave cae al suelo a medio metro de él. Baja la cabeza para mirarla.

—Vaya... —dice—. ¿Esa era... una de las sorpresas?

—Sí —respondo—. Exacto, pero las otras son mejores, así que cógela y andando.

Se le tuerce la boca.

—Es que no...

—¡Ah, claro! ¡La espalda!

Corro hacia él y recojo las llaves para dárselas como una persona adulta normal.

Cuando salimos al aire libre del pasillo de Desert Rose, Alex dice:

—Por lo menos no es solo nuestro apartamento el que parece estar entre las glándulas anales de Satanás.

—Sí, es mucho mejor que haga este calor insoportable en toda la ciudad —repongo.

—Y yo que pensaba que, con toda la gente rica que viene aquí de vacaciones, tendrían dinero para ponerle aire acondicionado a la ciudad entera.

—Primera parada: ayuntamiento, para proponerles ese pedazo de idea.

—«Señora concejala, ¿ha pensado en construir una cúpula?» —dice con tono serio mientras bajamos trabajosamente por las escaleras.

—Oye, pues un tipo lo hizo en la novela esa de Stephen King —digo.

—Creo que eso no lo incluiría en la propuesta.

—Tengo buenas ideas —afirmo, y vuelvo a intentar dedicarle la cara de perrito triste mientras cruzamos el aparcamiento.

Él se ríe y me aparta la cara con la mano.

—No se te da bien.

—Tu exagerada reacción sugiere lo contrario.

—La verdad es que parece que estés cagando.

—Esa no es mi cara de cagar —replico—. Es esta.

Pongo una pose de Marilyn Monroe con las piernas abiertas, agarrándome el muslo con una mano y tapándome la boca abierta con la otra.

—Maravilloso —dice—. Deberías subirlo al blog.

Deprisa y con sigilo, saca el móvil y me hace una foto.

—¡Oye!

—Igual te patrocina una empresa de papel higiénico —sugiere.

—No estaría mal —convengo—. Me gusta cómo piensas.

—Tengo buenas ideas —me imita, y me abre la puerta.

Luego se va hasta el lado del conductor mientras yo entro en el coche e inspiro profundamente el perenne olor a marihuana.

—Gracias por no hacerme conducir nunca —le digo cuando se sube al coche succionando aire entre los dientes al notar lo caliente que está el asiento y se pone el cinturón.

—Gracias por odiar conducir y dejarme tener un ápice de control sobre mi vida en este universo enorme e impredecible.

Le guiño un ojo.

—De nada, todo guay.

Se ríe.

Es raro, pero parece más relajado de lo que lo ha estado en todo el viaje. O puede que yo esté insistiendo en estar más normal y habladora y que esa fuera la clave para conseguir el éxito de un viaje del verano de Poppy y Alex de los de toda la vida.

—Bueno, ¿vas a decirme adónde vamos o pongo rumbo al sol y a ver dónde acabamos?

—Ni lo uno ni lo otro —respondo—. Yo te dirijo.

Hasta yendo al límite de velocidad con todas las ventanillas bajadas, da la sensación de que estemos delante de un horno abierto que nos lanza ráfagas calientes al pelo y la ropa. El calor de hoy hace que el de ayer parezca el del primer día de primavera.

Vamos a pasar muchísimo rato al aire libre hoy, así que tomo nota mental de comprar unas botellas de agua enormes en cuanto tenga la ocasión.

—La siguiente a la izquierda —digo. Y, cuando el cartel aparece delante de nosotros, grito—: ¡Tachán!

—Jardín botánico y zoológico Living Desert —lee Alex.

—Uno de los diez mejores zoos del mundo —apunto.

—Bueno, eso lo juzgaremos nosotros —contesta.

—Eso. Y si piensan que vamos a ser buenos con ellos solo porque estamos delirando por el golpe de calor, que lo piensen mejor.

—Pero, si venden batidos, me inclinaré por dejarles una reseña muy positiva —dice Alex deprisa y por lo bajo antes de apagar el motor.

—Bueno, es que no somos monstruos.

No es que nos encanten los zoos, pero este sitio está especializado en animales originarios del desierto y hacen muchas tareas de recuperación para devolver a los animales a la naturaleza.

Y, además, te dejan darles de comer a las jirafas.

Eso no se lo digo a Alex porque quiero sorprenderlo. Aunque en esencia Alex sea una señora de los gatos (si bien en versión joven y buenorra), también le gustan los animales en general, así que creo que mi plan saldrá bien.

A las jirafas se les puede dar comida hasta las once y media de la mañana, así que pienso que tenemos tiempo para dar vueltas libremente hasta que descubra dónde están las jirafas. Y si nos topamos con ellas antes, aún mejor.

Alex todavía tiene que ir con cuidado con la espalda, así que avanzamos despacio, yendo de una informativa muestra de reptiles a otra sobre aves, en la cual Alex se inclina hacia mí y susurra:

—Creo que acabo de decidir que me dan miedo los pájaros.

—¡Está genial encontrar hobbies nuevos! —le digo devolviéndole el susurro—. Significa que no te has estancado.

Su risa es silenciosa, pero no la reprime, y siento como si me recorriera el brazo de una forma que me causa un ligero mareo. Aunque eso también podría ser cosa del calor, claro.

Después de eso, nos dirigimos a una zona en la que se puede interactuar con los animales; estamos con un grupito de niños de cinco años y nos dan unos cepillos especiales con los que peinamos cabras enanas nigerianas.

—Pensaba que en el cartel ponía «No muerto», pero veo que pone «No muerdo» y estoy decepcionado —dice Alex por lo bajo. A sus palabras le suma la cara de perrito triste.

—La verdad es que está complicado lo de encontrar un buen zoo de zombis hoy en día —apunto.

—Muy cierto —coincide.

—Oye, ¿te acuerdas del guía del cementerio de Nueva Orleans? No nos aguantaba.

—¿No? —dice Alex en un tono que apunta a que no se acuerda.

El corazón, que ha estado dándome volteretas todo el día, se estampa contra una pared y se hunde. Quiero que se acuerde. Quiero que cada instante le importe tanto como me importa a mí, pero, si los momentos pasados no le importan, tal vez consiga que este viaje sí. Estoy decidida.

En el zoo interactivo, nos encontramos con más ganado africano, entre el que hay burros enanos sicilianos.

—Hay que ver la de cosas diminutas que hay en el desierto —digo.

—Igual podrías venir a vivir aquí —bromea Alex.

—Tú lo que quieres es que me vaya de Nueva York para poder quedarte con mi piso.

—No digas tonterías —repone—, nunca podré permitirme ese piso.

Después de los animales enanos, localizamos un bar donde venden batidos y Alex se pide uno de vainilla a pesar de mis súplicas desesperadas.

—La vainilla no es un sabor.

—Sí que lo es —dice Alex—. Es el sabor de la vaina de vainilla, Poppy.

—Sabría igual si estuvieses bebiendo nata granizada.

Se queda pensando un momento.

—Pues no descarto probarlo.

—Pídetelo de chocolate al menos —le digo.

—Pídetelo tú —responde.

—No puedo, voy a pedir de fresa.

—¿Lo ves? —dice—. Como te dije anoche, piensas que soy aburrido.

—Pienso que los batidos de vainilla son aburridos —replico—. Y pienso que tú estás equivocado.

—Toma. —Me tiende el vaso de papel—. ¿Quieres un sorbo?

Yo dejo escapar un suspiro.

—Vale.

Me inclino y doy un sorbo. Él arquea la ceja esperando una reacción.

—No está mal.

Se ríe.

—Ya, no está muy bueno, pero eso no es culpa de la vainilla como sabor en general.

Después de fundirnos los batidos y tirar los vasos, decido que tenemos que subir al tiovivo de las especies en peligro de extinción, pero, cuando llegamos, lo encontramos cerrado por el calor.

—El calentamiento global golpea a las especies en peligro de extinción cuando peor están —musita Alex.

Se pasa el antebrazo por la frente, secándose el sudor que se le acumula.

—¿Quieres que te traiga agua? —le pregunto—. No tienes muy buen aspecto.

—Sí —dice—. Puede.

Vamos a comprar un par de botellas y nos sentamos en un banco a la sombra, pero, después de un par de sorbos, Alex parece haber empeorado.

—Joder —dice—, estoy bastante mareado. —Se apoya en sus rodillas y deja caer la cabeza hacia delante.

—¿Puedo traerte algo? —me ofrezco—. Igual necesitas comida de verdad.

—Tal vez —coincide.

—Bueno, tú quédate aquí y yo iré a buscarte un sándwich o algo, ¿vale?

Sé que se encuentra fatal, porque no me lo discute. Vuelvo a la última cafetería por la que hemos pasado. Ahora hay una cola larga, es casi hora de comer.

Miro el móvil. Las once y tres minutos. Nos queda menos de media hora para dar de comer a las jirafas.

Hago cola durante diez minutos para comprar un sándwich de pavo que ya tenían hecho y luego vuelvo corriendo adonde estaba sentado Alex y me lo encuentro con la cabeza apoyada en las manos.

—Hola —le digo, y sus ojos vidriosos me miran—. ¿Te sientes mejor?

—No lo sé —contesta, y acepta el sándwich y le quita el envoltorio—. ¿Quieres un poco?

Me da la mitad y le doy un par de bocados esforzándome por no contar el tiempo que pasa mientras él va masticando lentamente su mitad. A las once y veintidós, le pregunto:

—¿Está funcionando?

—Creo que sí, estoy menos mareado.

—¿Crees que puedes andar?

—¿Tenemos prisa? —pregunta.

—No, claro que no —respondo—. Es que hay una cosa... Tu sorpresa. Termina dentro de poco.

Asiente, pero parece indispuesto, así que dudo entre animarlo a recobrarse e insistir en que se quede sentado.

—Estoy bien —dice poniéndose en pie—. Solo tengo que acordarme de beber más agua.

Conseguimos llegar a las jirafas a las once y treinta y cinco.

—Lo siento —me dice una trabajadora adolescente—. Ya hemos terminado de darles de comer a las jirafas por hoy.

Mientras se aleja, Alex me mira como entre un manto de niebla.

—Lo siento, Pop. Espero que no estés demasiado decepcionada.

—No, claro que no.

No me importa dar de comer a las jirafas (no demasiado, al menos). Lo que me importa es que este viaje vaya bien. Demostrarle que deberíamos seguir haciéndolos, que podemos salvar nuestra amistad.

Por eso estoy decepcionada. Porque es la primera cagada del día.

Me vibra el móvil por un mensaje y, por lo menos, es una noticia bastante buena.

Nikolai dice:

He recibido todos tus mensaje [*sic*].

A ver qué puedo hacer.

Vale. Mantennos informados.

—Venga —digo—, vamos a algún lugar que tenga aire acondicionado hasta la siguiente parada.

21
HACE SEIS VERANOS

No sé cómo ha conseguido Alex que a Sarah le pareciera bien el viaje a Vail, pero lo ha conseguido.

Tengo la sensación de que preguntárselo sería peligroso. Hay cosas de las que últimamente no hablamos para que todo sea reglamentario y Alex tiene cuidado de no compartir conmigo nada que pueda avergonzar a Sarah.

No hablamos de celos. Puede que no haya celos. Puede que hubiera otra razón por la que al principio a Sarah no le gustase la idea de que hiciéramos el viaje. Sin embargo, ha cambiado de opinión y el viaje sigue adelante y, una vez que Alex y yo estamos juntos, dejo de preocuparme por eso. Las cosas parecen normales entre nosotros y ese quince por ciento de «y si» ha vuelto a reducirse a un dos por ciento muy manejable.

Alquilamos bicis y pasamos traqueteando por calles adoquinadas, subimos a la montaña en telesilla y posamos en fotos con el vasto cielo azul de fondo, con el pelo tapándonos la cara por culpa del viento y riéndonos. Nos sentamos en terrazas y sorbemos té verde tibio o café por la mañana antes de que empiece a hacer calor, hacemos excursiones largas por senderos de montaña por el día con la sudadera atada a la cintura y terminamos en otras terrazas bebiendo vino tinto y compartiendo tres raciones de patatas fritas con ajo picado y parmesano recién rallado. Nos quedamos en las terrazas hasta que tenemos la piel de gallina y estamos temblando y, entonces, nos ponemos la sudadera y yo meto las piernas dentro de la mía con las rodillas al pecho. Cada vez que lo hago, Alex se inclina hacia mí y me pone la capucha y tira fuerte de los cordones para que solo se me vea el centro de la cara, la mayoría de la cual está tapada también por mechones de pelo rubio enredado por el viento.

—Qué mona —dice sonriendo la primera vez que lo hace, pero es casi fraternal.

Una noche, una banda toca éxitos de Van Morrison mientras cenamos en una terraza bajo guirnaldas de bombillas que me recuerdan a la noche que nos conocimos en primero de carrera. Seguimos a parejas mayores a la pista de baile de la mano. Nos movemos como en Nueva Orleans, patosos y arrítmicos, pero riéndonos, felices.

Ahora que aquel verano ya ha quedado atrás, puedo admitir que aquella noche las cosas fueron diferentes.

Con la magia de la ciudad y su música y sus olores y luces titilantes, sentí algo que nunca había sentido estando con Alex. Y, lo que más miedo me dio, supe por cómo me miraba a los ojos y me pasaba la mano por el brazo y apoyaba la mejilla en la mía que él también lo sentía.

Pero, ahora, bailando «Brown Eyed Girl», el ardor ha desaparecido de su forma de tocarme. Y me alegro, porque esto es algo que no quiero perder por nada.

Preferiría tener un resquicio diminuto de él para siempre que tenerlo por completo solo un momento y saber que tendré que renunciar a todo cuando se acabe. No podría perder a Alex. No podría. Así que esto está bien, este baile tranquilo y sin chispa. Este viaje sin chispa.

Alex llama a Sarah dos veces al día, por la mañana y por la noche, pero nunca delante de mí. Por la mañana, hablan cuando él sale a correr, antes de que yo me haya levantado siquiera, y, cuando vuelve, me despierta con un café y un bollo de la cafetería del resort. Por la noche, sale al balcón para llamarla y cierra la puerta.

—No quiero que te burles de la voz que pongo por teléfono —dice.

—Ya, es que soy una capulla —respondo.

Y, aunque se ríe, lo cierto es que me siento mal. Burlarnos del otro siempre ha sido una parte importante de nuestra relación y me parecía «nuestro rollo», pero ahora hay cosas que no quiere hacer delante de mí, partes de él que no me confía, y no me gusta cómo me hace sentir eso.

Cuando vuelve después de correr y la llamada matutina la mañana siguiente, me incorporo somnolienta para aceptar el café y el cruasán que me ofrece y le digo:

—Alex Nilsen, por si sirve de algo, seguro que la voz que pones por teléfono es genial.

Se pone rojo y se frota la nuca.

—Qué va.

—Seguro que es blandita y cálida y dulce y perfecta.

—¿Estás hablando de mí o del cruasán? —pregunta.

—Te quiero, cruasán —digo, y arranco un trozo y me lo llevo a la boca.

Él se queda ahí de pie, con las manos en los bolsillos, sonriendo, y solo con mirarlo me crece el corazón como al Grinch.

—Pero estaba hablando de ti.

—Qué mona eres, Poppy —dice—. Y blandita y dulce y todo eso también, pero prefiero hablar por teléfono solo de todas formas.

—Oído —respondo asintiendo, y le tiendo el cruasán.

Él arranca un trozo diminuto y se lo mete en la boca.

Más tarde ese mismo día, cuando estamos sentados comiendo, tengo una ocurrencia brillante.

—¡Lita! —grito de pronto.

—¿Qué? —dice Alex.

—¿Te acuerdas de Lita? —le pregunto—. Vivía en aquel cuchitril de casa de Tofino. Con Buck.

Alex entrecierra los ojos.

—¿La que intentó meterme mano cuando me estaba dando un «tour» por la casa?

—Eh... Uno, eso no me lo habías contado. Y dos, no. Estaba en el jardín conmigo y con Buck. Se iba pronto, ¿te acuerdas? ¡Venía a vivir a Vail para ser guía de rafting!

—Ah —dice Alex—. Sí, ya.

—¿Crees que seguirá aquí?

—¿En este plano terrestre? No sé si alguna de esas personas lo están.

—Tengo el teléfono de Buck.

—¿En serio? —Me lanza una mirada mordaz.

—No lo he usado —digo—, pero lo tengo. Le mando un mensaje a ver si tiene el teléfono de Lita.

Escribo:

Hola, Buck. No sé si te acuerdas de mí, pero nos llevaste a mí y a mi amigo Alex a las aguas termales en taxi acuático hace como cinco años, justo antes de que tu amiga Lita se mudara a Colorado. Bueno, que estoy en Vail y quería saber si Lita seguía por aquí. ¡Espero que estés bien y que Tofino siga siendo el lugar más bonito del planeta!

Para cuando hemos terminado de comer, Buck me ha contestado.

Joder, tía. ¿Poppy, la chavalita aquella tan sexy? Sí que has tardado en usar mi número. Supongo que no tendría que haberte echado de mi habitación.

Me río por la nariz y Alex se inclina por encima de la mesa para leer el mensaje cabeza abajo. Pone los ojos en blanco.

—Claro que no, ¿no te jode?

No, tranqui, no te preocupes por eso. Fue una noche genial. Nos lo pasamos muy bien.

Mola. Pues hace años q no hablo con Lita, pero t paso su contacto si quieres.

Sería genial.

Si vuelves a la isla, ¿m avisarás?

Pues claro. No tengo ni idea de cómo conducir un taxi acuático. Serás de grandísima ayuda.

XD. Q rara eres, m encanta.

Para esa noche, ya hemos contratado un descenso por el río con Lita, que no se acuerda de nosotros, pero insiste por teléfono en que seguro que nos lo pasamos muy bien.

—Si os sirve de consuelo, en aquella época iba todo el día puestísima de todo —dice—. Siempre me lo estaba pasando bien y no me acuerdo de casi nada.

Alex, que puede oírla, pone una cara que interpreto como de ansiedad salpimentada con unas cuantas preguntas por responder. Sé justo lo que quiere que averigüe.

—¿Y qué? —pregunto intentando darle la menor importancia posible—. ¿Todavía...? ¿Todavía te drogas?

—Tres años limpia llevo, amiga —responde—, pero, si quieres comprar, puedo darte el número del que me pasaba.

—No, no —digo—. Tranquila. Nos... Nos tomaremos... lo que hemos... traído de casa.

Con expresión torturada, Alex niega con la cabeza.

Cuando cuelgo, me dice:

—¿Crees que Buck iba drogado conduciendo el taxi acuático?

Me encojo de hombros.

—Lo cierto es que nunca descubrimos todo lo que dijo. Tal vez creía que Jim Morrison iba flotando encima del agua justo delante de él.

—Es una suerte que estemos vivos —afirma Alex.

A la mañana siguiente, nos encontramos con Lita en la tienda de alquiler de balsas y está casi como la recordaba, pero con un anillo de boda tatuado en el dedo y algo de barriga de embarazada.

—De cuatro meses —dice sacudiéndose la barriga con las manos.

—Y... ¿es seguro? ¿Hacer esto? —pregunta Alex.

—Al primero no le pasó nada —nos asegura Lita—. En Noruega dejan a los bebés en la calle para que se duerman.

—Vale... —dice Alex.

—¡Me encantaría ir a Noruega! —comento.

—¡Ay, tienes que ir! —exclama Lita—. La hermana gemela de mi mujer vive allí, se casó con un noruego. Gail a veces me dice que podríamos divorciarnos y pagar a dos buenas personas noruegas para que se casen con nosotras y así nos den la ciudadanía y podamos irnos a vivir allí. Llamadme anticuada, pero no veo muy bien lo de pagar por un matrimonio de conveniencia.

—En ese caso, supongo que tendréis que conformaros con ir de vacaciones —le digo.

—Supongo.

Por ser precavidos, optamos por la ruta para principiantes y pronto descubrimos que eso significa que el «descenso» consiste, en gran medida, en tomar el sol y dejarse arrastrar por la corriente y sacar los remos para apartarnos de las rocas cuando nos acercamos demasiado y remar algo más cuando aparece un rápido.

Resulta que Lita se acuerda de mucho más de lo que había dado a entender sobre Buck y las otras personas con las que vivía en la casa de Tofino, y nos entretiene con historias de gente saltando del tejado a una cama elástica y haciéndose tatuajes carceleros unos a otros con bolis rojos.

—Se ve que hay personas alérgicas a la tinta roja —comenta—. ¿Quién lo iba a decir?

Cada historia que nos cuenta es más loca que la anterior y, cuando toca arrastrar la balsa a la orilla del río al final del descenso, me duelen los abdominales de reírme.

Lita se seca las lágrimas de las comisuras de los ojos que se le empiezan a arrugar y suelta un suspiro de satisfacción.

—Puedo reírme porque sobreviví a aquello. Me alegra que Buck también haya sobrevivido. —Se frota la barriga—. Siempre que me doy cuenta de lo pequeño que es el mundo me da mucha alegría. Estuvimos allí al mismo tiempo y ahora estamos aquí. En momentos vitales distintos, pero seguimos conectados. En plan entrelazamiento cuántico o algo de eso.

—Siempre que estoy en un aeropuerto pienso en eso —le digo—. Es una de las razones por las que me gusta tanto viajar. —Vacilo buscando cómo plasmar en palabras concretas esta sopa de pensamientos que lleva tanto tiempo cociéndose en mi cabeza—. Cuando era pequeña, estaba bastante sola —le explico—, y siempre pensaba que, cuando me hiciera mayor, me iría de mi pueblo y descubriría a más gente como yo en otros lugares. Y lo he hecho, es verdad, pero todo el mundo se siente solo a veces y, cuando me pasa eso, compro un billete de avión y me voy al aeropuerto y... No lo sé. Ya no me siento sola, porque, sea lo que sea lo que hace diferentes a todas esas personas, todas están intentando llegar a algún sitio, al lado de alguien.

Alex me dirige una mirada extraña cuyo significado no sé descifrar.

—Joder —dice Lita—, me vas a hacer llorar. Las hormonas estas del embarazo... me sientan peor que la ayahuasca.

Antes de separarnos, Lita nos da un largo abrazo a cada uno.

—Si alguna vez pasas por Nueva York... —le digo.

—Si alguna vez te apetece hacer un descenso de rafting de verdad... —responde guiñándome un ojo.

Al cabo de unos minutos en silencio durante el trayecto de vuelta al resort, con arrugas de preocupación saliendo de entre sus cejas, Alex me dice:

—No soporto pensar que te sientes sola.

Debo de parecerle confundida, porque aclara:

—Lo que has dicho de ir al aeropuerto. Cuando sientes que estás sola.

—Ya no me siento tan sola —le digo.

Tengo el grupo en el que nos mandamos mensajes con Parker y Prince (estamos planeando un musical de *Tiburón* sin presupuesto). Y están las llamadas semanales con mis padres (los dos a la vez, me ponen en altavoz). Y está Rachel, que me ha apoyado un montón después de lo de Guillermo invitándome a clases del gimnasio y a vinotecas y a días de voluntariado en refugios de animales.

Aunque Alex y yo ya no hablemos tanto como antes, también están los cuentos que me ha ido mandando por carta con notas escritas a mano en post-its. Me los podría mandar por correo electrónico, pero no lo hace, y, después de leer cada copia en papel, me la guardo en una caja de zapatos en la que he empezado a atesorar cosas valiosas para mí. (Una sola caja de zapatos para no terminar como mi madre y mi padre, con enormes cajas de plástico llenas de los dibujos de dragones de mis futuros hijos.)

No me siento sola cuando leo sus palabras. No me siento

sola cuando tengo esos post-its en la mano y pienso en la persona que los ha escrito.

—Siento no haber estado a tu lado —dice Alex en voz baja.

Abre la boca como si quisiera seguir hablando, pero niega con la cabeza y la cierra de nuevo. Hemos llegado al resort, ha aparcado en nuestra plaza y, cuando me vuelvo en el asiento para mirarlo, él también se vuelve hacia mí.

—Alex... —Tardo unos segundos en poder seguir—: La verdad es que no me he sentido sola desde que te conocí. Creo que no volveré a sentirme realmente sola en este mundo mientras tú estés aquí.

Se le suavizan los ojos y me sostiene la mirada un segundo.

—¿Puedo contarte algo vergonzoso?

Por una vez, no se me ocurre bromear ni ser sarcástica.

—Lo que sea.

Va pasando la mano por el volante en un vaivén lento.

—Creo que no sabía que me sentía solo hasta que te conocí. —Vuelve a negar con la cabeza—. En mi casa, después de que muriera mi madre y mi padre se viniera abajo, lo único que yo quería era que todo el mundo estuviera bien. Quería ser justo lo que mi padre necesitaba y justo lo que mis hermanos necesitaban. Y, en clase, quería ser justo lo que los demás querían, así que intenté ser tranquilo y responsable y constante, y creo que tenía diecinueve años la primera vez que se me ocurrió que tal vez no era así como vivían algunas personas. Que tal vez yo era alguien, más allá de quien intentaba ser.

»Te conocí y, la verdad..., al principio pensaba que era todo teatro. La ropa llamativa, las bromas escandalosas...

—No sé de qué me hablas —bromeo en voz baja, y una sonrisa titila en la comisura de sus labios, breve como el aleteo de un colibrí.

—La primera vez que volvimos juntos a Linfield, me hiciste todas aquellas preguntas sobre lo que me gustaba y lo que odiaba, y no sé... Me pareció que las respuestas te interesaban de verdad.

—Pues claro —digo.

Asiente.

—Ya. Me preguntaste quién era y... fue como si la respuesta apareciera de la nada. A veces me siento como si antes de eso no hubiera existido. Como si tú me hubieras inventado.

El calor me sube a las mejillas y me recoloco en el asiento llevándome las rodillas al pecho.

—No soy tan lista como para inventarte. Nadie es tan listo.

Los músculos de su mandíbula se contraen mientras piensa en lo que va a decir. Nunca ha sido de los que sueltan nada sin antes haberlo sopesado.

—Lo que quiero decir es que nadie me conocía de verdad antes de ti, Poppy. Y, aunque... las cosas cambien entre nosotros, nunca estarás sola, ¿vale? Siempre te querré.

Las lágrimas me nublan la vista, pero, milagrosamente, consigo hacerlas desaparecer parpadeando. No sé cómo, la voz me sale firme y ligera y no como si alguien me hubiera metido la mano dentro de las costillas y me hubiera cogido el corazón el rato suficiente para rozar con el pulgar una herida secreta.

—Lo sé —le digo—. Yo también te quiero.

Es verdad, pero no toda la verdad. No hay palabras lo bastante amplias ni lo bastante específicas para capturar el éxtasis y el dolor y el amor y el miedo que siento solo con mirarlo.

Y el momento pasa y el viaje continúa y no cambia nada entre nosotros. Sin embargo, una parte de mí se ha despertado como un oso que emerge de la hibernación con un hambre con la que ha conseguido dormir durante meses pero que ya no puede ignorar ni un segundo más.

El día siguiente, el penúltimo del viaje, hacemos una excursión subiendo un puerto de montaña. Cerca de la cima, me aparto a un lado del camino para hacer una foto a través de un hueco entre los árboles del lago azul oscuro que ha quedado abajo y pierdo el equilibrio. Se me tuerce el tobillo deprisa y con fuerza. Siento como si el hueso me atravesara el pie y tocara el suelo y, acto seguido, estoy tendida sobre el barro y las hojas soltando tacos entre dientes.

—No te muevas —dice Alex poniéndose en cuclillas a mi lado.

Al principio, apenas puedo respirar, así que no lloro, solo me ahogo.

—¿Tengo el hueso saliéndome de la piel?

Alex me echa un vistazo a la pierna.

—No, debe de ser solo un esguince.

—Joder —digo en un grito ahogado por una oleada de dolor.

—Apriétame la mano si lo necesitas —dice, y se la aprieto, tanto como puedo. Sobre su palma enorme y masculina, mi mano parece diminuta y mis nudillos, huesudos y protuberantes.

El dolor amaina lo suficiente para que un ataque de histeria ocupe su lugar. Con lágrimas cayéndome a chorros, pregunto:

—¿Tengo manos de loris perezoso?

—¿Qué? —pregunta Alex confuso, como es comprensible. Su expresión de preocupación vacila. Esconde la risa con un ataque de tos—. ¿Manos de loris perezoso? —repite con seriedad.

—¡No te rías de mí! —chillo, convertida por completo en una hermana pequeña de ocho años.

—Lo siento —dice—. No, no tienes manos de loris perezoso. Aunque tampoco es que sepa lo que es un loris perezoso.

—Se parece a un lémur, más o menos —explico llorando.

—Tienes unas manos bonitas, Poppy.

Se esfuerza mucho, muchísimo, tal vez más de lo que se ha esforzado en su vida, por no reírse, pero poco a poco la sonrisa se le dibuja igual y yo estallo en una carcajada lacrimógena.

—¿Quieres intentar ponerte de pie? —me pregunta.

—¿No puedes hacerme rodar hasta abajo?

—Preferiría no hacerlo —dice—. Puede que haya hiedra venenosa en cuanto nos salgamos del sendero.

Suspiro.

—Vale.

Me ayuda a levantarme, pero no puedo apoyar nada de peso en el pie derecho sin que una descarga eléctrica de dolor me suba chisporroteando por la pierna. Dejo de cojear, vuelvo a echarme a llorar y entierro la cara entre las manos para esconder el espectáculo mocoso en el que me estoy convirtiendo.

Alex me acaricia los brazos despacio unos segundos, lo cual solo consigue hacerme llorar más. Que la gente me trate bien cuando estoy disgustada siempre tiene ese efecto. Me atrae hacia su pecho y me aprieta fuerte los brazos contra la espalda.

—¿Voy a tener que pagar un helicóptero para que me baje de aquí? —logro decir.

—No estamos tan lejos —dice él.

—No es broma, no puedo apoyar el pie.

—Mira, esto es lo que vamos a hacer: voy a cogerte en brazos y voy a llevarte, muy poco a poco, por el camino. Y es probable que tenga que parar mucho y dejarte en el suelo. Y no tendrás permiso para llamarme Spirit ni gritarme «¡Arre, caballo!» al oído.

Me río contra su pecho y asiento pegada a él dejándole manchas de lágrimas en la camiseta.

—Y si me entero de que ha sido todo una farsa para ver si te bajo en brazos casi un kilómetro —me advierte—, me cabrearé mucho.

—¿En una escala del uno al diez? —pregunto echando la cabeza hacia atrás para verle la cara.

—Por lo menos un siete —dice.

—Qué bueno eres.

—¿Quieres decir blandito y dulce y perfecto? —bromea mientras abre un poco las piernas—. ¿Lista?

—Lista —confirmo.

Y Alex Nilsen me coge en brazos y me baja de la putísima montaña.

Imposible que yo inventase a Alex Nilsen.

22
ESTE VERANO

Del todo recuperados después de dos botellas de agua y cuarenta minutos en una tienda de recuerdos del zoo llena de camellos de peluche, nos dirigimos a nuestro siguiente destino.

Los dinosaurios de Cabazon son justo lo que prometen: dos enormes esculturas de dinosaurios al lado de la autovía en mitad de la nada, California.

Un escultor de parques de atracciones construyó estos monstruos de acero esperando atraer clientela a su bar de carretera. Después de su muerte, la propiedad se vendió a una sociedad que colocó un museo creacionista y una tienda de recuerdos en la cola de uno de los dinosaurios.

Es de esos lugares en los que paras porque estás de paso. Y también es de esos lugares a los que vas a propósito en coche cuando intentas llenar todos y cada uno de los segundos del día.

—Vaya —dice Alex cuando bajamos del coche.

El tiranosaurio rex y el brontosaurio se elevan por encima de nosotros, y unas pocas palmeras puntiagudas y unos cuantos arbustos ralos salpican la arena que tienen debajo. El tiempo y el sol han decolorado a los dinosaurios casi por completo. Parece que tienen sed, como si llevaran miles de años aquí, arrastrando los pies y soportando los intensos rayos del sol.

—Y que lo digas —coincido.

—Supongo que deberíamos hacer algunas fotos, ¿no? —dice Alex.

—Desde luego.

Saca el móvil y espera a que haga unas cuantas poses delante de los dinosaurios. Después de un par de fotos sosas aptas para Instagram, empiezo a saltar y abrir los brazos con la esperanza de hacerlo reír.

Sonríe, pero todavía parece algo pachucho y decido que será mejor que nos pongamos a la sombra. Paseamos por la zona y nos hacemos un par de fotos más cerca de las esculturas y con los dinosaurios más pequeños que han añadido entre la maleza que rodea las dos atracciones principales. Luego, subimos las escaleras para echar un vistazo a la tienda de recuerdos.

—Apenas se nota que estamos dentro de un dinosaurio —se queja Alex bromeando.

—¿Verdad? ¿Dónde están las vértebras gigantes? ¿Y los vasos sanguíneos y los músculos de la cola?

—Aviso de que no se va a llevar una buena reseña —murmura Alex, y me río, pero él no se me une.

De pronto soy consciente de lo patético que es el aire acondicionado de la tienda. Ni punto de comparación con el de la tienda del zoo. Es como si volviéramos a estar en la ratonera que nos ha alquilado Nikolai.

—¿Nos vamos de aquí? —pregunto.

—Sí, por favor —contesta Alex, y deja la figurita de dinosaurio que tenía en la mano.

Miro la hora en el móvil. Son solo las cuatro de la tarde y ya hemos hecho todo lo que tenía pensado para hoy. Abro la app de notas y repaso la lista para ver qué más podemos hacer.

—Vale —digo tratando de esconder la ansiedad—. Ya lo tengo, vamos.

El jardín botánico Moorten. Es al aire libre, pero seguro que tiene un mejor sistema de refrigeración que una tienda de recuerdos en la cola de un dinosaurio.

Sin embargo, no se me ha ocurrido mirar los horarios, así que vamos en coche hasta allí y nos lo encontramos cerrado.

—¿Cierra a la una en verano? —leo en el cartel incrédula.

—¿Crees que tendrá algo que ver con las temperaturas peligrosamente altas? —pregunta Alex.

—Vale —murmuro—. Vale.

—Igual deberíamos volver a casa y ya está. A ver si Nikolai ha arreglado el aire acondicionado.

—Aún no —digo desesperada—. Todavía quería hacer una cosa más.

—Como quieras.

Al volver al coche, me adelanto y me dirijo a la puerta del lado del conductor.

—¿Qué haces?

—Para esto tengo que conducir yo —digo.

Arquea una ceja, pero se sienta en el asiento del copiloto. Abro el GPS e introduzco la primera dirección de la lista del tour arquitectónico autoguiado de Palm Springs.

—Es... un hotel —dice Alex confuso cuando paramos delante de un edificio retro lleno de ángulos rectos con una pared de piedra y un cartel con letras naranjas.

—El Del Marcos —aclaro.

—¿Tiene... un dinosaurio de acero dentro? —pregunta.

Frunzo el ceño.

—No creo, pero dicen que todo este barrio, el barrio de los clubes de tenis, está lleno de edificios absurdos e increíbles como este.

—Ah —dice como si no fuera capaz de reunir más entusiasmo.

Se me forma un nudo en el estómago mientras tecleo la dirección siguiente. Nos pasamos dos horas dando vueltas con el coche, paramos para cenar en un sitio barato (cena que alargamos una hora de más por el aire acondicionado) y, cuando volvemos al coche, Alex se pone entre la puerta del conductor y yo.

—Poppy —me ruega.

—Alex —digo.

—Puedes conducir si quieres, pero empiezo a marearme y no sé si podré aguantar ver más mansiones de personas desconocidas en un día.

—Pero si te encanta la arquitectura —replico con un tono patético.

Frunce el ceño y entrecierra los ojos.

—¿Que me encanta qué?

—En Nueva Orleans, fuiste todo el viaje por ahí señalando... Yo qué sé, ventanas. Pensaba que te encantaban estas cosas.

—¿Señalar ventanas?

Levanto los brazos.

—¡No lo sé, joder! ¡Estabas encantado mirando todos los edificios!

Suelta una risa fatigada.

—Te creo —dice—. Puede que sí que me guste la arquitectura. No lo sé. Es solo que... estoy muy cansado y tengo mucho calor.

Rebusco el teléfono en el bolso. Sigo sin tener noticias de Nikolai. No podemos volver al apartamento.

—¿Y el Museo del Aire?

Cuando levanto la mirada, me está estudiando con la cabeza ladeada y los ojos todavía entrecerrados. Se pasa una mano desventurada por el pelo, aparta la vista un segundo y se pone la mano en la cadera.

—Son como las siete de la tarde, Poppy —dice—, no creo que esté abierto.

Suspiro desanimada.

—Tienes razón.

Rodeo el coche y me dejo caer en el asiento del copiloto desalentada. Alex arranca el coche.

Cuando llevamos veinticinco kilómetros, se nos pincha una rueda.

—Dios, no puede ser —gruño mientras Alex para en el arcén.

—Debe de haber una de repuesto —dice.

—¿Y sabes cómo cambiarla?

—Sí, sé cambiar una rueda.

—Mira, con casa propia y sabe cambiar una rueda —intento bromear.

Resulta que estoy de un profundo mal humor y así me retrata la voz. Alex ignora mi comentario y sale del coche.

—¿Necesitas ayuda? —pregunto.

—Igual necesito que me des luz, empieza a oscurecer.

Lo sigo hasta la parte trasera del coche, abre el maletero, aparta unas cuantas esterillas y suelta un taco.

—No hay rueda.

—Este coche aspira a jodernos la vida —digo, y le doy una patada al lateral del coche—. Voy a tener que comprarle una rueda a la tía esta, ¿no?

Alex suspira y se masajea el puente de la nariz.

—La compramos a medias.

—No, eso no era lo que... No me refería a eso.

—Ya lo sé —dice Alex irritado—, pero no voy a dejar que lo pagues tú todo.

—¿Y ahora qué hacemos?

—Llamar a una grúa —dice—. Volvemos a casa en Uber y mañana ya lidiaremos con todo.

Y eso hacemos. Llamamos a una grúa. Nos quedamos sentados en silencio en el maletero mientras esperamos a que venga. Vamos al taller en la cabina de la grúa con un hombre que se llama Stan y que tiene a una mujer en bolas tatuada en cada brazo. Firmamos unos papeles y pedimos un Uber. Nos quedamos de pie esperándolo en la calle.

Nos subimos a un coche con una señora que se llama Marla sobre la que Alex suspira muy bajo:

—Es igualita que Delallo.

Y, por lo menos, eso es algo de lo que puedo reírme.

Y, entonces, la app de Marla la lía y nos perdemos. Y nuestro trayecto de diecisiete minutos se convierte en uno de veintinueve ante nuestros ojos. Y ninguno de los dos se ríe. Ninguno dice nada ni emite ningún sonido.

Por fin, ya casi llegamos a Desert Rose. Está todo tan negro como el carbón y estoy segura de que las estrellas serían preciosas si no nos encontráramos atrapados en la parte de atrás del Kia Rio de Marla inhalando bocanada tras bocanada del ambientador con olor a galleta en el que parece haber sumergido el coche.

Cuando nos paramos por una retención a menos de un kilómetro del apartamento, casi me pongo a llorar.

—Debe de ser un accidente —dice Marla—. No puede haber otra explicación para tanto tráfico.

—¿Quieres ir andando? —me pregunta Alex.

—Pues sí, ¿por qué no? —digo, y salimos del coche de Marla, observamos cómo le da la vuelta al coche haciendo quince maniobras y empezamos a andar por el arcén oscuro hacia el apartamento.

—Pienso meterme en la piscina en cuanto lleguemos —dice Alex.

—Debe de estar cerrada —me lamento.

—Pues salto la valla.

Una risa efervescente pero cansada me sube por el pecho.

—Vale, me apunto.

23
HACE CINCO VERANOS

Es nuestra última noche en la isla de Sanibel y estoy despierta, tumbada en la cama, escuchando la lluvia repicar contra el tejado, repasando la semana como si la viera con un brillo denso y difuso y expansivo, intentando capturar una fracción de segundo que parece desvanecerse cada vez que intento alcanzarla.

Veo las playas tormentosas. El maratón de *La dimensión desconocida* durante el que Alex y yo fuimos durmiéndonos en el sofá. Veo la marisquería en la que por fin me contó los detalles escabrosos de su ruptura con Sarah: que ella le había dicho que su relación era más aburrida que la biblioteca en la que se habían conocido, y justo después le dejó y se fue a un retiro de yoga de tres semanas. «Si quiere algo de emoción en su vida —le dije—, yo encantada de ir a rayarle el coche.» Mis recuerdos dan un salto al bar llamado BAR, con su suelo pegajoso y sus ventiladores de mimbre, donde salgo del baño y lo veo en la barra leyendo un libro, y siento tanto amor que podría partirme por la mitad, y luego intento quitarle la tristeza post-Sarah con un exagerado «¡Hola, guapetón!».

Después viene el momento en el que corremos bajo el aguacero del BAR al coche, el rato que pasamos oyendo los chirridos del limpiaparabrisas sobre el cristal mientras surcábamos las aguas torrenciales de camino a nuestro bungaló empapado.

Me acerco a ese momento, ese que no dejo de querer alcanzar y de cuya caza siempre vuelvo con las manos vacías, como si no fuese más que un reflejo de luz que baila en el suelo.

Veo a Alex diciendo que nos hagamos una foto juntos, sorprendiéndome con el flash cuando había contado hasta dos en vez de hasta tres. A los dos ahogándonos de la risa, quejándonos de lo atroz de la imagen, discutiendo si debíamos borrarla, y a Alex prometiéndome que no soy para nada como en la foto, a mí diciéndole a él lo mismo.

Luego, él dice:

—El año que viene vayamos a un lugar frío.

Yo le respondo que vale, que sí.

Y, entonces, llega el momento que no deja de colárseme entre los dedos como si fuera un detalle de los que cambian el rumbo de todo un partido pero estuviera en una repetición de la jugada que no soy capaz de pausar ni de reproducir a cámara lenta.

Nos estamos mirando. No hay unos límites claros, no hay nada que marque el principio ni el fin del momento ni que lo distinga del resto de los millones de momentos iguales a este.

Pero este es el momento en el que lo pienso por primera vez.

«Estoy enamorada de ti.»

El pensamiento es aterrador y es probable que ni siquiera sea cierto. Es una idea que es peligroso albergar. Dejo de aferrarme a ella y veo cómo se aleja.

Pero tengo marcas en el centro de las palmas de las manos que me queman, chamuscadas, como prueba de que, en algún momento, ha estado ahí.

24
ESTE VERANO

El apartamento se ha convertido en el séptimo círculo del infierno y nada indica que Nikolai haya estado allí. En el baño, me pongo el bikini y una camiseta grande y le vuelvo a mandar otro mensaje cabreado exigiéndole que me diga algo.

Alex da unos golpecitos en la puerta cuando ha terminado de cambiarse en la sala de estar y bajamos a hurtadillas a la piscina con las toallas en la mano. Primero nos acercamos en silencio a la puerta.

—Cerrada —confirma Alex, pero yo acabo de darme cuenta de un problema mayor.

—Pero. Qué. Coño.

Levanta la vista y lo ve: el hormigón de la piscina, que está vacía.

Detrás de nosotros, alguien ahoga un grito.

—¡Mira, cari, ya te había dicho que eran ellos!

Alex y yo nos volvemos y una pareja de mediana edad con la piel morena y curtida se nos acerca a buen ritmo. Son una mujer pelirroja que lleva unas plataformas de corcho con mucho brillibrilli y unos pantalones piratas blancos y un hombre de cuello grueso con la cabeza afeitada y unas gafas de sol haciendo equilibrios en la coronilla.

—Tenías razón, cari —dice el hombre.

—¡Los tortoliiitooos! —canta la mujer, y me agarra para darme un abrazo—. ¿Por qué no nos dijisteis que veníais a Palm Springs?

Entonces caigo. Son Marido y Mujer, los del taxi que habíamos cogido para salir del aeropuerto.

—Guau —dice Alex—. Hola. ¿Qué tal?

Las uñas naranja fosforito de la mujer me sueltan y agita la mano.

—Bueno, ya ves, iba bien hasta esto. Lo de la piscina.

Marido gruñe para mostrar su acuerdo.

—¿Qué ha pasado? —pregunto.

—¡Se ve que un niño la ha llenado de diarrea! Debe de haber sido una locura, porque han tenido que vaciarla toda. ¡Dicen que volverá a funcionar mañana! —Frunce el ceño—. Pero, claro, mañana nosotros nos vamos a Joshua Tree.

—¡Qué guay! —digo. Me cuesta un gran esfuerzo sonar alegre y animada cuando, en realidad, el alma se me marchita dentro de la cáscara vacía que es mi cuerpo.

—Hemos ganado una estancia gratis. —Me guiña un ojo—. Soy un talismán.

—Y que lo digas —conviene Marido.

—¡Y no es broma! —continúa—. Ganamos la lotería hace unos años. No fue una millonada, pero fue un buen pellizco, y te juro que, desde entonces, ¡gano todas las rifas, los botes y los sorteos a los que me acerco!

—Increíble —dice Alex. Me parece oír que su alma también se ha marchitado.

—¡En fin, tortolitos! Os dejamos a lo vuestro. —Vuelve a guiñarnos un ojo. O puede que se le estén pegando las pestañas postizas. No lo tengo muy claro—. ¡Es que no podíamos creernos que nos alojásemos en el mismo sito! ¡Menuda suerte!

—Suerte —dice Alex, que parece haber entrado en un trance inducido por la mala suerte—. Sí.

—El mundo es un pañuelo, ¿eh? —afirma Mujer.

—Pues sí —coincido.

—Bueno, ¡disfrutad del resto del viaje!

Nos aprieta el hombro a cada uno y Marido inclina la cabeza. Y entonces se van y nosotros nos quedamos plantados delante de la piscina vacía.

Tras tres segundos de silencio, digo:

—Voy a intentar llamar a Nikolai otra vez.

Alex no dice nada. Volvemos al apartamento. Estamos, sin exagerar, a treinta y dos grados. No encendemos ninguna luz salvo la del baño, como si una sola bombilla encendida más pudiese ponernos a cuarenta grados.

Alex está de pie en el centro de la habitación con un aspecto penoso. Hace demasiado calor para sentarse en cualquier sitio o tocar nada. El ambiente está diferente, tenso como una cuerda. Llamo a Nikolai varias veces mientras ando de un lado a otro.

La cuarta vez que rechaza la llamada suelto un grito, voy dando zancadas a la cocina y cojo las tijeras.

—¿Qué haces? —pregunta Alex.

Paso por su lado hecha una furia, salgo al balcón y empiezo a acuchillar los plásticos.

—No vas a conseguir nada —me dice—. Esta noche hace el mismo calor fuera que dentro.

Pero no estoy para razonar. Voy despedazando el plástico, cortando tira enorme tras tira enorme, todas hechas jirones, y echándolas al suelo. Por fin, medio balcón está abierto al aire de la noche, pero Alex tenía razón. No sirve de nada.

Hace tanto calor que podría derretirme en cualquier momento. Vuelvo dentro a grandes pasos y me mojo la cara con agua fría.

—Poppy —dice Alex—, creo que deberíamos irnos a un hotel.

Niego con la cabeza, demasiado frustrada para hablar.

—Tenemos que irnos —dice.

—No era así como tenían que ir las cosas —suelto.

De pronto siento una palpitación en el ojo.

—¿Qué quieres decir?

—¡Teníamos que hacer las cosas como antes! —digo—. Teníamos que hacerlo con poco dinero y... y al mal tiempo, buena cara.

—Creo que ya hemos puesto demasiada buena cara —insiste Alex.

—¡Los hoteles cuestan dinero! —exclamo—. ¡Y ya vamos a tener que poner doscientos dólares para cambiarle la rueda a ese coche horrible!

—¿Sabes lo que cuesta dinero? —pregunta—. ¡Los hospitales! Si nos quedamos aquí, nos moriremos.

—¡No era así como tenían que ir las cosas! —suelto medio gritando, como un disco rayado.

—¡Pero están yendo así! —replica.

—¡Yo solo quería que todo volviera a ser como antes!

—¡Nunca volverá a ser como antes! —suelta—. No podemos volver a eso, ¿vale? Las cosas han cambiado y no podemos hacer nada, así que ¡para! Deja de intentar forzar esta amistad para que vuelva a ser lo que era. ¡No va a pasar! ¡Hemos cambiado y tienes que dejar de hacer como que no!

Se le rompe la voz. Tiene cierta oscuridad en los ojos y la mandíbula tensa.

Las lágrimas me nublan la vista y siento que me están cortando el pecho por la mitad mientras estamos de pie en la semioscuridad mirándonos en silencio y respirando fuerte.

Algo rompe el silencio. Un ruido sordo y distante y, luego, unos golpecitos suaves.

—¿Lo oyes? —La voz de Alex es un susurro áspero.

Yo asiento insegura y entonces retumba otro ruido sordo. Nuestras miradas se buscan, ambos con los ojos abiertos y desesperados. Corremos hacia la barandilla.

—Joder. —Saco los brazos para que la lluvia me caiga en las manos. Me echo a reír.

Alex se me une.

—Venga. —Coge lo que queda de plástico y empieza a arrancarlo.

Yo recupero las tijeras de la mesa de la terraza y quitamos el resto del plástico y lo tiramos a nuestras espaldas y la lluvia entra sin trabas hasta que, por fin, lo hemos apartado todo. Nos echamos atrás con la cara hacia arriba dejando que la lluvia nos moje. Otra risa brota de mí y, cuando giro la cabeza para mirar a Alex, él me está mirando con una gran sonrisa, que dura dos segundos antes de desintegrarse y dejar paso a la preocupación.

—Lo siento —dice con la voz apagada bajo la lluvia—, solo quería decir que...

—Sé lo que querías decir —contesto—. Tienes razón. No podemos volver atrás.

Se pasa los dientes por el labio inferior.

—Quiero decir... ¿Tú querrías volver?

—Lo único que quiero es... —Me encojo de hombros.

«A ti», pienso.

«A ti.»

«A ti.»

«A ti. Dilo.»

Niego con la cabeza.

—No quiero volver a perderte.

Alex me tiende los brazos y voy hacia él, dejo que me coja por las caderas y tire de mí. Me aprieto contra su camiseta húmeda mientras me rodea con los brazos y me eleva hacia él. Me pongo de puntillas y me sostiene así, con la cara enterrada en mi cuello. Tengo empapada la camiseta grande que me había puesto. Le paso los brazos por la cintura y me estremezco cuando me recorre la espalda con las manos por encima de la camiseta y se detiene al llegar al nudo del bikini.

Incluso después de pasarse un día entero sudando, huele superbién, y me encanta sentirlo contra mí y bajo mis manos. Eso, combinado con el intenso alivio de que llueva en el desierto, me tiene mareada, aturdida, desinhibida. Mis manos suben por su cuello y se meten en su pelo y él levanta la cabeza lo suficiente para mirarme a la cara, pero ninguno de los dos se suelta y todo el estrés y la preocupación han abandonado su frente y su mandíbula igual que se han evaporado de mi cuerpo.

—No vas a perderme —dice con la voz amortiguada por la lluvia—. Mientras me quieras aquí, aquí estaré.

Me trago el nudo que tengo en la garganta, pero vuelve a subir. Intenta evitar que salgan las palabras. Sería un error decirlas, ¿verdad? Nos lo contamos todo, pero hay palabras que no se pueden desdecir, igual que hay cosas que no se pueden deshacer.

Levanta una mano para apartarme un rizo húmedo de delante de los ojos y me lo coloca detrás de la oreja. El nudo parece deshacerse y la verdad me sale de dentro como un aliento contenido durante todo este tiempo.

—Te quiero aquí siempre, Alex —susurro—. Siempre.

En esta luz apagada, casi da la impresión de que le brillen los ojos, y la boca se le suaviza. Cuando se inclina para presionar la frente contra la mía, siento el cuerpo entero con lastre, como si mi deseo fuera una manta pesada que me presiona desde todos lados mientras sus manos me acarician la piel con la suavidad de un rayo de sol.

Todavía podríamos negar lo ocurrido y sería creíble, todavía existe la posibilidad de que dejemos pasar este momento sin terminar de salvar la distancia que hay entre nosotros. Sin embargo, escucho su respiración temblorosa que tira de mí mientras se le separan los labios, se acercan a mí, vacilan, y se me olvida el motivo que tenía para evitar esto.

Somos imanes que intentan unirse hasta cuando mantenemos la distancia. Me pasa la mano por la barbilla y la eleva con cuidado para que nuestras narices se rocen, probando este pequeño espacio que queda entre nosotros, y, con la boca abierta, saboreamos el aire que nos separa.

Cada aliento suyo me roza el labio inferior. Cada inhalación mía trata de atraerlo más. «Esto no tenía que pasar», pienso entre la niebla.

Y, luego, con más fuerza: «Sí, tenía que pasar».

«Tiene que pasar.»

«Está pasando.»

25
HACE CUATRO VERANOS

Este año va a ser diferente. Hace seis meses que trabajo para la revista *Descanso + Relax*. En ese tiempo, ya he estado en:

Marrakech y Casablanca.

Martinborough y Queenstown.

Santiago de Chile y la Isla de Pascua.

Por no hablar de todas las ciudades de Estados Unidos a las que me han mandado.

Estos viajes no se parecen en nada a los que hacíamos Alex y yo, pero puede que no lo comentase cuando le propuse combinar nuestro viaje del verano con un viaje de trabajo, porque quiero ver su reacción cuando lleguemos al primer resort con nuestras maletas baratas y andrajosas y nos den la bienvenida con champán.

Cuatro días en Suecia. Cuatro en Noruega.

No será demasiado frío, pero como mínimo hará fresco y, desde que me puse en contacto con la cuñada de Lita, la guía de rafting, me ha estado mandando correos semanales para sugerirme cosas que hacer en Oslo. A diferencia de Lita, Dani tiene una memoria de elefante: parece recordar todos los restaurantes maravillosos en los que ha comido y sabe justo qué platos recomendarnos. En un correo, me clasifica varios fiordos según un montón de criterios (belleza, cantidad de turistas, tamaño, facilidad de acceso, belleza del trayecto al lugar de fácil o difícil acceso...).

Cuando Lita me dio su contacto, esperaba que me pasara el nombre de un solo parque natural y tal vez un par de bares. Y Dani había hecho eso, en su primer correo, pero los mensajes habían ido llegando cada vez que se le ocurría algo más que «¡no podéis iros sin ver!».

Usa muchos signos de exclamación y, aunque suelo pensar que la gente los usa para parecer amable y hacer ver que no está enfadada, todas sus frases suenan a órdenes.

«¡Tenéis que probar el *aquavit*!»

«¡Bebéoslo a temperatura ambiente, tal vez con una cerveza!»

«¡Probad el *aquavit* de camino al Museo de Barcos Vikingos! ¡NO OS LO PODÉIS PERDER!»

Cada correo nuevo me clava los signos de exclamación en los ojos y me daría miedo conocer a Dani si no fuera porque firma cada mensaje con «Besos y abrazos», lo cual me parece tan cuqui que estoy segura de que nos caerá muy bien. O a mí me caerá muy bien y a Alex lo aterrará.

Sea como sea, nunca en mi vida he estado tan emocionada por un viaje.

En Suecia hay un hotel hecho de hielo que, vete tú a saber por qué, se llama Ice Hotel. Es uno de esos lugares que Alex y yo nunca podríamos permitirnos, y me pasé toda la mañana antes de la reunión en la que tenía que proponerle la idea a Swapna sudando de lo lindo en mi mesa. Y no era sudor normal, sino de ese apestoso que aflora con la ansiedad. No es que Alex fuera a negarse a otras vacaciones en la playa, pero, desde que descubrí lo del hotel de hielo, supe que sería la sorpresa perfecta para él.

Le propongo a Swapna el artículo como «verano al fresco» y se le iluminan los ojos con aprobación.

—Inspirado —dice, y veo que algunos de los redactores más veteranos se dicen la palabra unos a otros en voz muy baja.

No llevo aquí el tiempo suficiente para haberme dado cuenta de si usa mucho esa palabra, pero sé lo que opina sobre las modas, así que me imagino que, para ella, *inspirado* es lo contrario a *de moda*.

Le encanta la idea. Y así, sin más, tengo permiso para gastarme muchísimo dinero. Técnicamente, no puedo pagarle a Alex las comidas ni los billetes de avión, ni siquiera la entrada al museo vikingo, pero, cuando viajas con *D+R*, se te abren muchas puertas: aparecen en tu mesa botellas de champán que no has pedido, los chefs se te acercan con «un detallito» y la vida es mejor.

También está el tema del fotógrafo que vendrá con nosotros, pero, de momento, todas las personas con las que he trabajado han sido amables —y a veces hasta divertidas— y tan independientes como yo. Nos encontramos, planeamos las fotos y nos vamos cada uno por nuestro lado. Y, aunque todavía no he trabajado con el fotógrafo nuevo que me han asignado —cuando yo voy a la oficina, él no está, y viceversa—, Garrett, el otro redactor en plantilla que han contratado, me dice que Trey, el fotógrafo, es genial, así que no estoy preocupada.

Alex y yo nos mandamos mensajes a todas horas en las semanas previas al viaje, pero nunca hablamos del viaje. Le digo que yo me ocupo de todo, que es una sorpresa, y, aunque la falta de control lo está matando, no se queja.

En lugar de eso, me manda mensajes sobre su gata, Flannery O'Connor. Fotos de ella dentro de zapatos y armarios y despatarrada encima de estanterías.

Me recuerda a ti, me dice a veces.

¿Por las garras?, le pregunto. O: ¿Por los dientes? O: ¿Por las pulgas?

Y cada vez, sin importar la comparación que intente hacer, se limita a contestar: Pequeña y luchadora.

Me hace sentir un aleteo y calidez por dentro. Me hace pensar en él tirando de los cordones de la capucha de mi sudadera y sonriéndome a través de la oscuridad y el fresco mientras murmura: «Qué mona».

La última semana antes de salir de viaje, cojo un resfriado terrible o me da el peor ataque de alergia veraniega del que tengo memoria. En todo momento estoy con la nariz taponada o moqueando; tengo la garganta rasposa y noto un sabor agrio; siento toda la cabeza congestionada y llena de presión, y, cada mañana, me levanto agotada antes de empezar el día, pero no tengo fiebre, y una visita rápida a urgencias me informa de que tampoco faringitis, así que me esfuerzo por no bajar el ritmo. Tengo mucho que hacer antes del viaje y lo hago todo tosiendo en abundancia.

Tres días antes del viaje, sueño que Alex me dice que ha vuelto con Sarah y que ya no puede venir.

Me levanto con ganas de vomitar. Me paso el día intentando quitarme el sueño de la cabeza. A las dos y media, me manda una foto de Flannery. Le respondo:

¿Alguna vez echas de menos a Sarah?

A veces, pero no demasiado.

Porfa, no canceles el viaje.

El sueño realmente me está volviendo loca.

¿Por qué iba a cancelarlo?

No lo sé. Pero estoy nerviosa
por si lo cancelas.

Para mí, el viaje del verano
es la mejor parte del año.

Y para mí.

¿Ahora que viajas a todas horas
también? ¿No estás harta?

Nunca me cansaría. No lo canceles.

Me manda otra foto de Flannery O'Connor sentada sobre su maleta ya llena.

Pequeña y luchadora.

La quiero muchísimo.

Sé que está hablando del gato, claro, pero hasta eso hace que note el aleteo y el calor bajo la piel.

Qué ganas tengo de verte.

En cuanto envío el mensaje, siento que esa frase tan normal es atrevida, hasta arriesgada.

Ya. No puedo pensar en otra cosa.

Tardo horas en dormirme por la noche. Me quedo tumbada en la cama con esas palabras rondándome por la cabeza una y otra vez y haciéndome sentir como si tuviera fiebre.

Cuando me despierto, me doy cuenta de que en efecto tenía fiebre. Y la sigo teniendo. Y me duele más la garganta y la tengo más hinchada que antes y la cabeza me palpita y siento opresión en el pecho y me duelen las piernas y no consigo dejar de sentir frío por más mantas que me ponga encima.

Llamo al trabajo para avisar de que estoy enferma y me quedo en casa esperando dormirme y que se me haya pasado antes de coger el avión la tarde siguiente, pero esa misma noche soy consciente de que es imposible que me suba a ningún avión. Tengo 38,9 de temperatura.

Falta tan poco tiempo para la mayoría de las cosas que he reservado que no hacen devoluciones. Enrollada en mantas y temblando en la cama, empiezo a redactar un correo electrónico para Swapna en el móvil explicándole la situación.

No sé muy bien qué hacer. No sé si me despedirán por esto.

Si no me encontrase tan mal, creo que estaría llorando. Alex me dice:

Mañana a primera hora
vuelve a ir al médico.

Igual estoy pasando lo peor. Podrías
ir tú con el billete que tienes y yo
me uno a ti en un par de días.

Si fuera un resfriado, no deberías haber
empeorado después de tantos días.
Por favor, ve al médico, Poppy.

Iré. Lo siento.

Y entonces sí que lloro. Porque, si no consigo hacer este viaje, es bastante probable que no vea a Alex en un año. Está muy ocupado con su máster y el trabajo de profe y yo casi nunca estoy en casa ahora que trabajo para *D+R*, y todavía menos en Linfield. Esta Navidad, mi madre me dijo emocionada que había convencido a mi padre para venir a Nueva York. Mis hermanos habían accedido a venir un día o dos, algo que habían jurado que no harían en cuanto se mudaron a California (Parker para intentar ser guionista de televisión en Los Ángeles y Prince para trabajar en una desarrolladora de videojuegos en San Francisco), como si, al haber firmado sus contratos, también se hubieran comprometido con la tradicional rivalidad entre los dos estados.

Siempre que estoy enferma desearía estar en Linfield, tumbada en la cama de mi habitación con las paredes cubiertas de carteles turísticos *vintage* y tapada hasta la barbilla con la colcha rosa claro que había cosido mi madre cuando estaba embarazada de mí. Desearía que mi madre me trajera sopa y un termómetro y se asegurara de que bebo agua y me diera ibuprofenos para bajarme la fiebre.

Por una vez, detesto mi piso minimalista. Detesto los ruidos de la ciudad rebotando contra las ventanas a todas horas. Detesto las sábanas de color gris claro que elegí y los muebles sencillos estilo danés de imitación que he empezado a acumular desde que he conseguido mi «trabajo de persona mayor», como dice mi padre.

Quiero estar rodeada de trastos. Quiero pantallas de lámparas llenas de flores y cojines desparejados en un sofá a cuadros sobre el cual hay una manta de ganchillo rasposa. Quiero ir arrastrando los pies hasta una nevera vieja de un blanco amarillento llena de imanes horribles de Gatlinburg y de parques temáticos y acuáticos que sostienen dibujos que hice de niña y fotos de familia quemadas por el flash. Y quiero ver un gato en pañal pasar con sigilo para terminar chocándose contra una pared que no había visto.

Quiero no estar sola y que cada respiración no me cueste un esfuerzo enorme.

A las cinco de la mañana, Swapna me responde al correo.

Estas cosas pasan. No te martirices. Aunque lo que dices de las devoluciones es cierto. Si quieres que tu amigo aproveche las reservas que has hecho, adelante. Envíame lo que tenías en el itinerario otra vez y mandaremos a Trey para que haga las fotos. Tú puedes ir cuando te mejores.

Y, Poppy, cuando esto vuelva a pasar (volverá a pasar), no le pongas tanto ahínco a las disculpas. Tú no controlas tu sistema inmunológico y te aseguro que, cuando tus compañeros hombres tienen que cancelar un viaje, no se comportan como si me hubieran agraviado de forma personal. No alientes a la gente a culparte por algo que no está en tus manos. Eres una redactora fantástica y tenemos suerte de que estés con nosotros.

Y, ahora, ve al médico y disfruta de un poco del D y R de verdad. Hablaremos de los siguientes pasos cuando estés recuperada.

Me sentiría más aliviada si no fuera por la bruma tras la que se esconde todo mi piso y por la incomodidad extrema del mero hecho de existir.

Hago una captura de pantalla del correo y se la mando a Alex. Le escribo:

¡¡¡Diviértete!!! ¡Intentaré estar ahí contigo para la segunda parte del viaje!

Ahora mismo, solo pensar en salir de la cama me marea. Dejo el teléfono a un lado y cierro los ojos permitiendo que el sueño crezca y me trague como un pozo en el que caigo.

No es un sueño apacible, sino de los fríos e intermitentes en los que los sueños y las frases empiezan una y otra vez interrumpiéndose antes poder arrancar del todo. Doy vueltas en la cama, me despierto el tiempo suficiente para darme cuenta del frío que tengo y de lo incómodos que se han vuelto tanto la cama como mi propio cuerpo, pero pronto me sumo de nuevo en sueños inquietos.

Sueño con un gato negro gigante con ojos hambrientos. Me persigue en círculos hasta que respirar, seguir adelante, me resulta demasiado costoso y entonces se abalanza sobre mí despertándome del susto unos pocos segundos, pero el sueño vuelve a empezar en cuanto cierro los ojos.

«Debería ir al médico», pienso de vez en cuando, pero estoy segura de que ni siquiera soy capaz de sentarme.

No como. No bebo. No me levanto ni para ir al baño.

El día pasa como un torbellino hasta que abro los ojos y veo la luz dorada de la puesta de sol entrando sin piedad por la ventana de mi dormitorio y, cuando parpadeo, ha pasado a ser de un violeta oscuro y siento que me palpita la cabeza con tanta fuerza que oigo golpes que se me propagan en oleadas por el cuerpo.

Me doy la vuelta y me pongo la almohada sobre la cara, pero no consigo hacer que paren.

Cada vez suenan más fuerte. Comienzan a parecerme mi nombre, igual que los sonidos a veces te parecen música cuando estás tan cansada que estás medio soñando.

«¡Poppy! ¡Poppy! Poppy, ¿estás en casa?»

La vibración del móvil retumba sobre la mesita de noche. Lo ignoro y dejo que termine de sonar. Vuelve a empezar y, después, suena por tercera vez, así que me doy la vuelta e intento descifrar lo que dice la pantalla a pesar de que parece que el mundo se está derritiendo, como un remolino de helado de dos sabores que se enroscan uno en el otro.

Hay montones de mensajes de ALEJANDRO EL MÁS MAGNO, pero el último dice:

¡Estoy aquí! ¡Déjame entrar!

Las palabras no significan nada. Estoy demasiado confusa para buscarles un contexto y tengo demasiado frío para que me importe. Me está volviendo a llamar, pero no tengo claro que pueda hablar. Siento la garganta demasiado oprimida.

Los golpes vuelven a empezar, la voz dice mi nombre y la niebla se despeja lo suficiente para que todas las piezas encajen con una claridad perfecta.

—Alex —murmuro.

—¡Poppy! ¿Estás ahí? —grita desde el otro lado de la puerta.

Vuelvo a estar soñando, y ese es el único motivo por el que creo que puedo llegar hasta la puerta. Vuelvo a estar soñando, lo cual significa que es probable que, cuando llegue a la puerta y la abra, un gato negro enorme me esté esperando y Sarah Torval lo monte como si fuera un caballo.

O tal vez no. Puede que solo sea Alex y pueda tirar de él para que entre y...

—¡Poppy, por favor, dime que estás bien! —dice Alex al otro lado de la puerta, y yo salgo de la cama llevándome la funda nórdica conmigo.

Me la pongo sobre los hombros y me arrastro hasta la puerta sintiendo las piernas débiles y mojadas.

Me peleo con el cerrojo, por fin consigo abrirlo y la puerta se abre de par en par como por arte de magia, porque así funcionan los sueños.

Solo cuando lo veo de pie al otro lado de la puerta con una mano en el pomo y la maleta hecha polvo detrás empiezo a dudar de que sea un sueño.

—Madre mía, Poppy —dice, entrando y examinándome, poniéndome el dorso frío de la mano sobre la frente húmeda—. Estás ardiendo.

—Tú estás en Noruega —consigo decir con un susurro áspero.

—Te aseguro que no. —Entra con la maleta y cierra la puerta.

—¿Cuándo ha sido la última vez que te has tomado un ibuprofeno?

Niego con la cabeza.

—¿Ni uno? —dice—. Joder, Poppy, tenías que ir al médico.

—No sabía cómo.

Suena patético. Tengo veintiséis años y un trabajo a tiempo completo y seguro médico y un piso y estoy devolviendo los préstamos de la universidad y vivo sola en Nueva York, pero hay ciertas cosas que una no quiere tener que hacer sola.

—No pasa nada —me consuela Alex atrayéndome hacia él con cuidado—. Vamos a meterte otra vez en la cama y a ver si podemos bajarte la fiebre.

—Tengo que hacer pis —digo llorosa, y admito—: Puede que ya me lo haya hecho encima.

—Vale —dice—. Ve a hacer pis. Iré a buscarte ropa limpia.

—¿Me ducho? —pregunto, porque, al parecer, no puedo valerme por mí misma. Necesito que alguien me diga exactamente lo que tengo que hacer como hacía mi madre cuando me quedaba en casa enferma de pequeña y veía Cartoon Network todo el día sin hacer nada por mi propio pie hasta que ella me lo mandaba.

—No lo sé —contesta—. Voy a buscarlo en Google. De momento, solo haz pis.

Me lleva demasiado esfuerzo llegar al baño. Dejo caer el edredón antes de entrar y meo con la puerta abierta, temblando todo el tiempo, pero reconfortada por los sonidos de Alex moviéndose por mi piso. Abriendo cajones sin decir nada. Encendiendo un fogón, colocando la tetera encima.

Viene a ver cómo estoy cuando termina de hacer lo que sea que esté haciendo y yo sigo sentada en el váter con los pantalones cortos del pijama a la altura de los tobillos.

—Creo que no pasa nada si te duchas —anuncia, y abre el agua—. Tal vez es mejor que no te laves el pelo. No sé si será verdad, pero la abuela Betty jura que el pelo mojado te resfría. ¿Estás segura de que no te caerás ni nada?

—Si es rápido, no me pasará nada —digo, consciente, de pronto, de lo pegajosa que estoy.

Tengo bastante claro que me he meado encima. Más adelante fijo que esto será humillante, pero, ahora mismo, creo que no hay nada que pueda avergonzarme. Solo siento alivio de que esté aquí.

Parece indeciso por un momento.

—Bueno, tú métete en la ducha. Yo estaré cerca y, si ves que no puedes, dímelo, ¿vale?

Se da la vuelta y yo me obligo a ponerme de pie y quitarme el pijama. Me meto bajo el agua caliente y cierro la cortina tiritando cuando el agua me golpea el cuerpo.

—¿Estás bien? —me pregunta enseguida.

—Mmm.

—Voy a quedarme aquí, ¿vale? —dice—. Si necesitas algo, dímelo.

—Mmm.

Tras un par de minutos, he tenido suficiente. Cierro el grifo y Alex me tiende una toalla. Ahora que estoy mojada, tengo más frío que nunca y salgo con los dientes castañeando.

—Ten. —Me pone otra toalla sobre los hombros como una capa e intenta calentármelos frotándome con las manos—. Ven, siéntate en la habitación mientras te cambio las sábanas.

Asiento y me lleva al sillón de mimbre *vintage* de respaldo alto que hay en un rincón del dormitorio.

—¿Las sábanas limpias? —pregunta.

Señalo el armario.

—En el estante de arriba.

Las saca y me da unos pantalones de chándal doblados y una camiseta. No tengo por costumbre doblar la ropa, así que debe de haberlos doblado él por instinto cuando los ha sacado de la cómoda. Cuando se los cojo de las manos, se pone de espaldas deliberadamente para hacer la cama y yo dejo caer las toallas al suelo y me visto.

Cuando ha terminado de hacerla, levanta una esquina de las sábanas y yo me meto debajo y dejo que me arrope. En la cocina, la tetera empieza a silbar. Se vuelve hacia allí, pero me aferro a su brazo medio borracha por la sensación de estar calentita y limpia.

—No quiero que te vayas.

—Enseguida vuelvo, Poppy —dice—. Tengo que traerte medicinas.

Asiento y lo suelto. Cuando regresa, viene con un vaso de agua y la bolsa de su portátil. Se sienta en el borde de la cama y saca frascos de medicamentos y cajas de mucolíticos y los coloca en fila sobre la mesita de noche.

—No sabía qué síntomas tenías —dice.

Me toco el pecho intentando explicar lo oprimido y horrible que lo siento.

—Vale —dice, y elige una caja, saca dos pastillas del blíster y me las ofrece con el vaso de agua—. ¿Has comido? —me pregunta cuando me las he tomado.

—Creo que no.

Me dirige una tenue sonrisa.

—He comprado algunas cosas de camino para no tener que salir. ¿Te parece bien una sopa?

—¿Por qué eres tan bueno? —susurro.

Me analiza durante un segundo y luego se inclina y me da un beso en la frente.

—Creo que la infusión ya debe de estar lista.

Alex me trae caldo de pollo con fideos, agua y una infusión. Pone alarmas para cuando pueda tomar más medicinas y me pone el termómetro cada par de horas durante la noche.

Cuando duermo, no sueño, y cada vez que me despierto por lo que sea, está ahí, adormilado en la cama a mi lado. Bosteza y se despierta. Me mira.

—¿Cómo vas?

—Mejor —respondo, y no sé si es verdad en lo físico, pero mental y emocionalmente me siento mejor ahora que está aquí, y, como solo consigo decir una o dos palabras cada vez que quiero hablar, no vale la pena intentar explicárselo.

Por la mañana, me ayuda a bajar las escaleras y a subir a un taxi para ir al médico.

Neumonía. Tengo neumonía. Aunque no es tan grave para que tengan que ingresarme.

—Mientras la vigiles y se tome los antibióticos, estará bien —le dice la médica a Alex más que a mí, supongo que porque ahora mismo no parezco alguien capaz de entender sus palabras.

Cuando Alex me lleva a casa, me dice que tiene que volver a salir y yo quiero suplicarle que se quede, pero estoy demasiado cansada. Además, seguro que necesita descansar de mi piso y de mí después de pasarse toda la noche haciendo de enfermero.

Vuelve al cabo de media hora con gelatinas y helado y huevos y más caldo y todo tipo de suplementos y especias que nunca antes había contemplado tener en mi casa.

—La abuela Betty dice que el zinc hace milagros —me explica cuando me trae un puñado de suplementos y un vasito de gelatina roja y otro vaso de agua—. También me ha dicho que te ponga canela en la sopa, así que, si sabía mal, échale la culpa a ella.

—¿Cómo es que estás aquí? —me esfuerzo por decir.

—La primera escala a Noruega era en Nueva York —dice.

—¿Y qué? —pregunto—. ¿Entraste en pánico y saliste corriendo del aeropuerto en lugar de subirte al segundo avión?

—No, Poppy —dice—. Vine para estar contigo.

Al momento, me están cayendo las lágrimas.

—Iba a llevarte a un hotel hecho de hielo.

Una sonrisa fugaz le cruza la boca.

—Lo cierto es que no sé si ahora mismo está hablando la fiebre.

—No. —Aprieto los ojos y siento como las lágrimas dibujan sendas por mis mejillas—. Lo digo de verdad. Lo siento.

—Oye —dice, y me aparta el pelo de la cara—. Sabes que eso me da igual, ¿no? Solo me importa poder pasar tiempo contigo.

Su pulgar resigue con suavidad el camino mojado y baja por un lado de mi nariz cortándole el paso a la lágrima antes de que alcance mi labio superior.

—Siento que no te encuentres bien y que te estés perdiendo el hotel de hielo, pero yo aquí estoy bien.

Con cualquier rastro de dignidad ya perdido por haber hecho que este hombre me cambiara las sábanas llenas de pis, levanto las manos hacia su nuca y tiro de él. Se coloca en la cama a mi lado y se acerca a mí obedeciendo a mis manos. Me rodea la espalda con un brazo y me atrae contra su pecho, y yo le paso una mano por la cintura y nos quedamos ahí tumbados, entrelazados.

—Siento tus latidos —le digo.

—Y yo los tuyos —me dice.

—Siento haberme meado en la cama.

Se ríe, me aprieta contra él y, en ese momento, me duele el pecho de quererlo tanto. Supongo que digo algo por el estilo en voz alta, porque él musita:

—Creo que eso te lo hace decir la fiebre.

Niego con la cabeza y me acurruco más contra él hasta que no quedan espacios entre nosotros. Su mano sube con suavidad hasta mi pelo y un escalofrío me recorre la columna desde donde sus dedos me acarician la nuca. Es una sensación tan buena en un mar de sensaciones malas que hace que me arquee un poco. Y aprieto la mano contra su espalda y siento que se le aceleran los latidos, lo cual solo consigue que los míos se disparen para seguirles el ritmo. Su mano va hasta mi muslo y lo pasa por encima de su cadera y mis dedos se clavan en su piel mientras entierro la boca en el lado de su cuello, donde siento su pulso palpitando con urgencia.

—¿Estás cómoda? —me pregunta con la voz espesa, como si el que estemos tumbados así pudiera ser cuestión de posicionamiento, como si estuviéramos inventándonos una historia que nos protege de la verdad de lo que está pasando: que, hasta desde el otro lado de la niebla de estar enferma, siento que me desea tanto como yo a él.

—Mmm —digo entre dientes—, ¿y tú?

Me agarra el muslo con más fuerza y asiente.

—Sí —contesta, y los dos nos quedamos muy quietos.

No sé cuánto rato nos quedamos así, pero, al final, la medicina para el resfriado acaba invadiéndome las terminaciones nerviosas crepitantes y alertas de mi cuerpo y me duermo, y la próxima vez que me despierto, me lo encuentro al otro lado de la cama a una distancia segura.

—Estabas llamando a tu madre —me dice.

—Siempre que estoy enferma la echo de menos —digo.

Asiente y me pone un mechón de pelo detrás de la oreja.

—A veces, yo también.

—¿Me hablas de ella? —le pido.

Cambia de postura recostándose un poco en el cabezal.

—¿Qué quieres saber?

—Lo que sea —susurro—. En qué piensas cuando piensas en ella.

—Bueno, solo tenía seis años cuando murió —dice volviendo a arreglarme el pelo. No le discuto ni lo presiono para que hable más, pero, al final, continúa—: Nos cantaba cuando nos arropaba en la cama por la noche. Y a mí me parecía que tenía una voz muy bonita. Iba diciéndoles a los niños de mi clase que mi madre era cantante. O que lo habría sido si no fuera ama de casa o algo así. Y, bueno... —Su mano se detiene en mi pelo—. Mi padre no podía hablar de ella. Era incapaz. Lo cierto es que todavía no puede sin desmoronarse. Así que, de pequeños, mis hermanos y yo tampoco hablamos de ella. Y, cuando tenía unos catorce o quince años, fui a casa de la abuela Betty para limpiarle las canaletas del tejado y cortarle el césped y esas cosas y ella estaba viendo unos viejos vídeos caseros en los que salía mi madre.

Le estudio la cara, la forma en que sus labios carnosos y sus ojos reflejan los rayos de luz de las farolas que entran por la ventana de modo que casi parece que brilla desde dentro.

—En mi casa nunca hacíamos esas cosas —dice—, ni siquiera me acordaba de su voz, pero Betty y yo vimos un vídeo en el que salía conmigo de bebé en brazos. Y cantaba una canción vieja de Amy Grant. —Sus ojos se fijan en mí y la sonrisa se le ensancha por un lado de la boca—. Y tenía una voz horrible.

—¿Cómo de horrible? —pregunto.

—Tanto que Betty tuvo que quitarle el sonido para no morirse de un ataque al corazón de tanto reírse —dice—. Y se notaba que mi madre sabía que cantaba mal. Si es que hasta se oía a Betty reírse mientras grababa y mi madre la miraba de reojo sonriendo, pero no dejaba de cantar. Supongo que pienso mucho en eso.

—Tu madre parece de las mías —comento.

—Durante casi toda mi vida la tuve por una especie de hombre del saco, ¿sabes? —dice—. Es como si el mayor papel que hubiera desempeñado ella en mi vida fuera el de ser la causa de lo destrozado que estaba mi padre después de perderla. De lo asustado que estaba de criarnos él solo.

Asiento. Lo entiendo.

—Muchas veces, cuando pienso en ella, es como si... —Se detiene—. Como si fuera más un cuento con moraleja que una persona, pero, cuando pienso en ese vídeo, pienso en por qué la quería tanto mi padre. Y me hace sentir mejor. Pensar en ella como una persona.

Durante un rato, nos quedamos callados. Tiendo el brazo y entrelazo mi mano con la suya.

—Debía de ser bastante guay si creó a una persona como tú —le digo.

Me aprieta la mano, pero no dice nada más y, al final, vuelvo a quedarme dormida.

Los dos días siguientes son un borrón confuso y después empiezo a recuperarme. No estoy bien, pero estoy más despierta, me siento más ligera, con la cabeza más despejada.

No hay más abrazos intensos, solo vemos muchos dibujos animados viejos en la cama, desayunamos sentados en la escalera de incendios exterior, me tomo las pastillas cuando lo dicen las alarmas del teléfono de Alex y por la noche nos sentamos en el sofá con una infusión y una lista de reproducción de «música folk tradicional noruega» de fondo.

Pasan cuatro días. Luego cinco. Y entonces estoy lo bastante bien para, en teoría, poder salir del país, pero es demasiado tarde y no lo volvemos a mencionar. Tampoco volvemos a tocarnos, a excepción de los suaves codazos o rodillazos ocasionales que nos damos y de su compulsión de tender la mano desde el otro lado de la mesa para evitar que me manche la barbilla. Sin embargo, por la noche, cuando Alex está tumbado en la otra punta de la cama, me quedo horas despierta escuchando su respiración irregular y siento que somos dos imanes tratando de juntarse desesperadamente.

En el fondo sé que no es buena idea. La fiebre me bajó las defensas y se las bajó a él, pero en realidad Alex y yo no estamos hechos el uno para el otro. Puede que haya amor y atracción y una historia compartida, pero eso solo significa que hay más que perder si intentamos llevar esta amistad adonde no le corresponde.

Alex quiere casarse y tener hijos y una casa en un solo lugar y lo quiere con una persona como Sarah. Alguien que pueda ayudarlo a construir la vida que perdió cuando tenía seis años.

Y yo quiero una vida sin ataduras, de viajes espontáneos y de conocer a gente, de pasar temporadas diferentes con personas distintas y puede que no llegar a asentarme nunca. La única esperanza de mantener esta relación es a través la amistad (y nada más) que siempre hemos tenido. Ese cinco por ciento ha ido creciendo poco a poco con los años, pero es hora de volver a reducirlo, de aplastar ese «y si».

Al final de la semana, cuando lo acompaño al aeropuerto, le doy el abrazo más casto del que soy capaz, a pesar de que su forma de apretarme contra él vuelve a mandarme un escalofrío por la columna y hace que se me acumule el calor en todos esos sitios donde nunca me ha tocado.

—Te echaré de menos —me dice al oído con un suave gruñido, y yo me obligo a apartarme a una distancia prudente.

—Y yo a ti.

Pienso en él toda la noche y, cuando sueño, pasa mi muslo por encima de su cadera, se restriega contra mí. Cada vez que está a punto de besarme, me despierto.

Nos pasamos cuatro días sin hablar y, cuando por fin me escribe, solo es una foto de su diminuta gatita negra sentada sobre una copia abierta de *Sangre sabia* de Flannery O'Connor.

El destino, escribe.

26

ESTE VERANO

De pie en el balcón, con los cuerpos empapados pegados, su mirada lánguida clavada en mí, siento que los últimos vestigios de autocontrol se escurren de mi cuerpo, arrastrados por el agua junto con el calor del desierto y la suciedad del día. No queda nada más que Alex y yo.

Sus labios se aprietan y vuelven a separarse y los míos los imitan. Siento su aliento cálido contra la boca. Cada inhalación superficial que doy nos acerca un poco más hasta que mi lengua casi puede rozarle el labio inferior empapado de lluvia y, entonces, apenas se mueve para atrapar mi boca solo un poco más con la suya.

Una fracción de beso. Y luego otro, un poco más completo. Mis manos enredadas en su pelo, el siseo del aliento entre sus dientes y otro roce de sus labios, más profundo, más lento, minucioso y resuelto, y me derrito contra él. Temblando y aterrada y eufórica y todo el abanico de emociones que se pueden sentir mientras nuestras bocas se funden y se separan, su lengua pasa por la mía un segundo, y luego se adentra más, mis dientes atrapan la parte más carnosa de su labio inferior, sus manos bajan y recorren mis caderas, mi pecho se arquea contra el suyo mientras mis manos se deslizan por su cuello mojado.

Nos unimos y nos separamos, y los pequeños espacios y las inhalaciones cortas, jadeantes, son casi tan embriagadores como cada mordisco, cada degustación, cada tentativa, cada roce de su boca resbaladiza por la lluvia sobre la mía. Se aparta un poco y deja su boca a pocos centímetros de la mía. Aún siento su respiración.

—¿Te parece bien esto? —me pregunta en voz baja.

Si pudiera hablar, le diría que es el mejor beso que me han dado en toda mi vida. Que no sabía que solo besarse podía hacerme sentir tan bien. Que podría pasarme horas solo besándome con él y sería mejor que el mejor polvo de mi vida.

Pero no soy capaz de pensar con la suficiente claridad para decirle nada de eso. Tengo la cabeza demasiado ocupada con sus manos, que me agarran el culo, y la sensación de su pecho aplastando el mío, su piel mojada y la ropa fina empapada entre nosotros, así que me limito a asentir y a volver a morderle el labio inferior, y él me pone de espaldas a la pared estucada y me aprieta contra ella al besarme con más urgencia.

Una de sus manos me coge del dobladillo de la camiseta, que me roza el muslo, y la otra sube acariciándome el vientre por debajo de la tela.

—¿Y esto? —pregunta.

—Sí —suspiro.

Su mano sube más y se cuela por debajo de la parte de arriba del bikini y me hace estremecer.

—¿Esto? —dice.

Se me detiene la respiración y el corazón me da un vuelco cuando sus dedos empiezan a moverse en círculo con suavidad. Asiento, vuelvo a atraer sus caderas hacia las mías. Lo noto duro entre mis piernas y, al momento, me siento algo mareada.

—Pienso en ti a todas horas —dice, y me besa despacio, arrastra la boca por mi cuello y la piel se me eriza y me hormiguea a su paso—. Pienso en esto.

—Y yo —reconozco en un susurro.

Su boca pasa por mi pecho, besándome a través de la camiseta mojada mientras sus manos suben la tela por las caderas, las costillas y luego los hombros. Se aparta lo suficiente para quitármela por la cabeza y tirarla sobre los plásticos del suelo.

—La tuya también —digo con el corazón acelerado.

Le cojo el dobladillo de la camiseta y se la quito. Cuando la echo a un lado, intenta acercarse a mí, pero lo mantengo a cierta distancia un momento.

—¿Quieres parar? —pregunta con la mirada oscura.

Niego con la cabeza.

—Es que... nunca he podido mirarte así.

La comisura de los labios se le tensa y dibuja una sonrisa.

—Podrías haber mirado cuando hubieras querido —dice con voz grave—. Que lo sepas.

—Bueno, tú también —replico.

—Te aseguro que he mirado.

Y entonces tiro de él hacia mí y él me levanta con brusquedad el muslo hacia su cadera, y yo le clavo los dedos en la espalda ancha, los dientes en el cuello, y él me soba las tetas y el culo. Su boca pasa por mi clavícula y se mete debajo del bikini, sus dientes me rozan el pezón con cuidado y, mientras, lo toco por encima del bañador y luego le meto la mano por dentro, y me encanta cómo se tensa y se mueve. Tiro del bañador hasta debajo de las caderas. Se me seca la boca al sentirlo contra mí.

—Mierda —digo cuando me acuerdo de algo y el pensamiento me cae encima como un jarro de agua fría—. He dejado los anticonceptivos.

—Por si te sirve de algo, yo me hice una vasectomía.

Me echo atrás, saliendo de la situación por el shock.

—¡¿Que qué?!

—Son reversibles —dice ruborizándose por primera vez desde que hemos empezado con todo esto—. Y tomé... precauciones, por si quiero niños y la reversión del procedimiento no funciona. Suelen funcionar, pero... Bueno, es que... no quería dejar embarazada a ninguna chica accidentalmente. Sigo tomando precauciones siempre, no es que... ¿Por qué me miras así?

Sabía que para Alex todo era o blanco o negro. Sabía que era superprecavido y que era la persona más considerada y cortés del mundo, pero, de algún modo, me sorprende igual que todo eso haya desembocado en esta decisión tan importante. Hace que sienta el corazón como si tuviera agujetas: caliente y sensible, porque es muy él. Le rodeo la cintura con los brazos y lo aprieto contra mí.

—Nada, que por supuesto que no me extraña —digo—. Todo por la precaución y la consideración. Eres todo un príncipe, Alex Nilsen.

—Ajá —contesta con una expresión a la vez divertida y escéptica.

—Lo digo en serio —insisto, ciñéndome más a él—. Eres increíble.

—Podemos buscar condones si quieres, pero yo no... No hay nadie más.

Estoy convencida de que ahora me estoy sonrojando yo y es probable que tenga una sonrisa tonta en la cara.

—No pasa nada —le digo—. Somos nosotros.

Lo que quiero decir es que, si hay alguien con quien haría esto, es con él. Si hay una persona en la que de verdad confío, de la que lo quiero todo, es él.

Pero lo digo así: «Somos nosotros». Y él me lo repite como si supiera justo lo que quiero decir y de repente estamos en el suelo, en un mar de plásticos, y él está quitándome la parte de arriba y la de abajo del bikini y hundiendo la boca entre mis piernas, agarrándome el culo, haciéndome jadear y apretarme contra él mientras su lengua me recorre.

—Alex —suplico enterrando las manos en su pelo—, no me hagas esperar más.

—No seas tan impaciente —bromea—. Yo he esperado doce años. Quiero que dure.

Un estremecimiento me recorre la espalda y me arqueo hacia él. Por fin, sube por mi cuerpo y enreda las manos en mi pelo, me recorre la piel con ellas, y entra despacio dentro de mí. Encontramos un ritmo juntos y me siento tan a gusto, todo es tan eléctrico y está tan bien, que no me puedo creer todo el tiempo que hemos perdido no haciendo esto. Doce años de relaciones sexuales mediocres con otros cuando podría haber sido así todo este tiempo.

—Joder, qué bien se te da —digo, y siento su risa rasposa en el oído mientras me besa detrás de la oreja.

—Porque te conozco —murmura con cariño—, y me acuerdo de los ruidos que haces cuando te gusta algo.

Toda yo me tenso a oleadas. Cada movimiento de sus manos, cada embestida, amenazan con desatarme.

—Podría estar haciéndolo contigo hasta el día que me muera —jadeo.

—Qué bien —dice, y se mueve más deprisa, más fuerte, y el placer intenso que me provoca me hace retorcerme y soltar tacos y moverme para ir a su ritmo.

—Te quiero —susurro, sin querer.

Creo que quería decir «Te quiero dentro de mí siempre» o algo así. O tal vez sí que quería decir «Te quiero», como se lo digo siempre cuando hace algo considerado, pero ahora cambia un poco, porque lo estamos haciendo y siento calor en la cara y no sé cómo arreglarlo y Alex se incorpora y me pone a horcajadas sobre su regazo y me abraza con fuerza mientras vuelve a entrar dentro de mí despacio, profundo, fuerte, y dice:

—Y yo a ti.

Y, de pronto, el pecho se me afloja y el vientre se me desata y cualquier vergüenza y miedo se evaporan. No queda nada más que Alex.

Las manos toscas de Alex enredándose entre mi pelo.

La espalda ancha de Alex contrayéndose bajo mis dedos.

Las caderas angulosas de Alex rozándose despacio, deliberadamente, contra las mías.

El sudor y la piel y las gotas de lluvia de Alex en mi lengua.

Sus brazos perfectos aferrándose a mí, manteniéndome ahí, contra él, mientras nos movemos y nos apretamos.

Sus labios sensuales tirando de los míos, persuadiéndolos para que se abran, para probarme mientras nos acercamos y nos alejamos y buscamos formas nuevas de tocarnos y besarnos cada vez que volvemos a encontrarnos.

Me besa el mentón y el cuello y el hombro, me pasa la lengua caliente y cuidadosa por la piel. Yo toco y saboreo todos los ángulos y las curvas de su cuerpo que logro alcanzar y él se estremece bajo mis manos, mi boca.

Se echa hacia atrás y me pone encima de él y esta es la mejor de todas, porque puedo verlo bien y llegar a todos los lugares que quiero.

—Alex Nilsen —digo sin aliento—. Eres el tío más buenorro del mundo.

Se ríe también sin aliento y me besa el cuello.

—Y me quieres.

Siento un aleteo en el estómago.

—Te quiero —musito, esta vez a propósito.

—Te quiero muchísimo, Poppy —dice, y, no sé cómo, oír su voz hace que me precipite y pierda el control.

Lo perdemos, los dos juntos.

Y no sé qué hemos hecho, qué reacción puede que hayamos desencadenado, cómo saldrá todo esto, pero ahora mismo no puedo pensar en nada más que en el cúmulo de amor que nos envuelve.

27
ESTE VERANO

Después, nos tumbamos en el balcón cubierto de plásticos, acurrucados y empapados, aunque la tormenta ya está escampando y el calor viene a evaporar la humedad de nuestra piel.

—Hace mucho tiempo me dijiste que el sexo al aire libre no era tan bueno como lo pintaban —digo, y Alex suelta una risa áspera mientras me arregla el pelo.

—No lo había hecho al aire libre contigo —responde.

—Ha sido increíble. Bueno, al menos para mí. Para mí nunca había sido así.

Se incorpora y me mira desde arriba.

—Para mí tampoco.

Vuelvo la cara hacia su piel y le beso las costillas.

—Bueno, quería asegurarme.

Al cabo de unos segundos, dice:

—Quiero hacerlo otra vez.

—Y yo —digo—. Creo que es lo que deberíamos hacer.

—Bueno, quería asegurarme —me imita.

Le hago dibujos perezosos con los dedos en el pecho y el brazo que tiene apoyado en la parte baja de mi espalda me aprieta con fuerza.

—No podemos quedarnos aquí esta noche —dice.

Suspiro.

—Ya lo sé, pero no quiero moverme. Nunca más.

Me aparta el pelo del hombro y me besa la piel que ha quedado expuesta.

—¿Crees que esto habría pasado si el aire acondicionado de Nikolai no se hubiese roto? —pregunto.

Alex se inclina para besarme justo encima del corazón y hace que me recorra un escalofrío, que me baja por el vientre y las piernas, y él lo persigue con los dedos.

—Habría pasado aunque Nikolai no hubiera nacido. Solo que puede que no en este balcón.

Me incorporo y lo rodeo con las piernas, instalándome en su regazo.

—Me alegro de que haya pasado.

Sus manos me suben por los muslos y el calor empieza a acumularse entre mis piernas.

Y entonces oímos los golpes en la puerta.

—¿HAY ALGUIEN? —grita un hombre—. SOY NIKOLAI. VOY A ENTRAR CON MI...

—¡Un momento! —vocifero, y bajo como puedo del regazo de Alex mientras cojo la camiseta mojada.

—Joder —dice Alex buscando su bañador entre el amasijo de plásticos.

Encuentro la bola de tela negra y se la lanzo y luego tiro del dobladillo de la camiseta para que me tape las caderas justo cuando la puerta empieza a abrirse.

—¡Hombreeee, Nikolai! —saludo gritando demasiado e interceptándolo antes de que pueda ver o bien al Alex literalmente desnudo o bien todo el plástico roto.

Nikolai es bajito y tiene entradas, va todo vestido de granate: un polo de estilo setentero, pantalones de vestir con la raya planchada y mocasines. Me tiende una mano rolliza.

—Tú debes de ser Poppy.

—Sí, hola.

Le estrecho la mano y le sostengo la mirada con intensidad esperando darle a Alex la oportunidad de vestirse discretamente en el balcón, que en su mayoría está sumido en la oscuridad.

—Bueno, me temo que traigo malas noticias —dice—. El aire acondicionado se ha roto.

«No me jodas», consigo, por poco, no decir.

—No solo en este apartamento, en toda el ala del edificio —continúa—. Van a venir a arreglarlo mañana a primera hora, pero me siento muy mal por el retraso.

Alex aparece detrás de mí. En este momento, Nikolai parece caer en que los dos estamos empapados y despeinados, pero, por suerte, no lo comenta.

—Bueno, que me siento muy muy mal —repite—. La verdad es que pensaba que solo estabais siendo difíciles, pero cuando he entrado aquí... —Se tira del cuello del polo y se estremece—. En fin, os devolveré el dinero de estos tres días y... bueno, no sé si deciros que volváis mañana, por si no consiguen arreglarlo.

—¡No pasa nada! —digo—. Si nos devuelves todo el dinero, encontraremos un lugar donde quedarnos.

—¿Seguro? —pregunta—. Las reservas de última hora pueden salir bastante caras.

—Algo encontraremos —insisto.

Alex me da un golpecito con el brazo en la espalda.

—Poppy es experta en viajar barato.

—Ah, ¿sí? —Nikolai no podría parecer menos interesado. Saca el móvil y pulsa la pantalla con un solo dedo—. Ya he dado la orden de devolución. No sé cuánto tardará, así que, si hay algún problema, avísame.

Se da la vuelta para irse, pero se gira de nuevo.

—Casi se me olvida, he encontrado esto en el felpudo.

Nos tiende un papel doblado por la mitad. Escrito con una letra abigarrada en la parte de fuera dice LUNA DE MIEL DE LOS TORTOLITOS con unos veinticinco corazoncitos dibujados alrededor.

—Enhorabuena por la boda —dice Nikolai, y se va.

—¿Qué es? —pregunta Alex.

Desdoblo el papel. Es un vale impreso en tinta negra de mala calidad. En la parte de arriba, garabateada en el margen y con la misma letra que en la parte de fuera, hay una nota.

¡Esperamos que no os parezca raro que hayamos averiguado cuál es vuestro apartamento! Puede que hayamos oído los sonidos de la pasión saliendo de este. ;) Y Bob dice que os ha visto marcharos esta mañana (estamos a tres puertas). ¡En fin! Que tenemos que salir mañana temprano hacia la siguiente parada de las vacaciones (¡¡¡Joshua Tree!!! ¡Bien! ¡Lo escribo y ya me siento como una famosa!) y, por desgracia, no hemos podido usar el vale. (Nos ha costado salir de la habitación... Ya sabéis cómo es, jajaja.) ¡Esperamos que terminéis de pasar un buen viaje!

Besitos,

vuestros hados madrinos, Stacey y Bob

Miro el vale atónita.

—Es un cupón de cien dólares —digo—. Para un spa. Creo que leí acerca de ese lugar. Dicen que es increíble.

—Qué fuerte —murmura Alex—. Me siento bastante mal por no haberme acordado siquiera de sus nombres.

—Dudo que ellos sepan los nuestros. No los han puesto en la nota —señalo.

—Y, aun así, nos han regalado esto —dice Alex.

—Me pregunto si habrá alguna forma de entablar una larga amistad con ellos, hacernos superíntimos, viajar juntos y todo eso, pero sin dejar nunca que sepan cómo nos llamamos. Sería gracioso.

—Seguro que podríamos. Solo tendríamos que llevarlo lo

bastante lejos para que fuera demasiado incómodo preguntar. Yo tenía muchos «amigos» de esos en la uni.

—Sí, por favor, y entonces usamos el truco ese de preguntarles a dos personas si les han presentado y esperar a que digan sus nombres.

—Aunque a veces dicen que sí —señala Alex—. O dicen que no, pero esperan a que los presentes tú.

—Igual están haciendo lo mismo. Igual esas personas no saben ni cómo se llaman.

—Bueno, dudo que ahora nos olvidemos de Stacey y Bob —dice Alex.

—Dudo que nunca me olvide de este viaje. Excepto lo de la tienda de recuerdos dentro de un dinosaurio. Eso se me puede olvidar si necesito espacio para cosas más importantes.

Alex sonríe.

—Estoy de acuerdo.

Al cabo de un segundo de silencio un poco raro, digo:

—¿Qué? ¿Buscamos un hotel?

28
ESTE VERANO

El hotel Larrea Palm Springs cuesta setenta dólares por noche en verano y, hasta en la oscuridad, parece un dibujo hecho por un niño con rotuladores de colores. En el buen sentido.

El exterior es una explosión de colores: cenadores de color amarillo plátano en la piscina, tumbonas de color rojo pimiento colocadas alrededor del agua, cada segmento del edificio de tres plantas de un tono de rosa, rojo, morado, amarillo y verde.

La habitación en la que entramos es igual de llamativa: paredes y cortinas y muebles naranja, moqueta verde, sábanas a rayas a conjunto con el exterior del edificio... Y lo más importante: se está muy fresco.

—¿Quieres ducharte primero? —me pregunta Alex en cuanto entramos.

Y entonces me doy cuenta de que, durante todo el trayecto hacia aquí —y antes de eso, cuando estábamos recogiendo nuestras cosas y dejando arreglado el apartamento de Nikolai—, ha estado deseando sentirse limpio, conteniendo las ganas de decir una y otra vez «Dios, necesito una ducha», mientras lo único que hacía yo era pensar en lo que había pasado en el balcón y encendiéndome entera.

No quiero que Alex vaya a ducharse ahora. Quiero que nos duchemos juntos y nos enrollemos un poco más.

Pero también recuerdo que una vez me confesó que no le gustaba nada hacerlo en la ducha (menos que al aire libre), porque, cuando estaba en la ducha, solo quería estar limpio, y eso era complicado con el pelo y la suciedad de otra persona chorreándote encima. Y la parte sexual era igual de complicada, porque todo el rato tenías jabón en los ojos o estabas rozando la pared y pensando cuándo habría sido la última vez que habrían limpiado los azulejos, etcétera, etcétera, etcétera.

Así que me limito a decir:

—¡Pasa tú!

Y Alex asiente, pero vacila, como si fuera a decir algo. Sin embargo, al final decide no hacerlo y desaparece en el baño para darse una larga ducha caliente.

La camiseta y el pelo se me han secado, y cuando voy a sentarme en el balcón (que no está sellado con plásticos), me doy cuenta de que también está casi seco.

Cualquier rastro de la lluvia que ha disipado el calor se ha evaporado, como si nunca hubiera ocurrido.

Pero yo siento los labios magullados y el cuerpo más relajado de lo que ha estado toda la semana. Y el ambiente es menos pesado, hasta noto una brisilla.

—Todo tuyo —dice Alex detrás de mí.

Cuando me vuelvo, está de pie tapado con la toalla, reluciente y perfecto. El pulso se me acelera al verlo, pero soy consciente de lo asquerosa que estoy, así que me trago el deseo, me levanto y digo «¡Genial!» demasiado alto.

Ducharme no me entusiasma, digámoslo así.

Estar limpia, sí. El acto de estar en la ducha, también. Sin embargo, todo lo de tener que desenredarme el pelo antes de entrar, pisar la alfombra raída o el suelo de azulejos, secarme, volver a peinarme... Todo eso no me gusta nada, lo cual me convierte en alguien que se ducha tres veces por semana frente a la ducha o las dos duchas diarias de Alex.

Pero esta ducha después de la semana que hemos pasado es todo un lujo.

Ponerme bajo el agua bien caliente en un baño bien frío y

ver literalmente cómo chorrea la suciedad y gira alrededor del desagüe en espirales grises titilantes me da la vida. Masajearme el cuero cabelludo con un champú que huele a coco y la cara con un limpiador facial de té verde y pasarme una cuchilla de afeitar barata por las piernas es divino.

Es la ducha más larga que me he dado desde hace meses y, cuando por fin salgo del baño sintiéndome como nueva, Alex está dormido como un tronco en una de las camas, sin meterse debajo de las sábanas y con las luces encendidas.

Durante un momento, no sé bien en qué cama meterme. En general, en estos viajes me encanta poder despatarrarme en una cama de matrimonio, pero hay una gran parte de mí que quiere acurrucarse al lado de Alex, dormirse con la cabeza en su hombro, donde pueda oler su fragancia limpia y cítrica y, tal vez, traerlo a mis sueños.

Sin embargo, al final, decido que es chungo dar por hecho que quiere compartir cama conmigo solo porque nos hemos liado.

La última vez que pasó algo entre nosotros, desde luego, no compartimos cama después. Solo hubo caos.

Estoy decidida a que esto no termine igual. No importa lo que haya pasado o lo que pueda pasar entre nosotros en este viaje, no pienso echar a perder nuestra amistad. No pienso dar por hecho nada de lo que todo esto puede significar ni imponerle ningún tipo de expectativas a Alex.

Tiro del edredón a rayas para taparlo, apago las luces y me meto en la cama vacía que hay enfrente de la suya.

29
HACE TRES VERANOS

Alex me escribe un mensaje la víspera de salir hacia la Toscana:

Hola.

Hola.

¿Puedes hablar un momento?

Quiero ultimar unas cosas.

Pienso de inmediato que me llama para cancelar el viaje. Lo cual no tiene sentido.

Por primera vez desde hace años, nos embarcamos en un viaje sin ninguna tensión. Los dos tenemos relaciones serias, nuestra amistad está mejor que nunca y no he sido tan feliz en mi vida.

Tres semanas después del desastre de mi neumonía, conozco a Trey. Un mes después, Alex y Sarah vuelven a estar juntos. Él dice que esta vez están mejor, que quieren lo mismo. Y, casi tan importante como eso, parece que en esta ocasión Sarah ha empezado a ser más amable conmigo y, las pocas veces que Alex y Trey han coincidido, también se han llevado bien. Así que otra vez, como siempre, estoy en el punto de estar contentísima de que Alex y yo nunca dejásemos que pasara nada entre nosotros.

Empiezo a responderle por mensaje, pero decido llamarlo desde la silla plegable del balcón, puesto que estoy sola en casa.

Trey sigue en el Good Boy, un bar que hay en la calle donde tengo el piso nuevo, pero yo he vuelto antes a casa tras sentir arcadas, un aviso de la llegada de una migraña contra la que he de luchar antes de que tengamos que coger el avión.

Alex responde al segundo tono y le digo:

—¿Va todo bien?

Oigo el intermitente. Vale, sí, puede que haya pasado a llamarme de nuevo desde el coche volviendo a casa del gimnasio, pero de verdad que parece que las cosas van mejor. Para empezar, me mandaron una tarjeta conjunta por mi cumpleaños. Y por Navidad. Y ella no solo me ha comenzado a seguir también en Instagram, sino que le da *like* a mis fotos y hasta me deja comentarios con corazoncitos y caritas sonrientes en algunas.

Por todo eso, pensaba que las cosas iban bien, pero ahora Alex se salta el saludo y pasa directamente a:

—No estamos cometiendo un error, ¿verdad?

—Eh... —digo—. ¿Qué?

—Lo del viaje de parejas. Es bastante intenso.

Suspiro.

—¿Por qué lo dices?

—No lo sé. —Le oigo la ansiedad en la voz, me lo imagino haciendo muecas y tirándose un poco del pelo—. Trey y Sarah solo se han visto una vez.

En primavera, Trey y yo cogimos un avión a Linfield para que pudiera conocer a mis padres. A mi padre no le hicieron ilusión los tatuajes, ni las dilataciones en las orejas que se había hecho cuando tenía diecisiete años, ni que le contestara a las preguntas con otras preguntas ni que no tuviera una carrera universitaria.

En cambio, a mi madre le gustaron sus modales, que es cierto que son de lo mejor. Aunque creo que a ella lo que le gustó de verdad fue la yuxtaposición de su aspecto con su forma relajada y cercana de decir las cosas, como «¡Una tarta de nubes y chocolate excelente, señora Wright!» o «¿Puedo ayudarla a fregar los platos?».

Para cuando terminó el fin de semana, había decidido que era un chico muy majo y cuando me escapé al porche para pedirle opinión a mi padre mientras ella y Trey servían tarta con fideos de colores en la cocina, mi padre me miró a los ojos y, asintiendo con solemnidad, me dijo:

—Supongo que hacéis buena pareja. Y es evidente que te hace feliz, Pop. Para mí, eso es lo importante.

Sí que me hace feliz. Muy feliz. Y sí que hacemos buena pareja. Da miedo y todo. Porque, a ver, trabajamos juntos. Pasamos casi cada día juntos, ya sea en la oficina o al otro lado del mundo, pero los dos somos también independientes, nos gusta vivir a cada uno en su piso y tener nuestros propios amigos. Rachel y él se llevan bien, pero, cuando Trey y yo estamos en Nueva York, suele quedar con sus amigos *skaters* mientras Rachel y yo probamos lugares nuevos para tomar el brunch o leemos en el parque o vamos a nuestro spa coreano favorito a que nos exfolien hasta dejarnos en carne viva.

Pasamos dos días en mi casa en Linfield y ya estábamos los dos un poco inquietos, pero no le importó el desorden y hasta le gustó la colección de animales moribundos y se apuntó enseguida al concurso de talentos que hicimos con Parker y Prince por Skype.

De todos modos, después de cómo había ido con Guillermo —y con prácticamente el resto del mundo—, estaba intranquila, con ganas de salir de Linfield antes de que algo asustara a Trey, así que seguramente habríamos vuelto antes si no fuera porque el señor Nilsen cumplía sesenta y Alex y Sarah iban a venir para hacerle una visita sorpresa. Habíamos quedado en que los cuatro saldríamos a cenar antes de la fiesta.

—Qué ganas tengo de conocer al tío ese —no dejaba de decir Trey cuando llegaba un mensaje nuevo de Alex y, cada vez, hacía aflorar más mis nervios. Me sentía muy protectora, pero no sabía exactamente de quién.

—Tú dale una oportunidad —le repetía yo—, le cuesta un poco abrirse.

—Ya, ya lo sé —insistía Trey—, pero sé cuánto significa para ti, así que me caerá bien, P. Te lo prometo.

La cena no estuvo mal. La comida fue genial (mediterránea), pero la conversación podría haber estado mejor. No pude evitar pensar que Trey quedó un poco chulesco cuando Alex le preguntó qué había estudiado, pero sabía que su falta de educación formal era una espinita que llevaba clavada. Ojalá hubiera tenido una forma fácil de comunicárselo a Alex cuando Trey se lanzó a contar la historia de cómo había ocurrido todo.

Que había estado tocando en una banda de metal durante todo el instituto en Pittsburgh. Que habían empezado a triunfar cuando cumplió los dieciocho y les habían ofrecido ser teloneros en la gira de otro grupo mucho más famoso. Trey era un batería genial, pero lo que le gustaba de verdad era la fotografía. Cuando el grupo se deshizo después de cuatro años de conciertos casi ininterrumpidos, aceptó un trabajo haciendo fotos en la gira de otro grupo. Le encantaba viajar, conocer gente, ver ciudades nuevas... Y a medida que hacía más contactos le ofrecían más trabajos. Se hizo autónomo, acabó trabajando para *D+R* y, al final, lo contrataron en plantilla.

Terminó el monólogo poniéndome un brazo sobre los hombros y diciendo:

—Y entonces conocí a P.

El atisbo de expresión en el rostro de Alex fue tan sutil que estaba segura de que Trey no lo había visto. Puede que Sarah tampoco, pero, para mí, fue como si me clavara una navaja en el ombligo y tirase hacia arriba diez o quince centímetros.

—Qué monooo —dijo Sarah con su voz edulcorada, y es probable que mi mueca fuera mucho más perceptible.

—Lo gracioso es —siguió Trey— que deberíamos habernos

conocido antes. Yo iba a ir al viaje a Noruega con vosotros. Antes de que se pusiera enferma.

—Anda. —Los ojos de Alex se volvieron hacia los míos y luego sumergió la mirada en el vaso de agua que tenía delante, que estaba sudando tanto como yo. Lo cogió, bebió despacio y lo dejó en la mesa—. Sí que es gracioso —dijo.

—Bueno —respondió Trey incómodo—. ¿Y tú? ¿Qué estudiaste?

Trey sabía muy bien lo que Alex había estudiado en la universidad (lo que todavía estaba estudiando en la universidad), pero supuse que, al hacerle la pregunta, le estaba dando la oportunidad a Alex de hablar más de sí mismo.

En lugar de eso, Alex dio otro sorbo y dijo solo:

—Escritura creativa y luego Literatura.

Tuve que quedarme viendo cómo mi novio intentaba encontrar una pregunta con la que seguir la conversación, lo dejaba estar y volvía a estudiar el menú.

—Escribe muy bien —dije incómoda, y Sarah se revolvió en su silla.

—Pues sí —contestó ella con un tono tan ácido que cualquiera diría que acababa de decirle: «¡Alex Nilsen tiene un cuerpo increíblemente sexy!».

Después de la cena fuimos a la fiesta en casa de la abuela Betty y la noche mejoró un poco. Los bobalicones hermanos de Alex estaban entusiasmados de conocer a Trey y lo bombardearon con todo tipo de preguntas sobre la banda de música y sobre *D+R* y sobre si yo roncaba.

—Alex no nos lo ha querido decir nunca —dijo el más pequeño, David—, pero me da a mí que Poppy parece una ametralladora cuando duerme.

Trey se rio y se lo tomó todo bien. Nunca se pone celoso. Ninguno de los dos puede permitírselo: a ambos nos gusta mucho tontear. Puede parecer raro, pero me encanta eso de él. Me encanta ver cómo va a la barra a pedirme una copa y ver cómo las camareras sonríen y se ríen, se inclinan por encima de la barra para mirarlo mientras parpadean. Me encanta ver lo encantador que es en todas las ciudades nuevas que visitamos y que, siempre que está a mi lado, me está tocando: con un brazo sobre mis hombros, una mano en la parte baja de mi espalda o tirando de mí para que me suba a su regazo como si estuviéramos solos en casa y no en un restaurante cinco estrellas.

Nunca me he sentido tan a salvo, tan segura de querer lo mismo que otra persona.

En la fiesta, no me quitó las manos de encima en ningún momento, y David se burló un poco de ello.

—No creerás que va a salir corriendo si la sueltas, ¿verdad? —bromeó.

—Ya te digo yo que saldrá corriendo —dijo Trey—. Esta chica es incapaz de estarse quieta más de cinco minutos. Es algo que me encanta de ella.

Era la primera vez que todos los hermanos de Alex estaban juntos desde hacía mucho y estaban tan alocados y tan majos como los recordaba de cuando Alex y yo teníamos diecinueve años y estábamos en Linfield pasando las vacaciones y nos tocaba llevarlos en coche de aquí para allá porque ninguno de ellos tenía coche todavía y su padre era un buen hombre, pero también era olvidadizo y excéntrico, incapaz de saber quién tenía que estar en qué lugar y cuándo.

Mientras que Alex siempre había sido tranquilo y parado, sus hermanos eran de los que no dejaban de pelearse en el suelo o meterse dedos llenos de babas en las orejas los unos a los otros. Y, aunque algunos de ellos ya tenían hijos, en la fiesta vi que seguían igual.

El señor y la señora Nilsen les habían puesto los nombres por orden alfabético. Primero Alex, luego Bryce, después Cameron y por último David. Y, aunque sea raro, también salieron casi ordenados por tamaño. Alex es el más alto y ancho;

Bryce es igual de alto, pero desgarbado y de espalda estrecha; Cameron un poco más bajito y ancho. Y luego está David, que es un par de centímetros más alto que Alex y tiene cuerpo de deportista profesional.

Son todos guapos con diferentes tonos de pelo rubio y ojos de color miel, pero David parece una estrella de cine (y de hecho, últimamente, según nos había contado Alex en la cena, estaba pensando en irse a vivir a Los Ángeles para ser actor), con su pelo espeso y ondulado y sus ojos grandes y amables y su nerviosismo, la forma en la que se le ilumina la cara cuando se pone a hablar. Empieza el cincuenta por ciento de las frases con el nombre de la persona a la que le está hablando o de a quien cree que le interesará más lo que va a decir.

—Poppy, Alex trajo un montón de números de *D+R* a casa para que pudiera leer tus artículos —me dijo en un momento de la fiesta en casa de Betty, y así fue como me enteré de que Alex leía mis artículos—. Son muy buenos. Me hacen sentir como si estuviera allí.

—Ojalá estuvieras —le respondí—. Algún día tendríamos que ir todos juntos de viaje.

—Eso sería la hostia —dijo David, y miró hacia atrás sonriendo para comprobar si su padre lo había oído soltar un taco. Es un niño de veintiún años y me encanta.

En un momento dado, Betty me pidió que la ayudara en la cocina y la seguí para poner las velas en la tarta alemana de chocolate que había hecho para su yerno.

—Ese joven, Trey, parece buen chico —me dijo sin levantar la vista de lo que estaba haciendo.

—Es genial —respondí.

—Y me gustan sus tatuajes —añadió—. ¡Son preciosos!

No estaba siendo mala. Betty podía ser sarcástica, pero también podía pillarte desprevenida con sus opiniones acerca de algunas cosas. Era flexible, podía cambiar de parecer, y eso era algo que me encantaba de ella. Incluso a su edad, seguía preguntando cosas cuando hablaba contigo como si no tuviera todas las respuestas.

—A mí también me gustan.

De Trey me había atraído su energía más que su aspecto en el primer viaje de trabajo que hicimos juntos (Hong Kong), y me gustó que esperase a pedirme una cita hasta que volvimos porque no quería que me sintiera incómoda si decía que no.

Aunque mentiría si dijera que Alex no influyó en que le dijera que sí.

Acababa de decirme que él y Sarah habían empezado a hablar mucho en el trabajo y que las cosas parecían ir bien entre ellos. En ese momento, yo seguía despertándome muchos días después de tener sueños en los que él se presentaba en la puerta de mi casa con aspecto cansado y preocupado y demasiado reconfortante mientras yo era engullida por la fiebre.

No importaba que no me hubiera dicho nada de volver con Sarah.

Volvería con ella o no, pero, al final, habría alguien, y no pensaba que mi corazón pudiera soportarlo. Así que le dije que sí a Trey esa noche y fuimos a un bar en el que podías jugar al *Skee-Ball* gratis y en el que servían perritos calientes y, al final de la noche, estaba segura de que iba a enamorarme de él.

Trey era a mí lo que Sarah Torval era a Alex. Alguien que encajaba.

Así que seguí diciéndole que sí.

—¿Lo quieres? —me preguntó Betty todavía con la mirada fija en la tarea que tenía entre manos.

Me dio la impresión de que, al no mirarme a los ojos, me estaba dando cierta privacidad, la opción de mentir si era lo que necesitaba, pero no me hacía falta mentir.

—Sí.

—Qué bien, cielo. Eso está muy bien. —Las manos se le detuvieron sosteniendo dos velas plateadas metidas en la cobertura de chocolate como si fueran a intentar saltar si las soltaba—. ¿Lo quieres como quieres a Alex?

Me acuerdo con intensa claridad de sentir que el corazón me daba varios vuelcos en los siguientes latidos. Esa pregunta era más complicada, pero no podía mentirle.

—No creo que pueda querer nunca a nadie como quiero a Alex —le dije, y luego pensé: «Pero puede que tampoco pueda querer nunca a nadie como quiero a Trey».

Tendría que haberlo dicho, pero no lo dije. Betty negó con la cabeza y me miró a los ojos.

—Ojalá él lo supiera.

Y entonces salió de la cocina y me dejó sola. Alex y Sarah habían traído con ellos a Flannery O'Connor, que eligió ese momento para hacer su entrada teatral, acercándoseme con la espalda encorvada y los ojos muy abiertos, mirándome a la cara y maullando con fuerza. A esa expresión corporal Alex y yo la llamamos «Gatita de Halloween».

—Hola —la saludé.

Me rozó las piernas, por lo que me agaché para cogerla en brazos, y entonces me bufó y me lanzó un zarpazo justo cuando Sarah entraba en la cocina con un montón de platos sucios. Se rio y dijo con su voz dulzona:

—¡Que fuerte! No le caes nada bien.

Así que, sí, entiendo por qué Alex está nervioso por el viaje de parejas, pero estamos progresando, con los *likes* de Instagram y el rato perfectamente agradable que pasamos Trey, Alex y yo en un bar con máquinas recreativas la última vez que Alex vino de visita. Y, además, estar en el campo de la Toscana con un suministro constante de vino buenísimo no va a ser lo mismo que una cena incómoda en Ohio seguida de la fiesta de cumpleaños de un abstemio de sesenta años.

—Se llevarán muy bien —le digo poniendo los pies en la barandilla del balcón y colocándome el teléfono entre la cara y el hombro.

Oigo que deja de sonar el intermitente y él suspira.

—¿Cómo puedes estar segura?

—Porque los queremos —razono—. Y nos queremos. Así que ellos se querrán. Y nos querremos todos. Trey y tú. Sarah y yo.

Se ríe.

—Ojalá pudieras oír cómo te ha cambiado la voz al final. Ha sido como si hubieras aspirado helio.

—Mira, todavía estoy en proceso de perdonarla por haberte dejado la otra vez. Aunque parece que se ha dado cuenta de que ese fue el mayor error de su vida, así que le estoy dando una oportunidad.

—Poppy —dice—, no fue así. Las cosas eran complicadas, pero ahora van mejor.

—Ya, ya lo sé —contesto, aunque, en realidad, no lo sé.

Él insiste en que no hay rencor por la ruptura, pero, cada vez que pienso en lo que dijo —que su relación era más aburrida que la biblioteca en la que se habían conocido—, todavía me pongo roja durante un momento.

Me invade otra oleada de náuseas y suelto un quejido.

—Lo siento —le digo—, tengo que irme a la cama para poder coger el avión mañana, pero te lo digo de verdad: el viaje será genial.

—Sí —responde tenso—. Seguro que me estoy preocupando por nada.

En general, resulta ser cierto.

Nos alojamos en una casa de campo. Es difícil estar de mal humor cuando te alojas en una casa de campo con una piscina resplandeciente y un patio antiguo de piedra, una zona de barbacoa con buganvilla cubriéndolo todo de rosas y lilas claros.

—Vaya —dice Sarah cuando entramos—, no pienso perderme uno de estos viajes nunca más.

Le dirijo a Alex lo que es el equivalente facial de un pulgar levantado y él me devuelve una leve sonrisa.

—Ya ves —conviene Trey—, tendríamos que haber pensado antes en hacer un viaje en grupo.

—Desde luego —contesta Sarah, aunque es evidente que con su horario de profesora y la carga de trabajo de Alex en la universidad no tienen demasiado tiempo para socializar, por mucho descuento que tenga una casa de campo en la Toscana.

—Hay como diez restaurantes con estrellas Michelin a menos de treinta kilómetros de aquí... y he pensado que Alex querría cocinar una noche por lo menos.

—Eso estaría genial —coincide Alex.

Sí, el primer día en la casa es un poco tenso e incómodo, con los cuatro dando vueltas entre siestas inducidas por el *jet lag* en nuestras habitaciones y chapuzones rápidos en la piscina. Trey hace algunas fotos de prueba y yo me voy al pueblo a comprar algo para picar: quesos curados y embutido, pan fresco y una selección de mermeladas en tarritos diminutos. Y vino, mucho vino.

Al final de la primera noche que pasamos sentados en el patio bebiéndonos las dos primeras botellas de vino, todo el mundo se ha suavizado, se ha soltado. Sarah está muy habladora contando historias de sus alumnos, de Flannery O'Connor y de la vida en Indiana, y Alex ofrece apuntes en voz baja y tono seco que me hacen reír tanto que se me sale el vino por la nariz dos veces.

Parece que los cuatro seamos amigos, amigos de verdad.

Entonces Trey me sube a su regazo y apoya la barbilla en mi hombro. Sarah se lleva la mano al pecho.

—Oooh, qué dulces sois —dice mirando a Alex—. ¿No son dulces?

—Y blanditos —responde Alex apenas echando un vistazo hacia mí.

—¿Cómo? —pregunta Sarah—. ¿Qué quiere decir eso?

Alex se encoge de hombros y Sarah continúa:

—Ojalá a Alex le gustase dar muestras de afecto en público.

—No soy muy de abrazar —dice Alex avergonzado—. No me crie abrazando a nadie.

—Ya, pero soy yo —repone Sarah—. No soy una chica cualquiera que has conocido en un bar, cari.

Ahora que lo pienso, no sé si he visto a Alex y Sarah tocarse, aunque tampoco es que a mí me haya tocado demasiado en público, excepto cuando bailamos en la calle en Nueva Orleans y aquella vez en Vail (y en ambas ocasiones hubo una buena cantidad de alcohol de por medio).

—Es que me parece... de mala educación o algo así —intenta explicar Alex.

—¿De mala educación? —Trey se enciende un cigarro—. Somos adultos, tío. Agárrate a tu novia si te apetece.

Sarah se ríe por la nariz.

—No te molestes. Llevamos años con esta conversación. Ya he asumido lo que me ha tocado. Voy a casarme con un hombre que no soporta ir de la mano.

El pecho me da un salto ante la palabra *casarme*. ¿Tan en serio van? A ver, está claro que lo suyo es serio, pero no hace tanto tiempo que han vuelto. Trey y yo hablamos de casarnos a veces, pero como de una forma ideal, lejana, en plan «puede, tal vez, no metamos presión».

—Pues mira, eso lo entiendo —dice Trey soplando el humo del cigarro lejos de nosotros—. Ir de la mano es un rollo. No es cómodo y limita el movimiento. Y, si hay mucha gente, molesta. Para eso, directamente te esposas los tobillos.

—Por no hablar de que te empiezan a sudar las manos —añade Alex—. Es incómodo lo mires por donde lo mires.

—¡Pues a mí me encanta ir de la mano! —intervengo escondiendo la palabra *casarme* en un lugar recóndito de mi mente para preocuparme por ella después—. Y más todavía si hay gente. Me hace sentir segura.

—Tiene pinta de que, si vamos a Florencia en este viaje

—dice Sarah—, seremos Poppy y yo las que nos demos la mano y vosotros dos, los lobos solitarios, los que os perderéis entre la muchedumbre.

Sarah me tiende la copa de vino y yo brindo con ella y nos reímos. Y puede que sea la primera vez que me cae bien, que me doy cuenta de que tal vez podría haberme caído bien todo este tiempo si no me hubiera aferrado tanto a Alex que no le había dejado espacio a ella.

Tengo que parar de comportarme así. Decido que voy a hacerlo y, a partir de ese momento, el vino toma las riendas y los cuatro hablamos, bromeamos, nos reímos y esta noche marca el tono del resto del viaje.

Días largos y soleados que pasamos deambulando por todo pueblo antiguo que halle en los alrededores, yendo en coche a todos los viñedos y removiendo copas de vino con las bocas abiertas para inhalar su aroma intenso y afrutado. Comidas tardías en viejos edificios de piedra con chefs de fama mundial. Alex saliendo de buena mañana a correr, Trey amaneciendo no mucho más tarde para buscar localizaciones o sacar fotos que ya tiene pensadas. Sarah y yo durmiendo hasta tarde casi todos los días y encontrándonos para nadar un buen rato (o flotar en colchonetas con vasos de plástico llenos de limoncello y vodka) y hablar de cosas poco importantes, pero con mucha más tranquilidad que aquel día en el único restaurante de comida mediterránea de Linfield.

Por la noche, salimos a cenar tarde —y a beber vino— y volvemos al patio de la casa y hablamos y bebemos hasta que es casi de madrugada.

Sacamos todos los juegos que reconocemos de un armario repleto de ellos. Juegos al aire libre como la petanca y el bádminton y juegos de mesa como el Cluedo, el Scrabble y el Monopoly (que yo sé que a Alex no le gusta nada, pero no lo admite cuando Trey propone que juguemos).

Nos quedamos despiertos cada noche hasta más tarde. Escribimos nombres de famosos en trozos de papel, los mezclamos y nos los pegamos en la frente para jugar a las veinte preguntas, un juego en el que tenemos que adivinar a quién llevamos en la frente con el hándicap añadido de que, por cada pregunta que hacemos, tenemos que beber.

Enseguida se vuelve evidente que ninguno de nosotros tiene las mismas referencias de gente famosa, lo cual hace que el juego sea doscientas veces más complicado, pero también más gracioso. Cuando pregunto si mi famoso es una estrella de *realities*, Sarah finge una arcada.

—¿En serio? —digo—. A mí me encantan los *realities*.

No es que no esté acostumbrada a esa reacción, pero una parte de mí siente que su desaprobación equivale a la desaprobación de Alex y aparece una llaga, así como las ganas de meter el dedo en ella.

—No sé cómo puedes ver esas cosas —comenta Sarah.

—¿Verdad? —pregunta Trey animado—. Yo tampoco he entendido nunca ese interés. No pega nada con el resto de ella, pero a P le chifla *The Bachelor*.

—Tampoco «me chifla» —respondo a la defensiva.

Empecé a verlo hace un par de temporadas con Rachel cuando una chica que hizo Bellas Artes con ella fue a concursar y, a los tres o cuatro capítulos, ya estaba enganchada.

—Solo me parece que es como... un experimento increíble —explico—. Y ves horas y horas de las escenas que han recopilado. Aprendes muchas cosas sobre la gente.

Las cejas de Sarah se levantan.

—¿Como qué están dispuestos a hacer los narcisistas para hacerse famosos?

Trey se ríe.

—Tal cual.

Yo fuerzo una risa y doy otro trago de vino.

—No me refería a eso. —Cambio de postura, incómoda, intentando encontrar la forma de explicarme—. A ver, hay muchas cosas que me gustan, pero una es... Me gusta que, al final, a algunos parece que les cuesta decidirse. Hay dos o tres concursantes con los que tienen una conexión fuerte y no es cuestión de escoger la más potente y ya está. Es como si los vieras elegir... una vida.

Y en la vida real pasa lo mismo. Puedes querer a alguien y, al mismo tiempo, saber que el futuro que tendrías con esa persona no te haría bien, o no le haría bien a esa persona, o tal vez a ninguno de los dos.

—Pero ¿alguna de esas relaciones acaba saliendo adelante? —pregunta Sarah.

—La mayoría no —admito—, pero eso no es lo importante. Tú ves a una persona salir con toda esa gente y ves lo diferente que es de todas ellas y luego ves cómo elige. Algunas personas eligen a la pareja con la que más química tienen; otras, a la persona con la que más se divierten, y otras, a quien creen que será un padre genial o a la pareja con la que más seguros se han sentido a la hora de abrirse. Es fascinante que una parte tan grande del amor dependa de cómo eres tú cuando estás con alguien.

Me encanta cómo soy cuando estoy con Trey. Soy segura de mí misma e independiente, flexible y racional. Estoy a gusto. Soy la persona que siempre he soñado que sería.

—Lo entiendo —dice—, pero la parte en la que una se lía con por lo menos treinta tíos y luego se promete con uno después de haberse visto cinco veces me cuesta más de tragar.

Trey echa la cabeza hacia atrás y se ríe.

—Seguro que, si cortásemos, te apuntarías al programa ese, ¿a que sí, P?

—Ese sí que lo vería —apunta Sarah con una risita.

Sé que Trey está bromeando, pero me pica sentir que los dos se han aliado contra mí.

Pienso en decir: «¿Lo dices porque soy una narcisista dispuesta a hacer cualquier cosa para hacerse famosa?».

Alex me da un golpecito con la pierna por debajo de la mesa y, cuando levanto la vista, ni siquiera me está mirando. Solo me está recordando que está aquí, que nada puede hacerme daño.

Me trago las palabras y lo dejo correr.

—¿Más vino?

La noche siguiente, ya tarde, disfrutamos de una larga cena en la terraza. Cuando entro en la casa para servir helado de postre, me encuentro a Alex de pie en la cocina leyendo un correo.

Acaban de decirle que Tin House ha aceptado uno de sus cuentos. Parece tan feliz, tan radiantemente él, que le saco una foto sin avisar. Me gusta tanto que creo que me la pondría de fondo de pantalla si los dos estuviéramos solteros y no fuera a ser rarísimo tanto para Sarah como para Trey.

Decidimos que hay que celebrarlo (como si no hubiéramos estado de celebración todo el viaje) y Trey nos hace unos mojitos y nos quedamos en las tumbonas mirando el valle, escuchando los sonidos apagados y chispeantes del campo por la noche.

Apenas bebo. Llevo toda la noche con ganas de vomitar y, por primera vez, me retiro para irme a dormir antes que los demás. Trey se mete en la cama horas más tarde, alegre por el alcohol y besándome el cuello, tirando de mí, y, después del sexo, se duerme enseguida y las náuseas vuelven.

Entonces me viene a la cabeza.

Tenía que bajarme la regla en algún momento del viaje.

Seguramente sea casualidad. Hay muchos motivos por los que una puede terminar con náuseas cuando viaja a otro país. Y Trey y yo vamos con bastante cuidado.

Aun así, salgo de la cama con la barriga revuelta, bajo de puntillas a la planta baja abriendo las notas del móvil para ver cuándo me tocaba la regla. Rachel no para de decirme que me baje una app para hacer el seguimiento del ciclo, pero, hasta ahora, no le había visto la utilidad.

Tengo el corazón acelerado. Siento los latidos retumbándome en los oídos y la lengua demasiado grande para mi boca.

Debería haberme bajado ayer. Un retraso de dos días no es inaudito. Y tener náuseas después de beber litros y litros de vino tinto tampoco. Menos aún para alguien que sufre migrañas. Y, aun así, estoy rayadísima.

Cojo la chaqueta del perchero, meto los pies en unas sandalias y agarro las llaves del coche que hemos alquilado. El súper veinticuatro horas más cercano está a treinta y ocho minutos. Vuelvo a la casa con tres test de embarazo diferentes antes de que el sol haya empezado siquiera a salir.

Para entonces el pánico se ha apoderado por completo de mí. Lo único que consigo es andar de aquí para allá por la terraza con el test más caro apretado con fuerza en una mano y recordarme que tengo que inspirar, espirar, inspirar... Los pulmones me duelen más que cuando tuve neumonía.

—¿No puedes dormir? —dice una voz grave, y me hace dar un respingo.

Alex está apoyado en el marco de la puerta abierta. Lleva unos pantalones cortos negros y zapatillas de correr y tiene el cuerpo blanquecino teñido de azul por la luz de antes del amanecer.

La risa se me apaga en la garganta antes de salir. No sé muy bien por qué.

—¿Te has levantado para salir a correr?

—Se está más fresco antes de que salga el sol.

Asiento, me abrazo a mí misma y me vuelvo para observar el valle. Alex viene a mi lado y, sin girarme para mirarlo, me pongo a llorar. Me coge la mano y la abre y ve que tengo el test de embarazo ahí agarrado.

Durante diez segundos, se queda en silencio. Nos quedamos en silencio los dos.

—¿Te has hecho uno ya? —pregunta con suavidad.

Niego con la cabeza y empiezo a llorar más. Me atrae hacia

él, me rodea con los brazos y yo suelto aire en unas pocas ráfagas de sollozos silenciosos. Eso me quita algo de presión, y me echo atrás secándome los ojos con la base de la palma de las manos.

—¿Qué voy a hacer, Alex? —le pregunto—. Si estoy... ¿Qué coño voy a hacer?

Me observa un buen rato.

—¿Qué quieres hacer?

Vuelvo a secarme las lágrimas.

—No creo que Trey quiera tener hijos.

—No te he preguntado eso —responde Alex en un murmullo.

—No tengo ni idea de lo que quiero —confieso—. Bueno, quiero estar con él. Y puede que algún día... No lo sé. No lo sé. —Entierro la cara entre las manos mientras salen de mí unos cuantos sollozos feos y silenciosos—. No soy lo bastante fuerte para hacerlo sola. No puedo. Ni siquiera pude estar enferma sola, Alex. ¿Cómo voy a...?

Me coge las muñecas con suavidad y me aparta las manos de la cara mientras agacha la cabeza para mirarme a los ojos.

—Poppy —dice—, no estarás sola, ¿vale? Yo estoy aquí.

—Y ¿qué hago? —le digo—. ¿Me voy a vivir a Indiana? ¿Alquilo un piso al lado del vuestro? ¿Cómo va a funcionar eso, Alex?

—No lo sé —admite—. Da igual el cómo. Estoy aquí. Tú ve a hacerte el test y luego ya lo solucionaremos, ¿vale? Tú pensarás lo que quieres hacer y lo haremos.

Respiro hondo, asiento y entro con la bolsa de test que he dejado en el suelo y el que llevo en la mano, al que me aferro como si mi vida dependiera de ello.

Meo en tres a la vez y después los saco todos para esperar. Los ponemos en fila sobre el muro bajo de piedra que rodea la terraza. Alex pone una alarma en el reloj y nos quedamos juntos de pie sin decir nada hasta que suena la alarma.

Uno a uno, salen los resultados.

Negativo.

Negativo.

Negativo.

Vuelvo a ponerme a llorar. No sé muy bien si es el alivio o algo más complejo. Alex me atrae hacia su pecho, me mece de lado a lado para que me calme hasta que recupero la compostura.

—No puedo seguir haciéndote esto —digo cuando por fin me quedo sin lágrimas.

—¿Haciéndome el qué? —pregunta en un susurro.

—No lo sé. Necesitándote.

Niega con la cabeza pegada a la mía.

—Yo también te necesito, Poppy.

En ese momento, reparo en lo espesa y húmeda y temblorosa que tiene la voz. Cuando me echo atrás, me doy cuenta de que está llorando. Le toco la mejilla.

—Lo siento —dice cerrando los ojos—. Es que... No sabría qué hacer si te ocurriera algo.

Y entonces lo entiendo.

Para alguien como Alex, que perdió a su madre como la perdió, un embarazo no es solo una posibilidad que te cambia la vida. Es una potencial sentencia de muerte.

—Lo siento —repite—. Dios, no sé por qué lloro.

Tiro de él y pongo su cabeza sobre mi hombro y llora un poco más, con los anchos hombros temblándole con el llanto. En todos los años que llevamos siendo amigos, debe de haberme visto llorar cientos de veces, pero esta es la primera vez que él llora delante de mí.

—Está bien —le susurro. Y se lo repito las veces que haga falta—: Está bien. Tú estás bien. Estamos bien, Alex.

Entierra la cara empapada en mi cuello y sus manos se aferran con fuerza a la parte baja de mi espalda mientras le paso los dedos por el pelo y siento sus labios mojados y cálidos contra la piel.

Sé que se me pasará, pero, en ese momento, desearía con todo mi ser que estuviéramos solos. Que todavía no hubiésemos conocido a Sarah y a Trey. Que pudiéramos aferrarnos el uno al otro tan fuerte y tanto tiempo como fuera necesario.

Siempre hemos vivido en una especie de mundo para dos, pero ya no es así.

—Lo siento —dice una última vez mientras se desenreda de mí. Se yergue y mira el valle cuando los primeros rayos de luz empiezan a mancharlo—. No debería haber...

Le toco el brazo.

—No digas eso, por favor.

Asiente, da un paso atrás poniendo más distancia entre nosotros y sé, con cada fibra de mi ser, que es lo correcto, pero me duele igual.

—Trey parece muy buen tío —dice.

—Lo es —le aseguro.

Alex asiente unas cuantas veces más.

—Bien.

Y ya está. Sale a hacer su ejercicio matutino y yo vuelvo a estar sola en la terraza silenciosa viendo cómo la mañana ahuyenta a las sombras del valle.

La regla me baja veinticinco minutos después mientras estoy haciendo unos huevos revueltos para desayunar y el resto del viaje es un viaje de parejas de lo más normal.

Excepto porque, en el fondo, tengo el corazón roto.

Duele quererlo todo, tantas cosas que no pueden coexistir en una sola vida.

Sin embargo, lo que más quiero es que Alex sea feliz. Que tenga todo lo que siempre ha querido. Debo dejar de entrometerme, darle la oportunidad de tener todas esas cosas.

Apenas nos rozamos siquiera hasta el abrazo de despedida. No volvemos a hablar de lo que pasó.

Y yo continúo queriéndolo.

30
ESTE VERANO

Por lo visto, no vamos a hablar de lo que pasó en el balcón del apartamento de Nikolai, y tiene que parecerme bien. Cuando me despierto en nuestra habitación en tecnicolor del Larrea Palm Springs, la cama de Alex está vacía y hay una nota escrita a mano en el escritorio que dice:

He salido a correr, vuelvo pronto.
P. D.: Ya he recogido el coche del taller.

Tampoco es que esperase un montón de besos y abrazos y declaraciones de amor, pero podría haberse estirado y haber añadido un «Lo de anoche estuvo genial». O tal vez unos signos de exclamación que le dieran alegría al texto.

Además, ¿qué hace corriendo con este calor? Esa nota tan corta tiene mucho detrás, y mi paranoia me sugiere muy amablemente que ha salido a correr para quitarse de la cabeza lo de anoche.

En Croacia se había rayado mucho. Nos habíamos rayado los dos, pero eso había pasado al final de todo el viaje, cuando teníamos la oportunidad de aislarnos, cada uno en su rincón del país, justo después. Esta vez, tenemos por delante una despedida de soltero, un ensayo del banquete y una boda.

Sea como sea, me prometí no dejar que esto estropeara nuestra relación, e iba en serio.

Tengo que mantener el buen humor para evitar la rayada poscoital.

Pienso en escribirle a Rachel para pedirle consejo o, simplemente, para tener a alguien con quien chillar, pero la verdad es que prefiero no contárselo a nadie. Quiero que sea algo solo entre Alex y yo, como lo es una parte tan grande del mundo cuando estamos juntos. Vuelvo a tirar el móvil encima de la cama, saco un boli del bolso y debajo de su nota añado:

En la piscina. ¿Nos vemos allí?

Cuando aparece, todavía lleva la ropa de correr y trae una bolsita de papel marrón y un vaso de café de papel, y al ver el conjunto siento un hormigueo y un deseo tremendo.

—Rollito de canela —dice tendiéndome la bolsa, y luego me da también el vaso—. Café con leche. Y el Aspire está en el aparcamiento con la flamante rueda nueva.

Muevo el vaso en un círculo vago delante de él.

—Eres un ángel. ¿Cuánto te ha costado la rueda?

—No me acuerdo —dice—. Voy a ducharme.

—¿Antes de... volver a sudar aquí?

—Antes de venir a pasar el día entero en la piscina.

No ha sido una exageración muy grande. Nos quedamos tumbados todo el rato que nos apetece. Nos relajamos. Vamos alternando entre sol y sombra. Pedimos copas y nachos del chiringuito de la piscina y nos volvemos a poner crema solar cada hora y, aun así, regresamos a la habitación con tiempo de sobra para prepararnos para la despedida de soltero de David. Tham y él han decidido hacer despedidas separadas (a las dos pueden ir chicos y chicas), y Alex bromea con que David lo ha decidido así para que las despedidas sean un concurso de popularidad.

—No hay nadie más popular que tu hermano —le digo.

—Eso es porque todavía no conoces a Tham —replica, y entra en el baño y abre el grifo.

—¿En serio vas a volver a ducharte?

—A darme un agua —contesta.

—¿Te acuerdas de que, en primaria, cuando alguien bebía en la fuente y había cola detrás, los niños le decían: «Deja algo para las ballenas»?

—Sí.

—¡Pues deja algo para las ballenas, chaval!

—Tienes que portarte bien conmigo —dice—. Te he traído un rollito de canela.

—Blandito y dulce y perfecto —respondo, y él se pone rojo mientras cierra la puerta del baño.

No tengo ni idea de lo que está pasando. Por ejemplo: ¿por qué no nos hemos quedado en la habitación dándonos el lote todo el día?

Me pongo un mono de los setenta de color verde lima con tirantes que se atan detrás del cuello y empiezo a arreglarme el pelo en el espejo justo enfrente de la puerta del baño. Unos minutos más tarde, Alex sale ya vestido y casi listo para irse.

—¿Cuánto tiempo necesitas? —dice por encima de mi hombro para que nuestras miradas se encuentren en el espejo.

El pelo mojado le apunta en todas direcciones.

Me encojo de hombros.

—Lo suficiente para echarme adhesivo por todo el cuerpo y hacer la croqueta en un tanque de purpurina.

—Entonces ¿unos diez minutos? —calcula.

Asiento mientras dejo a un lado el rizador de pelo.

—¿Seguro que quieres que vaya?

—¿Por qué no iba a querer?

—Porque es la despedida de soltero de tu hermano —digo.

—¿Y?

—Y hace meses que no lo ves y tal vez no quieres que me acople.

—No te estás acoplando —dice—. Estás invitada. Y, además, puede que haya *strippers*, y sé que te encantan los hombres con uniforme.

—Me invitó David —puntualizo—, pero, si tú tienes ganas de estar solo con él...

—Van a venir unas cincuenta personas esta noche —dice—; si hago contacto visual con David, puedo darme por satisfecho.

—Pero tus otros hermanos también estarán, ¿no?

—No, no vienen —contesta—. Hasta mañana no cogen el avión.

—Vale, pero ¿y todas las tías buenas del desierto?

—Tías buenas del desierto —repite.

—Vas a ser el rey hetero del baile.

Ladea la cabeza.

—Entonces ¿quieres que vaya a liarme con las tías buenas del desierto?

—No es que tenga unas ganas inmensas, pero supongo que debes saber que todavía tienes la posibilidad, que solo porque nos...

—¿Qué haces, Poppy?

Me toco el pelo distraída.

—Pues estaba intentando hacerme un cardado sesentero de varios palmos de alto, pero creo que voy a tener que conformarme con unos pocos centímetros.

—No, quiero decir... —Se le apaga la voz—. ¿Te arrepientes de lo de anoche?

—¡No! —respondo, y la cara se me pone como un tomate—. ¿Y tú?

—Para nada —responde.

Me vuelvo para estar frente a él, y no verlo a través del espejo.

—¿Seguro? Porque apenas me has mirado en todo el día.

Se ríe, me toca la cintura.

—Porque, si te miro, me acuerdo de anoche y, llámame anticuado, pero no quería estar tumbado en la piscina empalmadísimo todo el día.

—¿En serio? —Por mi voz, cualquiera diría que acaba de recitarme un poema de amor.

Me empuja contra el borde del lavabo mientras me da un beso, lento e intenso, y me rodea el cuello con los brazos para buscar el broche de los tirantes del mono. Caen y me arqueo hacia atrás mientras él baja la tela hasta la cintura. Me coge del mentón y acerca otra vez mi boca a la suya, y yo lo envuelvo con las piernas cuando los besos se vuelven más profundos y me pasa una mano por el pecho desnudo.

—¿Te acuerdas de cuando me puse enferma? —le susurro al oído.

Me roza moviendo las caderas y la voz le sale grave y áspera:

—Claro.

—Te tenía tantas ganas esa noche... —confieso mientras le saco la camisa de dentro de los pantalones.

—Toda esa semana —dice— me despertaba a punto de correrme. Si no hubieras estado enferma...

Me elevo un poco más y su boca se hunde en el lateral de mi cuello mientras yo me ocupo de los botones de su camisa.

—En Vail, cuando me bajaste en brazos de aquella montaña...

—Joder, Poppy —dice—, me he pasado tanto tiempo intentando no desearte... —Me coge en brazos del lavabo, donde estoy apoyada, y me lleva a la cama.

—Y demasiado poco besándome —contesto.

Su risa me resuena en el oído mientras nos tumbamos.

—¿Cuánto tiempo tenemos? —pregunto.

Me besa justo en el centro del pecho.

—Podemos llegar tarde.

—¿Cómo de tarde?

—Lo que haga falta.

—Qué fuerte —digo cuando bajamos del coche en el camino que lleva a la mansión de mediados del siglo XX con su tejado de estilo *googie*—. Es increíble, ¿ha alquilado la casa entera?

—¿Se me ha olvidado decirte que Tham es muy muy pijo?

—Puede —respondo—. ¿Es demasiado tarde para que me case yo con él?

—A ver, quedan dos días para la boda y es gay —dice—, así que no veo por qué no.

Me río y me coge la mano para entrelazarla con la suya. No sé por qué, pero entrar en una despedida de soltero de la mano de Alex Nilsen me parece más surrealista que lo que acaba de pasar en el hotel. Me hace sentir alterada y contenta y embriagada en el mejor de los sentidos.

Seguimos la música por el camino, cada uno lleva una de las botellas de vino que hemos comprado viniendo hacia aquí y entramos en la oscuridad y el fresco del recibidor.

Alex me ha dicho que habría cincuenta personas, pero, al ir cruzando la casa, diría que hay por lo menos cien, apoyadas en las paredes y sentadas en los respaldos de muebles cubiertos de dorado. Toda la pared trasera de la casa es de cristal y da a una piscina enorme iluminada de verde y morado con una cascada a un lado que desemboca en ella. Hay gente tumbada sobre flamencos y cisnes hinchables en varias fases de desnudez: mujeres y *drag queens* con vestidos largos y centelleantes, hombres en bañador y tanga, gente con alas de ángel y disfraces de sirena y personas (que doy por hecho que son de Linfield) que llevan trajes y vestidos péplum.

—Qué fuerte —dice Alex—, no he estado en una fiesta tan loca desde... desde el instituto.

—Tú y yo tuvimos experiencias muy distintas en el instituto —digo.

Justo en ese momento, un adonis con una sonrisa juvenil encantadora y una melena de ondas rubias nos ve y salta de la silla en forma de huevo en la que está sentado.

—¡Alex! ¡Poppy! —David se nos acerca con los brazos abiertos y un brillo algo ebrio en los ojos de color miel. Abraza primero a Alex y luego me coge la cara con las dos manos y me da besos torpes en ambas mejillas—. ¡Qué alegría que estéis... —su mirada baja hasta nuestras manos unidas y da una palmada—... cogidos de la mano!

—De nada —le digo, y él suelta una risita y nos pone una mano en el hombro a cada uno.

—¿Quieres un poco de agua? —le pregunta Alex con el modo hermano mayor activado.

—No, papá —responde David—, ¿y vosotros, queréis un poco de alcohol?

—¡Sí! —digo, y David le hace un gesto con la mano a una camarera que hay en un rincón, en la que yo no había reparado en gran medida porque está pintada de dorado.

—¡Guau! —exclama Alex aceptando dos copas de champán de la bandeja de la falsa estatua—. Gracias por... Guau.

Ella se retira y vuelve a su inmovilidad pétrea.

—¿Y qué hace Tham esta noche? —pregunto—. ¿Una hoguera con billetes en un yate de oro macizo?

—Siento decírtelo, Pop —replica David—: un yate de oro se hundiría. Créeme. Lo hemos intentado. ¿Queréis un chupito?

—Sí —digo a la vez que Alex dice «No».

Como por arte de magia, ya nos están dando los chupitos, de vodka y Goldschläger, con sus virutitas de oro flotando en los vasos. Los tres hacemos chinchín y nos bebemos el líquido especiado y dulce de un trago.

Alex tose.

—Qué asco.

David le da una palmada en la espalda.

—Qué bien que hayas venido, tío.

—Claro que he venido. Los hermanos pequeños solo se casan... tres veces.

—Y tu favorito, solo una vez —contesta David—. Esperemos.

—Dicen que Tham y tú hacéis muy buena pareja —comento—. Y que es muy muy pijo.

—El que más —coincide David—. Es director. Nos conocimos en un rodaje.

—¡«En un rodaje»! —grito—. ¿Te has oído?

—Lo sé —responde—. Soy un insufrible ciudadano de Los Ángeles.

—No, no, qué va.

Una mujer grita su nombre desde la piscina y él le hace un gesto de «un minuto» y vuelve a mirarnos.

—Poneos cómodos, estáis en vuestra casa. No es como la nuestra, claro —añade dirigiéndose a Alex—, pero es una casa superdivertida y supergay con una pista de baile en el jardín de atrás... en la que espero veros a los dos en breve.

—Deja de intentar enamorar a Poppy —bromea Alex.

—Sí, no pierdas el tiempo —digo—, ya me tienes rendida a tus pies.

David me coge la cabeza y vuelve a darme un beso en la mejilla y luego le hace lo mismo a Alex y se va bailando hacia la chica de la piscina que hace como si lo estuviera atrayendo con una caña de pescar invisible.

—A veces me preocupa que se tome a sí mismo demasiado en serio —suelta Alex con expresión impasible, y, cuando me sale una carcajada como un cohete, las comisuras de los labios se le tensan en una sonrisa fugaz.

Nos quedamos ahí plantados sonriendo unos segundos más meciendo las manos entrelazadas entre nosotros.

—Pensaba que no te gustaba ir de la mano —digo.

—Y tú dijiste que a ti sí —responde.

—¿Y qué? ¿Ahora me das todo lo que quiero? —bromeo.

Su sonrisa vuelve a aparecer, tranquila y contenida.

—Sí, Poppy —dice—, ahora te doy todo lo que quieres. ¿Te supone un problema?

—¿Y si yo quiero darte a ti todo lo que tú quieres?

Arquea una ceja.

—¿Lo dices porque sabes lo que voy a contestar y te apetece reírte de mí?

—No —contesto—. ¿Por? ¿Qué vas a decir?

Nuestras manos se detienen entre nosotros.

—Ya tengo lo que quiero, Poppy.

Siento un aleteo en el interior, le suelto la mano para agarrarlo por la cintura e inclino la cabeza hacia atrás para mirarlo a los ojos.

—Me estoy aguantando las ganas de darte todo mi afecto en público ahora mismo, Alex Nilsen.

Inclina la cabeza y me besa durante tanto rato que unas cuantas personas empiezan a aplaudirnos. Cuando nos separamos, tiene las mejillas rosadas y cara de estar pasando vergüenza.

—Joder —suelta—, me siento como un adolescente salido.

—Igual si hacemos uso de la barra de Jägerbomb que hay en el jardín de atrás, podemos volver a sentirnos como treintañeros maduros y recatados —propongo.

—Parece factible —dice Alex tirando de mí hacia el patio trasero.

Hay una barra y un *food truck* aparcado en el césped en el que sirven tacos de pescado. Por detrás, el jardín se extiende como en una novela de Jane Austen, pero, en medio del desierto.

—Esto no debe de ser muy bueno para la conservación del medio ambiente —apunta Alex hecho todo un abuelo.

—No creo —coincido—, pero debe de serlo para la conversación y el ambiente.

—Cierto —dice—; cuando el resto falle, siempre puedes proponerle a un desconocido una charla sobre que el planeta se está muriendo.

En un punto de la noche, estamos sentados en el borde de la piscina con los pantalones del traje y los del mono arremangados y las piernas colgando dentro del agua tibia y, entonces, oigo a David gritar entre la multitud:

—¿Dónde está mi hermano? Tiene que participar en eso.

—Parece que te necesitan.

Alex suspira. David lo ve y se acerca corriendo.

—Tienes que venir a jugar a un juego.

—¿De beber? —me aventuro a adivinar.

—Para Alex no —dice David—. Seguro que no tiene que beber ni una vez. Es un Trivial sobre mí. ¿Te apuntas?

Alex hace una mueca.

—¿Tú quieres que me apunte?

David se cruza de brazos.

—Como el novio que soy, lo exijo.

—Que sepas que no tienes permiso para divorciarte de Tham nunca —dice Alex mientras se levanta con pesadez.

—Por una multitud de razones, estoy de acuerdo —coincide David.

Alex se dirige a la mesa larga e iluminada con velas en la que está empezando el juego, pero David se queda cerca de mí.

—Parece que está bien —comenta.

—Sí —coincido—, creo que lo está.

La mirada de David recae sobre mí y se sienta en el borde resbaladizo de la piscina y mete las piernas en el agua.

—¿Qué? —dice—. ¿Cómo ha pasado esto?

—¿Esto?

Levanta una ceja incrédulo.

—*Esto.*

—Pues... —Intento pensar cómo explicarlo. Años de amor que no se apaga, celos ocasionales, oportunidades perdidas, momentos inoportunos, otras relaciones, tensión sexual creciente, una pelea y el silencio posterior, y el dolor de vivir sin él.

—El aire acondicionado del Airbnb no funcionaba.

David me mira fijamente unos segundos y luego deja caer la cara entre las manos con una risita.

—Joder —dice cuando levanta la cabeza—. Tengo que decir que me siento aliviado.

—¿Aliviado?

—Sí. —Se encoge de hombros—. Es que... ahora que me caso, ahora que sé que voy a quedarme a vivir en Los Ángeles, he estado preocupado por él. Solo. En Ohio.

—Creo que le gusta Linfield —digo—, no creo que esté ahí por obligación. Además, yo tampoco diría que está solo. Toda vuestra familia vive allí, todos vuestros sobrinos.

—A eso me refiero. —Mira hacia el juego de Trivial que tiene lugar en la mesa, observa cómo los otros tres jugadores beben chupitos de un líquido de color caramelo y Alex bebe de un vaso de plástico con agua, victorioso—. Creo que tiene el síndrome del nido vacío. —Hace una mueca con la boca tan parecida a las de su hermano que siento un impulso fugaz y doloroso de quitarle la preocupación a besos.

Cuando pienso en lo que David me está diciendo, el dolor empeora, metiéndoseme entre las costillas como un nudito rojo.

—¿Crees que siente eso?

—¿Que nos ha criado? ¿Que ha invertido toda su energía emocional en asegurarse de que los tres estamos bien? ¿Qué ha llevado a la abuela Betty al médico, nos ha preparado la comida para el colegio y ha sacado de la cama a nuestro padre cuando tenía uno de sus episodios y, luego, de pronto, nos hemos ido y nos hemos casado todos y hemos empezado a tener nuestros propios hijos mientras que él ha tenido que quedarse para asegurarse de que nuestro padre está bien? —Serio e impasible, me mira—. No. Alex nunca lo vería así, pero creo que se ha sentido solo. Bueno... todos pensábamos que iba a casarse con Sarah y, de repente...

—Ya. —Saco las piernas de la piscina y las cruzo delante de mí.

—Porque tenía el anillo y todo —continúa David, y me cae el alma a los pies—. Iba a pedirle matrimonio y, entonces... Ella se fue y... —Se le apaga la voz cuando ve la expresión de mi cara—. No me malinterpretes, Poppy. —Pone una mano encima de la mía—. Siempre he pensado que tendríais que estar juntos —continúa—, pero Sarah era genial, y se querían, y... solo quiero que sea feliz. Quiero que deje de preocuparse por los demás y que tenga algo para él, ¿me entiendes?

—Sí. —Apenas si consigo pronunciar la palabra. Sigo sudando, pero, por dentro, estoy helada de repente, porque lo único que consigo pensar es: «Iba a casarse con ella».

Sarah lo dijo en la Toscana y yo, al cabo de unas semanas, le quité importancia creyendo que había sido un comentario que había hecho sin pensar, pero ahora no puedo evitar ver todo lo que pasó en ese viaje con una luz diferente.

Fue hace tres años, pero lo sigo viendo claro como si hubiese sido ayer: Alex y yo en la terraza, minutos antes de que saliera el sol, yo cruzada de brazos con fuerza y con las uñas mordidas hasta tener los dedos en carne viva. Los test de embarazo en fila sobre el muro de piedra y el reloj de Alex avisándonos de que era hora de saber qué nos deparaba el futuro.

La forma en la que se había venido abajo cuando yo por fin me había recompuesto y cómo había agachado la cabeza y había llorado en mi hombro.

«No puedo seguir haciéndote esto», le había dicho. «Necesitándote.»

Él me había dicho que también me necesitaba, pero Trey y Sarah estaban allí, y la burbuja que siempre parecía habernos envuelto y separado del mundo había estallado, y yo me había sentido profundamente avergonzada de necesitar tanto de él y sabía que él se había sentido igual.

«Trey parece muy buen tío», había dicho, y eso era lo más cerca que podíamos estar de decir «Tenemos que dejar de hacer esto». Porque decir eso habría sido asumir la culpa. Porque, aunque nunca nos habíamos besado ni habíamos pronunciado las palabras, estábamos guardando partes enteras de nuestro corazón solo para el otro.

Alex quería casarse con Sarah y ahora sé que yo se lo impedí. Ella había roto con él por segunda vez después del viaje a la Toscana, e incluso si nunca supo nada de lo que había pasado, yo estaba segura de que aquella situación había marcado a Alex y había hecho que las cosas entre ellos fueran a peor.

Si hubiera estado embarazada y hubiera decidido tener el bebé, sé sin ningún atisbo de duda que Alex habría estado a mi lado y lo habría dejado todo para ayudarme.

Sarah, como siempre, habría tenido que aceptar la realidad de mi existencia o apartarse. No puedo evitar preguntarme si yo la había obligado a eso. Si nuestra amistad le había costado a Alex la mujer con la que quería casarse. Me siento angustiada, avergonzada ante la idea. Culpable por haber ignorado los sentimientos más complicados que albergaba por él para poder justificar seguir en su vida.

Que los hermanos asalvajados de tu novio lo necesiten o que lo necesite su padre viudo es una cosa.

Sin embargo, yo solo era otra mujer cuyas necesidades él siempre había antepuesto a sus propios deseos y su propia felicidad. Y esta semana he vuelto a caer en esto de forma egoísta porque es mi modo por defecto cuando estoy con él: pedir lo que quiero y dejar que me lo dé a pesar de que puede que no sea lo mejor para él.

Ya no estoy contenta ni embriagada ni nada que no sea asqueada.

David me pone la mano en el hombro y me sonríe, sacándome de un sobresalto del caleidoscopio de emociones dolorosas y complicadas que se me arremolina dentro.

—Me alegro de que ahora te tenga a ti.

—Sí —susurro, pero una vocecita cruel dentro de mí dice: «No, eres tú la que lo tiene a él».

31
ESTE VERANO

Mientras rebusco la llave de la habitación del hotel en el bolso, Alex se apoya en mí, las manos pesadas en mi cintura, los labios suaves contra el lateral de mi cuello, y me estaría deshaciendo si no fuera por el zumbido de dentro de mi cráneo y los pinchazos, ahora de culpa, ahora de pánico, en la parte baja del vientre.

Aprieto la tarjeta contra el cerrojo electrónico y empujo la puerta. Alex me suelta y entra en la habitación detrás de mí. Voy directa al lavabo, le quito los cierres a los pendientes de plástico extragrandes y los dejo en la encimera. Alex se queda quieto y nervioso justo en la entrada.

—¿He hecho algo?

Niego con la cabeza, cojo una bolita de algodón y la botella azul de desmaquillante de ojos. Sé que tengo que decir algo, pero no quiero llorar, porque, si lloro, esto vuelve a girar en torno a mí y pierde todo el sentido. Alex hará lo que sea por hacerme sentir segura cuando lo que quiero es que sea sincero. Me paso el algodón por los párpados y disuelvo la raya de ojos líquida hasta que parezco Charlize Theron en *Mad Max: Fury Road* con pólvora untada por la cara como pintura de combate.

—Poppy —dice Alex—, dime qué he hecho.

Me giro para mirarlo y ni siquiera esboza una sonrisa al verme el maquillaje de lo preocupado que está. Y yo me odio a mí misma por hacerlo sentir así.

—No has hecho nada —contesto—. Eres perfecto.

Las dos expresiones que tiene en la cara en este momento son sorprendido y ofendido.

—No soy perfecto.

Tengo que hacerlo rápido, como si me quitara una tirita.

—¿Ibas a pedirle matrimonio a Sarah?

Se le separan los labios, pero su sorpresa pronto se convierte en dolor.

—¿A qué viene esto?

—Es que...

Cierro los ojos y me presiono la cabeza con el dorso de la mano como si eso fuera a detener el zumbido. Vuelvo a abrir los ojos y su expresión apenas se ha suavizado. No está conteniendo las emociones. En esta conversación voy a lidiar con el Alex desnudo.

—David me ha dicho que tenías el anillo y todo.

Cierra la boca y traga con ímpetu, mira hacia las puertas correderas del balcón y luego vuelve a mirarme a mí.

—Siento no habértelo contado.

—No es eso. —Obligo a las lágrimas que me suben a los ojos a retirarse—. Es que... no era consciente de cuánto la querías.

Suelta una media risa, pero en su cara tensa no hay ningún tipo de humor.

—Claro que la quería. Estuve años con ella a pesar de las interrupciones, Poppy. Tú también has querido a los tíos con los que has estado.

—Ya lo sé, no te estoy acusando de nada, es solo que... —Niego con la cabeza intentando organizar los pensamientos para que salga algo más corto que un monólogo de una hora—. Es que le compraste un anillo.

—Ya lo sé —dice él—, pero ¿por qué te enfadas conmigo por eso, Poppy? Tú estabas con Trey, haciendo viajes de lujo por todo el mundo, sentada en su regazo en todos los putos continentes... ¿Acaso tenía que haber pensado que no eras feliz? ¿Tenía que haberte esperado?

—¡Que no estoy enfadada contigo, Alex! —grito—. ¡Estoy enfadada conmigo misma! Porque no me importó interponerme. Por pedirte tanto y... y no dejarte tener lo que quieres.

Suelta una risa escéptica.

—Y ¿qué es lo que quiero?

—¿Por qué te dejó? —arremeto yo—. Dime que no tuvo nada que ver conmigo. Que Sarah no cortó la relación por esto... por esto que hay entre nosotros. Que desde que no formo parte de tu vida no ha estado replanteándose las cosas. Si es verdad, dímelo, Alex. Dime que no soy el motivo por el que ahora mismo no estás casado y con hijos y no tienes todo lo que querías.

Se queda observándome con la expresión tensa y la mirada oscura y nublada.

—Dímelo —le suplico, pero él se me queda mirando y el silencio de la habitación exacerba el zumbido de dentro de mi cráneo.

Por fin, niega con la cabeza.

—Pues claro que es por ti.

Doy un paso atrás como si sus palabras pudieran quemarme.

—Cuando rompió conmigo antes de que fuéramos a Sanibel, me sentí muy culpable todo el viaje, porque lo único que podía pensar era: «Espero que Poppy no piense también que soy aburrido». No me acordé de echarla de menos hasta que llegué a casa. Siempre es así cuando estoy contigo: no importa nadie más. Y luego te vas y la vida vuelve a la normalidad y... Cuando Sarah y yo volvimos, pensaba que las cosas eran diferentes, mucho mejores, pero la verdad es que no quería ir a la Toscana con nosotros, y yo le dije que necesitaba que viniese, y por eso accedió. Porque yo no quería perderte y pensaba que, si os hacíais amigas, sería más fácil —dice tan quieto ahora que rivaliza con los camareros estatua de la despedida.

»Entonces creíste que podías estar embarazada y me asusté tanto que me hice una puta vasectomía. Y ni siquiera se me ocurrió preguntarle a Sarah qué opinaba. Pedí cita y punto. Y unos días después, pasé por delante de una tienda de antigüedades y vi un anillo. Era viejo, de oro amarillo y estilo art déco con una perla. Lo vi y pensé: "Ese sería el anillo de pedida perfecto. Igual debería comprarlo". Y el pensamiento que me vino a la cabeza un segundo después fue: "¿Qué coño estoy haciendo?". No solo con el anillo, que a Sarah no le habría gustado en absoluto, por cierto, sino con la vasectomía, con todo. Lo estaba haciendo todo por ti y sé que no es normal y, desde luego, no era justo para ella, así que la dejé. Ese día. —Niega con la cabeza—. Me di tanto miedo a mí mismo que no fui capaz de contarte lo que había pasado. Me aterró darme cuenta de cuánto te quería. Y, luego, Trey y tú rompisteis y... Dios, Poppy, claro que ha sido todo por ti. Todo es por ti. Todo.

Ahora tiene los ojos húmedos y resplandecientes por la luz tenue de encima del lavabo y los hombros rígidos, y yo siento que me han clavado un puñal en la barriga y están dándole vueltas.

Alex niega con la cabeza. Es un gesto pequeño, contenido, poco más que una contracción nerviosa.

—No es nada que me hayas hecho —dice—. Esperaba que las cosas cambiaran, pero nunca han cambiado.

Da un paso hacia mí y yo me esfuerzo por mantener la compostura.

Se me escapa una exhalación, se me relajan los hombros y Alex se acerca a mí un paso más con la mirada pesada y la boca torcida.

—Y dudé mucho de mí mismo antes de dejarlo, porque sí que la quería —dice—, y quería que funcionara porque es genial y estamos bien cuando estamos juntos y queremos las mismas cosas y la quería de un modo que es... tan cristalino y fácil de entender y de gestionar.

Vuelve a hacer una pausa y a negar con la cabeza. Las lágrimas que tiene en los ojos los hacen parecer la superficie de un río, peligrosa y salvaje y preciosa.

—No sé cómo querer a alguien tanto como a ti —continúa—. Es aterrador. Y tengo temporadas en las que creo que puedo con ello y luego pienso en qué será de mí si te pierdo y entro en pánico y me alejo y... Nunca he sabido si seré capaz de hacerte feliz, pero la otra noche... Va a sonar ridículo, pero estábamos mirando Tinder y me dijiste que me darías *like*... y esas son las cosas diminutas que parecen enormes cuando son contigo. Esa noche me quedé horas despierto intentando descifrar qué habías querido decir. Estoy roto y, sí, seguramente, reprimido, y sé muy bien que no soy la persona con la que te has imaginado que estarías. Sé que no parece que cuadremos y es probable que así sea y puede que nunca consiga hacerte feliz...

—Alex. —Alargo las dos manos y tiro de él hacia mí.

Sus brazos me rodean e inclina la cabeza hasta que queda convertido en un signo de interrogación gigante que pende sobre mí.

—No es trabajo tuyo hacerme feliz, ¿vale? Nadie puede hacer feliz a nadie. Yo soy feliz solo con que existas, y hasta ahí es hasta donde puedes controlar mi felicidad.

Sus manos se curvan contra mi columna y yo entrelazo los dedos con su camisa.

—No sé qué significa todo esto exactamente, pero sé que te quiero igual que tú a mí, y no eres el único al que esto le asusta. —Cierro los ojos con fuerza reuniendo el valor para continuar—. Yo también me siento rota —le digo, y la voz se me rompe y queda débil y ronca—. Siempre he pensado que si alguien ve cómo soy en el fondo, se acabó. Que tengo algo feo dentro, o algo que no merece amor, y tú eres la única persona que me ha hecho sentir que no me pasa nada.

Me acaricia la cara con cuidado y abro los ojos, y me encuentro directamente con los suyos.

—No hay nada que me dé más miedo que la posibilidad de que, cuando de verdad me tengas entera, eso cambie, pero yo quiero tenerte entero, así que intento ser valiente.

—Nada va a cambiar lo que siento por ti —musita—. Llevo intentando dejar de quererte desde aquella noche que fuiste a enrollarte con el conductor de taxi acuático fumeta.

Me río y él sonríe, solo un poco. Le cojo la mandíbula entre las manos y lo beso en la boca con suavidad y, al cabo de un instante, él empieza a devolverme el beso, y es un beso mojado de lágrimas y urgente y potente que me manda descargas eléctricas por el cuerpo.

—¿Puedes hacerme un favor? —le pregunto.

Entrelaza las manos en mi espalda.

—¿Cuál?

—Dame la mano solo cuando tengas ganas.

—Poppy —dice—, puede que llegue el día en el que ya no necesite estar tocándote en todo momento, pero ese día no es hoy.

El ensayo del banquete es en un bistró en el que Tham invirtió cuando el negocio iba a abrir, un lugar iluminado con velas y lámparas de araña de cristal exclusivas. No hay séquito nupcial, solo los novios y el oficiante, por lo que no hay un ensayo de la boda propiamente dicho, pero toda la familia de Tham vive en el norte de California y ha venido a la cena, igual que muchos de los amigos de David que acudieron a la despedida anoche.

—Madre mía —digo cuando entramos—. Este es el lugar más sexy en el que he estado.

—El balcón de Nikolai que puede hacer de carpa de fumigación está profundamente ofendido ahora mismo —dice Alex.

—Siempre llevaré esa carpa de fumigación en el corazón —prometo, y le aprieto la mano, lo cual enfatiza la diferencia de tamaños y hace que sienta un hormigueo por la columna vertebral—. Oye, ¿te acuerdas de cuando me vine abajo porque pensaba que tenía manos de loris perezoso? En Colorado. Después de torcerme el tobillo.

—Poppy —dice con énfasis—, me acuerdo de todo.

Lo miro entrecerrando los ojos.

—Pero me dijiste que...

Suspira.

—Ya sé lo que dije, pero ahora te digo que me acuerdo de todo.

—Alguien podría decir que eso te convierte en un mentiroso.

—No —dice—, en lo que me convierte es en alguien que tenía vergüenza de seguir recordando a la perfección lo que llevabas puesto la primera vez que te vio y lo que pediste una vez en un McDonald's de Tennessee y en alguien que tenía que conservar una pequeña parte de dignidad.

—Oooh, Alex —digo burlándome a pesar de que siento un aleteo alegre en el estómago—, abandonaste toda dignidad cuando apareciste en la semana de orientación con unos chinos beige.

—¡Oye! Que no se te olvide que me quieres.

Siento que me sube el calor a las mejillas sin ningún tipo de vergüenza.

—Eso no podría olvidarlo.

Lo quiero y se acuerda de todo, porque él también me quiere. Por dentro me siento como si estallara una explosión de confeti dorado.

En ese momento, desde el rincón más alejado del restaurante, alguien dice:

—¿Es la señorita Poppy Wright?

El señor Nilsen se acerca a nosotros a grandes zancadas con un traje gris holgado y el bigote rubio del mismo tamaño y con la misma forma que el día que lo conocí. La mano de Alex se libera de la mía. Por el motivo que sea, es evidente que no quiere darme la mano delante de su padre, y siento una oleada de felicidad por que se haya sentido cómodo haciendo lo que prefería hacer.

—¡Hola, señor Nilsen! —le saludo.

Él se detiene en seco a cierta distancia delante de mí, sonriendo con amabilidad y sin ninguna intención de darme un abrazo. En la solapa lleva un pin de un arcoíris tan grande que resulta cómico. Da la impresión de que, si da un paso en falso, el pin podría hacerle caer.

—Oh, por favor —se queja—, ya no eres una niña. Puedes llamarme Ed.

—¿Sabes lo que te digo? ¡Tú también puedes llamarme Ed a mí! —respondo.

—Eh...

—Es una broma —interviene Alex.

—Ah —dice Ed Nilsen inseguro.

Alex se pone rojo. Yo también.

Ahora no es el momento de hacerle pasar vergüenza.

—Siento mucho lo de Betty —digo recobrando la compostura—. Era una mujer maravillosa.

Los hombros se le desploman.

—Era uno de los pilares de nuestra familia —dice—. Igual que su hija. —Al pronunciar esas palabras, los ojos empiezan a llenársele de lágrimas, se quita las gafas con montura metálica y suelta un soplido mientras se los seca—. No sé cómo vamos a superar este fin de semana sin ella.

Y siento empatía, claro. Ha perdido a un ser querido. Otra vez.

Pero sus hijos también. Y ahí plantada delante de él, mientras llora sin reservas y pasa el duelo como todo el mundo merece, siento que dentro de mí crece algo parecido a la rabia.

Porque, a mi lado, Alex ha planchado toda emoción en cuanto ha visto que se acercaba su padre y sé que eso no es coincidencia.

No quiero decirlo en voz alta, pero me sale así, con la sutileza de un ariete:

—Pero lo superarás, porque tu hijo se casa y te necesita.

Ed Nilsen me dedica una cara de perrito triste sin ningún tipo de ironía.

—Bueno, claro —dice con un tono algo sorprendido—. Si me disculpáis, tengo que... —No termina la frase y le da un apretón en el hombro a su hijo antes de alejarse.

A mi lado, Alex suelta una exhalación nerviosa y me vuelvo hacia él.

—¡Lo siento! Qué incómodo ha sido por culpa mía. Lo siento.

—No —responde, y enlaza de nuevo la mano con la mía—. Lo cierto es que creo que acabo de desarrollar un fetiche que consiste en que le suelten verdades que duelen a mi padre.

—En ese caso —digo—, voy a tener una conversación con él sobre ese bigote que lleva. —Echo a andar y Alex tira de mí y me pone las manos en la cintura.

—Por si no te beso tan pornográficamente como me gustaría durante el resto de la noche —me dice con voz grave al oído—, que sepas que, después del viaje, voy a invertir en un psicólogo para entender por qué soy incapaz de expresar felicidad delante de mi familia.

—Y así es como se desarrolló mi fetiche por Alex Nilsen exhibiendo comportamientos de autocuidado —suelto, y Alex me da un beso furtivo en la sien.

En ese preciso momento, nos alcanza una ola de gritos y chillidos que viene de la puerta del bistró y Alex vuelve a apartarse de mí.

—Deben de ser mis sobrinos.

32
ESTE VERANO

Las hijas de Bryce tienen seis y cuatro años, y el hijo de Cameron, poco más de dos. La hermana de Tham también tiene una hija de seis años, y los cuatro corren como locos por el restaurante y sus risas rebotan en las lámparas de araña.

Alex, alegre, los persigue, se tira al suelo cuando intentan empujarlo para que caiga y los coge en brazos mientras chillan contentos cuando los atrapa.

Con ellos, es el Alex que conozco, divertido y abierto y juguetón, y, aunque no sé muy bien cómo interactuar con niños, cuando me incluye en el juego, me esfuerzo por participar.

—Somos princesas —me explica Kat, la sobrina de Tham, mientras me coge la mano—, pero también somos guerreras —dice enfatizando la palabra—, ¡así que tenemos que matar al dragón!

—¿Y el tío Alex es el dragón? —pregunto para confirmar.

Ella asiente, solemne y con los ojos muy abiertos.

—Pero no hace falta que lo matemos —explica sin aliento—. Si conseguimos domarlo, puede ser nuestra mascota.

Casi desde debajo de una mesa, donde está repeliendo uno a uno los ataques de la prole de los Nilsen, Alex me dirige una cara de perrito triste abreviada.

—Vale —le digo a Kat—. A ver, ¿cuál es el plan?

La noche avanza como mareas que suben y bajan. Primero los cócteles, luego la cena, una infinidad de pizzas gourmet en miniatura adornadas con queso de cabra y rúcula, calabacín y un toque de vinagre balsámico, cebolla morada encurtida y coles de Bruselas a la parrilla y todo tipo de cosas que harían reír a los puristas de la pizza como Rachel Krohn.

Nos sentamos a la mesa de los niños, por lo cual Angela, la mujer de Bryce, me da las gracias algo ebria unas cien veces hacia el final de la cena.

—Quiero mucho a mis hijos, pero a veces solo tengo ganas de sentarme a cenar y hablar de algo que no sea *Peppa Pig*.

—Qué raro —respondo—, nosotros hemos hablado sobre todo de literatura rusa.

Me da un manotazo más fuerte de lo que pretende en el brazo al reírse y luego le agarra el brazo a Bryce y tira de él.

—Cariño, tienes que oír lo que acaba de decir Poppy.

Se apoya en él y él está un poco tenso —en el fondo, es un Nilsen—, pero también le pone una mano en la parte baja de la espalda. No se ríe cuando Angela me hace repetir la broma, pero dice en un tono plano y sincero, muy Nilsen:

—Qué bueno, literatura rusa.

Antes de que sirvan el postre y los cafés, la hermana de Tham (muy embarazada de gemelos) se pone en pie y golpea el vaso de agua con el tenedor pidiendo atención desde la mesa presidencial.

—Nuestros padres no son muy de hablar en público, así que he aceptado hacer un pequeño discurso esta noche. —Con los ojos ya llorosos, respira hondo—. ¿Quién me iba a decir que el pesado de mi hermano pequeño acabaría convirtiéndose en mi mejor amigo?

Habla de la infancia de ambos en el norte de California, de las peleas a gritos, de la vez que él le cogió el coche sin permiso y lo estampó contra un poste de teléfono. Y, luego, del momento clave, cuando ella se divorció de su primer marido y Tham le propuso que se fuera a vivir con él. De cuando lo pilló llorando viendo *Sweet Home Alabama* y, después de burlarse de él como es debido, se tumbó en el sofá para terminar de verla con él y los dos lloraron mientras se reían de sí mismos y decidieron que tenían que salir a comprar helado en plena la noche.

—Cuando me casé de nuevo —dice—, lo más duro fue saber que seguramente no volvería a vivir contigo. Y, cuando tú empezaste a hablar de David, vi lo enamorado que estabas y tuve miedo de perderte todavía más. Y entonces conocí a David. —Pone una cara que provoca risas, relajadas en la familia de Tham y contenidas en la de David—. Enseguida supe que iba a tener otro mejor amigo. No existe el matrimonio perfecto, pero todo lo que tocáis se vuelve precioso, y esto no será diferente.

Hay aplausos y abrazos y besos en las mejillas y los camareros han empezado a salir de la cocina con los postres cuando, de pronto, el señor (Ed) Nilsen se levanta meciéndose incómodo y golpea con un cuchillo su vaso de agua tan flojito que puede que ni siquiera lo esté tocando.

David se revuelve en la silla y los hombros de Alex se tensan protectores cuando la atención de la gente se centra en su padre.

—Sí —dice Ed.

—Empieza fuerte —susurra Alex nervioso.

Yo le aprieto la rodilla por debajo de la mesa y entrelazo la mano con la suya.

Ed se quita las gafas, pero no las deja en la mesa, sino que las sujeta a un lado del cuerpo, y se aclara la voz.

—David —dice volviéndose hacia los novios—. Mi hijito. Sé que no siempre lo hemos tenido fácil. Sé que tú no lo has tenido siempre fácil —añade en voz más baja—, pero siempre has sido un chico alegre y... —Resopla, se traga alguna emoción que quería aflorar y sigue—: No puedo atribuirme el mérito de cómo has salido. No siempre he estado a tu lado como debería, pero tus hermanos han hecho un magnífico trabajo criándote y estoy orgulloso de ser tu padre. —Mira el suelo, recomponiéndose—. Estoy orgulloso de ver cómo te casas con el hombre de tus sueños. Tham, bienvenido a la familia.

Mientras estalla un aplauso en la sala, David se dirige a su padre. Le da la mano, se lo piensa mejor y tira de Ed para darle un abrazo. Es breve e incómodo, pero es un abrazo y, a mi lado, Alex se relaja. Puede que, cuando pase la boda, todo vuelva a ser como antes, pero también puede que las cosas cambien.

Al fin y al cabo, el señor Nilsen se ha puesto un pin enorme del orgullo. Puede que las cosas siempre puedan ir a mejor entre personas que quieren quererse bien. Puede que solo haga falta eso.

Esa noche, cuando volvemos al hotel, Alex se da una ducha rápida mientras yo paso canales en la tele y me quedo viendo una reposición de *Bachelor in Paradise*, que es como *The Bachelor* pero en una isla. Cuando Alex sale del baño, entra en la cama y me atrae hacia él. Levanto los brazos para que pueda quitarme la camiseta grande y él me coloca las manos abiertas sobre las costillas y baja para besarme la tripa.

—Pequeña y luchadora —susurra contra mi piel.

Esta vez, todo es diferente entre nosotros. Más suave, más dulce, más lento. Nos tomamos nuestro tiempo, no decimos nada que podamos decir con las manos y bocas y brazos y piernas.

«Te quiero», me dice de muchas formas distintas, y yo le respondo lo mismo cada vez.

Cuando terminamos, nos tumbamos juntos, entrelazados y lustrosos por el sudor. Si habláramos, uno de los dos tendría que decir: «Mañana es el último día del viaje». Tendríamos que preguntar: «¿Y ahora qué?». Y todavía no hay respuesta para eso.

Así que no hablamos. Nos dormimos juntos y, por la mañana, cuando Alex vuelve de correr con dos vasos de café y un trozo de tarta para desayunar, nos besamos un poco más, esta vez con más furia, como si la habitación estuviera ardiendo y esta fuera la mejor forma de apagar el fuego. Luego, cuando es la hora, cuando nos quedamos sin tiempo, nos despegamos para arreglarnos para la boda.

Es en una casa de estilo colonial español con una verja de hierro forjado y un jardín exuberante. Hay palmeras y columnas y mesas largas de madera oscura con sillas de respaldo alto talladas a mano. Los arreglos florales son todos de un amarillo vivo, con girasoles y margaritas y delicadas florecitas silvestres, y un cuarteto de cuerda vestido de blanco toca música romántica y de ensueño mientras los invitados van entrando.

Hay más sillas de respaldo alto dispuestas en filas en un jardín infinito y flores amarillas que delimitan el pasillo hasta el altar. La ceremonia es corta y bonita porque, en palabras de David mientras vuelven los dos por el pasillo al ritmo de una versión alegre de «Here Comes the Sun»: «¡Es la hora de la fiesta!».

El día pasa a toda velocidad y un dolor se me aloja debajo de las clavículas y parece hacerse más profundo con el crepúsculo. Es como si estuviera viviendo la noche entera dos veces, como si hubiera dos versiones de la misma película reproduciéndose, medio superpuestas.

Está mi yo del aquí y el ahora, degustando un banquete vietnamita increíble de siete platos. El que persigue a niños entre las piernas de adultos que no reparan en ello y juega al escondite con ellos y con Alex por debajo de las mesas. El que apura margaritas en la pista de baile con Alex mientras suena a todo volumen «Pour Some Sugar on Me» y a la gente le caen gotas de sudor y champán encima. El yo que se pega a él cuando empieza a sonar «I Only Have Eyes for You», de The Flamingos, y que entierra la cara en su cuello intentando memorizar su olor más a fondo de lo que le han permitido los últimos doce años para poder traerlo a la mente a voluntad y que así vuelva el torrente de recuerdos de toda esta noche: su mano apretándome la cintura, su boca entreabierta contra mi sien, sus caderas apenas meciéndose mientras nos aferramos al otro.

Está esa Poppy que lo está viviendo todo y pasando la noche más mágica de su vida. Y luego está la otra que ya lo está echando todo de menos, que está viendo cómo ocurre todo esto desde un lugar distante y que sabe que no podrá volver a vivirlo otra vez.

Me da demasiado miedo preguntarle a Alex qué pasa ahora. Me da demasiado miedo preguntármelo a mí misma. Nos queremos. Nos deseamos.

Pero eso no ha cambiado el resto de nuestra situación.

De modo que me limito a aferrarme a él y a decirme a mí misma que, por ahora, debería disfrutar del momento. Estoy de vacaciones. Las vacaciones siempre terminan.

Es el hecho mismo de que sean finitos lo que hace que los viajes sean especiales. Si te mudas a cualquiera de esos destinos que tanto te han gustado en pequeñas dosis, ya no vivirás la experiencia de esos siete días que te cautivaron y te cambiaron la vida cuando fuiste de visita, cuando dejaste que el lugar entrase de lleno en tu corazón y te cambiase.

Termina la canción.

Termina el baile.

Poco después, todas las personas que quieren a David y Tham encienden bengalas y forman un túnel y ellos lo cruzan corriendo con las caras iluminadas de luz cálida y amor profundo y, luego, como una persona que se va durmiendo, termina la noche.

Alex y yo nos despedimos lo bastante desinhibidos por el alcohol y los bailes para abrazar a decenas de personas que hace unas horas eran completos desconocidos. Volvemos a casa en el coche en silencio y, cuando llegamos, Alex no se ducha, ni siquiera se quita la ropa. Solo nos subimos a la cama y nos abrazamos hasta quedarnos dormidos.

La mañana es mejor.

Para empezar, anoche se nos olvidó poner alarmas y nos acostamos lo bastante tarde como para que ni siquiera el reloj interno de Alex nos despierte con tiempo para holgazanear en el hotel. Desde el momento en el que abrimos los ojos, vamos tarde, y no podemos hacer más que meter la ropa en las maletas y mirar debajo de las camas por si se nos han caído calcetines o sujetadores o lo que sea.

—¡Todavía tenemos que devolver el Aspire! —se percata Alex en voz alta mientras cierra la cremallera de la maleta.

—¡Yo me encargo! —respondo—. Si consigo contactar con la dueña, puede que nos deje aparcarlo en el aeropuerto a cambio de que le paguemos unos cincuenta dólares extra.

Pero no conseguimos contactar con ella, así que vamos por la autovía gritando y cruzando los dedos para llegar a tiempo al aeropuerto.

—Ahora me arrepiento mucho de no haberme dado una ducha —dice Alex mientras baja la ventana y se pasa la mano por el pelo sucio.

—¿Una ducha? —repito—. Cuando me estaba durmiendo, pensé: «Tengo que hacer pis, pero me aguantaré hasta la mañana».

Alex me mira de lado.

—Estoy seguro de que en algún momento de la semana te has dejado por aquí algún vaso, si la cosa se pone fea.

—¡Qué asco! —digo, pero no le falta razón, tengo uno debajo del pie y hay otro en el posavasos del asiento de atrás—. Esperemos no llegar a eso. No es que se me conozca por mi buena puntería.

Se ríe, pero la risa es acartonada.

—No es así como me había imaginado el día de hoy.

—Ni yo —digo—, pero la verdad es que todo el viaje ha sido bastante sorprendente.

Entonces sonríe, me coge la mano sobre el cambio de marchas y se la lleva a los labios unos segundos después, manteniéndola ahí, pero sin llegar a besarla.

—¿Qué pasa? ¿Estoy pegajosa? —pregunto.

Niega con la cabeza.

—Solo quería recordar el tacto de tu piel.

—Qué bonito, Alex —digo—, para nada algo que diría un asesino en serie.

Estoy desviando la conversación, pero no sé de qué otro modo gestionar esta situación. Una carrera precipitada hacia el aeropuerto. Una despedida apresurada en las puertas de embarque, o tal vez solo separarnos y empezar a correr en direcciones opuestas. Es la antítesis de cualquier película romántica que me haya gustado y, si me permito pensarlo, creo que puede que me dé un ataque de pánico.

De milagro y gracias a superar el límite de velocidad (y, sí, de sobornar a un conductor de Uber para que pasase unos cuantos semáforos cuando hacía bastante que estaban en ámbar tras devolver el Aspire), llegamos al aeropuerto y hacemos el *check-in*. Mi avión sale quince minutos después del de Alex, así que vamos hacia su puerta de embarque primero, desviándonos para comprar un par de barritas de cereales y el último número de *D+R* de una librería de la terminal.

Llegamos a la puerta cuando está empezando el embarque, pero aún faltan unos cuantos minutos hasta que llamen a su grupo, así que nos quedamos ahí de pie, jadeando, sudorosos, con los hombros doloridos de llevar las bolsas y yo con una herida en el tobillo de golpeármelo sin querer contra la maleta de mano rígida cada pocos pasos.

—¿Por qué hace tanto calor en los aeropuertos? —pregunta Alex.

—¿Es el principio de un chiste?

—No, quiero saberlo de verdad.

—En comparación con el apartamento de Nikolai, esto es el ártico, Alex.

Su sonrisa es tensa. Ninguno de los dos está llevando bien esto.

—Bueno —dice.

—Bueno.

—¿Qué crees que le parecerá el artículo a Swapna? Jardines que cierran en mitad del día y tiovivos a los que es peligroso subirse por el calor...

—Ah. Claro. —Carraspeo.

Me avergüenza menos haberle mentido a Alex sobre el viaje que haberme olvidado de ello hasta ahora y verme obligada a gastar nuestro último y valioso momento juntos explicándoselo.

—Puede que, técnicamente, *D+R* no haya aprobado este viaje.

Arquea una ceja.

—¿Cómo que puede que no lo haya aprobado?

—O puede que directamente lo rechazara.

—¿Qué? ¿En serio? Entonces ¿por qué han pagado...? —Se corta antes de terminar al leer la respuesta en mi cara—. Poppy. No tendrías que haberlo hecho. O deberías habérmelo dicho.

—¿Habrías hecho el viaje si hubieras sabido que lo pagaba yo?

—Claro que no —dice.

—Pues eso —contesto—. Y tenía que hablar contigo. Bueno, es evidente que teníamos que hablar.

—Podrías haberme llamado —intenta razonar—. Habíamos vuelto a mandarnos mensajes. Estábamos... No lo sé, estábamos en ello.

—Ya —digo—, pero no era todo tan fácil. No estaba muy bien en el trabajo, no tenía ganas de seguir y estaba perdida y aburrida y como que... No sé qué quiero ahora en la vida y, cuando hablé con Rachel y me dijo que, en cierto modo, había conseguido todo lo que quería en lo profesional y, tal vez, necesitaba encontrar algo más que querer, algo nuevo, y luego pensé en la última vez que había sido feliz y...

—¿De qué estás hablando? —pregunta Alex negando con la cabeza—. ¿Rachel te convenció para que... me engañaras para que me fuera de viaje contigo?

—¡No! —digo mientras siento que el pánico me revuelve el estómago.

¿Cómo puede ser que todo se esté yendo de madre tan deprisa?

—¡No es eso! Su madre es psicóloga y, según ella, es normal deprimirnos cuando hemos logrado todos nuestros objetivos a largo plazo, porque necesitamos tener un propósito. Y entonces Rachel comentó que tal vez lo que necesitaba era tomarme un descanso de la vida y permitirme averiguar qué era lo que quería.

—Tomarte un descanso de la vida —dice Alex en voz baja, con la mandíbula floja y los ojos oscuros y tormentosos.

Al momento, se me hace evidente que he dicho lo que no tocaba. Me estoy explicando fatal. Tengo que arreglarlo.

—Quiero decir que no había sido feliz de verdad desde el último viaje que hicimos.

—Así que me mentiste para que me fuera de viaje contigo y te has acostado conmigo y me has dicho que me querías y has venido a la boda de mi hermano para tomarte un descanso de la vida real.

—Alex, pues claro que no —digo alargando las manos para agarrarlo.

Se aleja de mí con la mirada baja.

—Por favor, no me toques ahora mismo, Poppy. Intento pensar, ¿vale?

—¿Pensar en qué? —pregunto con la voz temblorosa por la emoción. No entiendo qué está pasando, cómo le he hecho daño ni cómo puedo arreglarlo—. ¿Por qué te has puesto así?

—¡Porque yo iba en serio! —dice por fin mirándome a los ojos.

Un pinchazo de dolor me atraviesa el vientre.

—¡Y yo! —grito.

—Iba en serio y sabía que iba en serio —dice—. No ha sido impulsivo. Hace años que sé que te quiero y lo he pensado desde todos los puntos de vista posibles y sabía lo que quería antes de que nos besáramos por primera vez. Hemos estado dos años sin hablarnos y he pensado en ti cada día y te he dado el espacio que creía que necesitabas y todo este tiempo me he preguntado qué estaría dispuesto a hacer, a qué estaría dispuesto a renunciar, si decidieras que tú también querías estar conmigo. Me he pasado todo este tiempo oscilando entre intentar pasar página y dejarte ir para que pudieras ser feliz y buscar trabajos y pisos cerca de ti, por si acaso.

—Alex. —Niego con la cabeza y fuerzo a las palabras a superar el nudo que tengo en la garganta—: No tenía ni idea.

—Lo sé.

Se frota la frente con los ojos cerrados.

—Ya lo sé. Y tal vez te lo tendría que haber dicho, pero, joder, Poppy. No soy un puto conductor de taxis de agua que has conocido en vacaciones.

—¿Qué se supone que quieres decir con eso? —exijo saber.

Cuando abre los ojos están tan llenos de lágrimas que vuelvo a alargar las manos hacia él hasta que me acuerdo de lo que me ha dicho: «Por favor, no me toques ahora mismo».

—No soy unas vacaciones que puedes tomarte de tu vida real —dice—. No soy una experiencia que vivir. Soy alguien que lleva enamorado de ti diez años y no deberías haberme besado sin estar segura de que querías esto, de que lo querías todo. No has sido justa.

—Sí lo quiero —digo, pero, incluso mientras lo digo, una parte de mí no tiene ni idea de qué significa.

¿Quiero casarme?

¿Quiero tener hijos?

¿Quiero vivir en una casa de los años sesenta en Linfield, Ohio?

¿Quiero alguna de las cosas que Alex desea tener en su vida?

No había pensado bien en nada de eso y Alex lo nota.

—No lo sabes —dice Alex—. Me acabas de decir que no lo sabes, Poppy. No puedo dejar el trabajo y mi casa y a mi familia solo para ver si así se te pasa el aburrimiento.

—No te he pedido eso, Alex —replico desesperada, como si intentara encontrar suelo firme y me diera cuenta de que bajo los pies solo tengo arena.

Se me está escapando de entre las manos por última vez y ya no habrá manera de hacer que vuelva a la normalidad.

—Lo sé —dice frotándose las arrugas de la frente y cerrando los ojos con fuerza—. Dios, ya lo sé. Es culpa mía. Debería haber sabido que era una mala idea.

—Para —le pido muriéndome por tocarlo, dolida por tener que conformarme con apretar los puños con fuerza—. No digas eso. Me estoy aclarando, ¿vale? Solo... tengo que aclararme un poco.

El trabajador de la puerta llama al grupo seis para que empiece a embarcar y los pocos rezagados que quedan se ponen a la cola.

—Tengo que irme —dice sin mirarme.

La vista se me nubla por las lágrimas, siento que la piel me arde y me pica como si el cuerpo se me estuviera encogiendo en torno a los huesos, como si me apretase hasta un punto insoportable.

—Te quiero, Alex —suelto—. ¿Eso da igual?

Sus ojos se fijan en mí de pronto, oscuros, insondables, llenos de dolor y anhelo.

—Yo también te quiero, Poppy —responde—. Ese nunca ha sido nuestro problema. —Echa un vistazo hacia atrás. Ya casi no hay cola.

—Podemos hablarlo cuando estemos en casa —le digo—. Podemos aclararlo.

Cuando Alex vuelve a mirarme, tiene angustia en la cara y el contorno de los ojos rojo.

—Mira —dice con suavidad—, creo que deberíamos dejar de hablar un tiempo.

Niego con la cabeza.

—Eso es lo último que deberíamos hacer, Alex. Tenemos que aclarar todo esto.

—Poppy. —Me coge la mano y la encierra con cuidado dentro de la suya—. Yo sé lo que quiero. Eres tú la que tiene que aclararse. Yo haría lo que fuera por ti, pero, por favor, no me lo pidas si no estás segura. De verdad que yo... —Traga con fuerza. Ya no hay cola. Es hora de que se vaya. Obliga a salir al resto de las palabras en un murmullo ronco—: No puedo ser un descanso de tu vida real y tampoco voy a ser el que te impida tener la vida que quieres.

Su nombre se me queda atrapado en la garganta. Se inclina un poco y reposa la frente en la mía y yo cierro los ojos. Cuando los abro, está yendo hacia el túnel de embarque sin mirar atrás.

Respiro hondo, recojo mis cosas y me dirijo a mi puerta.

Cuando me siento a esperar y me llevo las rodillas al pecho escondiendo la cara entre ellas, me permito, por fin, llorar sin reservas.

Por primera vez en mi vida, el aeropuerto me parece el lugar más solitario del mundo.

Todas esas personas se separan, se van en direcciones opuestas, se cruzan con otros cientos de personas, pero nunca conectan.

33
HACE DOS VERANOS

Un señor mayor viene con nosotros a Croacia como fotógrafo oficial de *D+R*.

Bernard. Habla en voz muy alta, siempre lleva un chaleco polar, a menudo se interpone entre Alex y yo sin reparar en las miradas raras que intercambiamos por encima de su calva. (Es más bajo que yo, aunque, a lo largo del viaje, nos repite que, en sus tiempos, medía uno sesenta y ocho.)

Los tres juntos visitamos el casco antiguo de Dubrovnik, con sus altos muros de piedra y sus calles serpenteantes y, más lejos, las playas de roca y las aguas turquesas impolutas del Adriático.

Los otros fotógrafos con los que he viajado han sido bastante independientes, pero Bernard se ha quedado viudo hace poco y no está acostumbrado a vivir solo. Es buen tío, pero demasiado sociable y no se calla nunca y, durante el tiempo que pasamos en la ciudad, veo como va desgastando a Alex hasta que todas sus preguntas reciben un monosílabo por respuesta. Bernard no se da cuenta, puesto que, por lo general, sus preguntas son meros trampolines con los que llegar a historias que quiere contar.

Las historias incluyen muchos nombres y fechas y se toma mucho tiempo para asegurarse de que todos esos datos son ciertos. A veces, da marcha atrás cuatro o cinco veces hasta que está del todo seguro de que lo que cuenta pasó un miércoles y no, como pensaba primero, un jueves.

De la ciudad cogemos un ferry atestado a Curzola, una isla cerca de la costa. *D+R* nos ha alquilado dos habitaciones de apartahotel desde las que se ve el mar. No sé cómo, Bernard da por hecho que Alex y él van a compartir una, lo cual no tiene sentido porque él es trabajador de *D+R* y es evidente que tiene que disfrutar de alojamiento propio mientras que Alex es mi invitado.

Intentamos explicárselo.

—Ah, a mí no me sabe mal —dice—. Además, me han puesto dos dormitorios por error.

Es imposible convencerlo de que esa habitación tenía que ser para Alex y para mí y lo cierto es que nos compadecemos demasiado de él para seguir insistiendo. Los apartamentos son modernos y minimalistas, todos blancos y de acero inoxidable con balcones que dan al agua centelleante, pero las paredes son delgadísimas y me despierto todas las mañanas con los ruidos de tres niños corriendo y gritando en el piso de arriba. Además, en el armario de la lavandería hay algo muerto dentro de la pared que hay detrás de la secadora y cada día llamo a recepción y mandan a un adolescente a hacer algo para eliminar el olor mientras no estoy. Estoy bastante convencida de que se limita a abrir las ventanas y echar limpiador multiusos en espray por toda la habitación, porque el olor dulzón de limón que huelo al volver se desvanece todas las noches y el hedor a animal descomponiéndose ocupa su lugar.

Esperaba que estas fueran las mejores vacaciones de todas las que hemos tenido.

Pero, hasta dejando de lado el olor a muerte y los alaridos infantiles al amanecer, está Bernard. Después de regresar de la Toscana, sin hablarlo, tanto Alex como yo le dimos espacio a la amistad. En vez de mandarnos mensajes todos los días, empezamos a ponernos al día cada dos semanas. Habría sido fácil volver a como estaban las cosas antes, pero no podía hacerles eso ni a él ni a Trey.

En lugar de eso, me centré en el trabajo. Cogía todos los viajes que surgían, a veces uno detrás de otro. Al principio, Trey y yo éramos más felices que nunca, así era como mejor estábamos: a lomos de un caballo o un camello, subiendo a volcanes y saltando desde la parte alta de una cascada. Sin embargo, al final, nuestras vacaciones sin fin empezaron a parecer una huida, como si fuésemos dos atracadores de bancos que estaban viviendo al máximo mientras esperaban a que el FBI los pillara.

Comenzamos a discutir. Él quería levantarse pronto y yo me dormía. Yo caminaba demasiado despacio y él se reía demasiado alto. A mí me molestaba que tonteara con las camareras y él no soportaba que quisiera recorrer todos los pasillos de todas las tiendas idénticas por las que pasábamos.

Nos quedaba una semana de viaje en Nueva Zelanda cuando nos dimos cuenta de que nuestra relación estaba en las últimas.

—Ya no nos lo pasamos bien —dijo Trey.

Yo me eché a reír aliviada. Quedamos como amigos. Yo no lloré. Durante los últimos seis meses, nuestras vidas se habían ido destrenzando poco a poco. La ruptura solo había servido para cortar la última hebra.

Cuando le escribí a Alex para contárselo, me dijo:

¿Qué ha pasado? ¿Estás bien?

Yo, con el corazón acelerado, le contesté:

Será más fácil contártelo en persona.

Lo entiendo.

Al cabo de unas semanas, también por mensaje, me contó que Sarah y él habían vuelto a romper.

Eso no lo había visto venir: se habían mudado juntos a Linfield cuando él había terminado el doctorado y hasta trabajaban en el mismo instituto —un milagro tan grande que parecía que el universo le estaba dando el visto bueno a su relación de forma explícita— y, por todo lo que me había dicho Alex, estaban mejor que nunca. Felices. Para ellos había sido todo muy natural. A no ser que no me hubiera hablado de los problemas, lo cual tendría todo el sentido.

¿Quieres hablar?, le pregunté aterrorizada y llena de adrenalina.

Como dijiste tú, respondió, puede que sea más fácil explicarlo en persona.

Llevaba dos meses y medio esperando esa conversación. Había echado muchísimo de menos a Alex y, por fin, nada nos impediría hablar claro, no tendríamos motivos para contenernos ni andar de puntillas ni intentar no tocarnos.

Pero está Bernard.

Viene a hacer kayak durante la puesta de sol con nosotros. Se apunta al tour de viñedos familiares en el interior del país. Se nos une todas las noches para cenar marisco. Propone tomar una copa después. Nunca se cansa.

—Puede que Bernard —me susurra Alex una noche— sea Dios.

Y yo me río por la nariz sobre la copa de vino.

—¿Tienes alergia? —dice Bernard—. Puedes usar mi pañuelo. —Y me tiende un pañuelo de tela bordado.

Deseo que Bernard haga algo horrible, como pasarse el hilo dental en la mesa o decir algo que me dé el valor de pedirle una hora de espacio y privacidad.

Este es el viaje más bonito, pero también el peor que hemos hecho Alex y yo.

La última noche, los tres nos ponemos como cubas en un restaurante con vistas al mar observando los rosas y dorados del sol que se derrite por encima de todo hasta que el agua es una capa de luz a la que va reemplazando poco a poco un manto morado oscuro. Cuando volvemos al resort, ya hay noche cerrada y nos separamos agotados en más de un sentido, pesados por el vino.

A los quince minutos, oigo que llaman flojito a la puerta. La abro en pijama y me encuentro con Alex sonriendo y sonrojado.

—¡Anda, qué sorpresa! —exclamo arrastrando un poco las palabras.

—¿En serio? —dice Alex—. Por cómo hinchabas de alcohol a Bernard, pensaba que era parte de un plan malvado.

—¿Ha caído? —pregunto.

—Joder, si está roncando que parece un oso —contesta Alex, y los dos nos echamos a reír.

Me pone el índice en los labios.

—Chsss —me advierte—. Llevo dos noches intentando venir sin hacer ruido y se ha despertado y ha salido del dormitorio antes de que hubiera conseguido llegar siquiera a la puerta. He pensado en empezar a fumar solo para tener una excusa a prueba de Bernard.

Me surge otra risa como burbujitas que suben por mi cuerpo y siento su calidez.

—Y ¿crees que te habría seguido hasta aquí? —susurro con su dedo todavía tocándome los labios.

—No pensaba arriesgarme.

Al otro lado de la pared oímos un ronquido espantoso y me entra tanta risa que me fallan las piernas y me caigo al suelo. Alex también.

Caemos uno encima del otro en una maraña de extremidades mientras nos agitamos con una risa silenciosa. Le doy un palmotazo en el brazo cuando otro ronquido horrible que suena a trueno retumba en la habitación de al lado.

—Te he echado de menos —dice Alex con una sonrisa cuando la risa empieza a amainar.

—Y yo a ti —respondo.

Me duelen las mejillas. Él me aparta el pelo de la cara y la electricidad estática hace que algunos mechones le bailen en torno a la mano.

—Pero, por lo menos, ahora tengo tres Alex. —Le agarro la muñeca para estabilizarme y cierro un ojo para verlo mejor.

—¿Demasiados vino? —se burla, y me pasa una mano por la nuca.

—Nah —digo—, lo suficiente para dejar K. O. a Bernard. La cantidad justa.

La cabeza me baila de forma agradable y siento la piel cálida bajo la mano de Alex. Ondas de calor placentero se propagan por mi cuerpo desde donde nos tocamos hasta las puntas de los dedos de los pies.

—Así es como deben de sentirse los gatos —bisbiseo.

Se ríe.

—¿Y eso?

—Bueno. —Muevo la cabeza de un lado a otro apretando la nuca contra la palma de su mano—. No sé...

Se me apaga la voz, estoy demasiado a gusto para seguir hablando. Me rasca la piel con los dedos y me tira un poco del pelo y susurro de placer mientras me acurruco contra él y descanso la mano en su pecho y mi frente se apoya en la suya.

Coloca una mano sobre la mía y yo entrelazo los dedos con los suyos mientras inclino la cara para mirarlo. Nuestras narices se tocan. Levanta la barbilla, me roza el mentón con los dedos. Lo siguiente que siento es que me está besando.

¡Estoy besando a Alex Nilsen!

Un beso cálido, de los que se beben lento. Al principio, los dos estamos casi riéndonos como si todo esto fuera una broma muy graciosa. Luego, me pasa la lengua por el labio inferior, un roce de calor fogoso. Y, a continuación, lo atrapa con los dientes brevemente y ya no nos reímos.

Mis manos se adentran en su pelo y él me pone en su regazo, me sube las manos por la espalda y después baja de nuevo para apretarme las caderas. Me tiembla la respiración y se me acelera cuando su boca vuelve a juguetear con la mía para que se abra y me mete la lengua y sabe dulce y limpio y embriagador.

Somos manos frenéticas y dientes afilados, piel descubierta y uñas que se hunden en los músculos. Es probable que Bernard siga roncando, pero no puedo oírlo por encima de la respiración deliciosamente acelerada de Alex, ni de su voz al oído diciendo mi nombre como si soltara una palabrota ni de mis latidos resonándome en los tímpanos mientras me restriego contra él moviendo las caderas.

Todas esas cosas que no hemos podido decirnos ya no importan porque, en realidad, esto era lo que necesitábamos. Y yo necesito más. Bajo la mano para desabrocharle el cinturón —porque lleva cinturón, cómo no—, pero él me atrapa la muñeca y se echa atrás con los labios hinchados y el pelo revuelto, todo él revuelto de un modo que me resulta del todo desconocido y atractivo.

—No podemos —dice con voz espesa.

—¿No?

Parar me sienta como si me hubiera estampado contra una pared. Como si tuviera pajaritos de dibujos animados dando vueltas a mi cabeza mientras intento comprender lo que dice.

—No deberíamos —se corrige—. Estamos borrachos.

—¿No demasiado borrachos para enrollarnos, pero sí para acostarnos? —pregunto casi riendo por lo absurdo que es, o por lo decepcionante.

Alex tuerce la boca.

—No —dice—. Lo que quiero decir es que no tendría que haber pasado nada. Los dos hemos bebido y no estamos pensando con la cabeza...

—Ya. —Me echo a un lado alisándome la camiseta del pijama. La vergüenza que siento es de las de cuerpo entero, un puñetazo en la barriga que hace que se me humedezcan los ojos. Me levanto del suelo y Alex hace lo mismo—. Tienes razón —digo—. Ha sido mala idea.

Alex parece destrozado.

—Solo quería decir que...

—Lo he pillado —digo deprisa, intentando tapar el agujero antes de que se cuele más agua en el barco.

Ha sido un error tirar por ahí, arriesgar lo que tenemos, pero tengo que convencerlo de que está todo bien, de que no acabamos de echar gasolina sobre nuestra amistad y luego hemos encendido una cerilla.

—No le demos una importancia que no tiene —sigo cada vez con más convicción—. Es lo que has dicho: nos hemos bebido como tres botellas de vino cada uno. No estábamos pensando con la cabeza. Haremos como si no hubiera pasado nada, ¿vale?

Me mira fijamente con una expresión tensa que no sé interpretar.

—¿Crees que podrás?

—Pues claro, Alex —digo—. Hemos vivido muchas cosas más allá de una noche de borrachera.

—Vale. —Asiente—. Vale. —Después de un segundo en silencio, añade—: Debería irme a la cama. —Me estudia un segundo más y musita—: Buenas noches. —Y sale por la puerta.

Tras unos minutos de andar de aquí para allá muerta de vergüenza, me arrastro hasta la cama, donde, cada vez que empiezo a adormecerme, el encuentro entero se me reproduce en la mente: la excitación insoportable de besarlo y la humillación todavía más insoportable de nuestra conversación.

Por la mañana, cuando me despierto, vivo un feliz momento en el que creo que lo he soñado todo. Y entonces llego con dificultad delante del espejo del baño y me veo un chupetón de los buenos en el cuello y la secuencia de recuerdos vuelve a empezar.

Decido no sacar el tema cuando lo vea. Lo mejor que puedo hacer es fingir que he olvidado lo que pasó de verdad. Demostrarle que estoy bien y que no ha cambiado nada entre nosotros.

Cuando llegamos al aeropuerto —Bernard, Alex y yo— y Bernard se aleja para ir al baño, tenemos el primer minuto del día a solas.

Alex carraspea.

—Siento lo de anoche. Sé que fui yo el que empezó y... no debería haber pasado así.

—En serio —le digo—, no tiene importancia.

—Sé que no has superado a Trey —musita apartando la mirada—. No tendría que haberlo hecho...

No sé si confesar lo poco que se me ha pasado Trey por la cabeza desde hace semanas o que anoche no pensaba en nadie más que en Alex mejoraría o empeoraría las cosas.

—No es culpa tuya —le aseguro—. Los dos dejamos que pasara y no tiene por qué significar nada, Alex. Solo somos dos amigos que se han besado una vez yendo borrachos.

Me estudia unos segundos.

—Está bien.

No parece que esté bien. Parece que preferiría estar en un encuentro de saxos junto a un número indeterminado de asesinos en serie.

El corazón se me encoge de dolor.

—Entonces ¿estamos bien? —digo deseando que sea así.

Bernard reaparece con una historia sobre un baño de aeropuerto lleno de papel de váter en el que había estado —el domingo antes del Día de la Madre, por si alguien quiere saber la fecha exacta—, y Alex y yo apenas nos miramos.

Cuando llego a casa, hay algo que no me deja escribirle.

«Ya me mandará un mensaje», pienso. «Entonces sabré que estamos bien.»

Tras una semana de silencio, le envío un mensaje chorra sobre una camiseta graciosa que he visto en el metro y él responde «ja», pero nada más. Al cabo de dos semanas, cuando le pregunto: ¿Estás bien?, él se limita a contestar: Perdona, he tenido mucho trabajo. ¿Tú estás bien?

Claro, digo.

Alex sigue ocupado. Yo también me ocupo. Y ya está.

Siempre he sabido que respetábamos ese límite por algo, pero dejamos que nuestra libido se apoderase de nosotros y ahora Alex no puede ni mirarme a la cara ni responderme a los mensajes.

He tirado diez años de amistad a la basura solo para descubrir a qué sabe Alex Nilsen.

34
ESTE VERANO

No puedo parar de pensar en ese primer beso. No el primer beso en el balcón de Nikolai, sino en el de hace dos años en Croacia. Todo este tiempo, ese recuerdo solo ha tenido una forma en mi cabeza, pero ahora tiene un aspecto completamente distinto.

Pensaba que Alex se arrepentía de lo que había pasado. Ahora entiendo que se arrepentía de cómo había pasado. Por un impulso ebrio, cuando no podía estar seguro de mis intenciones. Cuando yo misma no estaba segura de mis intenciones. Tenía miedo de que no hubiera tenido ninguna importancia y yo me había puesto a hacer como si no la tuviera.

Todo este tiempo, he pensado que me había rechazado. Y él ha pensado que yo no lo valoraba ni a él ni a su corazón. Agonizo al tomar consciencia del daño que le he hecho y, peor aún, de que tenía razón, no lo había valorado.

Porque, aunque ese beso hubiera significado algo para mí, lo cierto es que no tenía nada claro. Ni la primera vez ni tampoco esta. No como Alex.

—¿Poppy? —dice Swapna asomándose a mi cubículo—. ¿Tienes un momento?

Llevo en mi escritorio mirando fijamente una web de turismo en Siberia desde hace más de cuarenta y cinco minutos. Resulta que Siberia es un lugar bastante bonito. Perfecto para un exilio autoimpuesto si se diera el caso de que alguien necesita algo así. Minimizo la ventana.

—Eh... Claro.

Swapna mira hacia atrás para comprobar quién ha venido a la oficina hoy.

—De hecho, ¿te apetece dar un paseo?

Hace dos semanas que he vuelto de Palm Springs y, técnicamente, todavía es pronto para el clima otoñal, pero hoy, en Nueva York, hace día de otoño. Swapna coge su gabardina de Burberry y yo la mía de espinapez *vintage* y salimos camino de la cafetería de la esquina.

—Bueno —dice—, no he podido evitar darme cuenta de que estás un poco chof.

—Vaya.

Pensaba que había estado escondiendo bastante bien cómo me sentía. Para empezar, hago como cuatro horas de ejercicio por las noches, lo cual significa que duermo como un lirón, me despierto todavía agotada y paso los días sin capacidad mental para preguntarme cuándo me cogerá Alex el teléfono o cuándo me llamará él.

O por qué este trabajo me cansa tanto como hacer de camarera en Ohio. Ya no consigo hacer que las cosas cuadren. Todo el día me oigo a mí misma decir la misma frase como si estuviera desesperada por sacarla de mi cuerpo a pesar de sentirme incapaz: «Estoy pasando por un momento complicado».

Por leve que sea la afirmación —tanto como «No he podido evitar darme cuenta de que estás un poco chof»—, me abrasa el interior cada vez que la oigo.

«Estoy pasando por un momento complicado», pienso desesperada mil veces al día y, cuando intento obtener más información —«¿Un momento complicado con qué?»—, la voz contesta: «Con todo».

Me siento una adulta incompetente. Miro a la gente de la oficina y veo que todo el mundo teclea, coge llamadas, hace reservas, edita documentos y sé que en sus vidas lidian con tantas cosas como yo —como mínimo—, lo cual solo consigue hacerme sentir peor por lo cuesta arriba que se me hace todo a mí.

Últimamente, vivir, ocuparme de mí misma, se me hace una montaña insalvable.

A veces logro levantarme del sofá y meter un plato precocinado en el microondas y, mientras espero a que el temporizador llegue a cero, pienso: «Mañana tendré que volver a hacer esto, y pasado, y al siguiente». Todos los días del resto de mi vida, voy a tener que pensar qué comer y hacer la comida, por mal que me sienta o por muy cansada que esté o por horribles que sean las palpitaciones en la cabeza. Aunque tenga treinta y nueve de fiebre, tendré que levantarme y prepararme algo mediocre para seguir viviendo.

No le digo nada de esto a Swapna porque (*a*) es mi jefa, (*b*) no sé si sabría traducir alguno de esos pensamientos a palabras y (*c*) aunque fuera capaz, sería humillante admitir que me siento exactamente como esos *millennials* inútiles, perdidos, melancólicos y estereotipados de los que le gusta tanto quejarse a todo el mundo.

—Supongo que sí que estoy un poco chof —es lo que le digo—. No me había dado cuenta de que estaba afectando a mi trabajo. Me esforzaré más.

Swapna deja de andar, se vuelve sobre sus imponentes Louboutin y pone mala cara.

—No es solo por el trabajo, Poppy. Como mentora tuya, he hecho una inversión personal.

—Lo sé —digo—. Eres una jefa maravillosa y soy muy afortunada.

—Tampoco es eso —repone Swapna algo impaciente—. Lo que digo es que no estás obligada a contarme lo que está pasando, por supuesto, pero sí que creo que te ayudaría hablar con alguien. Perseguir tus objetivos puede ser muy solitario, y el desgaste profesional siempre es un reto. Créeme, he estado en tu lugar.

Cambio el peso de pierna, nerviosa. Aunque Swapna haya sido una mentora, nunca hemos tratado nada personal, y no sé cuánto contarle.

—No sé qué me pasa —admito.

Sé que se me rompe el corazón al pensar en que Alex no forma parte de mi vida.

Sé que desearía poder verlo cada día y que ninguna parte de mí se preocupa por imaginar qué más puede haber, a quién dejaría de conocer y de querer si estuviéramos juntos.

Sé que pensar en una vida en Linfield me aterra.

Sé que me he esforzado mucho por ser la persona que soy —independiente, que ha visto mundo, con éxito—, y no sé quién soy si dejo eso de lado.

Sé que no hay ningún otro trabajo en el mundo que me llame, que no hay una respuesta clara a mi infelicidad y que este trabajo, que ha sido increíble durante una buena parte de los últimos cuatro años, últimamente solo me agota.

Y todo eso se suma a no tener ni puta idea de lo que voy a hacer con mi vida y, por lo tanto, tampoco tener ningún derecho a llamar a Alex, por lo que he dejado de intentar hablar con él de momento.

—Desgaste profesional —digo en voz alta—. Eso es algo que termina yéndose, ¿no?

Swapna sonríe.

—Para mí, por ahora, sí, siempre. —Se mete la mano en el bolsillo y saca una tarjeta de visita—. Pero, como te he dicho, ayuda hablar con alguien.

Acepto la tarjeta y ella señala la cafetería con la barbilla.

—¿Por qué no te tomas unos minutos para ti? A veces, un cambio de aires es lo único que necesitamos para tener un poco de perspectiva.

«Un cambio de aires», pienso mientras ella comienza a volver por donde hemos venido. «Eso antes me funcionaba.»

Miro la tarjeta de visita que tengo en la mano y no puedo más que reírme.

«Doctora Sandra Krohn, psicóloga.»

Saco el móvil y le mando un mensaje a Rachel.

¿La doctora Mamá acepta pacientes nuevos?

¿Es el papa actual un transgresor?

La madre de Rachel tiene un despacho en su casa de arenisca de Brooklyn. Mientras que la estética del diseño de interiores de Rachel es etérea y liviana, la decoración de la casa de su madre es acogedora y cálida: maderas oscuras y vidrieras de colores, plantas de hojas anchas colgando del techo, libros apilados encima de cualquier superficie y campanas de viento tintineando en el exterior de casi todas las ventanas.

En cierto modo, me recuerda a estar en mi casa, aunque la versión artística y cultivada del maximalismo de la doctora Krohn está muy alejada del Museo de la Infancia que tienen mis padres.

Durante la primera sesión, le digo que necesito ayuda para averiguar cuál es el próximo paso que debo dar en vida, pero ella me recomienda que empecemos por el pasado.

—No hay mucho que contar —le digo, y procedo a hablar durante cincuenta y seis minutos sin parar.

Sobre mis padres, sobre el instituto, sobre la vez que fui a casa de mis padres con Guillermo.

Es la única persona con la que he compartido esto aparte de Alex y, aunque me sienta bien soltarlo, no sé muy bien cómo va a ayudarme con mi crisis vital. Rachel me hace prometerle que seguiré yendo por lo menos un par de meses.

—No huyas de esto —me dice—. No te estarías haciendo ningún favor.

Sé que tiene razón. Tengo que cruzar este muro con el que me he topado, no alejarme de él. Mi única esperanza de arreglar la situación es no huir de la incomodidad, sino quedarme y sentirla.

La de las sesiones semanales con la psicóloga. La del trabajo en *D+R*. La de mi piso prácticamente vacío.

Sigo sin actualizar el blog, pero empiezo a escribir un diario. Mis viajes de trabajo se limitan a escapadas regionales de fin de semana y, en mi tiempo libre, repaso todo internet en busca de libros de autoayuda y artículos, intentando encontrar cosas que me digan algo, no como aquella estatua de un oso que costaba veintiún mil dólares.

A veces, busco trabajos en Nueva York y, otras, busco ofertas cerca de Linfield.

Me compro una planta, un libro sobre plantas y un telar pequeño. Intento aprender a tejer con vídeos de YouTube y a las tres horas me doy cuenta de que me aburre tanto como mal se me da.

Sin embargo, dejo el tejido a medio terminar encima de la mesa durante días y me parece una prueba de que vivo aquí. Tengo una vida aquí, una casa que es mía.

El último día de septiembre, cuando voy a encontrarme con Rachel en una vinoteca, se me queda enganchado el bolso en las puertas de un vagón de metro atestado.

—¡Mierda! ¡Joder! —siseo mientras, al otro lado, unas cuantas personas intentan abrirlas a la fuerza.

Un hombre con muchas entradas pero bastante joven que lleva un traje azul consigue abrir las puertas y, cuando levanto la vista para darle las gracias, veo en sus ojos azules un brillo claro y nítido de reconocimiento.

—¿Poppy? —dice abriendo un poco más las puertas—. ¿Poppy Wright?

Estoy demasiado estupefacta para contestar. Sale del vagón a pesar de que no parecía tener ninguna intención de salir la primera vez que se han abierto las puertas. Esta no es su parada, pero se baja y yo tengo que echarme atrás para dejarle espacio mientras las puertas se vuelven a cerrar.

Y ahora estamos plantados en el andén y yo debería decir algo, sé que tengo que decir algo, porque se ha bajado del dichoso tren. Solo consigo soltar:

—Anda. Jason.

Asiente, sonriendo, tocándose el pecho donde una corbata de color rosa claro le cuelga del cuello planchado de su camisa blanca.

—Jason Stanley. Del instituto de East Linfield.

Mi cerebro sigue intentando procesar lo que está pasando. No es capaz de conciliarlo a él con este escenario. En *mi* ciudad, en la vida que construí para que nunca se solapara con la que tenía antes.

—Y-ya —tartamudeo.

Jason Stanley ha perdido casi todo el pelo, ha ganado algo de peso en la barriga, pero todavía queda algo de ese chico mono que me gustó hace tiempo y que, después, me destrozó la vida.

Se ríe, me da un codazo.

—Fuiste mi primera novia.

—Bueno —digo, porque esa afirmación no me parece demasiado acertada.

Nunca he pensado en Jason Stanley como mi primer novio. Más bien como el primer chico que me gustó que se convirtió en mi abusón.

—¿Tienes algo que hacer? —Se mira el reloj—. Yo tengo un rato, si quieres que nos pongamos al día.

No quiero que nos pongamos al día.

—Pues es que estoy yendo a la psicóloga —digo por alguna puta razón.

Ha sido la primera excusa que me ha venido a la cabeza. Preferiría haber soltado que me iba a la playa más cercana con un detector de metales a buscar centavos. Camino hacia las escaleras y Jason me sigue.

—¿A la psicóloga? —repite todavía sonriendo—. Espero

que no sea por las putadas que te hice cuando era un niñato celoso. —Me guiña un ojo—. Que uno quiere dejar marca, pero no de ese tipo.

—No sé de qué me hablas —miento mientras subo los escalones.

—¿En serio? —dice—. Dios, menos mal. Yo pienso en ello a todas horas. Hasta intenté buscarte en Facebook una vez para pedirte perdón. No tienes Facebook, ¿no?

—No, la verdad es que no.

Sí que tengo Facebook. Lo que no tengo es mi apellido en Facebook, precisamente porque no quería que la gente como Jason Stanley me encontrara. Ni nadie de Linfield. Quería hacer desaparecer esa parte de mí y hacerla reaparecer completamente formada en una ciudad nueva, y eso era lo que había hecho.

Salimos del metro a las calles arboladas. Ha vuelto el aire frío. El otoño por fin se ha tragado los últimos restos del verano.

—Bueno —dice Jason dando las primeras señales de vergüenza. Se detiene rascándose la nuca—. Pues te dejo sola. Es que te he visto y no me lo podía creer. Solo quería saludarte. Y pedirte perdón, supongo.

Pero yo también me detengo, porque, coño, ¿no llevo un mes diciendo que no voy a huir de los problemas? Me fui de Linfield y eso no ha bastado. Está aquí. Como si el universo me estuviera empujando con fuerza en la dirección correcta.

Respiro y me vuelvo hacia él cruzándome de brazos.

—¿Perdón por qué, Jason?

Debe de verme en la cara que estaba mintiendo sobre no acordarme, porque ahora parece muy avergonzado.

Da una bocanada de aire tensa y temblorosa y fija la mirada en sus zapatos de vestir con culpabilidad.

—Te acuerdas de los primeros años de instituto, de lo horribles que fueron, ¿no? —dice—. Te sientes tan fuera de lugar... Es como si tuvieras algo malo y, en cualquier momento, todo el mundo fuera a darse cuenta. Ves cómo les pasa a los demás. Los niños con los que jugabas en el patio de pronto tenían motes insultantes y no los invitaban a las fiestas de cumpleaños. Y sabías que tú podías ser el siguiente, así que te convertías en un capullo. Si señalas a los demás, nadie se fijará demasiado en ti, ¿no? Yo fui tu capullo... Quiero decir, que fui el capullo de tu vida durante un tiempo.

La acera oscila delante de mí, me asola una oleada de mareo. Fuera lo que fuera lo que me esperaba, no era esto.

—La verdad es que no me puedo creer que esté diciendo esto —continúa—, pero te he visto en el andén y... tenía que decirte algo. —Jason respira hondo y, al hacer una mueca, se le dibujan arrugas cansadas en las comisuras de la boca y los ojos.

«Qué viejos somos», pienso. «¿Cuándo nos hemos hecho tan viejos?»

De pronto ya no somos niños, y me parece que ha sido de la noche a la mañana, tan deprisa que no me ha dado tiempo a darme cuenta, a dejar ir todo lo que antes era tan importante, a ver que las viejas heridas que antes parecían puñaladas en las vísceras se han ido cerrando y ahora solo quedan pequeñas cicatrices blancas que se confunden con las estrías y las manchas del sol y los hoyuelos que el tiempo ha ido dejando por mi cuerpo.

He puesto muchísimo tiempo y distancia entre esa niña solitaria y yo, y ¿para qué? Delante de mí, a muchos kilómetros de casa, tengo una parte del pasado. No puedes huir de ti misma. No puedes escapar de tu historia, de tus miedos ni de las partes de ti que temes que sean malas.

Jason vuelve a lanzar otra mirada hacia sus pies.

—En el encuentro de antiguos alumnos, alguien me dijo que te iba genial. Que trabajas en *D+R*. Me alegro mucho. Y, de hecho, eh... Compré un número hace un tiempo y leí tus artículos. Es una pasada, parece que has visto el mundo entero.

Por fin, consigo hablar.

—Sí. Es... Es una pasada.

Se le ensancha la sonrisa.

—¿Y vives aquí?

—Mmm. —Carraspeo para aclararme la voz—. ¿Y tú?

—Qué va —dice—. He venido por trabajo. Cosas de ventas. Sigo en Linfield.

Me doy cuenta de que esto es lo que llevo años esperando. El momento en el que por fin sé que he ganado. He podido salir de allí. Soy alguien. He encontrado un lugar en el que vivir. He demostrado que no estaba rota mientras que la persona que más cruel fue conmigo se ha quedado atrapada en el pueblucho que es Linfield.

Pero no me siento así. Porque Jason no parece atrapado y tampoco está siendo cruel. Está aquí, en esta ciudad, con una camisa blanca buena y siendo amable de verdad.

Me escuecen los ojos y siento calor en el fondo de la garganta.

—Si algún día pasas por allí —dice Jason vacilante— y quieres quedar...

Intento emitir algún sonido afirmativo, pero no sale nada. Es como si la personita que se encarga del panel de control de mi cerebro se hubiera desmayado y no respondiera.

—Bueno —continúa Jason—. Te vuelvo a pedir disculpas. Espero que sepas que todo lo que pasó fue por mí, no por ti.

La acera vuelve a oscilar como un péndulo. Como si el mundo tal y como lo he visto siempre hubiera sufrido una sacudida tan grande que puede que se venga todo abajo.

«La gente madura», dice una voz dentro de mi cabeza. «¿Pensabas que todas esas personas estaban congeladas en el tiempo solo porque se habían quedado en Linfield?»

Sin embargo, como ha dicho Jason, esto no es por ellos, sino por mí.

Eso es justo lo que creía.

Que, si no salía de allí, siempre sería esa chica solitaria. Que nunca encajaría en ningún sitio.

—Y, si vienes a Linfield... —repite.

—Pero no me estás tirando los trastos, ¿verdad?

—No, no, qué va. —Levanta la mano y me enseña que lleva uno de esos anillos negros gruesos en el dedo anular—. Estoy casado. Felizmente. Y es una relación monógama.

—Guay —digo, porque es la única palabra del diccionario que recuerdo en este momento.

—¡Sip! —dice—. Bueno... ¡Nos vemos! —Y entonces Jason Stanley se esfuma tan deprisa como ha aparecido.

Para cuando llego a la vinoteca, estoy llorando (menuda novedad). Rachel se levanta de un salto de nuestra mesa de siempre y parece acongojada al verme.

—¿Estás bien, cielo?

—Voy a dejar el trabajo —digo llorosa.

—Vaaale...

—Bueno —digo sorbiendo por la nariz y secándome los ojos—, no ahora mismo como en una peli. No voy a entrar en el despacho de Swapna y soltarle: «¡Lo dejo!», y salir de allí con un vestido rojo ajustado y el pelo ondeándome por la espalda ni nada.

—Ah, eso está bien. El naranja le va más a tu tono de piel.

—Sea como sea, tengo que encontrar otro trabajo antes de dejarlo —digo—, pero creo que acabo de descubrir por qué he sido tan infeliz.

35
ESTE VERANO

—Si me necesitas —dice Rachel—, voy contigo. Lo digo de verdad. Me compro un billete de camino al aeropuerto y voy contigo.

Aunque dice eso, por su expresión, una diría que tengo entre los brazos una cobra gigante a la que le gotea sangre humana de los colmillos.

—Lo sé —contesto, y le aprieto la mano—, pero, entonces, ¿quién nos mantendrá al día de lo que pasa en Nueva York?

—Madre mía, qué alivio —dice enseguida—, por un momento he pensado que ibas a aceptar la oferta.

Me abraza, me da dos besos y me mete en un taxi.

Mis padres vienen a buscarme al aeropuerto de Cincinnati. Llevan camisetas a juego de las que pone: I (CORAZONCITO) NEW YORK.

—¡Hemos pensado que te harían sentir como en casa! —dice mi madre riéndose tanto por la broma que casi le saltan las lágrimas.

Creo que puede que sea la primera vez que ella o mi padre hablan de Nueva York como mi casa, lo cual me pone feliz por una parte y triste por otra.

—Aquí ya me siento en casa —respondo.

Ella se pone las manos sobre el corazón con teatralidad y se le escapa un gritito de emoción.

—Por cierto —dice mientras avanzamos con brío por el

aparcamiento—, he hecho galletas de chocolate y crema de cacahuete.

—O sea, que ya tenemos cena, pero ¿qué hay para desayunar? —pregunto.

Suelta una risita. Nadie en este mundo me encuentra más graciosa que mi madre. Hacerla reír es como quitarle un caramelo a un niño. O, mejor, como darle un caramelo a un niño.

—¿Y qué, amiga? —me dice mi padre cuando ya estamos dentro del coche—. ¿A qué debemos el honor de esta visita? ¡Ni siquiera hay puente!

—Es que os echaba de menos —contesto—, y a Alex también.

—Jopé —gruñe mi padre mientras pone el intermitente—, vas a hacerme llorar y todo.

Primero vamos a casa para que pueda cambiarme la ropa que me he puesto para el avión y para que pueda darme a mí misma una charla motivacional y esperar el momento. Las clases no terminan hasta las dos y media.

Hasta entonces, nos sentamos los tres en el porche y bebemos limonada casera. Mis padres se turnan para hablar sobre los planes que tienen para el jardín este año. Qué es lo que quitarán. Qué plantas y árboles nuevos plantarán. Que mi madre está intentando aplicar el método Marie Kondo a la casa, pero, por ahora, solo ha conseguido deshacerse del equivalente a tres cajas de zapatos de cosas.

—Algo es algo —dice mi padre tendiendo la mano para acariciarle el hombro con cariño—. ¿Te hemos contado lo de la valla? El vecino nuevo de al lado es un cotilla, así que hemos decidido que vamos a poner una valla.

—¡Viene y me cuenta todo lo que hace cada vecino de la calle y nunca tiene nada bueno que contar! —suelta mi madre—. Seguro que de nosotros va diciendo lo mismo.

—Uy, eso lo dudo —replico—. De vosotros dirá mentiras mucho más pintorescas.

Eso le hace gracia a mi madre, cómo no: bebé, aquí tienes tu caramelo.

—Cuando nos pongamos la valla, irá diciéndole a todo el mundo que tenemos un laboratorio de anfetaminas —dice mi padre.

—¡Para! —Mi madre le da una palmada en el brazo, pero los dos se ríen—. Después tenemos una videollamada con tus hermanos —me dice—. Parker quiere hacer una lectura del nuevo guion que está escribiendo.

Me falta poco para escupir la limonada, pero consigo evitarlo.

El último guion para el que mi hermano ha hecho una lluvia de ideas en el grupo que tenemos es una descarnada precuela distópica sobre el origen de los pitufos en la que hay, por lo menos, una escena de sexo. Su razonamiento es que algún día le gustaría escribir una película de verdad, pero, si escribe una que es imposible que se haga, se quita presión durante el proceso de aprendizaje. Además, creo que le gusta escandalizar a la familia.

A las dos y cuarto, les pido que me dejen el coche y me voy camino de mi antiguo instituto, pero me doy cuenta de que tiene el depósito vacío. Tras el breve rodeo para poner gasolina, entro en el aparcamiento del instituto a las tres menos diez. Dos miedos diferentes se pelean por dominar en mi interior: el que se basa en el terror de ver a Alex, decirle lo que tengo que decirle y esperar que me escuche, y el de volver a estar aquí, un lugar en el que había jurado que no volvería a perder ni un segundo.

Subo los escalones de hormigón hasta las puertas de cristal, respiro hondo por última vez y...

La puerta no cede. Está cerrada.

Claro.

Se me había olvidado que un adulto cualquiera ya no puede entrar sin más en un instituto. Y es mejor así en cualquier caso, excepto en este. Llamo a la puerta hasta que un vigilante de seguridad con un halo de canas y una nariz aguileña se acerca y abre la puerta unos centímetros.

—¿Puedo ayudarla?

—Vengo a ver a alguien —digo—. Un profesor. ¿Alex Nilsen?

—¿Nombre? —pregunta.

—Alex Nilsen...

—Su nombre —me corrige el vigilante.

—Ah, Poppy Wright.

Cierra la puerta y desaparece un momento dentro de la recepción. Al cabo de poco, vuelve.

—Los siento, señora, no está registrada en el sistema. No podemos dejar entrar visitantes que no estén registrados.

—Entonces ¿puede ir a buscarlo? —le sugiero.

—Señora, no puedo localizar...

—¿Poppy? —dice alguien detrás de él.

«¡Anda!», pienso al principio. «¡Alguien me ha reconocido! ¡Qué suerte!»

Y, luego, la mujer morena y delgada se acerca a la puerta. Se me hiela la sangre.

—Sarah. Vaya. Hola. —Se me había olvidado que aquí podía toparme con Sarah Torval. Un descuido bastante monumental.

Sarah mira al vigilante.

—Yo me encargo, Mark —dice, y sale del edificio para hablar conmigo cruzándose de brazos.

Lleva un vestido morado bonito y una chaqueta vaquera oscura. En las orejas le bailan unos grandes pendientes plateados. Unas pocas pecas le salpican la nariz.

Monísima, como siempre, como una maestra de guardería. (A pesar de ser profesora de instituto, claro.)

—¿Qué haces aquí? —pregunta, no de forma maleducada, pero, desde luego, tampoco amable.

—Ah, pues... Visitar a mis padres.

Arquea una ceja y mira el edificio de ladrillo rojo que tiene detrás.

—¿En el instituto?

—No. —Me aparto el pelo de delante de los ojos—. Eso es en general, pero aquí he venido a... Yo esperaba... Quería hablar con Alex.

Apenas si pone los ojos en blanco, pero me escuece.

Me trago el nudo del tamaño de una manzana que tengo en la garganta.

—Vale, me merezco esa mirada —digo. Tomo aire. Esto no será divertido, pero es necesario—. Fui muy irresponsable con todo, Sarah. Con mi amistad con Alex, con todo lo que esperaba de él mientras estabais juntos. No fui justa contigo. Y ahora me doy cuenta.

—Sí —dice—, fuiste irresponsable.

Las dos nos quedamos en silencio un momento.

Al final, ella suspira.

—Todos tomamos malas decisiones. Yo pensaba que, si tú desaparecías, todos mis problemas se resolverían. —Descruza los brazos y los vuelve a cruzar al revés—. Y, entonces, te fuiste, prácticamente desapareciste cuando volvimos de la Toscana, y, no sé cómo, eso empeoró aún más mi relación.

Cambio el peso de pierna.

—Lo siento. Ojalá hubiera entendido lo que sentía antes de hacerle daño a nadie.

Asiente para sí misma y examina las uñas pintadas a la perfección que dejan al descubierto sus sandalias de piel marrones.

—Ojalá —dice—. U ojalá lo hubiera entendido él. O yo. La verdad es que, si cualquiera de nosotros hubiera sabido lo que sentíais el uno por el otro, me habría ahorrado mucho tiempo y dolor.

—Ya —coincido—. Entonces ¿no estáis...?

Me deja esperando unos segundos y sé que no es por descuido. Una sonrisa medio diabólica le curva los labios.

—No —cede por fin—. Gracias a Dios. Pero no está aquí. Ya se ha ido. Creo que había dicho que se iba a pasar el fin de semana fuera.

—Vaya. —Se me cae el alma a los pies. Vuelvo la vista hacia la furgoneta de mis padres en el aparcamiento medio vacío—. Bueno, gracias de todos modos.

Asiente y empiezo a bajar los escalones.

—Poppy.

Me giro y el sol la ilumina con tanta potencia que tengo que cubrirme los ojos para poder mirarla. La hace parecer una santa que se ha ganado la aureola por su magnánima amabilidad hacia mí. «Me vale», pienso.

—Los viernes —dice despacio— los profesores suelen ir al Birdies. Es una tradición. —Se mueve y la luz se atenúa lo suficiente para que pueda mirarla a los ojos—. Si no se ha marchado, puede que esté ahí.

—Gracias, Sarah.

—No me las des —repone—. Le estás haciendo un favor al mundo alejando a Alex Nilsen de la soltería.

Me río, pero la risa me pesa en la tripa.

—No sé si eso es lo que él quiere.

Se encoge de hombros.

—Puede que no —dice—, pero la mayoría no llegamos a preguntarnos siquiera qué queremos por miedo a no poder tenerlo. Lo he leído en un artículo sobre algo llamado «hastío *millennial*».

Reprimo una carcajada de sorpresa, carraspeo.

—Un nombre pegadizo.

—¿Verdad? —dice—. En fin, buena suerte.

El Birdies está en la misma calle que el instituto y el trayecto de dos minutos en coche se queda unas cuatro horas corto para formular un nuevo plan.

Me he pasado el vuelo ensayando mi apasionado discurso pensando que lo pronunciaría en privado, en su aula.

Ahora será en un bar lleno de profesores entre los cuales habrá algunos que tuve en el instituto y en cuyas clases hice pellas. Si hay un lugar que he juzgado con más dureza que los pasillos iluminados por tubos fluorescentes del instituto de East Linfield es el bar oscuro y abarrotado con un cartel de neón de Budweiser en el que estoy entrando ahora mismo.

De pronto la luz del día desaparece y unos puntitos de colores bailan delante de mis ojos mientras estos se adaptan a la penumbra. Suena una canción de los Rolling Stones en la radio y, teniendo en cuenta que solo son las tres de la tarde, el bar ya está a rebosar de gente vestida de oficina un viernes: un mar de pantalones beige y camisas y vestidos de algodón monocromáticos no muy distintos al modelito que llevaba Sarah. En las paredes hay accesorios de golf colgados: palos y césped artificial y fotografías enmarcadas de golfistas y de campos de golf.

Sé que en Illinois hay una ciudad que se llama Normal, pero creo que no tiene nada que envidiarle a este rincón del universo en un pueblo de casas unifamiliares.

Hay teles montadas en la pared con el volumen demasiado alto y una radio que no está del todo bien sintonizada sonando por debajo. De los grupos que se apiñan en torno a mesas altas más o menos alargadas me llegan carcajadas y voces.

Y entonces lo veo.

Más alto que la mayoría, más quieto que nadie, con las mangas subidas hasta los codos y las botas descansando sobre la barra metálica de su taburete, los hombros encorvados hacia delante y mirando el teléfono, arrastrando la pantalla hacia arriba con el pulgar. El corazón se me acelera hasta que casi puedo sentir el sabor metálico de la sangre y el calor y los fuertes latidos.

Hay una parte de mí —vale, casi toda yo— que quiere salir

corriendo, incluso después de haber cogido un avión hasta aquí, pero justo en ese momento la puerta se abre con un chirrido y Alex levanta la vista y clava los ojos en mí.

Nos miramos y me imagino que debo de parecer casi tan sorprendida como él, como si no hubiera venido porque alguien me ha chivado que estaría aquí. Me obligo a dar unos pasos hacia él y me detengo en el extremo de la mesa, donde, poco a poco, los otros profesores levantan la cabeza de su cerveza o de su vino blanco o de su vodka tonic para procesar mi presencia.

—Hola —dice Alex con poco más que un susurro.

—Hola —respondo.

Espero a que el resto me salga de dentro. No sale nada.

—¿Quién es tu amiga? —pregunta una señora mayor que lleva un jersey de cuello alto.

Enseguida sé que es Delallo, incluso antes de ver su apellido en la identificación del personal del instituto que todavía lleva colgada del cuello.

—Es... —A Alex se le apaga la voz. Se levanta del taburete—. Hola —vuelve a decir.

El resto de la mesa intercambia miradas incómodas y trata de arrimarse a la mesa con los taburetes dándonos la espalda como pueden, en un intento de darnos cierta privacidad que, dada la situación, es imposible. Reparo en que Delallo se queda con una oreja apuntando casi a la perfección hacia nosotros.

—He ido al instituto —consigo decir.

—Ah —dice Alex—. Vale.

—Tenía pensado un plan. —Me froto las palmas de las manos en los pantalones de campana de poliéster naranja deseando no ir vestida como un cono de tráfico—. Iba a aparecer por el instituto porque quería que supieras que, si hay alguien en este mundo que puede hacerme volver ahí, eres tú.

Sus ojos repasan fugazmente la mesa de profesores. De momento, mi discurso no parece reconfortarlo demasiado. Sus ojos se vuelven de pronto hacia mí y luego bajan para mirar un punto vago a mi izquierda.

—Sí, ya sé que no te gusta nada —musita.

—Sí —coincido—. Tengo muchos malos recuerdos y quería aparecer y..., no sé..., decirte que por ti iría adonde fuera.

—Poppy —dice, y la palabra es medio suspiro medio súplica.

—No, espera —le interrumpo—. Ya sé que puede salir o muy bien o muy mal, y una parte enorme de mí no quiere seguir hablando en absoluto, Alex, pero tengo que hacerlo, así que, por favor, no me lo digas todavía si tienes que romperme el corazón, ¿vale? Déjame decirte esto antes de que pierda el valor.

Se le separan los labios un instante y sus ojos ámbar con tonos verdes parecen ríos desbordados por una tormenta, feroces y rápidos. Vuelve a apretar los labios y asiente.

Como si saltase de un precipicio sin saber qué hay debajo de la niebla, continúo:

—Me gustaba muchísimo escribir el blog —le digo—. Me encantaba y pensaba que era porque me gustaba viajar, lo cual es cierto, pero estos últimos años todo cambió. No era feliz. Viajar no me hacía sentir igual. Y puede que tuvieras algo de razón cuando dijiste que fui a buscarte como si fueras una tirita que podía arreglarlo todo o, no sé..., un destino divertido que me diera un subidón de dopamina y un cambio de perspectiva.

Baja la vista. No quiere mirarme y siento que, aunque fue él el que lo dijo, mi confirmación lo corroe por dentro.

—He empezado a ir a una psicóloga —suelto, intentando que la conversación avance—. Y queriendo descubrir por qué todo me parece tan diferente ahora, le estaba enumerando todas las diferencias entre mi vida de antes y la de ahora, y no ha sido solo por ti. Bueno, tú eres lo más importante. Tú estabas en esos viajes y después ya no, pero no había sido ese el único cambio. En todos esos viajes que hicimos, lo mejor de todo, aparte de ir contigo, eran las personas.

Levanta la mirada con los ojos entrecerrados y reflexivos.

—Me encantaba conocer a gente nueva —le explico—. Me encantaba... sentirme conectada. ¡Sentirme interesante! Porque, joder, cuando vivía aquí, me sentía muy sola y siempre pensé que había algo malo en mí, pero me decía a mí misma que, si me iba a otro lugar, todo sería diferente. Habría otras personas como yo.

—Ya lo sé —me dice—, sé que no soportas estar aquí.

—Es verdad, no lo soportaba, así que hui. Y cuando Chicago no arregló todos mis problemas, también me fui de allí. Sin embargo, cuando comencé a viajar, las cosas empezaron a mejorar por fin. Conocí a gente y... No lo sé, sin el lastre con el que cargaba aquí ni el miedo a lo que pudiera pasar, me resultaba mucho más fácil abrirme a la gente. Hacer amigos. Sé que parece lamentable, pero todos esos encuentros fortuitos que tuvimos... me hacían sentir menos sola. Me hacían sentir que era alguien a quien la gente podía querer. Y entonces me dieron el trabajo en *D+R* y los viajes cambiaron, las personas cambiaron. Solo conocía a chefs y a directores de hotel, gente que quería buenas reseñas. Hacía viajes increíbles, pero volvía sintiéndome vacía. Y ahora me doy cuenta de que era porque no conectaba con nadie.

—Me alegro de que lo hayas averiguado —dice Alex—. Quiero que seas feliz.

—Lo que pasa —continúo— es que, aunque deje el trabajo y vuelva a tomarme en serio el blog, vuelva a conocer a todos los Bucks y las Litas y las Mathildes del mundo, no voy a ser feliz.

»Necesitaba a todas esas personas porque me sentía sola. Pensaba que tenía que alejarme miles de kilómetros de aquí para encontrar un lugar en el que encajar. Me he pasado la vida pensando que cualquiera que no sea de mi familia que se me acerque demasiado, o vea demasiado, dejará de quererme. Lo más seguro eran esos momentos fugaces y fortuitos con desconocidos. Eso era lo único que creía que se me permitía tener.

»Y luego estabas tú. —La voz me tiembla peligrosamente. Me armo de valor y me yergo—. Te quiero tanto que me he pasado doce años alejándome de ti todo lo que he podido. Me he mudado. He viajado. He salido con otras personas. Hablaba de Sarah a todas putas horas porque sabía que te gustaba y me parecía el plan más seguro. Porque la última persona que podía soportar que me rechazara eras tú.

»Y ahora lo sé. Sé que no son los viajes lo que va a sacarme de este agujero, ni otro trabajo. Y ya te digo yo que tampoco son los encuentros fortuitos con taxistas acuáticos. Todo eso, cada puto minuto, ha sido una forma de huir de ti, y ya no quiero huir más.

»Te quiero, Alex Nilsen. Y, aunque al final no me des una oportunidad, siempre te querré. Me da miedo volver a Linfield porque no sé si me gustará vivir aquí o si me aburriré o si haré algún amigo y porque me aterra encontrarme con las personas que me hicieron sentir que no importaba y que esas personas concluyan que tenían razón.

»Quiero quedarme en Nueva York —digo—. Me gusta vivir allí y creo que a ti también te gustaría, pero me preguntaste a qué estaba dispuesta a renunciar por ti y ahora sé que la respuesta es: a todo. No hay nada en este mundo que me he montado en la cabeza que no esté dispuesta a abandonar para construir un mundo nuevo contigo. Entraré en el instituto de East Linfield. Y no me refiero a hoy. Me refiero a que, si quieres que nos quedemos aquí, iré a los putos partidos de baloncesto del instituto contigo. Me pondré camisetas con los nombres de los jugadores rotulados a mano... ¡Hasta me aprenderé los nombres de los jugadores! Iré a casa de tu padre y beberé refrescos sin azúcar y me esforzaré al máximo por no soltar tacos ni hablar de nuestra vida sexual y me quedaré cuidando a tus sobrinos en la casa de Betty... ¡Te ayudaré a quitar el papel pintado de las paredes! ¡No me gusta nada quitar papel pintado!

»No eres unas vacaciones y no eres la respuesta a mi crisis laboral, pero, cuando tengo una crisis o estoy enferma o triste, tú eres lo único que quiero. Y, cuando estoy feliz, tú me haces mucho más feliz. Todavía tengo que aclarar muchas cosas, pero lo que sé es que donde tú estés es donde encajo. No encajaré en ningún lugar tanto como contigo. Sienta lo que sienta, quiero tenerte al lado. Tú eres mi casa, Alex. Y creo que yo soy lo mismo para ti.

Para cuando termino de hablar, me cuesta respirar. Alex tiene un gesto de preocupación en la cara, pero, más allá de eso, no sé leer emociones más concretas. No dice nada de inmediato y el silencio —o la falta de este (ha empezado a sonar Pink Floyd por los altavoces y un comentarista deportivo parlotea por las teles que hay montadas en la pared)— se despliega como una alfombra y se estira cada vez más entre nosotros hasta que siento que estoy en la otra punta de una mansión muy oscura con el suelo pegajoso de cerveza.

—Y una cosa más. —Rebusco el móvil en el bolso, abro la foto correcta y se lo tiendo.

Él no lo coge, se limita a mirar la imagen que aparece en pantalla sin tocar nada.

—¿Qué es esto? —pregunta en voz baja.

—Eso —contesto— es una planta que he mantenido con vida desde que volví de Palm Springs.

Se le escapa una risa silenciosa.

—Es una sansevieria —explico—. Y, al parecer, son muy difíciles de matar. Creo que podría atacarla con una sierra eléctrica y sobreviviría, pero es el periodo más largo en el que he conseguido cuidar algo sin que se me muera y quería que lo vieras. Para que supieras que voy en serio.

Asiente sin decir nada y yo vuelvo a guardar el teléfono en el bolso.

—Ya está —digo algo desconcertada—. Ese era el discurso. Ya puedes hablar.

La comisura de sus labios se eleva, pero la sonrisa no se queda e, incluso cuando está, no contiene nada parecido a la alegría.

—Poppy. —Mi nombre nunca ha sonado tan largo ni tan triste.

—Alex.

Se lleva las manos a las caderas. Mira a un lado, pero no hay nada que ver excepto una pared de césped artificial y una foto descolorida de alguien que lleva puesto un sombrero de golf con un pompón en lo alto. Cuando vuelve a mirarme, tiene lágrimas en los ojos, pero enseguida sé que no las dejará caer. Tal es la contención de Alex Nilsen.

Podría estar en un desierto muriendo de inanición que, si la persona que no toca le tiende un vaso de agua, negará educadamente con la cabeza y dirá: «No, gracias».

Me trago el nudo que tengo en la garganta.

—Puedes decir lo que sea. Lo que necesites.

Suelta un suspiro, baja la vista, me mira a los ojos apenas un segundo.

—Ya sabes lo que siento por ti —dice en voz baja, como si, a pesar de estar admitiéndolo, todavía fuera un secreto.

—Sí.

El corazón ha empezado a acelerárseme. Creo que lo sé. O por lo menos lo sabía, pero soy consciente del daño que le hice al no pensar bien las cosas. No lo entiendo del todo, tal vez, pero apenas he comenzado a entenderme a mí misma, así que tampoco es una gran sorpresa.

Traga. En los músculos de su mandíbula bailan sombras.

—La verdad es que no sé qué decir —contesta—. Me diste mucho miedo. Lo rápido que me va la cabeza contigo no tiene sentido. Te estoy besando y, al momento, estoy pensando en cómo se llamarán nuestros nietos. No tiene ningún sentido. Míranos. Lo nuestro no tiene sentido. Es algo que siempre hemos sabido, Poppy.

El corazón se me está helando, las vetas de frío llegan hasta su interior.

Lo parten por la mitad y a mí con él.

Ahora me toca a mí decir su nombre como una súplica.

—Alex. —La voz me sale espesa—. No entiendo qué quieres decir.

Baja la mirada, se mordisquea el labio inferior.

—No quiero que renuncies a nada —dice—. Quiero que lo nuestro tenga sentido, pero no, Poppy. No puedo ver cómo se viene todo abajo otra vez.

Asiento. Durante mucho rato. Es como si no pudiera dejar de aceptarlo una y otra vez. Porque eso es lo que siento, que tendré que pasarme el resto de la vida aceptando que Alex no puede quererme como yo lo quiero a él.

—Vale —susurro.

Él no dice nada.

—Vale —repito.

Aparto la mirada cuando siento que las lágrimas se apoderan de mí. No quiero hacer que me consuele, no por esto. Me doy la vuelta y me dirijo a la puerta a toda prisa, obligándome a poner un pie delante del otro, con la frente alta y la espalda erguida.

Cuando consigo llegar a la puerta, no puedo evitarlo. Me vuelvo a mirarlo.

Alex sigue de piedra donde lo he dejado y, aunque me mata, tengo que ser sincera. Tengo que decir algo que no puedo retirar, tengo que dejar de huir y de esconderme de él.

—No me arrepiento de habértelo dicho —digo—. Te he dicho que renunciaría a todo, que lo arriesgaría todo por ti, y lo decía en serio.

«Hasta mi propio corazón.»

—Te quiero pase lo que pase, Alex. No podría perdonarme no habértelo dicho.

Y luego me doy la vuelta y salgo al sol resplandeciente del aparcamiento.

Solo entonces rompo a llorar de verdad.

36
ESTE VERANO

Jadeo. Resoplo. Me desmorono mientras cruzo el aparcamiento.

Me tapo la boca con fuerza mientras me salen los sollozos, me cortan y me apuñalan cada rincón de los pulmones.

Me cuesta seguir andando y, a la vez, me resulta imposible parar. Me dirijo a grandes pasos hacia el coche de mis padres y luego me apoyo en él con la cabeza gacha mientras de mí salen sonidos horribles, se me caen los mocos, y el cielo azul y sus cúmulos esponjosos y los árboles con hojas susurrantes que rodean el aparcamiento se desdibujan en una mancha veraniega. El mundo entero se derrite y se convierte en un remolino de colores.

Y entonces oigo una voz, debilitada por la brisa y la distancia. Viene de detrás de mí. Es evidente que es la suya y no quiero mirar.

Creo que mirarlo una vez más puede ser la gota que colme el vaso, lo que me rompa el corazón para siempre, pero está diciendo mi nombre.

—¡Poppy! —dice una vez. Y repite—: Poppy, espera.

Me trago todas las emociones. No para ignorarlas. No para negarlas, porque casi me sienta bien sentir algo tan puro, saber sin duda lo que está viviendo mi cuerpo. Sino porque estos sentimientos son míos, no suyos. No son algo que tenga que recoger y cargarse a la espalda como hace casi compulsivamente.

Me paso las manos por la cara y me obligo a respirar con normalidad mientras oigo sus pasos crujiendo sobre el asfalto.

Me vuelvo cuando él frena la carrera y da los últimos pasos a un ritmo decidido pero tranquilo hasta que se detiene atrapándome entre la furgoneta y él.

Hay un momento de calma antes de que hable, una pausa solo para que respiremos.

Tras un segundo más de silencio, dice:

—Yo también he empezado a ir a una psicóloga.

No quiero, pero se me escapa una risa mucosa al pensar que me ha seguido solo para decirme eso.

—Me alegro. —Me seco la cara con la base de la palma de la mano.

—Dice... —Se pasa los dedos de ambas manos por el pelo—. Piensa que me da miedo ser feliz.

«¿Por qué me cuenta esto?», dice una voz dentro de mi cabeza.

«Espero que nunca deje de hablar», dice otra. Igual podemos seguir hablando para siempre. Tal vez esta conversación pueda alargarse toda la vida como los mensajes y las llamadas durante todos aquellos años.

Carraspeo.

—Y ¿te da miedo?

Me mira un largo rato y luego niega sutilmente con la cabeza.

—No —dice—, sé que, si me subiera a un avión contigo y me fuera a Nueva York, sería la hostia de feliz. Todo el tiempo que me quisieras a tu lado sería feliz.

Ese remolino caleidoscópico de colores vuelve a emborronarme la vista. Parpadeo para que no caigan las lágrimas.

—Y me encantaría hacerlo. Yo sí que me arrepiento de todas las oportunidades perdidas de decirte cómo me sentía y de todas las veces que me convencí a mí mismo de que te perdería si lo supieses o de que éramos demasiado diferentes. Quiero ser feliz contigo y ya está, pero me da miedo lo que viene después. —Se le rompe la voz.

»Me da miedo que te des cuenta de que te aburro. O de que

conozcas a otro. O de que seas infeliz y te quedes conmigo aun así. Y... —dice con voz inestable—. Me da miedo quererte toda la vida y luego tener que decirte adiós. Me da miedo que te mueras y me parezca que el mundo no vale nada. Me da miedo no poder levantarme de la cama si no estás y que, si tenemos hijos, tengan una vida horrible en la que su maravillosa madre ya no está y su padre no puede ni mirarlos. —Se pasa la mano por los ojos y seca parte de la humedad.

—Alex —susurro.

No sé cómo consolarlo. No puedo hacer desaparecer el dolor que ha sentido ni prometerle que no volverá a ocurrirle algo así. Lo único que puedo hacer es decirle la verdad tal y como la he visto.

—Ya has vivido eso. Ya has perdido a alguien a quien querías y has seguido levantándote de la cama. Has estado al lado de las personas que formaban parte de tu vida y las quieres y ellas te quieren a ti. Todavía tienes todo eso, no se ha desvanecido. No ha terminado por que hayas perdido a alguien.

—Ya —dice—. Es solo que... —Se le tensa la voz y sus anchos hombros se encogen—. Tengo miedo.

Le cojo las manos por instinto y me deja acercarlo a mí y dobla los dedos entre las palmas de mis manos.

—Entonces hemos encontrado algo en lo que estamos de acuerdo aparte de odiar a la gente que les pone nombres de mujer a los barcos —susurro—. Estamos cagados de miedo de estar enamorados el uno del otro.

Se ríe mientras sorbe por la nariz, me agarra la cara entre las manos y aprieta la frente contra la mía. Se le cierran los ojos mientras su respiración se sincroniza con la mía, el pecho de uno y otro sube y baja como si fuéramos dos olas de la misma masa de agua.

—No quiero vivir nunca sin esto —susurra, y yo me aferro a su camiseta como si quisiera impedir que se me escapara entre los dedos.

Las comisuras de sus labios se elevan mientras suspira diciendo:

—Pequeña y luchadora.

Entreabre los ojos, y el aleteo que siento en el pecho es tan fuerte que casi me duele. Lo quiero muchísimo. Lo quiero más que ayer y ya sé que mañana lo querré todavía más, porque cada parte de él que me ofrece es otro motivo para enamorarme.

Me rodea con los brazos con fuerza. Tiene los ojos húmedos tan claros y abiertos que me parece que podría bañarme en ellos, nadar entre sus pensamientos, flotar dentro de esa cabeza a la que quiero más que a nada en el mundo.

Sus manos suben hasta mi pelo y me lo peina en la nuca. Su mirada se pasea por mi cara con esa resolución tan tranquila y tan bonita característica de Alex.

—Lo eres. Lo sabes, ¿verdad?

—¿Una luchadora? —pregunto.

—Mi casa —dice, y me besa.

«Lo somos», pienso. «Somos nuestra casa.»

EPÍLOGO

Hacemos un tour turístico en autobús. Llevamos nuestras sudaderas a conjunto de I (CORAZONCITO) NEW YORK y nuestras gorras en las que pone LA GRAN MANZANA con pedrería de imitación. Llevamos unos prismáticos y los usamos para fijarnos en cualquiera que se parezca un poco a un famoso.

De momento, ya hemos visto a la dama Judi Dench, a Denzel Washington y a Jimmy Stewart de joven. Nuestro tour incluye unos billetes para ir en ferry a la Estatua de la Libertad y, cuando llegamos, le pedimos a una mujer de mediana edad que nos haga una foto delante de la base con el sol dándonos en los ojos y el viento soplándonos en la cara.

Con amabilidad, nos pregunta de dónde somos.

—De aquí —dice Alex al tiempo que yo respondo «De Ohio».

En mitad del tour, nos bajamos y vamos al Café Lalo decididos a sentarnos donde se sentaron Meg Ryan y Tom Hanks en *Tienes un e-mail.* En la calle hace frío y la ciudad se ha puesto preciosa para nosotros, con flores primaverales rosas y blancas rodando por las calles mientras damos sorbos a nuestros capuchinos. Hace cinco meses que Alex vive aquí, desde que terminó el semestre de otoño y encontró un puesto de sustituto a largo plazo en Nueva York para el semestre de primavera.

Yo no sabía que el día a día podía ser así, como unas vacaciones de las que no tienes que volver.

Claro que no siempre es así. La mayoría de los fines de semana, Alex está ocupado escribiendo o corrigiendo trabajos y preparando clases y, entre semana, solo lo veo lo suficiente para un beso matutino medio grogui (a veces me vuelvo a dormir tan deprisa que ni siquiera me acuerdo), y también están las lavadoras y los platos (que Alex insiste en que freguemos justo después de cenar) y los impuestos y las citas en el dentista y las tarjetas de metro perdidas.

Pero también hay descubrimientos, partes nuevas del hombre al que quiero que se me presentan a diario.

Por ejemplo, resulta que Alex no puede dormirse si estamos haciendo la cucharita. Tiene que estar bien colocado en su lado de la cama y yo en el mío. Hasta que, en mitad de la noche, me despierto acalorada porque me cubre con sus extremidades y tengo que empujarlo para quitármelo de encima y no morir de calor.

Es de lo más molesto, pero, en cuanto vuelvo a estar cómoda, me descubro sonriendo en la oscuridad y sintiéndome increíblemente afortunada de dormir todas las noches con mi persona favorita del mundo.

Hasta pasar calor es mejor con él.

A veces, ponemos música en la cocina mientras cocinamos (cocina él) y bailamos. No es un balanceo dulce y sensiblero como si estuviéramos en una película romántica, sino espasmos y giros ridículos hasta estar mareados y riéndonos con ronquidos o lágrimas en los ojos. En ocasiones, grabamos al otro sin decir nada y le mandamos el vídeo a David y Tham o a Parker y Prince.

Mis hermanos nos contestan con sus propios vídeos bailando en la cocina.

David contesta con algo parecido a Os quiero, locos o Nunca falta un roto para un descosido.

Somos felices y, hasta cuando no lo somos, es mucho mejor estar con él.

La última parada de nuestra tarde jugando a ser turistas es Times Square. Hemos dejado lo peor para el final, pero es un rito de iniciación y Alex insiste.

—Si estando ahí todavía me quieres —dice—, sabré que todo esto es real.

—Alex, si no puedo quererte en Times Square, no te merezco en una librería de segunda mano.

Entrelaza la mano con la mía mientras salimos de la parada de metro. Creo que tiene menos que ver con mostrar afecto (siguen sin encantarle las muestras públicas) y más con un miedo real de que nos separemos en la marabunta de gente hacia la que nos dirigimos.

Aguantamos en la plaza, rodeados de luces parpadeantes y artistas callejeros pintados de plateado y turistas que avanzan a empujones, un total de tres minutos. Lo suficiente para hacernos unos selfis en los que no salimos bien y se nos ve agobiados. Damos media vuelta y volvemos hacia el metro.

Cuando llegamos al piso —nuestro piso—, Alex se quita los zapatos con los pies y luego corre a colocarlos alineados encima del felpudo (tenemos un felpudo, somos adultos) al lado de los míos.

Tengo que terminar de escribir un artículo por la mañana, el primero para el trabajo nuevo. Me daba miedo decirle a Swapna que me iba, pero no se enfadó. De hecho, me abrazó (me sentí como si me abrazara Beyoncé) y, esa tarde, nos trajeron a casa una botella de champán.

«Enhorabuena por la columna, Poppy», decía la nota. «Siempre he sabido que llegarías lejos. Un beso, Swapna.»

La ironía es que no llegaré «muy lejos». Al menos no por trabajo. Aunque, en muchos otros sentidos, mi trabajo no será tan diferente: seguiré yendo a bares y restaurantes, escribiendo sobre nuevas galerías de arte y puestos de helados que van apareciendo por Nueva York.

Pero *Gente que conoces en Nueva York* será distinto, con artículos más centrados en el interés humano que en reseñar los lugares. Exploraré mi propia ciudad, pero a través de los ojos de personas a las que les encanta, pasaré el día con alguien en su nuevo lugar favorito para que me cuente qué lo hace tan especial.

Mi primer artículo será sobre una bolera nueva de Brooklyn con un estilo retro. Alex vino conmigo a echar un ojo y supe, en cuanto vi a Dolores en la pista de al lado, con su bola dorada personalizada y guantes a juego y un halo de pelo canoso encrespado, que era alguien que podía enseñarme cosas. Un cubo de cervezas, una larga conversación y una clase de bolos después, ya tenía todo lo que necesitaba para el artículo, pero Alex, Dolores y yo nos fuimos a un bar en el que servían perritos calientes en aquella misma calle y estuvimos charlando hasta casi medianoche.

El artículo está casi a punto, solo le faltan unos toques finales, pero pueden esperar a la mañana. Estoy agotada del largo día, y lo único que quiero es hundirme en el sofá con Alex.

—Qué bien estar en casa —dice rodeándome con los brazos y apretándome contra él.

Le subo las manos por la parte de atrás de la camisa y lo beso como llevo esperando a hacerlo todo el día.

—Nuestra casa es mi lugar favorito.

—Y el mío —musita empujándome con cuidado contra la pared.

En verano, saldremos de la ciudad. Pasaremos cuatro días en Noruega y otros cuatro en Suecia. No habrá hotel de hielo. (Él es profesor y yo periodista y los dos somos *millennials*. No tenemos dinero para eso.)

Le dejaré una llave a Rachel para que nos riegue las plantas y, cuando volvamos de Suecia, iremos directos a Linfield para pasar allí el resto de las vacaciones de Alex.

Estaremos en casa de Betty mientras él la arregla y yo me siento en el suelo comiendo regaliz rojo y buscando nuevas formas de hacer que se ruborice. Arrancaremos el papel pintado y elegiremos nuevos colores de pintura. Beberemos refrescos sin azúcar en la cena con su padre y sus hermanos y sus sobrinos. Nos sentaremos en el porche con mis padres observando la tierra baldía del cementerio de coches de la familia Wright. Probaremos a vivir en nuestro pueblo igual que estamos probando a vivir en Nueva York juntos. Veremos cómo encajamos, dónde queremos estar.

Pero yo ya sé cómo me sentiré.

Donde sea que esté él será mi lugar favorito.

—¿Qué? —pregunta con el principio de una sonrisa tirándole de los labios—. ¿Por qué me miras así?

—Es que eres... —Niego con la cabeza buscando cualquier palabra que abarque lo que siento—... muy alto.

Su sonrisa es amplia, sin reservas. Tengo al Alex desnudo solo para mí.

—Yo también te quiero, Poppy Wright.

Mañana nos querremos un poco más, y pasado, un poquito más.

Y, hasta esos días en los que uno o ambos lo pasamos mal, estaremos aquí, donde la persona a quien queremos de todo corazón en todas sus facetas nos conoce y nos acepta por completo. Estoy aquí con todas las versiones de él que he conocido en vacaciones a lo largo de doce años y, hasta sabiendo que el sentido de la vida no es solo ser feliz, ahora mismo lo soy. En lo más hondo.

AGRADECIMIENTOS

Hay mucha gente sin la que este libro no existiría. En primer lugar, tengo que darle las gracias a Parker Peevyhouse. Estaba al teléfono contigo cuando supe qué era lo próximo que tenía que escribir. Creo que solo esa llamada pudo haber dado lugar a este libro. Gracias, amiga.

Gracias también a mis increíbles editoras, Amanda Bergeron y Sareer Khader. No hay palabras que puedan describir como es debido lo que ha significado trabajar con las dos. El tiempo y el cariño que habéis invertido en ayudarme no solo a encontrar un libro, sino el libro adecuado, es algo con lo que la mayoría de los escritores solo pueden soñar. Compartir la propiedad y el control de tu obra puede dar miedo, pero he sabido en todo momento que estaba en las mejores manos. Gracias por impulsarme a mí y a mi texto a superar nuestros límites y por ser un equipo tan increíble con el que colaborar.

Muchísimas gracias también a Jessica Mangicaro, Dache Rogers y Danielle Keir. Sin vosotras, no estoy segura de si alguien leería este libro, así que gracias por usar vuestro talento y pasión para difundir mis libros. Con vosotras todo brilla más.

Gracias también al resto de las personas que trabajan en Berkley por crear un hogar acogedor y alentador para mí y mis libros, entre las cuales están (aunque no son todas) Claire Zion, Cindy Hwang, Lindsey Tulloch, Sheila Moody, Andrea Monagle, Jessica McDonnell, Anthony Ramondo, Sandra Chiu, Jeanne-Marie Hudson, Craig Burke, Christine Ball e Ivan Held. Me siento muy afortunada todos los días por estar trabajando con vosotros.

A mi maravillosa agente Taylor Haggerty, así como al resto del increíble equipo de Root Literary —Holly Root, Melanie Figueroa, Molly O'Neill—, gracias por estar tan involucradas y ser tan dedicadas y amables. Y tal vez lo más importante: gracias por el rosado espumoso.

Gracias también a Lana Popović Harper, Liz Tingue y Marissa Grossman por ser un apoyo tan grande desde el principio.

Mis queridos amigos Brittany Cavallaro, Jeff Zentner, Riley Redgate, Bethany Morrow, Kerry Kletter, David Arnold, Justin Reynolds, Adriana Mather, Candice Montgomery, Eric Smith, Tehlor Kay Mejia, Anna Breslaw, Dahlia Adler, Jennifer Niven, Kimberly Jones e Isabel Ibañez llevan años haciéndome más fácil la vida (y la escritura), y no puedo agradecérselo lo suficiente.

Tener el apoyo del mundo del libro y de las escritoras que tanto admiro no solo ha sido importante para mí a nivel personal, sino que es, en gran medida, el motivo por el que puedo seguir con este trabajo que tanto me gusta. Un agradecimiento especial a Siobhán Jones y a todo el equipo de Book of the Month, así como a Ashley Spivey, Zibby Owens, Robin Kall, Vilma Iris, Sarah True, Christina Lauren, Jasmine Guillory, Sally Thorne, Julia Whelan, Amy Reichert, Heather Cocks, Jessica Morgan y Sarah MacLean. Vuestra amabilidad y vuestros ánimos han sido importantísimos en este viaje.

Y, como siempre, gracias a mi familia por criarme bastante rarita y extrañamente segura de mí misma y a mi marido por pararse siempre a besarme la cabeza cuando va de camino a la cocina. Sois los mejores y nadie os merece.

Otros títulos de la autora en Booket: